우연처럼 다가와 필연처럼 빠져든

고전, 발견의 기쁨

우연처럼 다가와 필연처럼 빠져든

고전, 발견의 기쁨

초판 1쇄 발행   2022년 6월 10일

지은이 | 정민

펴낸곳 | (주)태학사
등록 | 제406-2020-000008호
주소 | 경기도 파주시 광인사길 217
전화 | 031-955-7580
전송 | 031-955-0910
전자우편 | thspub@daum.net
홈페이지 | www.thaehaksa.com

편집 | 조윤형 여미숙 김선정
디자인 | 한지아
마케팅 | 김일신
경영지원 | 김영지
인쇄·제책 | 영신사

값 22,000원

ISBN 979-11-6810-067-1 93810

책임편집 | 조윤형
북디자인 | 이윤경

우 연 처 럼 다 가 와 필 연 처 럼 빠 져 든

고전, 발견의 기쁨

정민 지음

태학사

고전학자에게 현장은 결코 소홀할 수 없는 자료의 보고다. 그 만남은 늘 뜻밖의 조우라서 놀랍고 반갑다. 단순히 흥미를 끄는 자료에서, 학계를 놀라게 할 만한 귀한 보물까지, 내 공부의 인생은 이 같은 만남에 대한 반응과 접속의 과정이었다는 생각이다. 여기에는 우연의 외연을 빌린 필연의 운명 같은 것이 있지는 않을까 싶기도 하다.

　남들이 무심히 지나쳤던 자료와 만나 묵은 때를 씻고 본래의 광채를 되찾는 과정을 함께하는 일은 늘 두근대는 설렘을 부른다. 스승의 댁에 오래 전해 오던 필첩을 무심히 받았다가, 그것이 사도세자의 친필이고, 그 스승들의 편지를 합첩한 특별한 문서임을 알게 되었을 때는 전율이 일었다. 책가도 그림 병풍 속에 소품으로 등장한 펼쳐진 책면에서 다산 정약용의 사라진 시편과 만났을 때도 그랬다. 당시 나는 이 시의 대상이 된 용혈암 천책국사에 대해 공부하고 있을 때여서, 이 돌연한 출현은 내게 무슨 대단한 암시처럼 여겨졌다.

19세기 후반 중국 상해에서 간행된 화보畫譜 한 장을 바탕으로 1백년 전 중국 양주 땅을 떠돌던 조선인 유랑 서예가 조옥파를 불러낸 일도 특별한 기억이다. 이후 퍼즐 조각 하나하나를 맞춰 나가다 보니 좀체 알 수 없던 전체상이 차츰 드러났다. 하버드 옌칭 도서관에서 『점석재화보』를 직접 보고, 중국 인터넷 검색을 총동원해 옥션에 매물로 나온 그의 글씨 사진들을 한점 한점 모으고 나서도 한참의 세월이 흐른 뒤에야 글이 되었다.

한반도 호랑이 지도에 대한 관심은 결과로 정리하기까지 근 20년간 품어 온 숙제였다. 관련 자료가 보일 때마다 스크랩해 둔 것이 어느 순간 글의 꼴을 갖추자 맥락으로 드러났다.

책 속에서 생각지 않은 정보와 느닷없이 맞닥뜨렸을 때도 그렇다. 더욱이 그것이 학계에서 오래 찾던 자료이거나, 또는 전혀 엉뚱하게 저자가 잘못 알려진 내용일 경우, 이 갑작스런 만남으로 인해 진행 중이던 일체의 작업을 멈추고 여기에 몰입하기도 했다. 『상두지』와 「상찬계시말」, 『치원소고』와 『치원진장』, 다산의 아들 정학유가 흑산도로 중부 정약전을 찾아갈 때 쓴 기행문 「부해기」와 만났을 때가 그랬다. 감전된 것처럼 다른 일을 모두 접고 모든 일상이 이들 자료 위에 집중되었다.

학자로서 이 같은 만남의 기회를 지속적으로 가질 수 있었던 것은 행복한 경험이다. 학문의 힘은 성실한 노력과 정확한 분석 말고도 식지 않는 호기심에서 나온다는 생각이다. 자료와 나 사이로 흐르는 전류의 스파크 없이는 안 될 일이다.

이 책에 실린 글들은 이 같은 뜻하지 않은 만남이 빚어낸 결과물들이다. 우연히 조우한 자료를 보고 의미를 부여해 간 여정의 산물들이다.

내 공부의 과정을 함께 공유하고, 자료를 발굴하고 만나는 과정을 나누고 싶어 이 책에서 한자리에 묶었다.

책은 모두 3부로 구성했다. 1부 '다산의 여운'은 다산 정약용과 관련된 자료들이다. 실물 자료와 관련 있는 글을 중심으로 간추렸다. 2부 '자료의 갈피'는 그때그때 우연한 계기를 통해 만난 1차 자료들에서 의미를 추적해 간 글들을 모았다. 3부 '인문의 무늬'는 현장이나 문화 상징에 관한 탐색을 정리한 글들이다. 어떤 글들은 단숨에 썼고, 연조가 10년 넘게 쌓인 공부 끝에 의미가 길어 올려진 것들도 있다.

코로나19로 외부와의 접촉 없이 연구실에서만 보낸 시간이 오래되었다. 덕분에 지나온 시간을 돌아볼 시간을 넉넉히 가져 이 같은 정리가 가능했다. 세상일에는 모두 양면이 있다. 지난해 『비슷한 것은 가짜다』와 『오늘 아침, 나는 책을 읽었다』에 이어 이번 책도 태학사와 함께하게 되었다. 이 책에 수록된 많은 글들이 『문헌과 해석』 지면을 통해 발표된 인연이 있어서다. 조윤형 선생과 편집부의 두터운 뜻에 고마움을 표한다.

2022년 5월
행당동산의 연구실에서
정민 쓰다

다산의 여운

1부

다산의 여운

책가도 병풍 속에서 만난 다산

리움미술관 소장 〈표피장막책가도豹皮帳幕冊架圖〉 속의 다산 친필 시첩

리움미술관이 소장한 〈표피장막책가도〉는 일명 〈호피장막도〉로 불리는 8폭 병풍 그림이다(도판 1). 크기는 128.0×355.0cm이다. 이 중 6폭은 모두 표범의 문양을 그렸고, 제5폭과 제6폭은 장막을 살짝 걷어 그 안쪽에 책가도를 그려 놓았다(도판 2). 말하자면 표범 문양을 그린 전통 병풍 형식이 책가도와 만나 합주된 형태다. 책가도에서 장막을 치는 예가 드물지는 않지만, 이렇게 표피도와 책가도가 각자 고유의 성격을 간직한 채 만나는 예는 그다지 흔치 않다.

이 작품은 기명器皿의 섬세한 묘사가 뛰어날 뿐만 아니라 전체 구도의 안정성과 표현력이 대단히 높은, 예술성이 풍부한 작품이다. 이 중 제6폭 화면 중앙에 돋보기가 얹힌 서첩 한 권이 펼쳐져 있다. 그림에 관한 정치한 분석은 미술사가에게 맡기기로 하고, 이 글에서는 펼쳐진 면에 적힌 글의 내용을 분석해 그 의미를 추적해 보기로 한다.

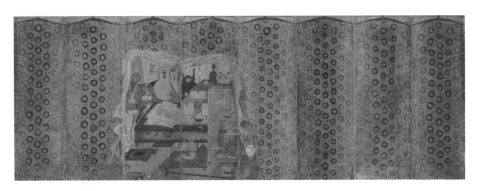

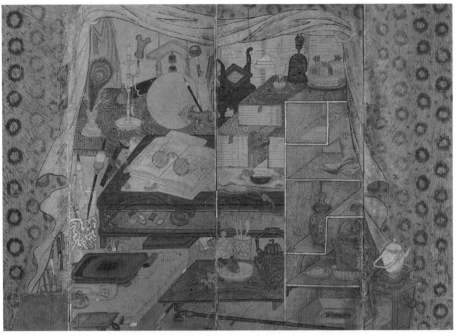

1~2. 〈표피장막책가도〉 8폭 병풍(위)과 책가도 부분(아래)

화면을 당겨 책의 펼침 면을 확대해 보자(도판 3~5). 시고詩稿로 보이는 필첩이다. 세 수의 시가 적혀 있다. 세 번째 시는 전체 5행 중 2행만 보이고 나머지는 뒷면으로 넘어간다. 그러니까 화면 속에 적힌 온전한 시는 2수뿐이다. 그나마 두 번째 시는 중간에 돋보기가 놓여 있어서 안경테 부분에 겹쳐진 몇 글자를 판독할 수가 없다. 결국 온전한 내용 파악이 가능한 시는 첫 번째 시 한 수뿐이다.

먼저 시 제목을 보면 첫 수는 「산정에서 대작하며 진정국사의 시에 차운하다山亭對酌次韻眞靜國師」이고, 둘째 수는 「산정에서 꽃을 보다가 또 진정국사의 시운에 차운하다山亭對花又次眞靜韻」이다. 셋째 수는 둘째 수의 제2수여서 제목 없이 바로 시를 썼다. 그리고 첫 수 끝에 지은 이로 자하산인紫霞山人이란 별호를 썼고, 둘째 수 끝에는 다창茶倉이란 이름이 나온다. 첫 수는 해서로 또박또박 썼고, 둘째 수는 행서체로, 셋째 수는 더 흘려 쓴 초서체로 썼다. 매 행 11자에서 14자까지 자수도 일정치 않다. 글씨체가 정갈하고 수준 높은 달필이다. 또 매 수마다 서체를 달리하고 필명도 바꾼 것으로 보아, 자신의 솜씨와 역량을 한 권의 필첩에 모두 담으려 한 자부가 느껴진다.

화가는 군이 디테일을 보여 줄 필요가 없는 그림 속 책상 위에 놓인 책의 세부에 어째서 이토록 신경을 썼을까? 화가는 무심코 아무 책이나 펼쳐, 그 면을 그대로 옮긴 것일까? 아니면 펼침 면을 통해 무언가 발신하려 한 의미가 따로 있었던 걸까? 그에 앞서 이 시는 과연 누가 짓고 쓴 것일까? 이 글에서 살펴보려는 내용이다.[1]

---

1 고연희 선생이 이 책가도의 존재를 필자에게 알려 주고 자료를 제공해 주어 이 글을 쓰게 되었다. 본인이 이 그림에 관심을 갖고 공부하던 중 그림 속에 나오는 자하산인과 다창의 정체가 궁금해져서 필자에게 문의했던 것인데, 그것이 다산의 글씨와 시임을 알게 된 필

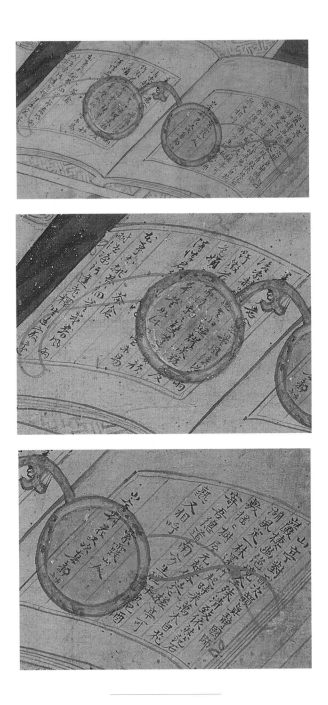

3~5. 〈표피장막책가도〉 중 책 그림 세부

시 내용 분석

먼저 책 속에 적힌 시의 내용을 읽어 보자. 제1수의 제목은 「산정에서 대작하며 진정국사의 시에 차운하다山亭對酌次韻眞靜國師」이다. 산속에 있는 정자에서 누군가와 술잔을 대작하며 진정국사의 시에 차운했다는 의미다. 시의 내용은 이렇다.

바위 집 외떨어져 경계 전혀 색다른데	巖棲幽絶境全殊
맑은 운치 범석호의 은거와 다름없다.	淸致依然范石湖
온 숲에 바람 잦자 대숲 도로 수런대고	風定一林還竹起
시절 만난 온갖 나무 절로 꽃을 피웠네.	時來萬木自花敷
흔들흔들 나무 집은 원래 속세 벗어났고	搖搖樹屋元超俗
둥실둥실 뗏목 정자 내 몸을 부칠 만해.	泛泛槎亭可寄吾
모두들 남방은 살기 좋다 말하더니	總道南方生理好
술 익고 생선 살져 또 서로를 부르누나.	魚肥酒熟又相呼

암서巖棲는 산속 바위 곁에 있는 거처다. 외따로 떨어진 곳이라 일반적인 경계와는 사뭇 느낌이 다르다. 그 해맑은 운치는 저 송나라 때 범석호范石湖의 은거와 다를 바 없다. 숲에 바람이 한차례 지나가더니 이윽고 잦아졌다. 그러자 이번에는 대숲에서 수군거리는 소리가 일어난다. 제철을 만난 나무들은 일제히 꽃을 피워 냈다. 만화방창萬化方暢의

자가 고 선생의 양해를 얻어 그림 속의 시문만 가지고 따로 글을 쓰게 된 것이다. 이후 이 그림의 의미에 대한 고 선생의 본격적인 연구를 기대한다.

시절이 찾아온 것이다. 나무에 기대 지은 집은 바람에도 흔들흔들한다. 그 옆의 정자는 한바탕 바람이 불어오면 마치 뗏목 위에 올라앉아 물 위를 둥실둥실 떠가는 느낌이 든다. 이만하면 한 몸을 깃들여 살기에 충분하다. 이곳에 내려온 뒤로 다들 남녘이 살기 좋다고 말하는 것을 들었다. 하지만 물고기에 살이 오르고 술이 굼실굼실 익어 가는 시절에 이렇게 만나 서로 정을 나누니, 앞서의 그 말이 새삼스럽게 실감으로 다가온다.

시의 문맥으로 보아, 시인은 누군가의 술자리 초대를 받아 숲속 깊은 곳에 자리한 정자를 찾았다. 봄철을 만난 숲은 온갖 꽃들이 흐드러지게 피었다. 손님을 맞은 주인은 생선회와 잘 익은 술을 깔끔하게 차려서 내온다. 시인은 아예 이곳에서 몸을 부쳐지내며 은거하고 싶은 속내를 감추지 않는다.

제2수는 「산정에서 꽃을 보다가 또 진정국사의 시운에 차운하다山亭對花又次眞靜韻」이다. 역시 산속 정자에서 꽃구경하며 앉아 한 차례 더 진정국사의 시운을 차운했다는 내용이다. 시의 본문은 앞서 말했던 것처럼 글씨 위에 덧그려져 놓인 돋보기 때문에 중간중간 판독이 불가능하다. 희미한 잔영을 확대하고, 운자와 문맥에 맞춰 최대한 읽어 보니 이렇게 읽힌다.

꽃 기르는 하늘 뜻에 먼 안목이 넉넉하여　　養花天意給望量
바람 불면 따뜻하고 비 온 뒤엔 서늘하다.　　風後溫○雨後凉
붉은 별이 마침내 산을 환히 비추자　　赫燄遂令山照耀
엷은 단장 베푼 듯한 들판도 아득하다.　　淡粧施及野微茫
두 살쩍 시든 채로 집 생각이 뭉클한데　　家情勃勃雙蓬鬢
한 채의 초당은 낯빛이 어여쁘다.　　顔色娟娟○草堂

이 같은 누대는 얻기 쉽지 않거니와   如此○臺未易得

그대가 ○○하여 ○○ 바쁨 애석구나.   惜君○○小○忙

　제2구의 ○는 문맥상 따뜻하다는 의미의 '난暖' 자가 들어가면 알맞
겠고, 제6구의 ○는 여백으로 보아 '일一' 자가 들어갈 자리로 여겨진
다. 제8구의 세 글자는 돋보기에 가려 도무지 판독이 안 된다. 하지만
대의를 파악하기에 큰 어려움은 없다.

　조물주가 천지에 꽃을 길러 내는 재량은 그저 되는대로 아무렇게나
하는 것이 아니다. 쌀쌀맞은 꽃샘바람에 겨우내 눈을 아껴 어렵사리 핀
꽃이 다 지나 싶어 걱정하면, 며칠 포근한 날씨가 이어지게 한다. 그 틈
에 주춤하던 꽃이 마음 놓고 피어난다. 저러다 한꺼번에 다 피면 어쩌나
싶을 때쯤 해서 한바탕 비가 쏟아져 꽃잎을 솎아 내고, 다시 매서운 날
씨를 데려온다. 이 사이의 밀고 당기는 긴장과 이완이 참 절묘하다. 점
점 햇살이 뜨거워져서 비를 가지고는 도저히 어찌해 볼 수 없는 지경이
되면 에라 모르겠다 하고 두 손을 들어 버린다. 강한 햇살에 반짝이는
산과 들에는 어느새 초록이 짙어 있다. 여름이 온 것이다.

　산에는 꽃이 피었고, 들판은 연둣빛으로 물들어 곱게 단장한 것만 같
다. 계절이 이토록 아름다워지면 멀리 떠나온 고향집 생각이 절로 난다.
두 살쩍은 어느새 시들었는데 숲속 정자는 내 이런 마음과는 상관없이
곱기만 하다. 이런 훌륭한 공간을 어찌 쉬 얻을 수 있겠는가? 세 글자가
빠진 마지막 구절은 문맥상으로 보면 "그럼에도 불구하고 나는 그대가
너무 바쁜 나머지 이 아름다운 곳을 애정 어린 손길로 가꾸지 못하는 것
이 애석하게 여겨진다."는 내용이었을 것으로 짐작된다.

　이어지는 셋째 수에는 따로 제목이 붙어 있지 않다. 둘째 수와 같은

운자로 쓴 연작인 까닭이다. 제1, 2구의 운자가 량量과 량凉으로 동일하다. 보이는 데까지 판독하면 다음과 같다.

꽃 피는 일 분배함을 가만히 헤아리며   花事分排費細量
몇 차례 비바람에 덥고 추움 견디었지.   幾番風雨耐溫凉
가다가 스님 만나 그윽한 곳 앉았자니   行逢老釋坐幽寂
저 멀리 ○○의 ○○만 아득하다.   遠○○○○○茫

  나머지 네 구절은 뒷면을 펼쳐 보기 전에는 알 도리가 없다. 봄을 건너오는 내내 꽃이 피고 지는 소식에 온통 마음을 쏟았다. 이제 이 꽃이 지니 저 꽃이 피어나겠구나. 그다음은 또 무슨 꽃이 피겠지. 날마다 이런 생각만 했다. 그사이에 꽃샘바람이 불고, 봄장마가 이어져 춥고 더운 날씨가 오락가락하는 것을 손꼽으며 지냈다.

  제3구의 첫 글자는 '행行'으로 읽었지만, 획 자체로만 보면 달리 읽을 수도 있다. 문맥으로 가늠해서 '행봉行逢'이라 읽는다. 길을 가다가 약속 없이 문득 만났다는 의미다. 길을 가다가 노석老釋, 즉 노스님과 만났다. 그의 안내로 산정山亭에서 꽃구경을 한다. 흐뭇한 술 한잔까지 대접받으며 지난 시간 동안의 조바심을 걷어 내니 청량하고 상쾌하다. 이어지는 대목은 글이 끊겨 더 가늠하기가 어렵다.

  둘째 수에 나오는 '군君'은 길에서 만난 '노석老釋'과는 다른 사람이다. 그가 아마 산정의 주인일 테고, 스님은 자신을 이곳으로 데려온 사람이지 싶다. 그렇다면 왜 굳이 시를 진정국사眞靜國師의 시로 차운했을까? 그것은 아마도 이 산정의 장소성이나 길에서 만난 스님의 인연이 진정국사와 연관이 있어서였을 것이다.

진정국사는 누구인가?

차운시의 원작은 모두 진정국사의 작품이다. 진정국사眞靜國師 천책
天頙(1206~1294)은 고려 때 강진 만덕산 백련사白蓮社의 제4대 국사國
師다. 조선시대에는 산 이름을 따서 만덕사萬德寺로 불렸고, 지금은 백
련사白蓮寺다. 스님은 속성이 신씨申氏였고, 자가 몽차蒙且다. 백련사의
개산조인 원묘圓妙국사의 직전 제자다. 고려 개국 공신 신염달申厭達의
후손으로 대대로 높은 벼슬을 누려 온 잠영세가簪纓世家였다. 그 자신
도 스무 살에 과거에 급제해 양양한 앞길이 활짝 열린 상태였다. 그러던
그가 어느 날 문득 모든 것을 버리고 집을 떠나, 한 달 넘게 걸어서 만덕
산에 와서 원묘국사의 보현도량에서 머리를 깎았다. 뒤에 스승을 이어
백련사의 제4대 조사祖師가 되었다. 만년에는 강진 도암면의 용혈암龍
穴庵으로 옮겨, 용혈대존숙龍穴大尊宿으로 불렸다. 시문에 뛰어나 문집
『호산록湖山錄』을 남겼고, 이 밖에 『선문보장록禪門寶藏錄』과 『해동전홍
록海東傳弘錄』 등의 저술이 있지만 현재 전하지 않거나, 다른 책 속에 인
용되어 일부만 전한다.

이에 위 필첩에 적힌 것과 똑같은 운자로 된 진정국사의 시를 찾아 확
인해 보았다. 첫 수는 『호산록』 권3, 9a에 수록된 「세속의 제자 판비서
성사학사지제고 김구가 올림俗弟子判秘書省事學士知制誥金坵上」이란 시
인데, 이 시를 차운한 진정국사의 「차운하여 판비서각 김구의 시에 답
하다次韻答判秘書閣金坵」란 시와 나란히 실려 있다. 다만 김구가 진정국
사에게 올린 시는 운자가 수殊, 호湖, 부敷, 오吾, 호呼로 그림 속의 시
와 차례가 같고, 진정국사의 답시는 호湖, 수殊, 호呼, 수鬚, 오吾로 배
열 순서와 글자가 조금 다르다. 제목에서 진정국사의 시를 차운한다고

했지만, 사실은 진정국사가 아닌 속제자 김구가 진정국사에게 올린 시를 차운했다. 두 작품의 내용은 그림 속의 시와는 크게 연관이 없다.

또 둘째 수 「산정에서 꽃을 보다가 또 진정국사의 시운에 차운하다山亭對花又次眞靜韻」 2수는 역시 『호산록』 권3에 실린 「동문원평사 정흥이 보내온 입사入社 시 2수에 답하다答同文院評事鄭興所寄入社詩二」란 시의 첫 수를 차운했다. 다만 그중 두 번째 수의 경우 원시에서는 다른 운자를 썼으나, 그림 속의 시에서는 같은 운자를 두 수에 동일하게 썼다. 이 어지는 면을 마저 볼 수 있다면 좀 더 자세한 사정을 짚어 보겠는데 보이는 자료만으로는 더 이상 추정이 어렵다.

진정국사의 『호산록』은 세상에 거의 알려지지 않은 문집이다. 진정국사가 주석했던 만덕사와 용혈암이 있던 강진 지역에서 유일본으로 전해져 오다가 그마저도 중간에 1책은 사라지고 말았다. 그 사연은 바로 인근의 다산초당에 유배 와 있던 정약용이 「천책국사의 시권에 제함題天頙國師詩卷」이란 글에서 자세히 밝혔다. 다산은 천책선사의 『호산록』을 아암兒菴 혜장惠藏을 통해 구해 읽고 그에게 깊이 매료되었던 듯하다. 「천책국사의 시권에 제함」 전문은 다음과 같다.

> 이것은 고려의 이름난 승려 천책, 사호가 진정국사인 이의 시문 유집이다. 본래 4권 2질이었는데 절반은 이웃 절의 승려가 훔쳐 가 버려, 연담 유일이 일찍이 되찾아오려고 했지만 마침내 얻지 못했다. 내가 천책의 시를 살펴보니 농려濃麗하면서도 창경蒼勁하여 소순기蔬筍氣와 담박한 병통이 없었다. 그 학문은 넓고도 자세하게 꿰뚫었고, 그 재주는 용사用事에 민첩하였다. 위로는 원유산元遺山과 나란히 견줄 만하고, 아래로는 몽수蒙叟와 어깨를 나란히 할 만하였으니, 이름이 이미 사라진 것이 애

석하다. 만약 예원의 저울대를 잡은 자로 하여금 신라와 고려시대에 세 사람을 가리게 한다면 최치원과 천책과 이규보를 꼽을 것이다. 천책은 본래 만덕산 사람이나 용혈로 옮겨 살았다. 내가 다산에 살게 되면서부터 매해 한 차례씩 용혈로 놀러 가곤 했는데, 천책이 남긴 향기를 맡아 보기 위해서였다.[2]

천책에 대한 흠모의 정이 듬뿍 담긴 글이다. 이 글은 『다산시문집』에도 수록되었는데, 마지막 문장 "천책이 남긴 향기를 맡아 보기 위해서였다.(爲嗅天頤遺芳也.)"가 문집본에서는 "천책을 생각하면 언제고 안타깝게 탄식하며 애석해 마지않았다. 이처럼 뛰어나고 호방한 인물이 어찌하여 불교에 빠졌더란 말인가.(憶念天頤, 未嘗不嗟傷悼惜. 以若賢豪, 胡乃陷溺於佛敎也.)"로 어정쩡하게 고쳐져 있다. 이른바 자기검열을 거친 것이다.

다산은 초당에 정착한 1808년 봄부터 시작해서 매해 천책선사가 만년에 거처했던 용혈암터로 소풍을 떠나곤 했다. 1805년 겨울에 새로 만덕사의 주지로 부임한 아암 혜장과 가깝게 지내면서, 훗날 『대둔사지』와 『만덕사지』의 편찬을 주도했고, 이 과정에서 고려 때 만덕사의 제4대 국사였던 천책과 용혈암을 익히 알고 있었다. 다산은 천책의 시가 농려창경濃麗蒼勁, 즉 서정성이 짙고 아름다우며 군세기까지 한 것에 크게

---

2 『만덕사지萬德寺志』(아세아문화사 영인본, 1977), 54쪽: "此高麗名僧天頤, 賜號眞靜國師者詩文遺集也. 本四卷二帙, 其半爲鄰寺僧所竊, 蓮潭有一嘗欲鈎取之, 竟不得. 余觀天頤之詩, 濃麗蒼勁, 無蔬筍淡泊之病. 其學博洽該貫, 而其才敏於用事. 上之可以駢駕遺山, 下之可以拍肩蒙叟. 惜乎名己泯矣. 若使操衡藝苑者, 揀三人於羅麗之世, 則崔致遠天頤李奎報其額也. 天頤本萬德山人, 移棲龍穴. 余自棲茶山以來, 歲一游龍穴, 爲嗅天頤遺芳也." 이 글은 『다산시문집』에도 실려 있으나, 끝부분이 다르다.

놀랐고, 신라와 고려를 통틀어 세 사람을 꼽는다면 최치원과 이규보와 천책을 꼽아야 한다고 말하기까지 했다.

다산이 천책을 사모하여 『호산록』을 즐겨 읽었던 증거는 여기서 그치지 않는다. 문집에는 빠지고 없는 「유용혈기游龍穴記」를 비롯해 문집에 실린 장시 「용혈행龍穴行」 등의 작품을 따로 남겼다. 초의에게 써 준 증언에도 『호산록』에 실린 산문 중 두 단락을 그대로 베껴 써 준 내용이 남아 있다.

잠깐 정리한다. 리움미술관이 소장한 책가도 속 펼침 면 속의 시 3수는 모두 고려 때 고승인 진정국사 천책의 시를 차운한 것이다. 실제 그의 문집인 『호산록』 속에 같은 운자로 된 시가 그대로 실려 있다. 그림 속의 필첩은 그저 되는대로 아무 책이나 펼쳐서 베껴 그린 것이 아니라 의도적으로 선택한 것인 셈이다.

누구의 작품인가?

답은 글의 제목에서 이미 밝혔지만, 시 끝에 남은 서명이 '자하산인紫霞山人'과 '다창茶傖'이다. 매 수 시마다 필체를 바꾸었고, 같은 진정국사의 시를 차운했으며, 제목에 '우又'라고 쓴 것으로 볼 때, 이 두 이름은 한사람의 별호다. 우선 자하산인은 자하산에 사는 사람이란 뜻이다. 자하는 신위申緯의 호여서 대뜸 그를 떠올릴 수 있으나, 그는 첫 수 제7구에서 말한 것처럼 남방南方에서 길게 머문 적이 없다. 다창은 차에 미친 사내란 의미다. 차를 좋아하고 자하산에 살아 자하산인이란 별호를 지녔으며, 집과 떨어져서 남방에서 한동안 머물렀던 사람이다. 또 진정국사의 시집을 익히 읽었던 경험이 있다. 이 조건들을 모두 충족시키는 사람은 오직 다산 정약용 한 사람뿐이다. 자하산은 다산초당이 있던 귤동 뒷산의 다른 이름으로 실제로 다산은 자신의 자하산인이란 별호를 여러 번 사용했다. 이 시기 이미 직접 1년에 수백 근의 차를 만들어 마시고 있던 다산이 다창茶傖이란 별호도 쓴 사실은 이 서첩을 통해 처음 밝혀진 것이다.

다산은 한 권 안에 매 작품마다 다른 서체와 필명으로 솜씨를 뽐낸 시첩을 여럿 남겼다. 대표적인 예로 강진 백운동 별서를 찾았다가 그곳의 13경을 노래한 『백운첩』이 그러하다. 13경을 그때마다 다른 필체로 썼고, 그 끝에 탁옹籜翁, 송보頌甫, 다산초자茶山樵者, 미용美庸 등 매 편 시마다 다른 필명을 적었다.

그림 속의 필체도 완연한 다산의 글씨다. 다산이 직접 쓴 것일까? 그렇게 볼 수는 없고, 필첩 속의 다산 친필을 그대로 본떠서 옮겨 적은 것으로 본다. 이 글씨는 현전하는 여러 다산의 친필과 몹시 유사하다. 이 책가도를 그린 화가가 직접 실물을 놓고서 그대로 베꼈으며 그 역량 또한 대단하다는 것이 대번에 드러난다.

한편 이 시들은 다산의 시집을 비롯한 다른 어떤 필사본에도 전하지 않는 유일한 기록이다. 그림 속 책의 두께로 보아 이 시첩 속에는 아마도 10여 수에서 20수 남짓한 시가 수록되었을 것으로 보인다. 필사의 장소나 산정의 위치 등에 대해서는 전혀 다른 정보가 남아 있지 않지만, 다산이 매년 봄 천책을 기리는 마음으로 소풍을 나간 용혈암이 있던 대구면 항동項洞 인근 윤서유尹書有의 별장쯤이 아니었을까 짐작만 한다. 실제 다산의 문집 속에 실린 윤서유의 별장을 묘사한 「조석루기朝夕樓記」나 그의 옹산별업翁山別業에 대한 설명 및 윤서유의 묘지명에는 봄

소풍 때 그의 초대로 술과 생선회를 안주로 즐겁게 노닌 이야기가 여러 차례 되풀이해서 나온다.

그랬던 다산이니만큼 진정국사의 문집을 진작부터 숙지하고 있었고, 때마침 어느 해 봄날 소풍을 나갔다가 알고 지내던 스님과 만나 화제가 이에 미쳤다. 이에 마침내 용혈암 근처의 산정으로 놀러 가게 되면서 이 시첩에 실린 일련의 시를 지었던 것으로 짐작된다.

그렇다면 앞서『만덕사지』권5에 수록된 다산의 일문佚文「유용혈기游龍穴記」의 다음 대목이 특별히 눈길을 끈다. "갑술년(1814) 봄에 삼초三超 정호正浩와 기어騎魚 자굉慈宏이 마침 다산에 왔길래, 함께 용혈로 유람을 가서 정오丁午의 시에 차운하여, 마침내 이를 써서 주었다.(甲戌春, 三超正浩騎魚慈宏, 適至茶山, 與游龍穴, 次韻丁午之詩, 遂書此以予之.)"

이 글에서 정오의 시란『만덕사지』에 수록된 무외국사無畏國師 정오丁午의「능허대凌虛臺」와「능허대 위에서 홀로 노닐며 보다凌虛臺上獨游觀」등 2수와,「초은정招隱亭」시 2수, 그리고「하루는 한 서생이 와서 논어 중 산량山梁의 뜻을 묻길래 해설해 주다一日有一生來問, 魯論中山梁之意, 解說之」2수 등을 말한다. 윗글을 통해 다산이 1814년 봄에 만덕사 승려 삼초 정호와 기어 자굉이 자신에게 찾아왔을 때, 내친김에 이들을 데리고 천책의 체취가 남아 있는 용혈암으로 데려갔던 사실이 확인된다.

당시 다산은 한창『대둔사지』편찬에 매진하고 있었고, 아울러『만덕사지』편찬을 위한 자료 준비를 서두르고 있던 때였다. 1813년 겨울에는 제자 이정을 서울로 보내『동문선』등을 온통 뒤져 만덕산 백련사白蓮社 관련 자료를 모두 수습해 오게 한 터였다. 이때의 사정은『만덕사지』권상에 적힌 "계유년(1813) 겨울에 내가 경성으로 놀러 가서『동문선』중에서 최자崔滋의 비명을 취해 베껴 써서 돌아왔다.(癸酉冬, 余游京城, 於東文選中鈔取崔碑, 歸之.)"는 이정의 안설案說로 확인된다. 당시 이정은 고려 때 최자가 쓴 만덕산 백련사의 개산조인 원묘국사圓妙國師 요세了世의 비문뿐 아니라, 『동문선』에 수록된 제7대 무외국사無畏國師 정오丁午의 시문도 모두 베껴 써 왔다.

이정이 서울까지 걸음해서 찾아온 자료와 전부터 알고 있던 제4대 진정국사眞靜國師 천책天頙의 『호산록』을 더해 만덕산 백련사의 옛 역사를 파악하게 된 다산은 1814년 봄에 만덕사의 승려로 아암 혜장의 제자였던 삼초 정오와 기어 자굉을 데리고 만덕사의 또 다른 역사 현장으로 이들을 안내했던 것이다. 이때 세 사람이 함께 갔던 용혈암은 제2대 정명국사靜明國師 천인天因이 이곳에서 입적했고, 제4대 천책과 제7대 정오 또한 이곳에 오래 머물렀으므로, 만덕사 승려에게는 성지聖地나 다름없었다. 최근의 암자터 발굴조사에서 다량의 청자 불두佛頭가 출토된 것만 봐도 당시 용혈암의 위상이 짐작된다.

이렇게 용혈암 답사를 마치고 돌아온 다산은 용혈암과 관련이 있는 승려로 시를 남긴 천책과 정오의 시를 차운해서 첩으로 꾸며 한창 『만덕사지』 편찬에 여념이 없던 이들에게 선물로 주었던 것이다.

혹 다산이 이때 두 승려를 위해 친필로 써 준 서첩이 이 〈표피장막책가도〉 속의 그것이 아니었을까 추정한다. 그림 속의 책은 두께로 보아 용혈암 인근 능허대와 초은정 등을 노래한 7언절구 6수만 적기에는 훨씬 많은 분량이다. 여기에 다시 천책선사의 『호산록』의 시운을 더 끌어와, 온전히 용혈암과 관련 있는 고려 승려의 시만을 차운하여 그 정신의 풍모를 따르고 싶었던 자신의 의지를 표명한 것이 아닐까 싶다. 그리고 그들이 머물렀던 그림 속 시의 산정山亭은 다산이 매년 용혈에 갈 때면 반드시 들러서 술과 음식을 나누었던 윤서유尹書有의 정자였으리라 짐작해 본다. 술과 생선회를 승려들이 준비했을 리는 없기 때문이다.

사실 이와 관련된 논의는 다산의 『만덕사지』 편찬에 얽힌 긴 사연과도 맞물려 있어 이 짧은 글에서 모두 다 이야기하기는 어렵다. 용혈과 천책선사에 대한 다산의 생각은 별도의 지면으로 소개하기로 한다. 『만덕사지』의 편찬 경과와 다산의 역할에 대해서도 따로 살펴볼 작정이다.

화가가 그림 속에 등장시키고 싶었을 정도의 장정과 글씨였다면 다산의 시가 적힌 시첩 중에서도 상등에 속하는 작품이었을 것이 틀림없다. 화가의 눈에 걸려 그림 속에 펼쳐진 한 면으로만 요행히 남은 이 서첩의 실물은 지금도 어딘가에 소중하게 보관되어 있을 줄로 믿는다. 만약 전체 서첩이 발굴된다면 그때 이 글을 추억 삼아 나머지 면을 아울러 다시 한번 글을 쓰겠다. 이 글은 처음 예상과는 달리 그림 속 화면의 일부로 재구성된 시첩 속에서 다산의 친필 시첩의 존재를 확인하고, 그 시가 담지하고 있는 의미까지 추적해 본 흥미로운 작업이 되었다.

다산과 대둔사 선사들의 교유

『삼사탑명三師塔銘』과 『두륜청사頭輪淸辭』를 통해

이 글은 수원화성박물관이 새로 소장하면서 처음 공개하는 『삼사탑명三師塔銘』과 『두륜청사頭輪淸辭』를 통해 당시 대둔사 승려들과 다산 정약용의 교유를 정리하고 자료의 가치를 소개하는 데 목적이 있다. 다산은 강진 유배 당시 아암 혜장과의 만남을 계기로 대둔사 승려들과 지속적인 접촉을 가졌다. 『대둔사지大芚寺志』와 『만덕사지萬德寺志』의 편찬을 진두지휘했으며, 『대동선교고大東禪敎考』와 같은 조선 불교사 정리 작업까지 진행하였다. 그뿐 아니라 다산이 대둔사의 승려들에게 보낸 수십 통의 편지와 승려 제자들에게 교육의 목적으로 직접 써 준 증언첩도 실물로 여럿 남아 있다.

이번에 새롭게 공개된 두 개의 필첩은 대둔사 승려와 다산의 긴밀한 교유와 접촉을 증언하는 유력한 실물 자료일 뿐 아니라, 처음 공개되는 다산의 일문佚文을 포함하고 있어 다산학의 저변을 확장하는 데 매우 뜻깊은 자료다. 이 글에서는 두 서첩의 성격과 전승 경로를 살피고 처음 밝혀지는 자료의 내용과 가치를 소개하겠다. 이를 통해 다산과 대둔사 승려의 교유상이 좀 더 구체화될 수 있기 바란다.

서첩의 작첩作帖과 내용

두 개의 서첩은 금번 수원화성박물관에서 개인에게 일괄 구입한 유물이다. 두 서첩과 함께 구입한 또 하나의 서첩은 표제가 『무위재장無爲齋藏』이다. 내용은 미수 허목의 「척주동해비陟州東海碑」 탁본을 장첩한 것이다. 세 서첩은 모두 첫 면에 소치小痴 허련許鍊(1808~1893)의 그림이 실려 있다. 처음 작첩 당시부터 한곳에서 제작되어 이제껏 보관되어 온 것임을 알려 준다.

각 서첩의 서지 정보를 먼저 정리한다. 먼저 『삼사탑명』은 29.6×19.0cm 크기로 표지 제첨에 적힌 '삼사탑명三師塔銘' 넉 자는 초의의 친필이다. 빛바랜 갈색 계통의 운문雲紋 비단 표지에 흰 종이를 붙여 예서로 제호를 썼다(도판 6). 대둔사 승려 연담蓮潭 유일有一(1720~1799)과 백련白蓮 도연禱演(1737~1807), 완호玩虎 윤우倫佑(1758~1826) 등 세 선사의 탑명 또는 관련 글을 한데 모아 정리한 서첩이다.

첫 면을 펴면 소치 허련의 월매도月梅圖 한 폭이 펼침 면에 나온다(도판7). 언덕 위에 고매 한 그루가 비스듬히 강물을 향해 기울었고 꽃가지 위로 홍운탁월烘雲托月로 달을 그렸다. "맑고 얕은 물가에 성근 그림자 비꼈고, 달빛 어린 황혼에 암향이 떠다니네.(疎影橫斜水淸淺, 暗香浮動月黃昏.)"의 시구를 썼다.

6~7. 「삼사탑명」 표지(왼쪽)와 첫 면에 실린 소치 허련의 월매도(오른쪽)

이어 추사 김정희 친필의 「연담탑명蓮潭塔銘」이 비교적 큰 해서로 펼침 면으로 6면에 걸쳐 적혀 있다. 추사는 자신의 호를 '나산인那山人'으로 적었다. 이 글에 잇대어 초의가 친필의 예서로 새로 쓴 「연담탑명」이 2면에 걸쳐 나란히 실렸다. 초의의 글은 추사의 것과 대부분 같으나 중간 이후 상당한 차이가 난다. 끝에 초의가 쓴 발문을 보면 이 글을 쓰게 된 경위가 나온다. 그 내용은 다음 절에서 따로 소개하겠다.

다음은 다산 정약용이 짓고 장남인 정학연이 친필로 쓴 「연담대사 시권에 제하다題蓮潭大師詩卷」를 3면에 나눠 실었다. 이 글은 다산의 문집에는 빠졌고, 『대둔사지』에 「연담의 시권에 제하다題蓮潭詩卷」란 제목으로 동일한 내용이 실려 있다. 여기까지가 연담 유일 스님의 탑명과 관련된 내용이다.

이어 역시 정학연이 친필로 쓴 「백련대사탑명白蓮大師塔銘」을 4면에 걸쳐 실었다. 이 글은 원래 완호玩虎 윤우尹祐가 짓고 다산이 손을 보아 완성한 것이다. 그 뒷면에 역시 정학연이 백련대사와의 개인적 만남을 추억하고 글씨를 쓰게 된 경위를 적은 후기가 있다. 1849년에 썼다.

그다음 면에는 세 번째로 「완호대사탑명玩虎大師塔銘」의 탁본을 서첩 크기에 맞게 편집해 9면에 걸쳐 실었다. 글씨는 일미一味거사란 이가 1857년에 썼다. 이 비석은 대둔사에 서 있다. 마지막 면에는 초의가 직접 짓고 친필로 쓴 「수탑비제문樹塔碑祭文」을 실었다. 앞선 완호의 탑비를 세울 당시 지은 제문이다.

이 서첩을 장첩한 이는 초의다. 자신의 글을 두 편이나 실었고, 삼사三師 모두 자신이 속한 직계 문로의 사승師承이다. 표지 제첨도 자신의 글씨이고 추사의 탑명을 받은 것도 초의이다.

이 서첩은 언제 만들었을까? 「완호대사탑명」은 1857년에 썼다. 또 「수탑비제문」은 이듬해인 1858년 6월 11일에 지은 것으로 나온다. 정학연이 백련 도연의 탑명을 옮겨 쓴 것은 이보다 9년 앞선 1849년 4월이다. 이로 보아 이 서첩은 연담 유일, 백련 도연, 완호 윤우의 법맥을 계승한 초의와 호의 두 사람의 주도로 삼사의 탑비명을 한자리에 모아 성첩한 것이다. 주도적 역할은 제첨부터 자신의 글 두 편을 직접 실은 초의가 담당했다. 이후로는 호의 시오의 사승으로 전해 왔던 것으로 보인다. 초의가 세상을 뜬 직후 작성된 『일지암서책목록』 속에 이 책의 존재가 보이지 않기 때문이다.

두 번째로 『두륜청사』를 살펴보겠다. 필첩의 크기는 26.2×14.3cm로 모두 21면이다. 초록색 격자무늬 비단으로 표지를 만들어 분홍색 종이에 예서로 '두륜청사頭輪淸辭' 네 글자를 썼다(도판 8). 내용은 다산이 대둔사 승려 호의縞衣 시오始悟(1778~1868)를 위해 지어 직접 친필로 써준 호게첩號偈帖이다. 존재 사실만 알려졌을 뿐 실물과 전문이 처음 공

8~9. 『두륜청사』 표지(왼쪽)와 첫 면에 실린 소치 허련의 죽석도(오른쪽)

개된다. 역시 초의의 장정과 제첨이다.

첫 면을 열면 역시 펼침 면에 소치 허련이 그린 죽석도竹石圖가 나온
다(도판 9). 제시는 다음과 같다. "긴 대나무와 고목, 흰 바위와 함께 삼
청三淸이라네. 날 저문 텅 빈 산속, 이 마음 아는 이 아무도 없다.(脩篁與
枯木, 白石共三淸. 日暮空山裏, 無人知此情.)"

그 뒷면에는 정학연 친필로 '호의다실縞衣茶室' 넉 자를 2면에 걸쳐
썼다(도판 10). 1815년에 다산은 호의에게 떡차 10개를 선물하는데, 이
후 호의 자신도 직접 떡차를 만들게 되면서 다산의 해배 이후에는 두릉
으로 매년 많은 양의 차를 보내 주었던 인물이기도 하다. 초의뿐 아니라
호의도 다실을 갖춰 두고 차를 생산하고 또 즐겼던 다인茶人임을 새롭
게 확인할 수 있는 자료다. 그는 속성이 다산과 같은 정씨丁氏여서 다산
이 그를 특별히 아꼈다.

10. 정학연 친필 '호의다실縞衣茶室'

다음 면부터 끝까지 펼침 면으로 무려 18면에 걸쳐 다산 친필의「호의호계縞衣號偈」가 실려 있다. 그의 제자인 범해 각안이 지은『동사열전東師列傳』중「호의대사전縞衣大士傳」에 "정다산이 마침 강진에 있을 때 한집안의 우의를 도타이 여겨 호계號偈와 서문을 지어서 주었다.(丁茶山適在康津, 敦其宗誼, 作號偈及序文以贈之.)"라 한 내용이 보인다. 이 글 속에 보이는 호계가 바로 이 글이다. 이제껏 알려지지 않은 실물이 이번에 처음 세상에 나온 셈이다.

이 서첩을 장첩한 것 역시 초의다. 우선 제첩 글씨가 그의 것이고 초의는 스승 다산을 닮아 좋은 글씨와 그림을 손수 작첩하는 취미가 있었다. 이 글씨는 다산이 호의를 위해 지어 준 것이었으므로 당연히 호의의 거처에 보관되었을 것이다.

마지막으로 미수 허목의「척주동해비陟州東海碑」탁본을 성첩한『무위재장』에 대해 알아보자. 크기는 32.4×19.0cm로 모두 18면이다. 무위無爲 안인安忍(1816~1886)은 청해淸海 출신으로 속성은 김씨다. 16세에 두륜산 대둔사에서 출가하여 호의 시오의 법제자가 되었다. 표지는 꽃무늬 장식의 보라색 비단인데 종이를 붙여 서툰 전예篆隷로 '무위재장無爲齋藏'이라고 썼다. 소장자인 무위의 소장이란 의미일 뿐 책 이름이 아니다. 제첩은 무위의 친필인 듯하다. 그는 호남총섭표충수호湖南摠攝表忠守護의 승직을 맡아 표충사表忠祠 관리의 책임을 맡고 있다가 입적한 인물이다.

첫 면에는 앞의 두 필첩과 마찬가지로 소치 허련의 대나무 그림이 노란색 종이에 그려져 있다. 그림에 적힌 글에 "을유년(1885) 3월 초, 절에서 묵어 자고 무위노사無爲老師를 위해 뜻을 부치다. 내 나이 올해 78세다. 맑은 그림자 가을을 흔드네. 노치.(乙酉季春之初, 宿於寺裏, 爲無爲

老師囑意. 痴年七十八. 淸影搖秋. 老痴.)"라 썼다. 그러니까 소치가 78세 나
던 1885년 대둔사에 묵게 되었을 때 무위 스님을 위해 그려 준 것이다.
1886년은『무위재장』이 성첩된 해일 것이다.

　앞선 두 첩이 초의(1786~1866) 재세 시에 소치가 그린 것인 데 반해
『무위재장』은 그로부터 근 30년 뒤에 그린 것이다. 앞의 두 그림에 '소
치小痴'로 관지를 쓰고, 이 그림에는 '노치老痴'라 쓰게 된 것은 이런 연
유가 있다.『무위재장』의 탁본 뒤에는 비문의 풀이 글과 주석이 적혀 있
다. 주석자는 환여幻如다. 환여는 초의의 제자인 범해梵海 각안覺岸(1820
~1896)의 자다. 글씨도 그의 것으로 보인다. 앞의 두 첩보다 후대에 만든
서첩이다. 마침 절에서 묵게 된 소치에게 그림을 청해 새롭게 장정했다.

　정리하면 이렇다.『삼사탑명』,『두륜청사』,『무위재장』등 세 서첩은
호의의 법제자인 무위 안인이 소장해 그 법손으로 전해져 온 것이다. 이
중 앞의 두 개는 초의 의순이 직접 장첩하여 제첨을 달았고, 여기에는
추사와 다산, 정학연, 초의의 친필이 잇달아 실려 있다. 이 중 다산의 일
문이 포함되었다. 대둔사의 법맥으로 초의와 호의가 속한 완호 윤우, 백
련 도연, 연담 유일로 거슬러 올라가는 계보의 정통성과 전법의 흐름을
밝힌 내용이어서 불교사의 맥락에서 보더라도 가치가 적지 않다.

다산과 서첩 속 네 승려

연담 유일

　연담蓮潭 유일有一(1720~1799)은 자가 무이無二다. 전남 화순에서 태
어났고 속성은 천씨千氏다. 어려서 부모를 잃고 18세 때 법천사法泉寺

에서 출가했다. 당대 최고의 선승이자 학승으로 교학教學의 진흥에 큰 공을 세웠고 각종 불경에 대한 사기私記를 저술로 남겼다. 시문에도 뛰어나 시문집『임하록林下錄』을 남겼다. 연담의 행적을 적은 비문은 이충익李忠翊이 지었고, 채제공이 영찬影讚을 썼다.

연담 유일은 다산 정약용이 강진에 유배 오기 2년 전에 세상을 떠서 다산과는 만남의 기회가 없었을 듯하나 실제로는 다산이 18세 소년 시절 연담과 만나 주고받은 시가『임하록』권2에 수록되어 있다. 다산의 시문집에는 빠지고 없다. 전후 사정은 다산이 혜장에게 준 시「옛날을 그리며 혜장에게 부침憶昔行寄惠藏」에 나온다. 워낙 긴 시라 여기서 다 소개할 수 없고 앞부분만 보이면 이렇다.

옛날에 원공苑公은 시율에 푹 빠져서	憶昔苑公耽詩律
시큼한 말 앓는 시구 붓 멈출 틈 없었지.	酸言瘦句無停筆
연담 유일 노인은 자가 무이無二이거니	蓮潭老人字無二
문채로 당시에 제일이라 일컬었네.	文采當時稱第一
석림사의 경쾌한 배 눈 속에 돌아오고	石林輕舸雪中廻
만연사의 석장錫杖이 꽃 사이서 나왔다네.	萬淵飛錫花間出
이제와 그때 일은 물과 구름 다름없고	如今事與水雲空
떠돌다 남녘 오니 지난날이 그립고야.	流落南來惜往日

이 시에 붙은 원주原注가 있는데 필사본 다산 시집인『항암비급航菴秘笈』의 주석에 다음과 같은 내용이 첨부되어 있다.

원공苑公은 청파대사青坡大師 혜원慧苑이다. 속성이 정씨丁氏이고 전주 사람이다. 예전 내가 어렸을 때 청파가 북쪽으로 광주廣州 땅에 놀러 와 석림정사石林精舍에서 지냈다. 매번 흥이 일면 작은 배를 타고 한 해 남 짓 왕래하였다. 청파가 남쪽으로 돌아간 뒤 몇 년 만에 아버님을 따라 화 순에 이르렀는데 또 연담과 더불어 친하게 지냈다.[1]

석림사는 수락산에 있던 절이다. 청파대사가 올라와 석림사에 지낼 때 종종 왕래한 일이 있었고, 이후 다산이 18세 되던 1779년 아버지 정 재원이 화순현감으로 내려갈 때 다산 형제가 함께 내려가서 겨울을 나 며 동림사에서 독서할 때 연담과 만나 가깝게 지낸 인연이 있었다. 당시 의 글은 다산의 문집에는 없고, 연담의 『임하록』 권2에 「삼가 오성사군 정재원의 시에 차운하다謹次烏城丁使君載元」란 시 아래에 책방 도령인 18세의 다산에게 준 「책방 도령께 주다呈册房」란 시 한 수가 실려 있고, 이어 「부차附次 넷째 아들 이름은 약용, 나이 18세第四郞 名若年十八」란 정약용의 차운시 한 수가 실려 있다.

또 『다산시문집』 권1에는 「유일 상인에게 주다贈有一上人」란 시가 있 다. 첫 두 구절에 "지난날 원공遠公과 알고 지낼 때, 남녘의 높은 이름 들어 알았네.(夙與遠公識, 獲聞南斗名.)"라 했으니 청파대사가 소내를 왕 래할 당시 소년 다산은 이미 남녘땅의 연담이라는 승려가 시명이 높다 는 사실을 그에게서 전해 듣고 있었던 것을 알 수 있다.

그 후 20여 년 만에 강진에 유배 왔을 때 연담은 이미 세상을 뜬 뒤였 다. 하지만 대둔사에 있던 연담의 손제자 완호 윤우와 만나 실낱같던 묵

---

1 『항암비급』: "苑公者靑坡大師慧苑也. 俗姓丁氏, 全州人也. 昔余童丱時, 靑坡北遊廣州, 栖于石林精舍, 每興至乘小艓, 往來歲餘. 靑坡南歸後數年, 與從先君子至和順, 又與蓮 潭善."

은 인연이 다시 이어졌다. 이것이 이후 대둔사의 여러 일에 다산이 간여하게 된 계기로 작용했을 것이다. 이제 다시 『삼사탑명』 첫머리에 실린 연담 관련 기록으로 돌아가 보자. 먼저 첫머리에 실린 추사의 탑명塔銘을 보자(도판11).

연담의 탑비에는 명사銘詞가 없다. 그 문하에서 내게 채워 달라고 하므로 마침내 게송으로 짓는다. 게는 이러하다.

蓮潭塔碑, 無銘詞. 其門下要余補之, 遂以偈題之. 其偈曰:

연담 유일대사는	蓮潭大師
비만 있지 명은 없네.	有碑無銘
유일有一은 있지만	有是有一
무이無二는 없는 격.	無是無二
없을 것은 있으면서	有非是有
있을 것은 없는 게라.	無非是無
있고 없는 그 너머가	有無之外
문자의 반야일래.	文字般若
또렷하고 분명하니	的的明明
스님의 진면목이 절로 드러남일세.	是惟師之眞面自呈

나산인이 쓰다.   那山人

연담은 법명이 유일有一이요 자가 무이無二여서 합치면 유일무이가 된다. 추사의 「연담탑명」은 4언의 게송인데 이 유일무이란 재미난 조합

11. 추사 김정희 친필의 「연담탑명」

을 가지고 말장난 비슷하게 글을 엮었다. 비문만 있고 명문이 없는 것을 하나는 있고 둘은 없는 셈이라 해서 무슨 말을 할 듯하다가 싱겁게 글을 맺었다. 문자반야文字般若를 스님의 진면목으로 내세웠다.

바로 이어지는 글은 추사의 이 명문이 내심 성에 차지 않았던 초의가 자신의 글로 중간 이하 부분을 채워 새롭게 쓴 명사銘詞다(도판 12).

무슨 탑 여기 섰나	何塔斯旌
비만 있고 명은 없네.	有碑無銘
유일有一은 있지만	有是有一
무이無二는 없는 격.	無是無二
있는 것은 유일이요	有是有一
없는 것은 무이일세.	無是無二
일만 있고 이 없으니	一有二無
이것이 제일의요.	是第一義
일과 이를 다 잊으매	一二俱忘
형상 끊겨 이름 없다.	絶相離名
묘하고 맑고 둥글고 환해	妙湛圓炤
또렷하고 분명하니	的的明明
스님의 진면목이 절로 드러남일세.	是惟師之眞面自呈

10구였던 추사의 명사에 초의는 3구를 더하고 중간 내용을 교체해서 모두 13구의 명사로 고쳤다. 추사의 제5, 6구가 너무 말장난처럼 되고 뒷부분에 연담의 공덕을 기린 내용이 없는 점이 내심 불만스러웠던 것 같다. 제5, 6구를 교체하고 여기에 다시 제7에서 12구까지를 부연함으

離名妙湛圓
焰的的明明
是惟師之眞
面盲呈

昔會阮堂於瀛州共閱古悤銘云
語及蓮碑闕銘阮堂率价灊翰題偈
補之其中聯吅未鍊瑕余乃駁前飜
後理適中實於是眞常獨耀迥拂名
跡阮堂本意粹然明露矣

何塔斯旌肴
碑兼銘肴是
肴旹旡是旡
貳旹肴貳旡
是第弍義一
二俱尒絕相

12. 김정희의 글을 초의가 수정하여 쓴「연담탑비명」

로써 뭐라 꼬집어 말할 수 없으나 명명백백한 스승의 진면목을 찬양했다. 초의의 글씨 앞에는 '유수금일流水今日, 명월전신明月前身'이란 한장인閒章印이 찍혀 있는데 사공도의 『24시품』 중 한 구절로 이 역시 다산과의 묵은 인연에서 나온 구절이다. 명사에 이어 초의는 예서체의 작은 글씨로 자신이 이 글을 새로 짓게 된 전후 사정을 다음과 같이 적어 두었다.

> 예전 제주에서 완당과 만나 같이 옛 큰스님들의 명銘과 지志를 살펴보다가 연담 스님의 비에 명銘이 빠진 데 말이 미쳤다. 완당이 그 즉시 붓을 적셔 게송을 지어 이를 보충했다. 중간의 구절은 잘 정돈이 안 된 듯하여 내가 앞뒤를 살펴서 이치에 맞고 알맹이가 있게 하였다. 이에 참되고 항상됨이 홀로 빛나고 이름과 자취가 환하게 떨치게 되어 완당의 본래 생각도 환하고 분명하게 드러났다.[2]

그러니까 1843년 봄 제주 유배지로 초의가 추사를 찾아갔을 당시 둘의 화제가 옛 선사들의 비문에 미쳤다가 어째서 연담선사의 비문에 명사가 빠졌을까 하는 의문을 품었고, 추사는 내친김에 그 자리에서 종이를 펴서 큼직한 해서체로 명사를 지어 버렸다. 하지만 초의가 볼 때 너무 즉흥적인 글이어서 단련의 과정을 거치지 않아 앞뒤 없이 불쑥 시작했다가 불쑥 끝나 버린 것이 불만스러웠다. 그래서 앞뒤를 가리고 논리를 세워서 스승의 이름과 자취가 환하게 드러나도록 했다는 것이다. 글 끝에는 초의 자신이 평소 애용한 '은지법신銀地法臣'과 '초의의순艸衣意

---

2 초의 추기: "昔會阮堂於瀛州, 共閱古德銘志, 語及蓮碑闕銘. 阮堂率儞濡翰題偈補之. 其中聯似未鍊瑕, 余乃照前斂後, 理適中實. 於是眞常獨耀, 逈拂名跡. 阮堂本意, 粹然明露矣."

恂' 인을 찍었다.

이어지는 글은 「연담대사 시권에 제하다題蓮潭大師詩卷」라는 다산의 글이다(도판 13). 『다산시문집』에 누락되고 없는 일문이다. 전문을 읽어 본다.

초목이 꽃을 피우려면 뿌리에 기운을 쌓아 성난 듯 싹이 돋고 그 가지와 잎새를 펴서 꽃봉오리를 활짝 피우니 장차 큰일을 하려는 자와 같다. 꽃이 피고 나면 큰일은 다 마친지라 시든 꽃을 치운다. 연담대사 유일이란 분은 우리나라 승려 중에 꽃이다.

태고太古 보우普愚 스님의 맥이 여섯 차례 전해져서 서산대사에 이르고, 그에게는 두 제자가 있었으니 편양鞭羊 언기彦機(1581~1644)와 소요逍遙 태능太能(1562~1649)이 그들이다. 큰 줄기에서 뻗은 두 갈래가 천 개의 가지로 무성하게 자라 그 끝자락에 이르러 환하게 빛나고 화려하게 문채 나는 자가 나왔다. 이를 위해 티끌과 먼지를 말끔히 씻어 내고 노둔한 무리를 채찍질하고 매질하여 팔방 여러 산에 이른바 사자좌를 차지하고 있던 자들로 하여금 모두들 장기掌記를 붙들고 수판手版인 양 받들게 하여 마침내 만 갈래의 다른 것을 묶어 대일통大一統을 이룬 것은 연담 그가 있을 뿐이다. 그러니 연담이야말로 치림緇林의 꽃이 아니겠는가?

경전의 뜻이 밝아지고 문호가 커지다 보니 장차 창성하여 불꽃처럼 타오를 듯하였다. 하지만 이후로는 배우는 자가 날로 쇠미해지고 스승 된 자도 날로 비루해져서 적막하게 다시는 떨칠 수가 없게 되고 말았으니 30여 년간 꽃을 피웠다가 시든 것이 그 징험이 아니겠는가?

아암兒菴 혜장惠藏이 능히 그 후예라 할 만한데 몸집은 자그마해도 뜻은 굳세어 마음으로 그렇다 싶지 않으면 비록 스승의 말이라도 구차하게 따르려 들지 않았다. 하지만 연담의 수차手箚에 있어서만큼은 고개를 숙여 그 명에 따랐다. 때로 이따금 절간을 버리고 나를 따랐는데, 이 때문에 연담의 조예가 깊은 줄을 알게 되었다. 연담은 중년에 관찰사 심이지 沈履之(1720~1780)가 청해도 가지 않으면서 시로 대신 사례하며 말했다. "빈도 나이 우연히 경자생으로 같으니, 영공께선 참으로 갑진년의 영웅일세.(貧道偶同庚子歲, 令公眞是甲辰雄.)" 이 때문에 이름이 진신縉紳 간에 떠들썩하였다. 그가 대둔사에 있을 때 제주감진어사濟州監賑御史 박사륜朴師崙이 돌아가는 길에 찾아가니 연담이 시를 주었다. "고씨굴은 참으로 있기는 있고, 노인성을 보시기는 하셨는지요.(有無高氏穴, 觀否老人星.)" 또한 기이한 구절이었다. 대둔사의 12종사 중에 연담이 끄트머리를 차지하나 끄트머리가 아니라 꽃이다.

가경 계유년(1813) 8월 자하산인은 쓴다.[3]

다산은 연담을 고려 때 태고 보우를 뿌리로 서산 휴정의 큰 줄기와 편양 언기와 소요 태능의 두 갈래로 뻗은 거목이 일천 가지를 무성하게 내뻗어 마침내 그 끝에서 화려하게 피어난 꽃과 같은 존재로 찬양했다. 조

---

3 「題蓮潭大師詩卷」: "草木之將華也, 蓄乎根, 怒乎萌, 舒其枝葉, 蒼其蓓蕾. 若將大有爲者, 及其旣華也, 能事畢矣, 芸其萎矣. 蓮潭大師有一者, 我東緇林之華也. 太古普愚之脉, 六傳而至西山, 厥有二徒, 曰機, 曰能. 大幹雙挺, 千條並茂. 至其末也, 有燁然其光. 斐然其文者出, 爲之漱滌塵垢, 鞭笞衆駑, 使八方諸山之所謂據猰狙之楊者, 咸操掌記, 如奉手版. 卒之束萬殊而大一統, 則蓮潭是已. 蓮潭非緇林之華乎. 經旣明矣, 門旣大矣, 若將昌而熾矣. 自玆以降, 學者日衰, 師者日卑, 寥寥乎不可復振者, 三十餘年. 旣華而萎, 非其驗乎? 兒菴惠藏者, 能之裔也. 體短小而志航髒, 心苟不然, 雖師祖之所言, 不苟循, 獨於蓮潭之手箚, 屈首聽命. 時或舍淸凉而趨之余, 以此知蓮潭之所造深也. 蓮潭中年, 觀察使沈履之邀之不往, 謝之以詩曰: '貧道偶同庚子歲, 令公眞是甲辰雄.' 以此名噪縉紳間. 其在大芚時, 濟州監賑御史朴師崙, 歸而訪之, 蓮潭贈詩曰: '有無高氏穴, 觀否老人星?' 亦奇句也. 大芚寺十二宗師, 蓮潭居其末焉, 非末也, 華也. 嘉慶癸酉仲秋, 紫霞山人識."

題蓮潭大師詩卷
草木之將華也蓋乎根出
于萌舒其枝葉蕃其蓓蕾
若粉大看者及其脫華也
錢萼畢言蓋甚美矣蓮潭
大師者一者我東緇林之華
也太古普愚之脈六傳而爲西
山厥有二徒曰機曰鈍大蓮墮
挺于條並茂至其末也爲之漱滌
廛垢報若泉寫後八方諸山之

所謂攄後覩之欄古威操記
山奉手版平之末蓄珠而大一
統列蓮潭是已蓮潭冰紹沫
之蓋于經脫以美門脫大美蓄
將昌而熾美自託以降學之曰
裹師者曰早寒之半不可復振
者三十餘年脫華而蓋非其
驗乎兒廖惠藏者餘之衛也地
頷小而志航辦心蓄不然維師
祖之晬言不蓄循掏於蓮潭之
手割屋育聽令時或舍清涼

而趣之余以此知蓮潭之所遊
漆也蓮潭中年觀察紋沈侯
之遊又不法謝之詩曰貧道偈
同庚子歲今出真是甲辰間以
此名噪縉紳間其在大茅門陽
州監脹御史朴師懷惲而訪之
蓮潭贈詩曰吾無萬氏宗觀堂
老人星來壽句也大菴寺千宗
師蓮潭居其末焉非末也華
也
嘉慶癸酉仲秋紫霞山人識

선 불교의 면면한 맥이 연담의 꽃을 피워 내기 위한 준비 과정이었다는 것이니 실로 대단한 칭찬이 아닐 수 없다. 이 글씨는 다산의 친필이 아니고 아들 정학연이 부친의 글을 대신 쓴 것이다. 아마 호의의 요청을 받았을 것이다.

백련 도연

  백련白蓮 도연禱演(1737~1807)의 생애는 『삼사탑명』에 실린 정학연 친필의 「백련대사탑명」과 『동사열전』에 수록된 「백련선사전白蓮禪師傳」에 자세하다. 두 글은 내용이 대동소이하다. 「백련대사탑명」(도판 14)의 역문과 원문은 다음과 같다.

> 선사의 법휘法諱는 도연禱演으로 속성은 이씨다. 왕실의 계보에서 나왔으니 덕천군德泉君 후생厚生이 그 선조다. 부친은 휘가 춘필春弼, 조부의 휘는 해선海仙이다. 집안이 이미 쇠미해져서 누대 강진 백도방白道坊 갈두촌葛頭村 사람이 되었다. 그 백부에 승려가 된 사람이 있었는데 이름이 총오聰悟이다. 선사께서는 13세에 출가하여 마침내 총오 스님께 의탁하여 승려가 되었다. 16세에 만화萬化 원오圓悟 스님을 따라 구족계를 받고, 응성應星 민훈旻勳에게서 외전을 익혔다. 이때 동강桐江 이의경李毅敬 선생이 유림에서 이름이 떠들썩했으므로 찾아가서 의심나는 곳을 묻자 인가한 바가 많았다. 이에 연담노사를 좇아 사교四教를 배웠다. 이때 상월霜月 봉공葑公이 승평의 선암사에서 법회를 여니 배우는 자가 구름처럼 모여들었다. 선사께서도 나아가 배운 바를 검증하니 무리 중에 우뚝 빼어난지라 봉공이 깊이 큰 그릇으로 여겼다. 당시 선사의 나이는 겨우 18세였다.
> 10여 년 뒤에 마침내 연담의 의법을 전수받으니 백련이란 호를 내려 주

고 게를 지어 주며 말했다. "일만 길 연담의 물에서, 백련이 한 가지 솟아 나왔네.(萬丈蓮潭水, 白蓮抽一枝.)" 이로부터 대중을 이끌고 여러 산을 소요하였다. 만년에야 두륜산의 옛 둥지로 돌아와 옷 세 벌과 발우 하나로 아침저녁 경전을 공부하였다. 특별히 『금강경』을 좋아하여 묵묵히 곱씹고 낭랑하게 외워 밤에도 그만두지 않았다. 선사께서는 박실하면서도 거짓됨이 없어 걸꾸며 뽐내는 법 없이 오직 마음공부에만 힘을 쏟으셨다. 늘 이렇게 말씀하셨다. "60년 산림 속의 썩은 물건이 선善과 불선不善의 사이에서 처신하였다."

선사께서는 건륭 정사년(1737)에 태어나 가경 정묘년(1807)에 세상을 뜨시니 세상의 나이가 71세요, 법랍은 54세였다. 4월 3일이 돌아가신 날짜다. 그 법을 얻은 자가 4인이니, 평월平月 계형戒馨과 송악松嶽 우신祐信, 인담仁潭 의철義哲과 나이다. 그 은혜를 받은 자는 2인이니 정지正持와 설현雪賢이다. 계를 받은 자는 수십 인이다. 그 가운데 승일勝一과 승헌勝軒, 승환勝還 등이 있다. 절 서편 기슭에 탑을 세우고 내게 명銘을 지으라 하였다. 명에 말한다.

검은색과 흰색의 사이에 따로 색깔이 있고,	黑與白之間, 別有色焉.
선과 악의 사이에도 별도로 덕이 있다.	善與惡之間, 別有德焉.
우리 스님께서 처할 바를 아셨으니	吾師知所處,
뒷사람은 그를 법도로 삼으라.	後人其爲式.

가경 병자년(1816) 3월 상순, 완호 윤우가 짓는다.[4]

---

4 「백련대사탑명」: "先師法諱禱演, 俗姓李氏. 系出璿潢, 德泉君厚生其祖也. 父諱春弼, 祖

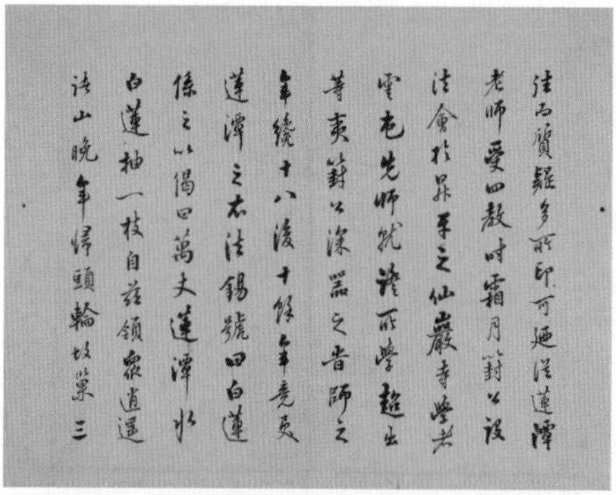

2

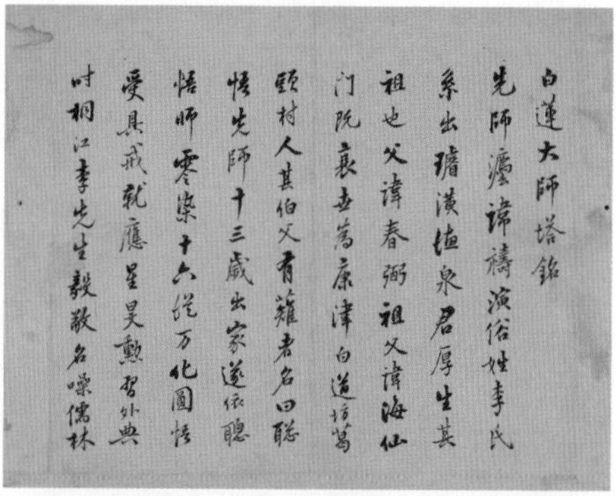

1

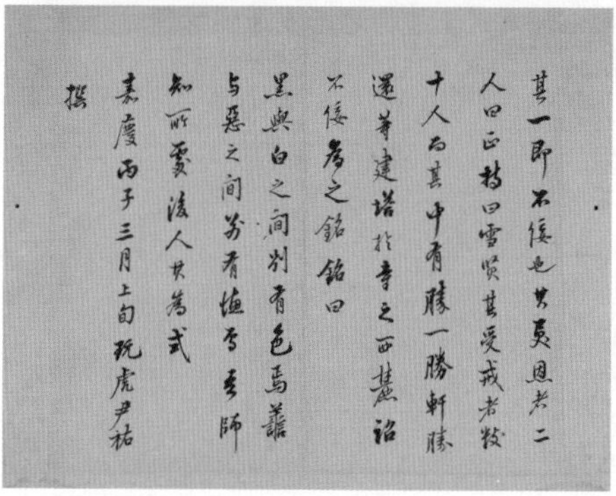

4

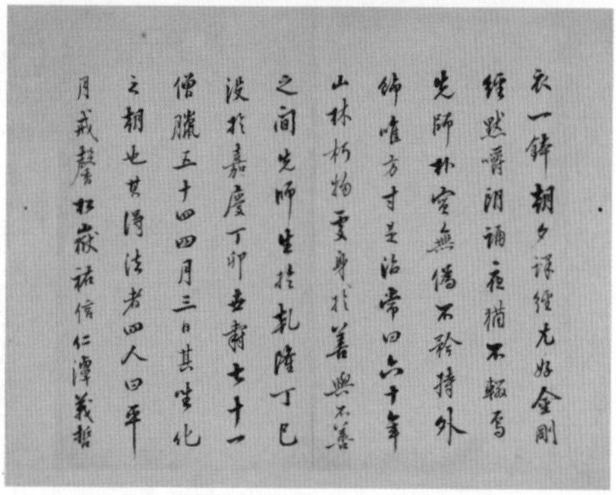

3

14. 완호가 짓고 정학연이 쓴 「백련대사탑명」

스승인 연담 유일이 내린 전법게傳法偈에서 "일만 길 연담의 물에서, 백련이 한 가지 솟아 나왔네.(萬丈蓮潭水, 白蓮抽一枝.)"라 했으므로 여기서 취해 백련白蓮의 호를 얻었다. 범해 각안이 정리한 「백련선사전」에서는 일생 백련과 같은 정백精白함으로 대중을 이끌다가 1807년 진불암에서 시적示寂했다고 썼다. 다만 한 가지 이상한 점은 탑명을 감역 정학연이 지었다고 한 대목이다. 막상 위에서 보듯 「백련대사탑명」의 끝에는 "가경 병자년(1816) 3월 상순, 완호 윤우가 짓는다.(嘉慶丙子三月上旬, 玩虎尹祐撰.)"로 분명히 써 놓았다. 어느 쪽이 맞을까?

『삼사탑명』에는 「백련대사탑명」과 별도의 후기가 정학연의 친필로 적혀 있다(도판 15). 이 글을 통해 전후 사정이 가늠된다.

내가 을축년(1805) 12월(당시 내 나이 23세)에 치원 황상(황의 나이는 18세)과 함께 장춘동의 두륜사로 놀러 갔다. 표충서원에 들어서자 당시 백련노사께서 총섭으로 서원에 계셨다. 눈같이 흰 눈썹과 큰 키에 도인의 기운이 낯빛에 환했다. 머리에는 송사모松絲帽를 쓰고 손에는 염주를 굴리

父諱海仙. 門旣衰, 世爲康津白道坊葛頭村人. 其伯父有薙者, 名曰聰悟. 先師十三歲出家, 遂依聰悟師零染. 十六從萬化圓悟, 受具戒, 就應星旻勤習外典. 時桐江李先生毅敬, 名噪儒林, 往而質疑, 多所印可. 洒從蓮潭老師受四敎. 時霜月莎公, 說法會於昇平之仙巖寺. 學者雲屯. 先師就證所學, 超出等夷. 莎公深器之. 時師之年纔十八. 後十餘年, 竟受蓮潭之衣法, 錫號曰白蓮. 系之以偈曰: '萬丈蓮潭水, 白蓮抽一枝.' 自玆領衆逍遙諸山, 晚年歸頭輪故巢, 三衣一鉢, 朝夕課經, 尤好金剛經, 默嚼朗誦, 夜猶不輟焉. 先師朴實無僞, 不矜持外飾. 唯方寸是治. 常曰: '六十年山林朽物, 處身於善與不善之間.' 先師生於乾隆丁巳, 沒於嘉慶丁卯, 世壽七十一, 僧臘五十四. 四月三日, 其坐化之朝也. 其得法者四人, 曰平月戒馨, 松嶽祐信, 仁潭義哲, 其一卽不佼也. 其受恩者二人, 曰正持, 曰雪賢. 其受戒者數十人, 而其中有勝一, 勝軒, 勝還等. 建塔於寺之西麓, 詔不佼爲之銘, 銘曰: '黑與白之間, 別有色焉. 善與惡之間, 別有德焉. 吾師知所處, 後人其爲式.' 嘉慶丙子, 三月上旬, 玩虎尹祐撰."

15. 「백련대사탑명」에 정학연이 쓴 후기

고 계셨다. 우리를 보더니 나이가 어려 철없다고 함부로 대하지 않으시고 정성껏 머물러 묵게 하였다. 이튿날 아침에 작별하는데 정답고 애틋해서 차마 갑작스레 헤어지지 못했으니 이제껏 잊을 수가 없다. 이제 탑명을 읽고서야 그 뒤 2년 만에 돌아가신 것을 알게 되었다. 호의 노종선老宗禪께서 천리 길에 번거롭게 날더러 한 통을 베껴 써서 부쳐 달라고 하기에 삼가 부족함을 잊고 이를 쓴다. 본문은 탑을 만들 당시 이미 탑 속에 넣었다고 한다.

기유년(1849) 윤4월 그믐,
67세 노인 유산이 초계시옥苕溪詩屋에서 쓴다.[5]

글에 따르면 1805년 12월 치원 황상과 함께 대둔사로 놀러 갔던 정학연은 저물녘 도착한 대둔사의 표충서원에서 하룻밤을 묵어갈 때 처음으로 백련 스님과 만났다. 당시 백련 스님은 표충서원을 관리하는 총섭의 직분으로 이곳에 머물고 있었다. 정학연은 노스님이 정스럽고 따뜻하게 젊은이를 맞아 준 것을 오래 기억했다. 글에서 "이제 탑명을 읽고서야 그 뒤 2년 만에 돌아가신 것을 알게 되었다."고 썼으니 이 탑명을 찬한 것은 정학연이 아니라 완호 윤우가 맞다.

정학연은 1805년 12월 24일부터 12월 27일까지 3박 4일간의 대둔사 기행을 「유두륜산기游頭輪山記」란 기행문에 남겨 두었다. 이 기록 중에 해당 부분을 보면 "깜깜해져서야 표충원에 들었다. 표충원이란 것은 예전 서산대사 휴정의 영당影堂이다. 옛날 임진년에 왜구가 쳐들어왔을 때 휴정은 그 제자 유정과 함께 의병을 일으켜 공이 있었다. 그래서 10여 년 전에 승려들이 탄원하여 임금의 뜻을 얻어 표충원을 세우고 그 영정을 봉안했다고 한다."고 적고, 백련 스님에 대해서는 따로 언급하지 않았다.[6] 그러다가 이 탑명을 30년 만에 보면서 잠깐 당시의 일을 떠올렸던 것이다.

또 백련이 세상을 뜬 지 32년이 지난 시점에서 호의가 정학연에게 탑을 세울 당시에 탑 속에 넣었던 원래의 탑명을 다시 한 벌 정서해 달라고

5 정학연 후기: "余於乙丑臘月余年二十三, 與黃厄園裳黃年十八, 同游長春洞之頭輪寺. 入表忠書院, 其時白蓮老師, 方以摠攝居院. 雪眉脩幹, 道氣粹面, 頭戴松絲帽, 手捻念珠. 見吾輩, 不以年少不識而忽之. 款冶留宿, 詰朝而別, 繾綣未忍遽分, 至今不能忘. 今讀塔銘, 始知其後二年而寂矣. 縞衣老宗禪, 千里誦諼, 要我寫一通以寄. 謹玆忘拙書之. 本文則造塔時已入塔中云爾. 己酉 閏四月小晦, 酉山六十七叟, 書于苕溪詩屋."
6 관련 내용은 필자의 『다산의 재발견』(휴머니스트, 2011)에 수록된 「1805년 정학연의 두륜산 유람 시문」(595~621쪽)을 참조할 것.

요청한 것은 다름 아닌 이『삼사탑명』으로 엮어 보관하기 위해서였다.

한편 완호 윤우가 스승이 세상을 뜬 지 9년 뒤인 1816년「백련대사탑명」을 지을 당시 다산이 완호에게 보낸 친필 편지 한 통이 남아 있다. 고 예용해 선생이 소장했던 것이다. 전문은 다음과 같다.

> 호의가 편지를 가지고 와서 꽃 시절에 선리가 청적하심을 알게 되었습니다. 기쁘고 아주 마음이 놓입니다.「백련탑명」은 삼가 손보고 윤색해서 가져갔습니다. 의순이 달 전에 보낸 편지에서 봄 끝 무렵에 내려오겠다고 했더군요. 공의 편지는 어제 수도암으로 부쳤습니다. 어찌해야 한번 만나 볼 수 있을까요. 몹시 슬퍼합니다. 다 갖추지 못하고 답장합니다.
>
> 병자년(1816) 한식일, 다수茶叟가.[7]

이 편지로 앞뒤 사정이 소상해진다. 1807년 백련선사 입적 후 1816년 봄에 완호 윤우가 탑명을 지어 비석에 새기기 전 다산초당에 초고를 보내 질정을 청했다. 이에 다산은 윤우가 보내온「백련탑명」초고를 산삭하고 윤색해서 보내 주었다. 글씨의 원본은 탑을 세울 당시 그 속에 넣었고, 1849년 다시 호의 스님이 정학연에게 새로 한 벌 써 줄 것을 요청하여 그것을 받아『삼사탑명』에 실었던 것이다.

스승 백련의 탑명을 제자 완호가 짓고, 완호와 가까웠던 다산이 그 탑명을 손보고 고쳐서 비석에 새겼다. 완호의 제자 호의가 다시 다산의 아들에게 글씨를 청해 연담에서 백련을 거쳐 완호로 내려온 법맥을 증명하

---

7 다산이 완호에게 보낸 편지: "縞衣帶赫蹏至, 審得花辰, 禪履淸適, 欣慰良深. 白蓮塔銘謹刪潤以去耳. 意洵月前有書云, 欲以春末, 下來有抵. 公書昨付修道菴耳. 何當一面, 甚悵甚悵. 不具謝. 丙子寒食日, 茶叟."

려 만든 『삼사탑명』 속에 이를 수록하였다. 완호의 문하에서 호의와 초
의가 나와 대둔의 법맥이 이처럼 또렷하고 명백하게 이어짐을 증명했다.

완호 윤우

　세 번째로 살필 것은 「완호대사탑명」이다. 완호玩虎 윤우倫佑(1758~
1826)는 다산보다 네 살 위였다. 그의 별호인 완호는 본래 완호玩湖였는
데 다산이 완호玩虎로 고치게 했다. 이백의 「태백호승가太白胡僧歌」에
나오는 범을 어르는 고승에서 따온 이름이었다. 연담蓮潭은 연꽃이 핀
못이고, 백련白蓮은 그 못에 피어오른 한 송이 연꽃이었다. 이제 완호玩
湖는 그 백련이 피어오른 호수를 바라보며 아끼다가 갑자기 범을 데리
고 노는 용자勇者로 거듭났다. 그는 해남 사람으로 속성은 김씨였다.
　이번에는 글씨가 아니라 대둔사에 서 있는 비석을 탁본한 것을 그대
로 편집해서 실었다(도판 16). 글은 권돈인權敦仁이 짓고, 글씨는 추사의
셋째 아우인 김상희金相喜가 썼다. 완호 사후 32년 만에 비석을 세웠다.
『삼사탑명』에 실린 「완호대사탑비」를 먼저 읽는다.

　　호남 대둔사 승려 초의 의순은 노성한 데다 불법에 깊어 나와 가깝다. 스
　　승 완호의 행장을 가지고 와서 내게 말했다. "스님의 이름은 윤우이니 완
　　호는 호다. 13세 때 절의 백련 스님을 스승으로 모시고 내전을 익혔고,
　　17세에 머리를 깎고 연담 스님에게 참학하여 용상龍象을 시봉한 것이 4
　　년이었다. 대개 깊이 깨달은 바는 연담 스님을 종주로 삼았다. 개당開堂
　　하여 설법을 펴자 설법을 들으러 온 자가 많게는 백여 명이나 되었다.
　　하루 저녁에 천불전 등 절의 여러 건물에 불이 났다. 스님은 흥폐興廢를
　　개연히 탄식하며 3년 만에 모두 새로 지었다. 또 3년에 경주 기림사에서

천불상을 조성하였다. 배가 동래에 이르러 바람을 만나 일본으로 갔다가 이듬해 돌아와 대둔사에 정박하니 비로소 천불전에 안치하였다. 한암寒巖으로 물러나 지냈다.

병술년(1826) 가을에 꿈에 승려 16명이 지난날 스님이 행실이 있다는 말을 들었으므로 특별히 와서 작별한다고 말했다. 깨어나서 말하기를, '내가 응진應眞의 작별 인사를 받으니 인연이 다하였다.'고 하고는 8월 24일에 시적示寂하였다. 얻은 해가 69세요, 법랍은 53세였다. 뒤에 승려 영원靈源의 꿈에 나타나 그에게 고하였다. '과거도 같고 미래도 같고 현재 또한 같도다.' 마침내 삼여三如로 시호를 삼았다." 거사가 말했다. "스님이 선한 근기根基로 제불諸佛의 진여眞如를 얻었으니 미래불이 될 것을 의심치 않는다."

그러고는 게를 읊어 말했다. "불설佛說의 오교五敎는 바다가 시내를 받아들임 같아, 어느 종교든 포용치 않음이 없으니, 포용함이 없이는 원만하지 않는 법. 스님은 이처럼 들었다. 어찌 계율과 선禪을 가를까. 법은 홀로 일어나지 않으니 말을 폄이 어이 다를까. 저 서로 어긋나는 것은 궁한 이가 저울질에 얽매여서일세. 부처 말씀 허망타 하나, 허망하지 않고 알차다. 일체의 일 처리는 생멸에 집착지 않는다. 스님은 이처럼 들었다. 부처 성품 공空함을 증명함은 거울 빛이 정한 대로 받고 연꽃이 더러운 물에서 깨끗함과 같다. 진공眞空임을 깨달으면 마침내 묘유妙有로다. 불설로 공양함은 무량한 공덕이라. 화상畫像과 탑묘塔廟와, 칠보와 금백과 영락과 번당도 모두 부처의 거친 자취. 오히려 공덕이라 하여 성불함이 다함 없네. 하물며 원력으로 정신이 통할진대, 화륜火輪과 풍륜風輪이 두렴 없이 절로 굳세리. 1003개 부처님은 제망帝網이 드러난 듯, 무등등無等等의 공덕도 사방과 더불어 크거니와 어이 과보果報 아닐쏘냐. 삼계에

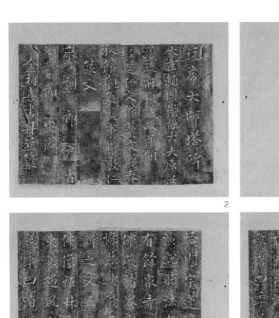

2

1

4

3

6

5

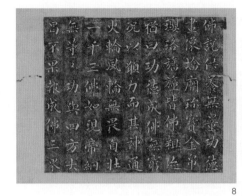

8

7

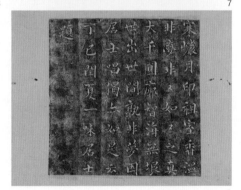

9

16. 「완호대사탑명」 탑본(56~57쪽)

성불하고 한암에 월인月印 찍어 조실祖室 향기 따스하다. 꿈 아니요 거짓
아닌 여여한 참됨일세. 대천세계 드넓고 지혜 바다 가이없네. 세상에서
세간 벗어나니 누군들 꿈에 인하지 않으랴. 거사가 게송 노래함도 또한
이와 같다 하리."

정사년(1857) 윤하閏夏에 일미거사가 쓴다.[8]

  다산이 완호에게 보낸 편지가 친필로 여러 통 남아 전한다.『대둔사지』
의 편찬을 비롯해 대둔사와 관련한 일에 다산이 깊숙이 간여하게 된 것은
연담 유일과의 해묵은 인연 외에 완호와의 각별한 왕래 때문이었다.
  탁본 뒤에는 초의 친필의 「수탑비제문樹墖碑祭文」이 실려 있다(도판
17). 서두 이후 끝까지 4언체의 가락을 얹어 쓴 글이다.

  함풍 8년 무오년(1858) 6월 을사 그믐 11일 을묘일에 수법受法 제자인 시
  오와 의순 등은 삼가 계절 차림의 제수로 감히 돌아가신 화상의 영탑 전

8 「완호대사탑비」: "湖之大芚釋艸衣意洵, 老而深於佛, 與余善. 以其師玩虎狀, 謁曰: '師
  名淪佑, 玩虎其號也. 年十三, 師寺之白蓮師, 受內典. 十七圓頂, 參蓮潭師, 侍龍象者四
  年. 盖所玄悟, 則宗蓮潭. 開堂演說, 聽法者多, 百有餘衆. 寺一夕千佛殿諸寮室災, 師慨
  然興廢, 三年擧新之. 又三年, 成千佛像祇林寺, 舟及東萊, 遇風之日本. 翼年回泊芚, 始
  安於殿, 退處寒巖. 丙戌秋, 夢僧十六, 前日聞師有行, 特來相別. 覺而曰: '吾所供應眞
  辭, 化緣盡矣.' 八月卄四日示寂, 得壽六十九, 臘五十三. 後夢靈源, 源而告曰: '過去如, 未
  來如, 現在亦復如.' 遂以三如諡.' 居士曰: '師之善根, 得諸佛眞如, 卽其爲未來佛, 且無
  疑.' 乃說偈曰: '佛說五敎, 如海納川. 無敎不攝, 無攝不圓. 師如是聞, 何律何禪. 法不孤
  起, 言豈異宣. 彼相戾者, 窮子滯權. 佛說虛空, 不空而實. 一切理事, 匪著生滅. 師如是
  聞, 證佛空性. 鏡光定受, 蓮華染淨. 了其眞空, 妙有究竟. 佛說供養, 無量功德. 畵像塔
  廟, 珍寶金帛. 瓔珞幡幢, 皆佛粗迹. 猶曰功德, 成佛無窮. 况以願力, 而其神通. 火輪風
  輪, 無畏自吽. 一千三佛, 如現帝網. 無等等功, 與四方大. 曷不果報, 成佛三界. 寒巖月
  印, 祖室香溫. 非夢非非, 如如之眞. 大千圓廓, 智海無垠. 世出世間, 孰非夢因. 居士唱
  偈, 亦如是云.' 丁巳 閏夏, 一味居士."

17. 초의 친필 「수탑비제문」

에 고하나이다. 생각건대 지극한 진리는 텅 비고 적막하니 현요玄耀를 한데 합쳐, 동경動境을 살짝 건너 번요煩要함을 나누네. 번잡함은 내려놓고 핵심은 바로 올려, 요행을 버려두고 바름에 나아가니 공이 전과 다르다네. 생각건대 화상께선 정중正中으로부터 와서 옥 새끼줄로 상서를 드러내 내려온 자취 배태했지. 어려서 출가하여 머리 땋고 경전 읽어, 어려서부터 이름 전해 덕의 향기 오래갔네. 불상이 훼손되면 반드시 다시 조성했고 전각이 기울면 반드시 다시 세웠다네. 19년간 교학을 강론하였고 1003불이 불에 타서 더 빛났지. 장한 일을 다 마치곤 자취 거둬 한가하니 한암의 달 밝은 밤 밀실은 향기롭고 따스했네. 은밀하게 입정 들어 부처님 거울에 정신을 깃들이니 마음과 더불어 하나 되어 성품 함께 고요해졌다네. 응진께서 와서 작별하매 삶의 인연 다함 알아 조화 거둬 돌아갔지. 다시 마쳐 다 태우곤 탑이 여기 우뚝 섰다. 명사銘詞를 못 새긴 채 세월만 보내려니 마음 깊이 한 맺혔지. 하늘 근원 길이 정해 사물 연고 함께 남겨 살아남은 무리라곤 시오와 의순뿐. 서리 눈에 터럭 앉고 뼈와 거죽 앙상하다. 저 지는 해와 같아 덧없이 빠져 가니 한번 숨을 못 돌리면 한스러움 말 못 하리. 마지막 한 마디에 힘을 쏟아 방법 얻어 쌍훈雙薰과 고운 孤雲이 힘을 모아 일어나서 은붓으로 글씨 써서 귀한 글로 덕 칭송해 금수 무늬 찬란하고 채색 빛은 오옥烏玉이라. 배가 해남 정박하여 탑 오른 편 세웠다네. 탑에 명지銘志 간직하니 옛 동산에 영예 넘쳐, 향기론 뇌는 기이함을 바치고 두륜산은 우뚝하니 빼어나다. 소나무는 금琴이 되고 시 냇물은 슬瑟이 되어 아래위로 소리 펴네. 흰 구름 밝은 달은 아침저녁 찾아온다. 무정한 계를 맺어 무생의 즐거움을 펴리. 대적광전 속에 늘 있으니 안착하기 마침 맞다. 부평초를 거느리고 난초 깔개 자리 이어, 진자眞 慈를 우러러 빌며 굽어 조화 맞이하리. 엎드려 바라건대 진여의 세계 안에 본체는 기이한 상서로움으로 빛나고 보리원 가운데는 남은 빛 길게 늘여 고운 계수 무성한 덤불 오랠수록 푸르리. 가지마다 열매 맺혀 잎잎마다 향기 전하리. 상향.[9]

가락에 맞춰 문식으로 꾸며 쓴 글이다. 완호 스님의 생애를 요약하고, 탑명을 갖춰 세우지 못해 애를 태우던 시간들을 돌아보는 심회를 적었다.

---

9 초의,「樹塔碑祭文」: "維咸豊八年戊午(1858), 六月乙巳朔, 十一日乙卯, 受法弟子始悟 意恂等, 謹以時羞之奠, 敢昭告于先和尚靈塔之前. 伏以至眞虛寂, 葆合玄耀, 微涉動境, 乃分煩要. 煩以僥降, 要以正上, 捐僥就正, 功不由曩. 伏惟和尚, 從正中來, 玉繩現瑞, 降 跡胚胎. 童眞出家, 辮髮縅經, 齒幼名傳, 童壽德馨. 有像漫漶, 必從重成. 有殿傾側, 必

사실 초의와 호의는 스승 완호의 탑비명을 해거 홍현주나 자하 신위 등 당대 최고의 문장과 글씨로 이름 높던 이들에게 받아 내서 돌에 새겨 세우려고 무진 애를 썼다. 이른바 삼여탑비三如塔碑를 세우려고 초의는 1830년 9월 보림백모寶林白茅 떡차를 만들어 예물로 들고 상경했고, 박영보를 통해 신위와 만나 차를 선물로 주며 스승의 탑명을 간절하게 청했다. 이에 신위는 「삼여탑명서三如塔銘序」를 지었으나 당시 비방을 입어 근신하던 처지였기에 글씨까지 쓰지는 못했다. 이후로 1834년과 1838년에도 신위에게 글씨를 받을 생각에 떡차를 만들어 상경했다. 하지만 신위가 이때 쓴 글씨는 너무 작아 새길 수가 없었고, 초의가 「동다송」까지 지어 바치는 정성을 쏟았음에도 써 주마고 약속했던 홍현주에게서는 끝내 글씨를 받지 못했다.[10] 그리고 나서도 다시 근 20년이 더 지난 1857년에야 권돈인의 글에 김상희의 글씨를 받아 빗돌이 서게 되었으니 당시 초의와 호의의 감회가 어떠했을지는 짐작하기가 어렵지 않다.

지난 2014년 과천추사박물관에서 개최된 특별전에도 초의가 장정해서 직접 꾸민 『완호대사비명』과 『완호대사행장』이 첩장된 상태로 처음 공개되었다. 『완호대사비명』은 『삼사비명』에 실린 것과 같은 내용을 동

從重營. 一十九年, 講授敎乘, 一千三佛, 火浴增塋. 能事已圓, 斂跡就閒, 寒巖月皎, 密室香溫. 宣密觀定, 棲神佛鏡. 心與爲一, 性得同瀞. 應眞來辭, 知盡生緣. 收化歸證, 薪盡火傳. 有墖斯穹, 銘詞末鐫. 荏苒歲月, 恨結心腑. 旻源永定, 幷餘物故. 餘存屝徒, 唯悟與恂. 霜巓雪鬢, 骨峻皮皴. 如彼落日, 冉冉將淪. 一息不回, 恨也難陳. 末後一言, 盡力道得. 雙薰孤雲, 應起效力. 銀筆書行, 雲章頌德, 錦繡紋瀾, 彩光烏玉. 船海南泊, 樹墖之右. 塔藏銘志, 榮溢舊囷. 香岑獻奇, 輪崎標秀. 松琴潤瑟, 上下宣音. 白雲明月, 昏曉參尋. 結無情契, 演無生樂. 常寂光中, 好是安著. 蘋蘩斯將, 蘭藉承爵. 仰祈眞慈, 俯歆斯龢. 伏願眞如界內, 體耀奇祥. 菩提苑中, 推延餘光. 嫩桂榮叢, 久愈蒼蒼. 枝枝結果, 葉葉傳芳. 尙饗."

10 전후 경과는 정민, 『새로 쓰는 조선의 차문화』 중 「차 끓여 박사 이름 얻으셨구려: 초의와 신위」(275~296쪽)에서 자세히 검토하였다.

해상초인東海上樵人 신헌申櫶(1810~1884)이 1865년 3월 3일에 호의의 제자 금파金波 응신應信의 부탁으로 다시 써 준 것이다. 비명 뒤에는 초의가 지은 「수탑비제문樹墖碑祭文」이 역시 신헌의 글씨로 실려 있다.

이 밖에도 초의와 호의가 지은 「비음기碑陰紀」가 문장으로 남아 있다. 특히 초의의 글 끝에는 홍현주가 써 준 명문이 실려 있다. 초의의 글은 길어서 지면 관계상 생략하고, 호의가 쓴 「비음기」는 다음과 같다.

> 비석은 공적을 기록하는 것이다. 선사께서는 기록할 만한 공적이 있으신데 문도 67인이 모두 청한清寒한 데다 이리저리 떠돌다 보니 방법을 낼 도리가 없었다. 세월만 보내다가 대부분 다 세상을 뜨고 오직 의순과 시오만 남았다. 병진년(1856)과 정사년(1857) 사이에 새로 경기도 광주의 봉은사에서『화엄경』을 간행할 때 의순이 부름을 받아 교정하고 증명하는 자리에 참석하였다. 시오가 문하와 더불어 의논해서 그 걸음을 빌려 서울에서 돌 하나를 사서 인하여 글을 청해 서울에서 새겨 배로 운반해 오기로 하였다. 무오년(1858) 1월의 일이다. 비석에 씌울 갓돌은 본사에서 만들어서 세웠다.
>
> 함풍 8년(1858) 4월 일, 문인 시오는 삼가 적다.[11]

하지만 호의와 초의가 이때 지은 이 글도 어찌된 연유인지 끝내 비석에 새겨지지는 못했던 듯하다. 어쨌거나『삼사탑명』에 탁본으로 실린

---

11 호의, 「碑陰紀」: "碑所以紀績也. 先師有可紀之績. 門徒六十七人, 皆淸寒雲蹤, 無能出手, 荏苒歲月, 零落殆盡, 唯恂與悟. 在丙辰丁巳之間, 新刊華嚴於廣州之奉恩寺. 恂被召, 往參校證之席, 悟與門下相議, 因其行而圖買一石於京中, 因以乞文京刻, 船運而來, 卽戊午之孟春也. 造臺笠於本寺而竪之. 咸豐八年四月日, 門人始悟謹識."

「완호대사탑비」는 완호가 입적한 지 22년 뒤에 비석으로 설 수 있었다. 대신 초의는 이 과정에서 자신이 만든 차로 경향간에 큰 명성을 얻을 수 있었다. 그리고 그 배경에 다산이 그림자처럼 있었다.

호의 시오

호의縞衣 시오始悟(1778~1868)는 속성이 정씨丁氏이고 아명은 계방桂芳이다. 전남 화순 동복 사람이다. 어려서 부모를 여읜 뒤 화순 만연사萬淵寺에 의탁해 경관慶冠을 은사 스님으로 머리를 깎았다. 백련 도연을 법사로 구족계를 받고 20세 나던 1797년 대둔사로 연담 스님을 찾아가 공부했다. 이후 완호 스님을 가까이서 시봉하였다.

다산과의 첫 만남이 언제 어떻게 이루어졌는지는 기록이 분명치 않다. 『동사열전』에는 1812년 봄 완호에게 염향拈香할 무렵 다산이 그가 한집안임을 기뻐하며 호게와 서문을 지어 주었다고 적었다. 이즈음 진행된 『대둔사지』의 편집을 위해 스승 완호의 위촉을 받아 호의가 자료를 들고 다산초당을 빈번하게 왕래하면서 다산과의 만남이 이루어졌을 것으로 짐작된다.

먼저 『두륜청사』에 수록된 다산 친필 「호의호게縞衣號偈」(도판 18)의 전체 원문을 먼저 읽어 보기로 하자.

깎아지른 저 두륜산	截彼頭輪
이 두남斗南을 눌렀다네.	鎭此斗南
그 왼편 기슭에는	于其左麓
좋은 가람 자리했지.	厥有精藍
고요한 스님 있어	有寂一禪

물억새 같은 호의일세.	縞衣如荻
누구 뒤를 이었던고	云誰之續
연담 스님 뒤이었네.	於鑠蓮潭
저 맑은 샘물 뜨니	斛彼淸泉
기쁘고도 맛이 달다.	是悅是甘
막걸리를 얻게 되면	偶有薄酒
거나하게 취한다지.	載醺載酣
쟁그렁 지팡이로	鏗然一笻
여러 암자 돌면서,	巡及諸菴
『법화경』강의하다	爰講法華
『십현담十玄談』에 미치었네.	以逮玄談
옥가루 침 튀기며	咳唾玉屑
경함經函에서 마구 뽑지.	亂抽經函
습득拾得을 늘 맘에 품어	常懷拾得
찬 바위굴서 지내누나.	栖息寒巖
푸르른 등불 하나	靑瑩一燈
불감 고요히 비추는데,	靜照佛龕
고요히 좌선하며	闃然坐禪
예전 배움 증명하네.	以證夙諳
만 걸음에 일천 도끼질	萬步千斧
두 번 세 번 그치잖네.	不止再三
향기 바다 깨끗하고	香海旣淨
뭇 이치는 또렷하다.	衆理昭森
산 밖의 일들일랑	山外之事

성품으로 못 견디리.　　　　　　　匪性所堪

또한 도사導師 예좌猊座 앉아　　　　亦哂導師

조잘댐을 비웃었지.　　　　　　　據猊呢喃

어이 굳이 세존만이랴　　　　　　何必世尊

노담老聃 또한 사모하네.　　　　　亦慕老聃

가죽나무 상수리나무　　　　　　已悟樗櫟

녹나무보다 오래 삶 깨달아서,　　壽勝梗枏

즐겁게 노니나니　　　　　　　　優哉游哉

세월은 유한하다.　　　　　　　歲月其覃

이어 굳이 애를 써서　　　　　　豈必役勞

탐진치에 빠지리오.　　　　　　以溺嗔貪

까마득한 저 복희 신농　　　　　緬彼羲農

아득하여 짝이 없네.　　　　　　邈焉寡儔

꿈결에도 요순 임금　　　　　　寤寐唐虞

강개하게 홀로 그리누나.　　　　慨獨思侔

하상夏商 시절 이후로는　　　　自夏商還

한 해 이미 가을일세.　　　　　如歲旣秋

하늘로 솟구쳐서　　　　　　　常思戾天

구주九州 구경 생각다가,　　　　歷覽九州

휴 하고 탄식하며　　　　　　　噫然以息

이 숲속에 깃들었지.　　　　　　安此林丘

시내 바위 깨끗하고　　　　　　泉石靜潔

꽃나무는 어여쁘다.　　　　　　花木幽幽

좌우에 도서 두고　　　　　　　左圖右書

截彼頭輪
鎮此斗南
于其左麓
厥有梵藍

有寐一禪
縞衣如荼
云誰之續
於藥菴潭

醴彼清泉
老悅老甘
偶有薄酒
歆登塤酣

鑿坯一節
巡及諸耆
爰講法華
以遠玄談

咳唾玉屑
亂抽經函
常懷拾得
栖息寒巖

青熒一燈
壽照佛龕
闍坐坐禪
以證風諳

萬步千峯
不四而三
青海皓淨
眾理昭森

山外之事
盍性不堪
六唾導師
據几呢喃

何必亞尊
六茶老釅
之樽樏栖
壽勝梗枏

10

11

12

13

14

15

16

17

18

18. 정약용이 호의에게 친필로 써 준 「호의호게」(66~67쪽)

그 속에서 유영하네.	以泳以游
고금을 두루 살펴	俯仰今古
덧없는 삶 슬퍼했지.	哀此蜉蝣
넘치는 저 물은	彼瀰者水
창주滄洲에 아득하니	曠然滄洲
한가한 주인 되어	閑者攸主
한 조각 고깃배로,	一葉漁舟
아침저녁 가고 오니	朝往暮來
또 무엇을 구하리오.	亦又何求
소요하며 노닐면서	消搖徜徉
마침내 백두白頭 되리.	遂及白頭
밝은 달빛 배에 가득	明月滿船
뱃노래 맑은 가락.	淸唱櫂謳
물 위에 띄운 집서	浮家泛宅
머물며 지내리라.	是淹是留

호의선사는 압해 정씨의 후예인데 지금 대둔사의 남암에 거처하고 있다.

縞衣禪師, 押海之裔也. 今居大芚之南菴.

내용을 간추리면 이렇다. 호의는 두륜산 남쪽 대둔사에 있으며 성품이 고요하다. 연담 유일 스님의 법을 이었고 성품이 소탈해서 막걸리도 잘 마신다. 석장을 짚고 여러 암자를 돌면서 『법화경』과 『십현담』을 강의할 때면 전혀 다른 사람처럼 경함에서 불경을 마구 뽑아 거침없이 강의한다. 그는 당나라 때 유명한 거지 승려이자 시인인 습득拾得을 특별히 사랑해서 그가 그랬던 것처럼 찬 바위굴에서 생활한다. 그의 거처를 보면 푸른 등불이 하나 걸려 불감佛龕을 비추고 있을 뿐 다른 아무것도 없다. 그는 그 속에 사려 앉아 참선삼매에 들어 이전의 화두를 참구하고 점검하여 두 번 세 번 완벽을 기한다.

하지만 세속의 일은 성품이 견디질 못한다. 도사導師라 하여 젠체하는 것을 가장 혐오한다. 그는 불적에 몸을 두었지만 노자老子의 가르침을 사모한다. 가죽나무와 상수리나무가 무용지용無用之用으로 녹나무보다 오래 삶을 아낀다. 여기에 더해 복희 신농에서 요순으로 이어지는 유학의 가르침도 소홀히 하지 않았다. 사람됨이 욕심이 없고 무리하는 법이 없어 대둔사의 청정한 자연 속에서 순천順天의 삶을 살아갈 것을 축원했다.

그런데 다산이 이 글을 지어 주면서 호의에게 보낸 친필 편지가 따로 남아 있다. 한국교회사연구소가 소장한 『매옥서궤梅屋書匭』첩에 수록된 것은 대부분 다산이 호의에게 보낸 13통의 편지인데 그중 제3신에 다음의 내용이 있다.

> 기어騎魚 자홍慈弘이 와서 손수 쓴 편지를 받고. 선미禪味를 잘 알게 되어 마음이 놓였네. 어제 산사로 놀러 갔더니, 사미沙彌나 두타頭陀 할 것 없이 모두 호의縞衣라고 하더군. 비로소 군이 호의로 불리는 줄을 알게 되었네. 이미 행세한다면 게어偈語가 없을 수 없겠지. 이에 졸어拙語를 지었으니 시험 삼아 상자 속에 던져두게나. 다 갖추어 말하지 않네.
>
> 다초가 답장함. 9월 16일.[12]

---

12 『매옥서궤』 제3신: "騎魚至得手書, 諦悉禪味, 爲慰. 昨游山寺, 不論沙彌頭陀, 皆誦縞

1813년 9월 16일에 보낸 편지다.[13] 대둔사로 놀러 갔다가 절의 승려
들이 모두 호의라고 부르는 것을 보고 호게를 지어 준다고 적었다. 그간
다산이 관찰한 호의의 사람됨과 장래에 대한 덕담을 내용으로 담은 것
이다. 당시 호의는 36세였다.

한편 공개된 『두륜청사』의 끝에 "가정 갑술년(1814) 자하산인이 송풍
암 가운데서 쓰다.(嘉靖甲戌, 紫霞山人書于松風菴中.)"란 부기가 남아 있
다. 서체로 볼 때 이 한 줄은 다산의 글씨가 아니라 후인이 보사補寫한
것이다. 바로 위 편지에서 1813년에 지어 주었다고 했으니 이 부기에
적힌 연대에 착오가 있는지 아니면 편지가 1814년에 쓴 것인지 더 살펴
보아야 한다.

다산은 호의에게 시 공부를 무던히 권했는데 『매옥서궤』 제5신에 관
련 내용이 다시 보인다.

> 일전에 보낸 글은 이미 받아 보았겠지? 산거山居가 쓸쓸할 때면 한암寒
> 巖의 시사詩思가 있곤 하네. 연로蓮老와 서로 만나게 되면 기울여 쏟아
> 낼 참이었는데, 어찌 탄식이 미치겠는가. 연로의 시문은 근래에 이미 교
> 정을 마쳤네. 안타까운 점은 후진後塵이 마침내 끊어져 버리고 만 것일
> 세. 군은 글재주가 있네. 이왕 도사導師가 되지 않았으니, 어찌 시율詩律
> 에 정성을 쏟아 연로의 뒤를 밟지 않는단 말인가? 만약 뜻이 있다면 마땅
> 히 도와주겠네.
>
> 9월 20일, 다수茶叟 삼가.[14]

衣, 始知君以縞衣行. 旣行矣, 不可無偈語, 玆有拙語, 試抛箱匧中. 不具言. 茶樵謝. 九
月十六日."
13 『매옥서궤』에 관해서는 필자의 『다산의 재발견』(휴머니스트, 2011)에 수록된 「다산이

위 편지를 쓰고 나흘 뒤에 다시 쓴 글이다. 글 속의 연로蓮老는 연담 유일이다. 위 호게에서 나온 도사導師 운운한 대목과도 연결되는 내용이다. 다른 편지를 보면 당시 다산은 『대둔사지』 편찬에 힘을 쏟고 있을 때였는데 당시 다산을 도와 대둔사 관련 자료를 수집해 오는 심부름을 호의가 담당하고 있었음을 알 수 있다. 호의는 초의와 달리 끝내 시에 마음을 두지 않았던 듯 오늘날 그가 남긴 시는 한 수도 보이지 않는다.

다산이 친필로 써 준 『두륜청사』의 「호의호게縞衣號偈」는 한집안 승려인 호의에 대한 다산의 특별한 관심과 애정을 잘 보여 주는 글이다. 다산은 초의를 위해서도 따로 호게를 지어 준 바 있다. 그간 원본의 소재를 몰라 내용마저 알 수 없다가 이번 자료의 공개로 세상에 알려지게 되었다.

이상 수원화성박물관 소장 필첩 3종 자료에 대해 상세히 소개했다. 『삼사탑명』은 당시 대둔사의 적전嫡傳이었던 연담 유일-백련 도연-완호 윤우로 이어지는 법계의 정맥에 따라 세 승려의 탑명과 관련 자료를 추사 김정희, 다산 정약용, 정학연, 초의 등의 친필로 묶어 정리해 둔 귀한 자료다. 대부분 문집에 누락된 글이어서 자료적 가치가 남다르다. 또 『두륜청사』는 다산이 한집안 승려인 호의를 위해 친필로 써 준 호게號偈로 역시 문집에 누락되고 없는 다산의 일문이다. 함께 들어온 『무위재장』은 미수 허목의 「척주동해비」의 탁본으로, 호의의 제자 무위 안인이

호의에게 보낸 편지첩 『매옥서궤』(211~242쪽)를 참조할 것.
14 『매옥서궤』 제5신: "日前書字, 想已寓目. 山居廖落時, 有寒巖詩思, 得與蓮老相邅, 則庶幾傾瀉, 何嗟及矣. 蓮老詩文, 近已校正了. 所恨後塵逶絶響爾. 君有詞翰之才, 旣不作導師, 何不倂精詩律. 以踽蓮老之後耶. 如其有意, 當有相助. 九月卄日, 茶叟頓."

장첩한 것이다.

이 세 필첩은 모두 무위 안인의 처소에 보관되어 왔던 것으로 보인다. 대둔사 법맥의 가장 중심 줄기를 이룬 계보를 밝히고 있고, 연담에서 백련과 완호를 거쳐 초의와 호의, 그리고 그다음 무위에 이르는 5대에 걸친 흐름이 오롯하게 남아 있다.

이 글은 특별히 다산과의 관계에 주목하여 내용을 검토하였고, 필첩의 전체 원문을 번역과 함께 풀이해 소개하였다. 향후 다산과 대둔사 승려의 교유와 왕래에 대해서는 더 깊이 있는 천착과 폭넓은 자료 소개가 더 이루어질 필요가 있다.

새 자료로 만나는 사제 간의 정리情理

『치원소고巵園小藁』 및 『치원진장梔園珍藏』에 대하여

2012년 2월 초에 한 통의 전화를 받았다. 치원巵園 황상黃裳(1788~1870)의 후손인데, 필자의 『삶을 바꾼 만남』(문학동네, 2011)을 뒤늦게 보았고, 자신의 집안에 치원의 문집과 편지첩 등이 여러 책 보관되어 있다는 전 갈이었다. 소장자는 황수홍黃秀洪 선생이다. 그는 다산의 제자였던 연 암硯菴 황지초黃之楚의 5대손이다. 조부인 황희규黃熺奎 공이 소장했던 것을 현재까지 간직해 왔다(도판 19).

2월 13일, 그이가 사는 인천으로 가서 자료를 살펴보았다. 이때 열람한 황 선생 댁에 전해 온 황상 관련 문적의 자료를 이 글에서 소개하기로 한다.

여러 권의 필사본 중 흥미로운 자료는 다음과 같다.

1. 『치원소고巵園小藁』 권1, 1책

19. 황수홍 소장의 치원 관련 서적들

2. 『치원진장巵園珍藏』 1책

3. 『치원총서巵園叢書』(『장자莊子』) 1책

4. 『곽경순이아주郭景純爾雅注』 1책

5. 『황씨체화집黃氏棣華集』 1책

6. 「처사공족조문집 제목록기입處士公族祖文集 諸目錄記入」 1부

7. 『창원황씨가승昌原黃氏家乘』 1책

　이 밖에 소장자의 조부인 황희규의 시집 『하강시고霞岡詩稿』와 집안에 전해 온 『우암언행록尤菴言行錄』, 『고문진보』 등의 판본 여러 권이 따로 더 있다.

　1은 기존에 알려진 『치원유고』에는 실리지 않은 산문집인데, 황상의 생애를 복원할 내용뿐만 아니라 지금껏 알려지지 않은 다산과의 생생한 일화도 많이 포함되어 있다. 2는 다산의 아들 정학연과 손자 정대무, 추사의 양아들 김상무 외 여러 사람이 황상에게 보낸 편지를 장첩해서 한 권의 책으로 묶은 것이다. 모두 28통의 편지 중 정학연의 편지가 무려 22통을 차지한다. 3~5는 황상이 친필로 쓴, 『치원총서』로 이름 붙인 초서鈔書 및 선대의 시문집 필사다. 이 글에서는 1과 2를 중심으로 자료를 소개하겠다.

『치원소고卮園小藁』와 다산 관련 일화

『치원소고』는 모두 38장 1책으로 된 황상 친필 문고文藁이다. 첫 면에 황상이 직접 파서 새긴 백문인白文印 '자중지석子中之石'이 찍혀 있다. '치원소고卮園小藁 권지일卷之一'이라 쓰고, 다음 줄에 '탐진황상저耽津黃裳著'라고 썼다. 표지는 떨어져 나간 상태이고, 마지막 장도 뜯겨 나가고 없다. 처음 몇 장은 낡고 헐어서 중간중간 판독이 불가능하다(도판 20).
　수록 글의 제목은 다음과 같다.

　　1. 留示雄兒文
　　2. 吉氣論 戊辰冬(1808)
　　3. 喪具契序
　　4. 天盖淨水寺法堂重修記
　　5. 與大維幸雲兩禪師書 天盖法堂化主也
　　6. 擬雲師等答黃處士書

7. 上酉山先生書

8. 上蓮史書

9. 與鐵船禪師書

10. 游松岳山記

11. 無我居士傳

12. 上院菴重修記

13. 一粟山房記

14. 卽訓亭謝金土贊頌

15. 送金文秀遊靑鶴洞序

16. 改葬論

17. 與惠楫書

18. 磋磨契序

19. 祭崔子三文

20. 黃氏時享儀序

　　모두 20편의 산문을 실었다. 책 상단에는 주묵으로 쓴 평이 12개소에 붙어 있다. 모두 정학연의 친필이다. 왕복 서간문을 통해 볼 때, 황상은 자신의 시문에 대한 평을 지속적으로 정학연에게 부탁했던바, 이 책은 이 요청에 따라 평을 달아 보낸 원본이다.

　　지난 2012년 구사회·김규선 교수에 의해 황상의 알려지지 않은 시집 『치시巵詩』하下가 새롭게 공개되었다. 이 시집은 내제內題에 '치원소고 巵園小藁'라 쓰고 권지오卷之五와 권지육卷之六을 수록했다.[1] 기존에 알

---

1 구사회·김규선, 「새 자료 치원소고와 황상의 만년 교유」, 『한국어문학연구』, 한국어문학

려진 필사본 『치원유고』에 없는
무려 265제 345수의 한시가 실
려 있다. 68세부터 세상을 떠난
83세까지의 만년작이다.

공개된 몇 면을 통해 볼 때 이번
에 발굴된 『치원소고』 권지일과
크기와 필체가 동일하다. 원고지
또한 황상이 쓴 『치원총서』의 것
과 꼭 같다. 이 자료와 김규선 교
수가 공개한 『치원소고』를 합쳐
권1과 5, 6이 새롭게 세상에 알려
지게 되었다. 김 교수 소장본의
표제가 '치시'인 것으로 보아 '치
문恥文'을 표제로 한 문고文藁가
따로 있었을 것 같다.

20. 『치원소고』 첫 면

현재 전해지는 필사본 『치원유고』는 시 4권, 문 2권으로 구성되어 있
다. 이것을 일부만 남아 있는 『치원소고』와 합쳐야 원래 『치원소고』의
전체 분량이 될 것으로 보인다. 즉, 『치원소고』는 시고와 문고로 나뉘
어 시고가 6권, 문고가 3권 분량이었던 듯한데, 『치원유고』에 실린 시
고 4권이 『치시』 상권과 중권에 해당하고, 김규선 교수 소장본이 『치시』
하권이다. 문고의 경우 이번에 발굴한 자료가 『치문』 권1이고, 『치원유
고』에 실린 2권이 각각 『치문』 권2, 3에 해당한다. 따라서 이번 자료의

연구학회, 2012. 2, 311~342쪽 수록.

발굴로 황상의 문집이 비로소 전모를 드러낼 수 있게 된 셈이다. 시고와 문고로 나뉘어 정리된 황상 친필본『치원소고』가 중간에 어떤 연유로 흩어졌다가, 이번에 한자리에 모두 모이게 되었다.

시집과 마찬가지로 이 산문집도 연대순으로 편집했다. 21세 때 쓴「길기론」이 두 번째로 실려 있다. 여기 실린 황상의 산문은 다산과의 사이에 있었던 알려지지 않은 여러 일화를 담고 있다. 철선 혜즙이나 정수사의 승려들과 주고받은 편지도 상당수 포함되었다. 특히 자신의 거처인 일속산방에 대해 본인이 직접 쓴「일속산방기」가 실려 있어, 일속의 의미가 분명해졌다. 기존에 알려진 왕복 서한에서 정학연이 극찬해 마지않았던「숭양기嵩陽記」가 '유송악산기'란 이름으로 전문이 수록되었다.「무아거사전」은 다산의 읍내 시절 초기 제자였던 김세준金世俊의 전이다. 그는 다산을 모시고 황상과 함께 정수사 나들이를 했던 읍중 제자다. 그의 존재는 어쩐 일인지 그 후 사라져서 종적이 묘연했다. 이번 이 자료의 발굴로 죽을 때까지 황상과 비슷하게 은자의 삶을 살았던 김세준의 인간상이 생생하게 포착되었다. 또 다산이 황상에게 직접 준 편지에서 구체적으로 평을 남겨 칭찬했던「길기론」도 이 책에 전문이 실려 있다.

이렇듯『치원소고』에 실린 황상의 산문은 지금껏 알려지지 않은 황상의 여러 면모와 교유 관계, 스승과의 일화 등 대단히 새롭고 중요한 사실을 많이 포함하고 있다. 이 글에서는 모두 상세하게 살필 수 없어 우선 짧게 다산과 직접 관련이 있는 몇 가지 일화만 소개한다.

「유시웅아문」은 맏아들 황남웅黃南雄(1807~1857)을 위해 황상에게 써준 글이다. 아들이 태어나던 당시 황상의 아버지 황인담은 오랜 술병으로 죽음을 눈앞에 두고 있었다. 글에는 아들을 낳았다는 소식을 들은 황인담이 54세가 되어서야 손주를 본 기쁨에 감격하는 내용이 보인다. 또 "열수 정부자께서 이웃집에서 귀양살이를 하고 계셨는데, 나를 불러 물으시고는 이렇게 말씀하셨다. '네가 능히 아들을 낳았으니, 기쁨을 말로 할 수가 없구나. 내 아들은 아직 이 같은 일이 없어 네 아들은 내 손자와 한가지다. 새로 부자附子를 썼으니 이름을 천웅天雄이라 하는 것이 좋겠다. 와서 내 축하를 받도록 해라.' 아버님은 환히 웃으시며 말씀하셨다. '이처럼 감읍할 분부가 있으셨단 말이냐?'"[2]와 같은 대목은 다산이 황상을 어떻게 아꼈는지를 잘 보여 주는 자료다. 또한 황상의 집이 다산이 머물던 동문매반가東門賣飯家 인근에 있었던 사실도 처음 확인된다.

두 번째로 수록된 「길기론」의 경우, 다산이 황상에게 준 『다산여황상서간첩茶山與黃裳書簡帖』에 "자법字法은 굳세고 구법句法은 삼엄하다. 장법章法은 시원스럽고, 편법篇法은 매끄럽다. 조금만 공력을 더할 것 같으면 세상에 이름날 만하다. 가난해서 힘을 쏟을 수 없는 것이 안타깝다.(字法勍, 句法嚴. 章法悠揚, 篇法圓轉. 若小加功, 可以名世. 惜乎貧不能肆力也.)"고 친필로 써 준 평이 남아 있다. 다만 「길기론」 자체가 남지 않아 애석했는데, 이번 『치원소고』에 그 전문이 처음으로 공개되었다. 21세 당시 한창 학문적 의욕에 불타던 황상의 마음가짐이 잘 드러난 글이다. 원문 끝에 두 자 내려서 쓴 글에 위에 쓴 다산의 평어를 그대로 옮겨놓고, "작품에 달린 관비貫批 또한 선생께서 하신 것인데, 초본에 의거해 옮겨 적었다.(篇中貫批, 亦先生之作也. 依艸本而移之.)"고 적고 있다.

「상유산선생서」는 황상이 정학연에게 보낸 편지다. 보낸 시점은 분명

---

2 「留示南雄文」, 『치원소고』 권1, 장1b: "洌水丁夫子, 方謫居隣舍. 置問於余曰: '余能生子, 欣喜不可狀. 吾我尙無此事, 汝子何異吾孫. 新用附子, 名之曰天雄可也. 來受吾賀也.' 先考解顔而笑曰: '若是其有此感泣之敎耶?'"

치 않다. 이 가운데 다산과 황상의 첫 만남에 대한 인상 깊은 기록이 있다(도판 21). 여기에 옮긴다.

순조 신유년(1801)에 선생님께서 화에 걸려 탐진으로 귀양 오시니, 다른 사람과 접촉하는 것을 허락지 않았습니다. 임술년 가을에 제가 부족한 자질로 두세 명 아이와 함께 여사旅舍 앞길에서 공놀이를 하고 있었습니다. 선생님께서 사람을 시켜 공 차던 아이들을 불러오게 하셨지요. 다른 아이들은 나아갔는데, 저는 평소 숫기가 없어 분부를 어기고 세 번을 부른 뒤에야 절을 올렸지요. 선생님께서는 "보면 예를 갖춰야지."라고 하시고는 성명과 나이를 물으시고, 어디까지 공부했는지를 물으셨습니다. 모두 대답을 드렸습니다. 때마침 날이 저물어 황혼 무렵이었으므로, 여러 아이에게 물러가라고 명하시고는, 저만 남게 하시더니 공부하러 다니는 서당이 먼지 가까운지를 물으셨습니다. 그러고는 이렇게 말씀하셨지요. "네가 이곳에서 공부할 수 있겠느냐?" 제가 일어나 대답했습니다. "부모님이 계시니 부모님이 시키시는 대로 따르겠습니다." "그러려무나. 내일 다시 오너라." 집에 돌아가 아버님께 이 분부를 아뢰었더니, 아버님께서 말씀하셨습니다. "이것은 바늘과 실이 서로 맞는 격이다. 네가 가서 따르도록 해라. 하지만 스승과 제자의 의리는 중한 것이니 조심하고 삼가서 뜻을 거스르거나 게으르게 가져서는 안 된다."
제가 명을 받자옵고 이튿날 나아가 아버님의 분부를 아뢰자, "그러냐." 하고 말씀하셨습니다. 마침내 책을 들춰 보고, 경전을 초록하게 하시고는 『단궁檀弓』을 가르쳐 주시고, 문사文史 공부를 하라는 글을 적어 주셨습니다. 삼근三勤과 병심확秉心確이란 글자로 말을 맺으셨는데, 비록 지극히 어리석은 자라도 스스로 힘써서 따르기를 원할 만하였습니다. 이때

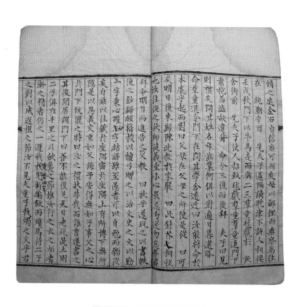

19. 『치원소고』 중 황상과 다산의 첫 만남을 기록한 면

부터는 선생님 자리 곁을 지키고, 자리 곁에서 잠을 잤습니다. 위로는 넓히는 바가 있고, 아래로는 감추는 바가 없었습니다. 이런 까닭에 은의恩義가 무겁기가 마치 아버지가 자식을 가르치는 듯하였으니, 어찌 자식이 아버지를 섬기는 마음이 들지 않을 수 있겠습니까? 제가 장가들 때는 이렇게 말씀하셨습니다. "네 예장禮狀은 나 아니고 누가 쓰겠느냐?" 그러고는 마침내 써 주셨지요. 그 뒤 한가할 때 제게 이렇게 말씀하셨습니다. "내가 다시 임금님을 뵙지 못하고 이 땅에서 늙어 죽을 것 같구나. 이럴 경우 두 아들은 모두 천 리 밖에 있으니 염습하는 절차는 너밖에 행할 사람이 없다. 입은 옷이 더럽거든 빨고, 깨끗하면 그대로 입혀서 한결같이 내 『상례사전喪禮四箋』에 따라 염습해서 두 아들이 도착하기를 기다려 관이 고향으로 돌아가는 절차를 이루어야 한다. 너도 동자가 등촉을 잡

앉다는 글을 보지 않았더냐?"[3]

　사제 간의 정리가 참으로 정스러워 당시의 풍경이 눈앞에 그려지는
듯하다. 다산이 먼저 주막집 앞길에서 공 차며 놀던 황상을 불러 자신에
게 와서 배울 것을 청했다는 사실은 처음 알려지는 내용이다. 당시 다산
은 귀양지에 온 지 1년이 지난 때였다. 살벌하던 감시의 눈길도 한결 누
그러졌다. 무엇보다 작업을 도울 손길이 필요했다. 무료함도 달랠 겸 해
서 집 앞에서 공 차던 동네 아이들을 불러 이들을 데리고 서당을 처음
열었던 것이다. 이 글을 통해서도 황상의 집이 동천여사 근처에 있었던
사실이 거듭 확인된다.

　처음부터 다산은 황상에게만 눈길을 주었다. 다른 아이들은 물러가
게 하면서 황상만 따로 남겨 자신에게 와서 공부할 것을 은근하게 말했
다. 이때 보인 황상의 태도도 인상적이다. 부모의 뜻을 따르겠다며 물러
나왔다. 이후 황상은 다산과 침식까지 함께하며 잠시도 떨어지지 않았
다. 황상이 결혼하게 되자 혼서지를 직접 써 주었다. 다산은 자신의 사

---

3 「上西山先生書」, 『치원소고』 권1, 장11b: "純廟辛酉, 先夫子遭禍謫耽津, 不許人相接.
壬戌秋, 門下以牛馬走, 而與二三群童, 毬戲於旅舍街前. 先夫子使人招致毬戲群童, 群
童進, 門下素抱羞澁, 故違背命令. 三復而後拜, 夫子曰: '見則禮矣.' 問其姓名年齒業何,
俱以對. 適日暮逮昏, 命群童退, 令門下在, 問其學舍遠近, 曰: '汝能將命於本處乎?' 起
而對曰: '父母在, 父母之所使是從.' 曰: '可矣. 明日復來.' 歸陳此敎於家嚴, 曰: '此針芥
之相投也. 汝往從之. 然師徒義重, 小心畏忌, 勿逆勿怠.' 吾當拜命, 明日而進, 告之以父
敎, 曰: '然乎.' 遂玩之以書帙, 使之鈔錄經籍, 授以櫝弓, 贈之以治文史之文, 以勤三字秉
心確字結語, 雖至愚者, 可以自勉, 而願從矣. 自玆以往, 藏於座隅, 宿於座隅. 上有所博,
下無所隱. 是以恩義交重, 如父誨子, 安得無如子事父之心. 於門下冘麗之時曰: '汝之禮
狀, 非我而誰書?' 遂書之. 其後閒居, 謂門下曰: '吾不能復見天日, 老死此土, 則二子俱
在千里之外, 斂襲之節, 惟汝行之. 衣之垢者澣之, 精者仍之, 一遵我喪禮四箋, 斂而殯
焉. 待二子之到, 以成返柩之節. 汝不見夫童子執燭之文乎?'"

후 일까지도 황상에게 부탁했다. 모두 처음 확인하는 사실이다.

편지의 끝에서 황상은 스승의 이 같은 깊은 사랑에 감격하면서 "『주역』을 풀이한 책과 상례喪禮에 관한 저술, 그 나머지 경세의 학문이 높은 다락에 묶인 채 판목에 새길 기약조차 없으니, 이를 일러 운명이라 하리이까, 시절 때문이라 하리이까.(周易之解, 喪禮之述, 其餘經世之學, 束之高閣, 剞劂無期, 此謂之命耶時耶.)"라 하며 스승의 저술이 그저 파묻히고 마는 현실에 대한 안타까움을 토로했다. 또 다산의 손자 정대림에게 쓴 「상연사서上蓮史書」에도 이런 술회가 보인다.

선생님께서 말씀하셨습니다. "내가 네게서 취하는 것은 속마음에 속임이 없는 점이다." 이 인생 이 세상에서 제 마음을 알아주신 분은 오직 선생님뿐이시지요. 그런 까닭에 한가로이 공부하시던 여가에 입신양명을 주제로 강의하시다가 이렇게 말씀하셨습니다. "대장부가 몸을 닦고 배움을 독실하게 하며, 절개를 세우고 의리에 죽는 것은 '심心'이란 한 글자를 벗어나지 않는다. 1만 마리의 말 가운데 발을 붙이고, 아홉 길 산에 한 삼태기의 흙을 얹는 것 또한 이것을 벗어나지 않는다. 하는 사람은 백 명 천 명이지만 이루는 것이 수십 명도 되지 않는 것은 마음이 확고하지 못하기 때문이다. 마음이 진실로 확고하다면 어찌 쇠절굿공이로 송곳인들 만들지 못하겠느냐? 하지만 한 자를 말하는 것이 한 치를 행함만 못하니, 애를 써서 그치지 않아 그릇을 이루어 단정하고 엄숙하게 하여 높은 값을 받기를 기다려야 한다. 너라면 능히 이를 행할 수가 있다. 만약 이와 같이 하지 않는다면 금수만도 못하게 볼 것이니라." 이처럼 간절한 가르침을 받자온 후로 환해져서 어둡지 않고 또렷이 깨달으니, 우주만사를 내 분수 속의 일로 보아 뜻을 기울여 재주와 배움을 다해 서 말의 식초를

마실 것으로 기약하였습니다.[4]

다산은 황상의 거짓을 모르는 순수한 마음을 깊이 아꼈다. 또 입으로 하는 공부 말고 행동으로 하는 공부의 중요성을 강조하고, 심心이란 한 글자로 공부의 요체를 일러 주는 정녕한 가르침의 장면이 참으로 감동적이다. 다산이 역점을 두어 강조한 마음공부는 이후 평생 황상의 인생을 지배했다. 글 가운데 서 말의 식초를 마신다는 말은 온 힘을 쏟겠다는 뜻이다.

「여철선선사서」는 1805년 12월, 황상이 근친 온 정학연과 함께 혜장을 따라가서 대둔사 유람하던 당시의 일을 떠올린 내용의 편지다.

　　예전 계해(1803)와 갑자(1804)의 사이에 연파烟波가 백련사에서 제자를 가르쳤다. 다산 선생님께서는 나로 하여금 본원本院에서 경사經史 공부를 하면서 진짜인지 가짜인지를 살펴보게 하시고, 마침내 그를 인정하셨다. 이후 종병宗炳과 혜원慧遠, 육우陸羽와 교연皎然의 사이처럼 되어 시로써 그를 이끌고, 『주역』으로 서로 교통하였다.[5]

연파 혜장과 알기 전, 다산은 백련사에 새로 온 주지가 자신을 만나고

4 「上蓮史書」, 『치원소고』 권1, 장14a: "王考夫子曰: '吾取之於汝者, 是中心無欺.' 此生此世, 知裳之心, 唯王考夫子而已. 故閒居佔畢之暇, 講之以立身揚名之目, 曰: '大丈夫修身篤學, 立節死義, 不出於一箇心字. 萬馬中住足, 九仞山一簣, 亦不外此. 爲者百千, 成無數十, 心不能確也. 心苟確矣, 豈不成鐵杵之鑽. 然說得一丈, 不如行得一寸, 孜孜不已, 成器端嚴, 以待高價, 汝能行之也. 若不如此, 視禽獸不若.' 自受丁寧之敎, 明明不昧, 了了常知, 宇宙萬事, 看作已分內事, 注意才學, 期吸三斗之醋矣."
5 「與鐵船禪師書」, 『치원소고』 권1, 15a: "昔在癸亥甲子之間, 煙波度弟子於白蓮寺中. 茶山夫子, 使余治經史於本院, 探其眞假, 始屈之. 自玆以往, 遂作宗炳之慧遠, 陸羽之皎然, 詩以誘之, 易以通之."

84

싫어 한다는 말을 전해 들었다. 다산은 먼저 그의 학문을 시험해 보기 위해 아끼던 제자 황상을 백련사로 보내 그 강학의 자리에 참여케 해서 근량을 달아 보게 했다는 것이다. 마침내 그의 그릇을 알게 된 후 다산이 백련사로 찾아가 혜장과 하룻밤을 자면서 『주역』 공부로 혜장의 콧대를 납작하게 꺾어 놓은 이야기는 널리 알려져 있다. 하지만 위의 이야기는 여기에 처음 나온다. 이어지는 글에서는 옹방강이 혜장의 명성을 듣고 자신의 저술을 대둔사로 보내온 사연을 적는 등 알려지지 않은 다산 관련 정보들이 상당히 많다.

「유송악산기」는 두 번째로 상경했던 1845년 3월, 정학연과 함께 갔던 송도 기행의 도정을 기록한 글이다. 『치원유고』에 수록된 「사우왕복수창師友往復酬唱」에서 정학연이 황상에게 예전 1805년 두륜산 기행문은 자신이 썼으니, 이번 송도 기행문은 황상이 쓸 차례라며 짓게 했던 바로 그 문장이다. 황상에게서 이 글을 받은 정학연은 1847년 1월에 보낸 답장에서 "『숭양기』는 1백 번을 읽었는데 우아하면서도 순순하여 법도가 있어 무릎을 꿇지 않을 수가 없구려. 『명산기』 50권 안에도 이 같은 작품은 다시 없으니 어찌 이리 기이하단 말인가.(嵩陽記讀之百面, 雅馴有則, 不覺屈膝. 名山記五十卷內, 更無此作. 何其奇也.)"라며 감탄을 금치 못했다. 『치원유고』에 이 작품이 실려 있지 않아 애석했는데, 『치원소고』에 전문이 모두 수록되어 있다. 황상은 당시의 기행을 장편의 시로 따로 남겼다. 이 둘을 합쳐서 당시의 여행을 재구성해 볼 필요를 느낀다. 이는 별도의 작업으로 미룬다.

「무아거사전」도 흥미로운 자료다. 무아거사無我居士는 김세준金世俊의 호인데, 그는 동천여사 시절 다산이 아끼던 제자다. 1805년 9월 다산은 황상과 김세준을 데리고 정수사 나들이를 떠난 일이 있다. 그때 지은 시가 『다산시문집』에 실린 「9월 16일에 김세준과 황상 두 소년을 데리고 정수사로 놀러 가다가 남성에 들러 짓다九月十六日携兩少年 金世俊·黃裳游淨水寺過南城作」란 작품이다. 김세준은 이때 한 번 등장한 후 다시는 보이지 않아 궁금했는데, 그의 일생을 정리한 「무아거사전」이 이번에 새로 나온 것이다. 글에 따르면, 김세준은 자가 여은汝殷이고 본관은 의성義城이다. 그의 조모가 황상 조부의 누님이어서 황상에게 그는 표형表兄이었다. 재학才學이 뛰어나고 구사舊史에 밝았으나 뜻 같지 않은 현실에 환멸을 느껴 두 아들을 이끌고 칠양漆陽 남쪽의 아곡阿谷이란 곳에 은둔해 살았다. 그는 황상과 기식氣息이 비슷했고, 불교에 심취했던 고사高士였다.

「일속산방기」는, 『치원유고』 부록에 1855년 철봉초객鐵峰樵客이 지은 「일속산방기一粟山房記」가 실려 있고, 정학연과 이웃에 살며 가깝게 왕래했던 신기영申耆永의 『율당잡고聿堂雜稿』에도 같은 제목의 다른 글 한 편이 더 실려 있다.[6] 이 밖에 『치원처사사우왕복급수창록』에 1860년 김류金瀏가 지은 「일속산방설一粟山房說」이 따로 실려 있다. 금번 『치원소고』에 황상 자신이 직접 지은 「일속산방기」가 나왔다. 긴 글이라 다 읽지 못하고 앞부분만 간추려 읽는다.

내가 일어나 말했다. "제가 산에서 생활한 지 40년이 되고 보니, 해마蟹馬, 즉 저속하고 점잖지 못한 언행이 몹시 꺼려지는 데다, 눈으로 드는 빛깔과 귀에 들리는 소리는 아손兒孫의 틈을 벗어날 수가 없습니다. 산

---

6 자세한 관련 논의는 정민, 「황상黃裳의 일속산방一粟山房 경영과 산가생활」, 『다산과 현대』 제2집(강진다산실학연구원, 2011)을 참조할 것.

속 집에서 조금 떨어진 곳으로 다시 한 골짝 들어가면 산이 감돌고 물이 모인 곳에 처소와 울타리가 있는데, 다만 구름이 일어나는 곳에 정중앙을 취해 띳집을 얽되 단지 한 칸만으로 그치렵니다. …… 이 집에서 경전을 펼쳐 놓은 채 잠들고, 시를 짓다가 노래하지요. 이 집에서 무릎을 굽힌 채 단정히 앉고, 혹 다리를 쭉 뻗어 크게 눕기도 하렵니다. 동정어묵動靜語默을 오로지 뜻대로 하니, 형상과 마음이 산과 더불어 온통 적막하여 사물과 내가 하나로 합쳐집니다. 여기서 제 남은 삶을 마치렵니다."
선생이 경탄하여 소리 지르며 자신도 모르게 말했다. "훌륭하다. 통쾌하네. 내 평생 품은 뜻도 이와 같을 뿐이라네. 이제 내가 가 보지는 못했으나, 그대가 내 마음을 말하니, 어찌 품은 뜻이 이처럼 서로 비슷하단 말인가. 이 집에 어찌 이름이 없을 수 있겠는가." 마침내 이름을 일속산방이라 하였다. 붓을 들어 글씨를 쓰는데 바로 '일속산방一粟山房'이란 네 글자였다. 또 주련柱聯 몇 구절을 써 주니, 이는 돌아가신 선생님께서 일찍이 산거山居에서 읊으신 것으로 낙천지명樂天知命의 뜻을 담았다. 집 이름은 선생의 뜻으로 지었고, 주련은 선생님의 시로 하였으니, 비록 선생님께서 살아 계신다 해도 틀림없이 이렇게 하셨을 것이다. 천하 지도地圖를 주시면서 이렇게 말씀하셨다. "이것을 가져가서 일속산방에 간직해 두거라."[7]

---

7 황상, 「一粟山房記」, 『치원소고』 권1, 장26a: "余作而起曰: '裳也山居四十年, 害馬袪其太甚, 顔色耳聲, 不能無兒孫之際. 自山居距盡數弓許, 更入一洞天, 山廻水複, 有所有堵, 惟雲起處, 就中央搆茆屋, 只止一間便休. …… 於此屋, 橫經以睡, 賦詩又歌. 於此屋, 斂膝端坐, 或伸脚大臥, 動靜語默, 惟意所欲, 儀形心腑, 與山俱寂, 物我冥一, 使了年壽.' 先生驚歎, 一聲不覺出口曰: '善哉快哉. 我之平生所懷, 惟此而已. 今姑未就, 爾道我心, 何其志慕之如此相似也. 然則此屋豈可無名乎?' 遂命名曰一粟山房, 抽毫書之, 乃一粟山房也. 又書贈柱聯數句, 此先夫子曾所山居所詠, 而樂天知命之意也. 屋名以先生之志, 柱聯以夫子之詩, 雖夫子在世, 必不外此. 贈以天下地圖曰: '將此去藏之於一粟山房也.'"

서로 대화를 주고받는 광경이 눈에 그릴 듯이 떠오른다. 이어지는 글에서 황상은 일속의 의미를 소동파가 「전적벽부」에서 말한 '묘창해지일속渺滄海之一粟'에서 취해 왔음을 밝혔다.

이뿐 아니라 이 책에는 황상과 불교 승려들의 교유를 상세히 전하고 있고, 그 지역에서 이루어진 여러 모임이나 장소 및 사건에 관한 기록들도 비교적 풍부하게 적고 있다. 무엇보다 다산의 가르침에 대한 현장 기록이 몇 가지 더 추가됨으로써 초기 동천여사 시절의 강학에 대해 더욱 진전된 정보를 얻게 된 점은 특별한 의미가 있다.

한편 이 책에는 상단 여백에 붉은 글씨로 두평頭評을 달아 놓았다. 두평은 정학연의 친필이어서 더욱 값있다. 「유시웅아문」의 끝 상단에는 "읽는 데 소리를 내지 못하고 사람으로 하여금 목이 메게 한다. 효성스럽구나, 제불은!(讀不成聲, 令人嗚悒, 孝哉帝黻.)"이란 평이 적혀 있다. 돌아가신 아버지를 향한 애틋한 정이 사무침을 높인 내용이다. '제불'은 황상의 자다. 또 「유송악산기」 서두에는 "마땅히 선집에 들 만하다. 다만 작품 끝의 10여 행은 호흡이 너무 급박해서 능히 붓을 거두지 못한 채 크게 펼쳐만 놓아 이것이 유감이다. 옛날에 기문을 쓰는 법이 또한 이와 같았던 걸까.(當入選, 而篇末十餘行, 太息促, 不能收管, 許大鋪敍是恨, 古之記法, 亦有是否.)"라는 평을 남겼다. 이런 평이 열 군데쯤 더 나온다. 「차마계서磋磨契序」 상단에는 "소리 내서 읽을 만하다.(可誦.)"고 적은 후 "자구가 전아정중典雅鄭重하고 권면하고 경계하는 뜻이 심원하고 진지해서 고인의 문집 가운데 두더라도 부끄러운 빛이 없다.(字句典雅鄭重, 勉戒深遠熟摯, 置之古人集中, 可無愧色.)"라 하고, 끝에 '유수서酉叟書'라 적어 유산 정학연 자신이 직접 남긴 평임을 분명히 했다.

『치원진장梔園珍藏』과 정학연의 편지

『치원진장』은 편지첩이다. 표제에 '梔圓珍藏(치원진장)'이라 썼는데, '卮園珍藏'이 맞다. '梔'와 '卮'는 통용할 수 있지만, '園'을 '圓'으로 쓴 것은 잘못이다. 모두 28통의 서신을 모아 한 권의 책으로 묶었다. 정리하면 다음 표와 같다.

번호	발신인	발송 시기	내용	비고
1	정학연	1845. 9. 12.	그해 봄 상경한 후 송도를 유람한 일과 그 사이의 안부를 물음.	
2	정학연	1854. 윤7. 21.	1853년 9월에 상경하여 1854년 3월에 귀향한 후의 안부를 물음. 추사 집안과 권돈인의 소식을 전함.	
3	정학연	1846. 2. 15.	1845년 4월에 두 번째 상경 후 내려간 뒤의 안부를 물음. 평양 여행이 취소된 사실과 집안의 우환, 황상이 지어 보낸 시에 대한 높은 평가를 적음.	
4	정학연	1847. 3. 3.	1846년 7월 27일에 보낸 편지를 받고 늦은 답장을 보내는 사연과 황상이 쓴 「숭양기嵩陽記」에 대한 높은 평가를 담음. 자신의 시를 보태 한 권의 책으로 엮으려는 계획을 적음. 집안의 여러 우환과 자신의 병에 대해 적음.	
5	정학연	1848. 12. 8.	「정황계권丁黃契卷」 첨부.	
6	정학연	1848. 12. 9.	황상의 아들 농무農懋에게 공부에 힘쓰고, 정씨의 후손과도 도탑게 교분할 것을 잊지 않기 바란다는 당부를 적음.	
7	정학연	1848. 12. 9.	6과 함께 보낸 편지. 황상이 자신에게 보낸 시집에 아직 평을 달지 못해 미안하다며, 만나고 싶은 뜻을 전함.	

8	정학연	1850. 1. 4.	연말 내내 황상의 편지를 읽으며 지낸 그리움을 표현하고, 남린南麟의 일에 대한 당부와 염려, 부탁 등을 적고 위로함. 시 문평을 여태 마무리 짓지 못해 미안하다는 내용도 포함.	
9	정학연	1851. 7. 1.	1849년 이후 네 차례 편지를 보냈는데 한 차례도 답장이 없는 데 대해 그 사정을 물음. 남린의 일이 해결되지 않고 자꾸 꼬이는 데 대한 안타까움을 토로함.	
10	정학연	1852. 8. 4.	연락이 두절된 것을 상심하고, 남린의 일에 진전이 없음을 안타까워함. 또 자신이 감역監役에 제수된 소식을 전함.	
11	정학연	1853. 8. 29.	아우 정학유의 부고를 전하고, 상심하여 건강을 잃은 사실을 적고, 살날이 얼마 남지 않아 다시 보지 못하고 죽게 됨을 탄식함. 황상의 편지를 오랜만에 받고서 편지가 중간에 전달되지 않은 사정을 알고 속상해함.	편지 2장을 두 차례로 나눠 씀.
12	정학연	1853. 8. 29.	오랜만에 황상의 편지를 받고 기쁜 마음과 강진의 야박한 풍토, 건강을 많이 상해 귀신의 몰골이 된 형상을 적음.	
13	정학연	1856. 8. 23.	1855년 8월 마지막 상경 후 1856년 3월 귀향하던 길에 우성이 영암에서 황상을 만난 일을 적고, 가족의 안부를 물음. 집안 조카 정대번과 정대초가 기이한 병에 걸려 다 죽게 된 일과, 송온松媼의 병세 걱정, 남린의 일에 아무 진척이 없어 속상한 사연을 담음.	
14	정학연	1856. 9. 22.	궐내에서 숙직하고 돌아와 편지를 받은 반가움을 적고, 일속산방을 남린에게 빼앗긴 사연을 듣고 격분한 내용과, 자신이 병이 심해 힘든 정황을 적음.	
15	정학연	1857. 3. 2.	4통의 편지를 거푸 받은 기쁨과 일속산방을 빼앗기고도 담담한 데 대해 분통을 터뜨림. 송온도 죽음이 임박했고, 자신도 건강이 말이 아님을 말함.	

16	정학연	1857.4.20.	치원의 처지를 상심하고, 문고와 시집이 자신에게 있지만 교정과 비평을 할 마음이 나지 않는다고 적음. 상경의 바람을 끝에 적음.	
17	정학연	1857.6.23.	황상의 참혹한 상황을 동정하고, 자신의 집안에 닥친 참혹한 일에 대해 탄식함. 집안 자질들이 건강함을 알리고, 안부를 전함.	
18	정학연	1857.8.4.	곡기를 끊은 지 80일째인데 분원봉사의 직분을 받아 괴로운 사정과 『초의시고』는 2책으로 만들어 비단으로 장정했지만, 황상의 시고는 흩어진 상태로 책을 엮지 못해 미안하다는 뜻을 전함. 권돈인이 치원시집의 서문을 써 주지 않아 속상해하는 뜻을 적음.	
19	정학연	1857.11.1.	황상의 편지를 받고 담담히 현실을 받아들이는 태도에 감복함. 자신의 근황을 적고 안부를 물음.	
20	정학연	1858.10.2.	황상의 처지를 위로하고, 49년간 함께한 송온의 부고를 전함. 치원시문고의 서문은 권돈인이 여전히 써 주지 않아 답답함을 말하고, 남은 여생의 다짐을 적음.	
21	정학연	1860.7.24.	근황을 묻고 주변의 우환을 위로함. 자신의 근황을 전함.	
22	정학연	1858.6.30.	황상의 참혹한 변을 위로하고, 도움이 되지 못한 것을 자괴함. 시집 서문을 받기 위해 보관하겠다는 말과 자신이 직접 치원시집에 평을 달겠다는 뜻을 적음. 송온이 임종을 앞둔 일과, 장례 준비 등을 적음.	
23	정대무	1857.6.25.	황상이 참혹한 지경을 당한 것을 위로함.	
24	김상무	1856.6.12.	오래 연락이 끊겨 안타깝던 사정과, 소식을 듣고 놀라 기뻐한 내용을 적음. 자기 집안의 근황과 두릉의 소식을 알림. 초의의 건강을 걱정한 내용도 보임.	

25	김상무	1862. 3. 13.	『치원집』이 키 높이가 되었으리라고 하며 근황을 묻고, 잇달아 상을 만난 슬픔을 적음. 유산의 대상大祥이 끝난 일을 적음.	
26	기연紀淵	1852. 7. 4.	그리움을 적고, 소식 받고 기뻐한 내용을 적음.	
27	불명	1851. 12. 8.	자신의 근황을 적고, 소식 받고 반가운 심정을 토로함.	수신자는 두릉임.
28	김영근	1852. 6. 15.	만나지 못하게 된 것을 서운해하고, 안부를 물음.	수신자는 정생원 댁임.

정학연이 쓴 편지가 22통, 정대무가 쓴 편지가 1통, 추사의 양아들 김상무가 쓴 편지가 2통 실려 있다. 끝의 3통은 수신자가 황상이 아니고 두릉으로 온 편지인데, 여기에 함께 묶은 사정은 알 수가 없다.

이 『치원진장』첩에 실린 정학연 등의 편지는 끝에 실린 3통을 제외하고는 모두 황상의 필사본 『치원유고』 중 부록으로 실린 「치원처사사우왕복급수창록巵園處士師友往復及酬唱錄」에 이 서간첩의 순서 그대로 실려 있다. 따라서 여기 실린 편지의 내용은 새로운 것은 없다.

『치원유고』에는 장흥 마상덕馬相悳이 1944년에 서간첩을 옮겨 적고 난 후 쓴 「서치원처사사우왕복록후書巵園處士師友往復錄後」란 글이 실려 있다.

이것은 치원 처사 황상 공의 『사우왕복록師友往復錄』이다. 처사는 다산 정 선생의 고족으로 경향 간에 이름이 알려졌다. 다만 이재彛齋 권돈인權敦仁 상공과 완당 김정희 공, 유산 정학연 공에게 가장 깊이 인정받았다. 편지를 주고받은 것은 적지 않다. 또 시집의 서문은 완옹과 그 아우 되시는 산천山泉 김명희金命喜 공께서 실로 그를 위해 나란히 서문을 쓰셨

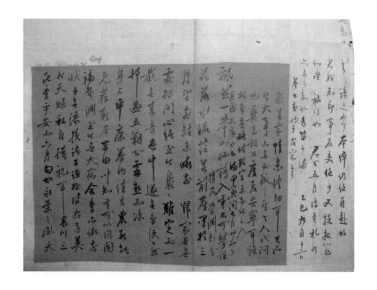

22. 『치원진장』 두 번째 편지

다. 그 진본은 처사가 모두 손수 장황하여 첩으로 만들어 보장寶藏으로 삼았다. 한결같이 세상에서 중시하는 서화인데, 제현이 직접 쓴 글씨는 모두 다른 사람의 소유가 되었다. 처사의 집안 후손인 호영鎬穎 씨가 이를 애석하게 여겨 심력을 쏟아 꽤 많이 찾았다. 하지만 또한 훗날 아무 탈 없이 보전하기 어려울까 염려하여 나에게 부탁해서 그 서첩을 베껴 써 달라고 했다. 그 뜻이 훌륭하고, 그 계획이 묘하다 하겠다. 내가 사양치 않고 베껴 써서 그의 요청에 응하였다. 완당과 이재 두 분의 필적은 잠시 찾아내지 못하였고, 완당의 절구시 4수는 내가 석당石堂 김형하金瑩河의 거처에서 얻어 보고, 베껴 와서 함께 실었다. 나머지는 훗날을 기다린다고 한다. 만약 그 엮어 기록한 것의 경중이나 연대에 앞뒤 차례가 없는 것은 찾아오는 대로 적었기 때문이다. 훗날 이를 보는 사람은 너그러이 보아주기 바란다.

갑신년(1944) 초가을, 장흥 마상덕이 쓴다.[8]

글을 통해 볼 때, 『치원진장』은 이와 별도로 추사 집안의 글만 따로 모은 『치원진완巵園珍玩』과 함께 황상 자신이 직접 장황해서 첩으로 만든 것이다. 황상의 족손 황호영이 이리저리 흩어진 글씨를 모아 정리했다고 했는데, 이 『치원진장』 말고도 똑같은 분량의 서간첩이 한 권 더 있었을 것으로 보인다. 수록 순서는 대부분 연대순이나, 2와 22만 어긋나 있다. 2는 크기 때문에 앞 편지를 두 면에 나눠 붙인 여백을 활용하는 바람에 그렇게 되었다. 상단에는 편지의 피봉이 대부분 함께 붙어 있다.

이 중 5는 한국학중앙연구원에 소장된 「정황계첩」의 다른 짝이다. 한국학중앙연구원 소장본은 정씨 집안에 남겨졌던 것이고, 이 서간첩에 실린 것은 황씨 집안에 보내진 것이다. 이번 자료의 공개로 두 집안의 「정황계첩」이 모두 세상에 나왔다.

황상과 정학연의 눈물겨운 우정의 모습과 다산 사후에 두 집안이 정황계를 맺고 죽을 때까지 이어 간 교분의 내력이 편지 한 장 한 장마다 오롯하다. 마상덕이 정리한 부본이 있지만, 금번에 그 원본의 절반이 처음 공개된 셈이다. 대조해 보니 오자가 이따금 보인다. 두 사람 사이에

---

8 「書巵園處士師友往復錄後」, 『巵園處士往復抄』: "右巵園處士黃公裳師友往復錄也. 處士以茶山丁先生高足, 知名京鄕. 而惟於彛齋權相公敦仁, 阮堂金公正喜, 酉山丁公學淵, 見許最深. 書尺往復, 不爲不少, 且始集序, 阮翁及其弟山泉公, 實爲之並序, 而其眞本, 處士皆手糚成帖, 以爲寶藏. 一自世重書畫, 其諸賢手墨, 皆爲他人所有. 處士族孫鎬穎, 惟是之惜, 竭其心力, 如干覓推. 然亦慮其難保後日之無恙, 托於不佞, 請抄其書帖, 其意亦善矣, 其計亦妙矣. 余不辭而錄, 出以副其請阮彛兩公筆蹟, 姑未覓得, 而阮堂四絶詩, 余於石堂金瑩河處見得, 而抄來付錄, 餘俟異日云. 若其編錄之輕重, 年代無先後次序者, 依其推來而錄故也. 後之覽者恕之. 歲甲申新涼, 長興馬相悳書."

94

오간 곡진한 사연은 앞서 출간한 필자의 『삶을 바꾼 만남』에 상세히 소개한 바 있으므로 여기서는 따로 살피지 않겠다.

그 밖의 자료들

위에서 소개한 『치원소고』와 『치원진장』 외에 몇 종의 의미 있는 자료를 여기서 묶어 소개한다. 먼저 황상이 『장자』를 직접 등초한 『치원총서巵園叢書』다(도판 23). 총서는 다산의 제자면 누구나 가진 책 이름이다. 다산의 학습법 중 가장 중시한 것이 초서鈔書 공부인데, 초서는 베껴 쓰기의 다른 말이다. 베껴 쓰기도 책 한 권을 통째로 베껴 쓰는 경우와, 필요한 부분만 발췌해서 베껴 쓰는 경우로 나뉜다. 이 책은 전자에 해당한다.

『치원유고』에 실린 「초육시료영회鈔陸詩了詠懷」에 "봄에는 『장자』를 등초하였고, 가을엔 육유陸游 시를 초록하누나.(春謄莊子著, 秋錄陸翁詩.)"란 구절이 보인다. 67세 때 쓴 작품이다. 이 책은 그러니까 1854년 봄에 베껴 쓴 『장자』의 실물인 셈이다. 같은 시에 또 "책 모양은 송곳 뚫어 한데 묶어서, 찌를 꽂아 갑부甲部에 포함시키네.(冊樣丁刀湊, 牙籤甲部隨.)"라 하고, 그 주석에 『치원총서』는 갑부甲部와 을부乙部가 있다고 적었다. 요컨대 황상이 문학과 경전을 갑부와 을부로 구분해서 차곡차곡 쌓아 나갔음을 보여 준다.

첫 장에 '황상자자손손지장黃裳子子孫孫之藏'이란 소장인이 찍혀 있고, '탐진황상록耽津黃裳錄'이라고 썼다. 『장자』 전문과 주석을 모두 옮겨 적었다. 이 책에 특별한 자료 가치가 있는 것은 아니지만, 구체적으

23~24. 『치원총서』(왼쪽)와 『이아주』(오른쪽) 첫 면

로 『치원총서』를 표제로 내건 실물이 처음 나타났다는 점이 뜻깊다.

『곽경순이아주郭景純爾雅注』 1책 또한 『치원총서』의 일부다. 곽경순의 『이아주爾雅注』를 옮겨 적었다. 역시 첫 장에 '자중지석子中之石'이란 황상의 소장인이 찍혀 있다. 글씨 또한 황상의 친필이다(도판 24).

『황씨체화집黃氏棣華集』 3권 1책도 흥미로운 자료다. 대은당大隱堂 황진룡黃震龍·함재頷齋 황승룡黃升龍·석수石叟 황태룡黃泰龍 3형제의 시집을 한데 묶었다. 형제 중 황승룡은 다산의 제자 황지초黃之楚의 아버지이다. 강진 지역의 풍광과 풍물을 노래한 작품들이 대부분이다. 이로 보아 황씨 집안이 다산의 강학 이전부터 해당 지역에서 문한文翰이 있었음을 알 수 있다.

「처사공족조문집 제목록기입處土公族祖文集 諸目錄記入」 1부도 중요하다. 『치원소고』의 책갈피 속 노란 봉투에 든 목록이다(도판 25~26). 현

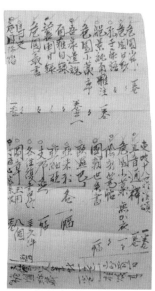

25~26. 「치원소고」 책갈피 속에 있던 '치원서목'(오른쪽)과 봉투(왼쪽)

소장자의 조부인 황희규의 필적으로 당시 자신의 집안에 전해진 황상 관련 자료의 목록을 적어 둔 것이다. 황상의 학문적 관심과 저술에 관한 정보를 제공해 준다. 목록은 다음과 같다.

　　巵園小艸 1권

　　巵園日鈔 1권

　　孔子家語 1권

　　郭景純爾雅注 1권

　　巵園小藁序 1권

　　吾泉遺說 권지일

爾雅目錄 1권

叢圃目錄 1권

厄園叢書 1권

馬史 1권

厄園珍鑑 1권

東坡十八羅漢頌 1권

正音通釋 1권

厄園小藁 無加衣 1권

陰刻筆帖 1권

國朝世系書 1폭

歐羅巴 亞米利 亞細亞 支那 地圖 각 1폭

各往復書信 36건

圖章玉用 8개

丁酉山家系帖 1권

又髥道人筆帖 1권

梔園珍藏 1권

　당시까지 집안에 전해 오던 황상 관련 문적 목록이다. 이 중 볼드체로 처리한 부분이 금번에 공개된 자료이다. 이 밖에 『치원소초』와 『치원일초』, 『치원진감』 등은 알려진 바 없는 새 자료다. 추사의 필첩인 『우염도인필첩』도 있고, 도장 8개가 따로 전해졌다. 또 황상은 앞서 보았듯 일속산방에 정학연이 건네준 세계지도를 걸어 놓고 있었는데, 이 지도가 얼마 전까지 여전히 보관되어 있었음을 알 수 있다.

　마지막으로 1923년에 간행된 『창원황씨가승昌原黃氏家乘』이 있다. 황상의 가계와 친족 관계가 상세하게 나와 있다. 이 중에서 황남린黃南麟 (1828~1872)의 존재를 확인한 것은 뜻밖의 큰 수확이다. 남린南麟은『치원진장』에 실린 정학연의 편지 속에 수없이 자주 등장하는 이름이다. 그는 만년에 황상의 일속산방을 자기 소유라며 관가에 고발해 황상을 말할 수 없는 곤경에 빠뜨렸던 인물이다. 편지에 남린으로만 나와 있어, 그의 성이 남씨려니 했는데, 가승을 보니 그는 황상의 숙부인 황천담黃天聃의 손자로, 황상은 그에게 5촌 당숙이다. 남린의 소송을 막기 위해 정학연은 새로 부임해 가는 강진현감마다 청탁을 넣고, 갖은 애를 썼다. 그런데 그의 정체가 족보를 통해 한집안 가까운 당질로 밝혀졌다.

이상 황수홍 선생이 소장한 황상 관련 문적을 간략히 소개하였다. 이번에 공개된『치원소고』권1은 김규선 교수가 소장한『치원소고』권5, 6과 함께 기존에 알려지지 않았던 새로운 황상의 문장을 담고 있다.『치원진장』은 후대에 정리한 필사의 친필 원본이 무더기로 나온 셈이어서 자료 가치가 대단히 높다. 그 밖에 황상의『치원총서』일부가 실물로 나왔다. 이를 통해 황상의 작품 세계에 대한 더 많은 관심과 조명이 집중될 전망이다. 귀한 자료를 선뜻 공개하여 학술적 이용이 가능하도록 허락해 준 소장자 황수홍 선생께 각별한 감사의 뜻을 전한다.[9]

9 이후 이 자료는 강진군 다산기념관에 기증되어 보존되고 있다.

사실과 진실의 거리

「상찬계시말相贊契始末」을 통해 본 양제해 모변 사건의 진실

1813년 제주에서 발생한 양제해梁濟海 모변 사건은 중앙에서 파견된 관리의 횡포에 반발한 제주 토호의 제주 자치국가 건설 시도로 보는 것이 일반적 시각이다. 모변은 모의 과정에서 고변으로 발각되어 실패로 끝났다. 1811년의 홍경래 난으로 민심의 동태를 예의 주시하던 중앙 정부는 즉시 찰리사 이재수를 파견하여 사태 파악과 민심 진무에 나섰다.

양제해 모변과 관련한 연구는 김태능과 권인혁의 논문이 있다.[1] 김태능은 양제해의 난을 제주민의 자주 기도란 측면에서 해석했고, 권인혁은 모변을 야기한 당시 사회경제적 조건과 모변 동기 및 전개 과정을 통해 모변 주체의 역사적 성격을 파악하는 데 역점을 두었다.

---

1 金泰能, 「梁濟海亂과 濟州民의 自主企圖」, 『제주도』 34, 1968, 151~156쪽과 權仁赫, 「19세기 초 梁濟海의 謀變 實狀과 그 性格」, 『탐라문화』 제7호, 제주대 탐라문화연구소, 1988, 127~151쪽을 참조할 것.

그런데 최근 일본 교토대 가와이 문고河合文庫에 소장된 이강회李綱會 (1789~?)의 『탐라직방설耽羅職方說』 권2에 수록된 「상찬계시말相贊契始末」이란 자료가 발굴되면서, 양제해 모변 사건은 완전히 새로운 국면을 맞게 되었다. 이 자료는 당시 제주도 아전들의 상찬계相贊契에 의해 양제해 모변 사건이 완전히 날조되었음을 관련자의 진술을 통해 낱낱이 증언하고 있다. 나아가 상찬계의 구성과 조직, 그들의 각종 비리와 만행을 상세히 고발하였다.[2]

「상찬계시말」은 양제해 사건을 바라보는 기존 시각의 전면적 재고를 요구한다. 이 기록을 통해 사건의 실상을 재구성하고, 역사의 은폐된 진실을 전면 복원하려는 것이 본고의 집필 목적이다. 이 기록은 관변 기록의 허점과 역사 왜곡의 한 실상을 극명하게 보여 주는 생생한 사례에 해당한다.

양제해 모변 사건의 기존 관점과 처리 경과

먼저 양제해 모변 사건에 대한 기존의 이해를 살펴보고, 실제 사건 발발 후 사건 처리 경과를 간략히 정리해 보기로 하겠다. 양제해 모변 사건에 대한 기존의 관점은 『한국민족문화대백과사전』에 수록된 「양제해

---

2 「상찬계시말」은 2008년 4월 성균관대학교 대동문화연구원이 펴낸 『다산학단 문헌집성』 제7책에 영인 수록되었다. 출간을 기념하여 다산학술문화재단 주최로 2008년 4월 12일에 개최된 제10회 다산학 학술회의 「다산학단의 학문적 성격과 성과」에서, 조성산은 「이강회의 『탐라직방설』과 제주도 연구」라는 주제의 발표에서 '「상찬계시말」을 통해서 본 양제해 모변사건'이란 항목을 따로 두어 사건 전반의 개황을 최초로 정리 소개하였다.

의 모반」 항목에 잘 정리되어 있다.

1813년(순조 13) 제주도에서 일어난 반란모의 사건. 양제해梁濟海는 조
선 순조 때 제주목 중면中面(현재의 제주시)의 풍헌風憲을 지낸 제주의 토
호土豪였다. 평소 제주도에 도임해오는 목사나 판관들, 경래관京來官들
의 탐욕과 횡포에 시달리고 있는 제주인들의 처지를 못마땅하게 생각해
오다가 마침 서북지방에서 일어난 홍경래의 난에 크게 고무되어 제주도
에서도 군사를 일으켜 조정에서 보내오는 관리들을 몰아내고 제주인들
스스로 자치해나갈 거사계획을 세웠다. 그는 이 계획을 추진하기 위해서
관리들과 계를 조직하여 친목을 도모하면서 김익강金益剛·고덕호高德
好·강필방姜必方 등 관리들을 포섭하고 많은 장사들을 규합하는 한편 병
기와 군량도 준비하였다. 그는 동지들과 모의하여 1813년 12월 16일 야
반을 기하여 제주·정의·대정 등 3읍에서 일제히 무력봉기하기로 하였
다. 목사와 판관, 현감들을 죽이고 모든 관아를 장악한 다음 내륙지방과
의 교통을 일체 차단하여 제주인들에 의한 자치체제를 확립하여 도민의
이익과 안전을 도모해나가기를 결의하였다. 그러나 이 사실이 거사 며칠
전 윤광종尹光宗에 의해서 고발되었다. 제주목사 김수기金守基는 곧 군
사를 풀어 양제해를 비롯하여 일당 50여 인을 체포하였다. 그는 붙들린
직후 탈옥하여 도주하였으나 다시 붙들렸으며 목사의 형장을 받다가 죽
었다. 그 밖에도 국문을 받다가 죽거나 옥사한 사람이 6인이나 되었다.
한편, 목사의 치계馳啓를 받은 조정에서는 이재수李在秀를 찰리사 겸 위
유사察理使兼慰諭使로 삼고 제주에 파견하여 사건을 처리하도록 하였다.
주모자 중 고덕호와 양제해의 아들 일회日會는 참형에 처하여졌고, 강필
방·김익강·양인복·김창서 등은 절도에 안치되었으며, 양일신·양일빈

등 6인은 도배島配에 처하였으며, 나머지 35인은 보석 또는 방면되었다. 위유사 이재수는 이 사건과 관련하여 제주도의 실정을 일일이 조사하여 이폐조목釐弊條目과 함께 보고하였으며, 조정에서도 실정 사실을 인정하고 도민선무에 힘쓰게 하는 한편, 탐욕과 불법으로 민원을 샀던 전 목사 이현택李顯宅을 체포하여 도배에 처하였다.[3]

양제해 모변 사건을 바라보는 기존 학계의 시각은 위 인용의 범위를 벗어나지 않는다. 이영권은 제한된 향리직을 놓고 벌어진 지방권력 갈등 끝에 경쟁에서 밀렸거나 불안을 느꼈던 주변 인물들에 의한 반란 시도로 양제해의 모변을 이해한다.[4] 『두산백과사전』에서도 이 사건의 성격을 "제주의 토호들이 이곳에 파견된 중앙 관리의 횡포에 반발하여 제주인들에 의한 자치체제를 실현하려고 일으킨 일종의 제주도 자치운동이었다."고 규정하고 있다. 나아가 이 사건은 1811년 발생한 홍경래 난의 연장선상에서 민란의 전국적 확대 양상의 하나로 이해되어 왔다. 1813년의 양제해 난은 시기적으로 홍경래 난과 2년의 차이밖에 나지 않았던 까닭이다.[5]

이들의 모변 배경에는 누적된 불공정 인사에 따른 인사적체 심화, 각종 청탁의 만연, 관인 무리의 사사로운 계조직과 권력 독점, 공공연한 수뢰 행위, 환곡 및 평역미平役米의 과도한 징수, 잡세 잡역의 남발, 목

---

3 『한국민족문화대백과사전』 14, 한국정신문화연구원, 1990, 808쪽. 항목 집필자는 홍순만洪淳晩이다.
4 이영권, 『제주역사기행』, 한겨레신문사, 2005, 262~264쪽의 「양제해의 모변」 항목 참조.
5 조성산, 「이강회의 『탐라직방설』과 제주도 연구」, 『다산학단의 학문적 성격과 성과』(제10회 다산학술회의 발표논문집), 2008, 41쪽 참조.

장 내 범경犯耕 문제, 목자역牧子役의 증대와 피역避役을 위한 납뢰納賂, 진상품과 관련된 각종 폐해와 외지 상선商船의 수세收稅에 따른 부정 행위 등등 각종 사회 문제들이 도사리고 있었다.[6] 양제해는 이러한 사회 경제적 폐해를 개혁함과 동시에 제주도의 권력을 장악하기 위해 변란을 획책하였다는 것이다.

기존에 양제해 모변 사건을 언급한 연구자들은 모두 사건 발생 직후 제주목사 김수기金秀基가 보낸 치계馳啓와 중앙에서 파견된 찰리사察理使 이재수李在秀가 올린 6차에 걸친 장계 등 관변 기록에 전적으로 의존하였다. 달리 관련 기록이 없는 터에, 공식 기록을 통해 이 사건을 이해하고 정리하는 것은 당연하다.

처음 사건이 공론화된 것은 1813년(순조 13) 12월 3일에 도착한 제주목사 김수기가 양제해의 모변 사실을 고하고 그를 추핵한 내용으로 올린 치계에서였다. 장계에 따르면 1813년 11월 7일, 중면中面 건입리健入里에 사는 양인 윤광종尹光宗의 고발을 접수하고, 즉각 양제해 일당을 체포하여 추핵하고 신문하였음을 알리고, 이어 판관과 대정현감, 정의현감 등의 입회하에 이루어진 공초 내용을 수록하였다.

첫 번째 치계에는 고덕호高德好·양인복梁仁福·백인호白仁好·강선귀姜先貴·강성삼姜成三·강성오姜成五·강필방姜必方·문팽년文彭年·강성규姜成圭·강성옥姜成玉·고덕종高德宗·문팽수文彭壽·고상인高尙仁·고상득高尙得·고흥득高興得·양제해梁濟海·김익강金益剛·양일신梁日新 등 18인의 공초 내용이 실려 있다.

첫 번째 공초에서 양제해는 사실대로 고하라는 관부의 다그침에 다

---

6 권인혁(1988), 128~136쪽 참조.

음과 같이 자백하였다.

제가 반역의 마음을 품은 것이 오래되었습니다. 저의 사돈인 김익강·김
신강 형제, 강필방·양인복·고덕호·전필복·고원창·김광정 등과 더불어
일을 모의하고 획책하였습니다. 각처의 장정으로 가장 먼저 모집한 자는
문팽년·고덕종·윤광종·강선귀·김창서·김순서·양시언·고성태·고상
득·함항태·강성삼·강성오 등입니다. 그 나머지는 기억하기 어렵습니
다. 모변의 즈음에 화약과 조총은 먼저 준비하지 않을 수 없는 것이므로
김광정을 시켜 미리 뭍에 나가 사 오게 했습니다. 이달 21일로 기일을 정
했다가 고쳐서 이달 16일에 가릿재에 병사를 모아 17일 새벽에 성에 들
어가 감영을 범할 계획이었습니다. 하늘 해가 밝고 환하여 흉모가 일어
나기 전에 절로 드러났으니 어찌 감히 발뺌하겠습니까? 만 번 죽더라도
아까울 것이 없습니다.[7]

모변 수괴의 자백치고는 뜻밖에 맥없이 순순한 대답이었다. 역모 수
괴에 대한 공초는 이 싱거운 단 한 차례의 문답으로 끝났다. 이어 열린
재공초에서도 양제해의 대답은 다음과 같이 단순했다.

---

7 『일성록』, 순조 13년(1813) 12월 3일, 「濟州牧使金守基以謀變罪人梁濟海推轂馳啓」:
"渠畜不軌, 厥惟久矣. 與渠查頓金益剛·信剛兄弟·姜必方·梁仁福·高德好·田必福·高
元昌·金光鼎等謀事劃策, 各處壯丁, 最先募得者, 乃文彭年·高德宗·尹光宗·姜先貴·金
昌瑞·金順瑞·梁時彦·高成太·高尙得·咸恒太·姜成三·姜成五等也. 其餘難以記憶. 謀
變之際, 火藥鳥銃不可不先備者. 故使金光鼎, 已爲出陸貿來之地. 定期於今二十一日矣,
更以今十六日, 聚兵於加嶺, 十七日曉頭, 入城犯營, 爲計矣. 天日孔昭, 凶謀自露於未
擧, 焉敢發明. 萬死無惜云."

저는 변방에 사는 백성으로서 본래 나라를 원망하는 마음은 없었으나 남보다 윗사람이 되려는 마음만큼은 늘 간절하였습니다. 서쪽에서 변고가 일어난 날 감히 남몰래 적에게 합류하려는 계획이 있어 과연 김익강과 더불어 이에 대해 말한 적이 있습니다. 다만 이 섬 전체를 내 소유로 만들려는 마음은 품은 지가 오래되었습니다. 실제로 지난해 5월에 구 영문營門이 교체되어 돌아갈 때를 타서 장차 군사를 일으켜 쳐서 취하려 하였으나 군사 모집이 숫자를 채우지 못한 까닭에 계획을 꾸민 것이 이루어지지 않았습니다. 뱃길을 일절 끊는 일에 이르러서는 바다 둘레와 통하지 않아야 후환이 없을 듯하여 그렇게 계획하였습니다. 군사를 일으키는 날짜를 갑자삭 갑신일로 취한 것은 갑이 천간의 첫머리이고 자가 지지의 첫머리인지라 군사를 일으키기에 이로울 듯하여 이날로 정했던 것입니다. 일의 기미가 급박한지라 금번 16일에 나아가기로 하여 김신강과 수작한 바 있습니다. 흉모의 두서를 낱낱이 자백합니다.[8]

공초 중 서쪽에서 일어난 변고는 바로 홍경래 난을 가리킨다. 자신이 홍경래 난 당시에 서도로 가서 반란군에 합류할 뜻이 있었고, 나중에는 제주 섬 전체를 자신의 소유로 만들려고 역모를 꾸미게 되었다고 자복한 것이다. 사실에 대한 일방적 인정만 있다.

---

8 『일성록』, 순조 13년(1813) 12월 3일, 「濟州牧使金守基以謀變罪人梁濟海推轂馳啓」: "渠以遐土居民, 本無怨國之心, 而爲人上之心, 恒切于中. 敢於西變之日, 陰有投賊之計, 果與益剛有所云云. 惟此一島作爲吾有之心, 其來久矣. 果於前年五月, 乘其舊營門遞歸之時, 將欲擧兵攻取, 而因募軍之未充, 設計未遂. 至若一絶船路事, 則環海不通, 則似無後患, 故果爲排布. 擧兵日, 取甲子朔甲申日, 則甲者天干之首, 子者地支之首, 似利於發兵, 故果以此日爲定矣. 事機急迫, 故進定於今十六日, 而有所酬酢於金信剛, 凶謀頭緖, 箇箇遲晩."

이러한 공초 내용에 입각하여 제주목사 김수기는 장계를 다음과 같이 마무리 지었다.

이제 이 옥사의 정황은 관계됨이 보통 문제가 아니고, 여러 죄수의 공초로 보더라도 단서가 이미 드러나 있습니다. 괴수로 잡은 양제해는 바로 바다섬 가운데 하잘것없는 시골 사람으로 반드시 나라를 원망하고 교화에 대항할 일이 없건마는 간특한 품성을 타고나 음흉한 마음을 품고 분수를 넘어 의를 해치니 깊이 탄식할 만합니다. 방역의 안에서 밥 먹고 숨쉬며 바다섬 가운데에서 변란을 꾀한 것이 이미 여러 해입니다. 서쪽의 도적에게 투신하여 붙을 뜻과 뭍으로 통하는 길에 뱃길을 끊을 계획이 이미 너무도 참람합니다. 이에 작년 5월에 신구 목사가 교체되는 틈을 타서 장차 군대를 일으켜 감영을 범하려 하였으나, 계획을 이루지 못하자 꼼꼼히 준비한 것이 갈수록 심해져서 요사한 무리들과 결탁하여 완악한 부류들을 불러 모으고 도원수니 선봉장이니 하는 이름을 가져다 붙여서 장정들을 사 모으고, 병장기를 만들고 준비하여 감히 오늘의 변고를 도모하였습니다. 다행히 발각되어 차례로 잡아 와 큰 염려는 없을 듯합니다. 하지만 그 범한 바를 살펴보면 뜻을 씀이 흉악하여 곧장 손수 칼로 베어 버리려 하였으나 다만 옥사를 판단해야 하는 신분으로 철저하게 조사해야겠기에 그만두지 못하는 점이 있습니다. 관련된 여러 사람 중에는 혹 뭍에 나가 돌아오지 않은 자도 있고, 거주지를 모르는 자도 있습니다. 섬 안에서 잡아 체포하는 한편, 병영에 알려 송환을 재촉하여 해적과 더불어 다시금 조사하고 헤아림을 더하여야 합니다. 이미 공초를 받은 죄인들은 한꺼번에 감옥에 가두었고, 그 나머지 공초를 받지 않은 죄인은 잇달아 추핵하여 차차로 마칠 것입니다. 하여금 묘당의 초기로써 품처하

여 주십시오.[9]

또한 양제해가 홍경래 난에 자극받아 변란을 꾀한 것을 강조하고 전후 정황을 설명하였다. 하지만 이어지는 장계에서는 11월 7일 체포된 뒤 11월 9일 밤중에 양제해가 묶인 것을 풀고 달아난 사실을 보고하였고, 바로 이어 12일 저녁 봉개리 사는 부창번의 집 대숲에서 발각되어 13일에 감영에 재압송된 사실을 보고하였다.

이에 조정에서는 그다음 날인 12월 4일에 즉각 유시諭示를 내려, 모변 장계를 받고 놀란 마음을 표시하고, 멀리 바다 밖에 있어 왕의 교화가 미치지 못하여 관리가 잘 다스리고 있는지도 사실대로 알기가 어려우므로, 무작정 어리석고 완악한 백성을 죽여 민심을 동요케 하지 말고 위무할 것을 당부하고, 묘당의 조처를 시달하겠노라고 했다. 그러고는 당일 즉각 제주안핵사의 차송을 명하는 등 신속하게 대응하였다. 비변사는 계언啓言에서 괴수만 죽이고 위협을 못 이겨 따랐던 자는 죄를 묻지 말아 조정의 은혜를 보이고, 수령과 진장鎭將 중에 불법을 자행하여 백성에게 포악하게 군 자를 적발할 것을 건의하였다.

---

9 『일성록』, 순조 13년(1813) 12월 3일, 「濟州牧使金守基以謀變罪人梁濟海推覈馳啓」: "今此獄情關係非常, 而觀於諸囚之供, 端緒已露. 巨魁斯得濟海, 卽是海島之么麼一鄉也, 必無怨國梗化之事, 稟賦奸慝, 心腸陰凶, 犯分蔑義, 吁亦甚矣. 食息於邦域之內, 謀變於潢池之中者, 業有年所. 西賊投附之意, 北路截船之計, 已萬萬叵測. 而㢓於前年五月分, 乘其新舊牧使交遞之間, 將欲擧兵犯營, 未售其計, 而綢繆排布, 愈往愈甚, 締結妖邪之輩, 嘯聚冥頑之類, 擬定都元帥先鋒將等名色, 購募壯丁, 造備軍器, 敢圖今日之變, 幸得發覺, 次第取捕, 似不至深慮. 而究其所犯, 用意凶獰, 直欲手刃寸斬, 而但其讞獄之體, 到底窮覈, 在所不已. 干連諸人, 或有出陸未還者, 或有居住不知者, 一邊自島中跟捕, 一邊報兵營捉還, 竝與海賊, 更加窮覈計料. 已爲取招罪人等, 一竝牢囚, 而其餘未取招罪人, 連爲推覈, 次次究竟. 敎以廟堂草記, 稟處."

이를 보면 조정에서도 허술한 공초 내용이 담긴 장계에 의구심을 품고, 무언가 감춘 사실이 있을 것을 가늠한 기색이 역력하다. 더욱이 실제 모변의 수괴인 양제해는 이때 이미 매질로 사망한 상태였다. 일이 뜻밖에 커지자 다급해진 김수기는 12월 10일에 다시 양제해 사건에 관련된 제인을 추핵한 내용을 치계하였다. 이때에는 공초인의 숫자가 더욱 늘어났다. 양시언梁時彦 · 김창서金昌瑞 · 김신강金信剛 · 고원창高元昌 · 전필록田必祿 · 양정하梁廷夏 · 오의규吳義圭 · 고성태高成太 · 이애창李愛昌 · 양정엽梁廷燁 · 전경록田京祿 · 함항태咸恒太 · 강옥성姜玉成 · 김순서金順瑞 · 김광은金光殷 · 양제해梁濟海 · 함광집咸光集 · 송익대宋益大 · 백인호白仁好 · 고덕호高德好 · 강필방姜必方 · 김은보金殷寶 · 김광정金光鼎 · 양일회梁日會 · 양정찬梁廷贊 · 양일신梁日新 · 김오복金五福 · 김오영金五榮 · 김오걸金五傑 · 고사목高士睦 · 부창변夫昌蕃 · 양정위梁廷煒 · 김익강金益剛 등 무려 33인 관련자의 문목과 공초 내용을 기록하였다. 하지만 공초 기록은 부실하기 짝이 없어, 대부분 한 차례의 문답으로 끝난 일방적 내용이었다.

장계의 끝부분에서 김수기는 주모자인 양제해와 김익강은 반드시 죽여야 하는데, 양제해는 이미 경폐徑斃, 즉 갑작스레 죽었음을 말하고, 조정의 처분을 기다려야 마땅하나 바닷길의 더디고 빠름은 기약하기 어렵고, 옥리가 간특함을 부릴 염려가 있는지라 어쩔 수 없이 잡아들이는 대로 추핵하여 임의로 일을 처리한 것을 보고하였다.[10] 김수기는 또 이날 함께 올린 「죄인제해등경폐치계罪人濟海等徑斃馳啓」에서 양제해가

---

10 『일성록』, 순조 13년(1813) 12월 10일, 「濟州牧使金守基以謀變罪人梁濟海及干連諸人推覈馳啓」: "論其罪犯, 魁首之梁濟海, 主謀之金益剛, 可勝誅哉! 濟海今自徑斃, …… 馳啓恭竢, 判下擧行, 事理當然, 而非但海路之遲速無期, 亦有獄老生奸之慮, 雖不得不隨捕推覈, 事涉擅便, 萬萬惶恐."

병세가 심하여 11월 16일에 죽었고, 검시 결과 곤장 때문에 사망했음을 아뢰고, 관련 죄인 양시언과 고성태, 김신강과 전필록 등도 곤장으로 사망했음을 보고했다.[11] 이날 김수기가 올린 관련 죄인 백광현白光賢·한종효韓宗孝 등의 공초도 함께 도착하였다.

한편 처음 문서를 접수한 상관인 전라감사 박윤수朴崙壽는 모변 수괴를 죽여 정황을 캐물을 수 없게 하고, 법을 집행치 못하게 하는 등 너무도 소홀한 옥사 처리의 책임을 물어 김수기를 즉각 파직할 것을 청하는 장계를 김수기의 치계와 함께 조정에 올렸다.

이 보고를 받고, 비변사에서는 이튿날인 12월 11일에 제주목사에게 찰리사察理使가 바다를 건너간 뒤에 목사 입회하에 다시 추핵할 것을 명하고, 박윤수의 장계에 대해서는 김수기의 죄가 무겁지만, 찰리사가 내려가기도 전에 고을 책임자를 죄 주면 옥사를 주관할 사람이 없게 되어 옥사 처리가 더 성글게 될 것이므로 일단 자리를 보전케 하고, 찰리사가 도착한 이후 다섯 죄인이 급사한 원인을 조사한 뒤에 법률로 신문할 것을 건의하여 왕의 윤허를 받았다.

사안이 사안이었던지라 조정의 대응도 신속했다. 12월 5일에 영의정 김재찬金載瓚의 건의로 응교應敎로 있던 이재수를 찰리사에 임명하였고, 12월 16일 왕을 만난 이재수는 제주 모변에 관련된 죄수를 경중을 나눠 다른 섬에 유배 보낼 것을 건의하여 윤허받았다. 이재수는 1814년

---

11 『일성록』, 순조 13년(1813) 12월 10일, 「濟州牧使金守基以罪人濟海等徑斃馳啓」: "狀啓以爲, 罪人濟海病勢苦劇, 十一月十六日物故, 檢驗則因杖徑斃的實. 又狀啓以爲, 罪人梁時彦病勢苦劇, 十一月十九日物故, 檢驗則因杖徑斃的實. 又狀啓以爲, 罪人高成太十一月二十二日物故, 檢驗則因病致死的實. 又狀啓以爲, 罪人金信剛十一月二十四日物故, 檢驗則因病致死的實. 又狀啓以爲, 罪人田必祿病勢苦劇, 十一月二十七日物故, 檢驗則因杖致斃的實."

1월 6일에 영암군 고달도에 도착하였으나 소안도에 이르러 풍세의 불순으로 바람을 기다리다가 1월 12일에 배를 띄워 1월 13일에 제주 화북진에 도착하였다.[12]

제주목사 김수기는 모변 사건의 여당餘黨인 고덕점 등을 추핵한 치계를 거듭 올려 보고하였고, 이 보고는 도해渡海를 보고하는 이재수의 치계와 함께 뒤늦게 2월 28일에야 조정에 보고되었다. 이재수는 윤2월 14일 제주목사 김수기가 별장別杖으로 죄수를 문초하여 모역 수괴조차 처형할 수 없게 만들고, 치적에도 폐단이 많으며, 뇌물도 많이 받았음을 들어 파출할 것을 장계하였다.[13]

3월 22일의 치계에서는 죄인 고덕호와 양일회를 효수형에 처하고, 그 아래로 김익강과 강필방은 흑산도로, 김창서와 양인복은 금갑도로, 양일신과 이애창은 신지도로, 양일빈과 고원창은 고금도로, 강성규와 강성삼은 추자도로 각각 귀양 보냈음을 보고했다. 그 나머지는 석방 조처하고 고발인 윤광종은 본도 변장邊將에 제수케 하는 것으로 사건의 1차 처리를 마무리 지었다.[14]

이후 그는 제주도민을 위해 양로연을 설행하고, 정의현감 권취일權就一을 파직시키고, 전전 목사 이현택李顯宅의 죄상을 보고하는 등의 활동으로 제주도민의 민심을 수습하였다. 찰리사 이재수는 4월 8일에 접수된 「본도민읍폐막제조本島民邑弊瘼諸條」 치계로 찰리사 겸 위유사의 활동을 마무리하였다.[15]

---

12 『일성록』, 순조 14년(1814) 2월 28일, 「察理使李在秀以渡海馳啓」.
13 『일성록』, 순조 14년(1814) 윤2월 14일, 「濟州察理使李在秀以罪囚等分輕重酌處馳啓」.
14 『일성록』, 순조 14년(1814) 3월 22일, 「濟州察理使李在秀以罪人高德好等梟首警衆次律罪人金益剛等定配馳啓」.

「상찬계시말」의 저술 경위와 사건 실상

이제 새로 발굴된 자료인 「상찬계시말」의 저술 경위와, 이 책이 밝히고 있는 양제해 모변 사건의 진실에 대해 살펴보기로 하자.

「상찬계시말」의 저술 경위와 내용

「상찬계시말」의 저자 이강회는 다산 정약용이 아끼던 초당 시절의 제자였다. 최근 우이도에서 잇달아 발견된 그의 문집들을 통해 그가 다산학을 충실히 계승한 역량 있는 학자였음이 속속 드러나고 있다.[16]

이강회는 『탐라직방설』을 저술하면서, 권2에 직방職方과는 직접 관련이 없는 「상찬계시말」을 상세히 기록하였다. 모두 27쪽 분량의 이 자료는 앞쪽에 제주 아전들의 비밀결사인 상찬계의 결성 과정과 그들의 구성, 그리고 그들이 저지른 갖은 비리와 악행의 구체적 내용을 갈래를 나눠 적었다. 이어 이도철李道喆·양제해梁濟海·김익강金益剛·이재수李在秀·윤광종尹光宗·김재검金載儉 등 주요 인물들의 전傳을 실어, 기전체의 형식을 끌어왔다. 사건의 개요와 주요 당사자들의 전을 겹쳐 읽으면 전체 사건의 경과와 윤곽이 선명하게 드러난다.

---

15 『일성록』, 순조 14년(1814) 3월 5일, 「濟州察理使李在秀以設行養老宴馳啓」와, 같은 날 올린 「濟州察理使李在秀狀罷旌義縣監權就一」 및 3월 22일에 올린 「濟州察理使李在秀以前前牧使李顯宅罪狀馳啓」, 그리고 4월 8일에 올린 「濟州察理使李在秀以本島民邑弊瘼諸條馳啓」 등을 참조할 것.
16 조성산, 「이강회의 경세사상 − 다산학 계승의 한 국면」, 『대동문화연구』 제57집, 성균관대 대동문화연구소, 2007, 139∼169쪽과 임형택, 「다산학단에서 해양으로 學知의 열림 − 이강회의 경우」, 『대동문화연구』 제56집, 성균관대 대동문화연구소, 2006 및 안대회, 「다산 제자 이강회의 이용후생학」, 『한국실학연구』 제10호, 한국실학학회, 2005, 289∼321쪽 참조.

먼저 이강회가 「상찬계시말」을 저술하게 된 경위를 살펴보자. 이강회는 『탐라직방설』 권2에 「상찬계시말」을 수록하면서 서두에 이런 말을 얹었다.

> 살피건대, 이 책은 직방職方과는 무관하다. 그러나 이는 제주의 큰 옥사인 까닭에 대략 들은 대로 기록하여 군자의 바른 붓을 기다린다. 이미 뼈가 된 원통한 넋이야 설령 신원伸寃되지 못한다 해도, 미처 깨지 못한 상찬계의 소굴은 번성케 해서는 안 된다. 제주는 천연의 요새라 안으로 견고한 땅이다. 저들 무리의 교만 사치하고 음란 방일함이 갈 데까지 가면 반드시 크게 외람된 일이 생길 것이다. 그리되면 평안도의 다복동이 바로 제주의 상찬계가 될 것이다. 대저 남쪽 고을의 아전들은 강포强暴하기가 제나라의 전씨田氏나 노나라의 환씨桓氏보다 더 심한 지가 이미 오래되었다. 제주의 상찬계는 내가 크게 근심하는 것이다.[17]

글 가운데 평안도의 다복동은 1811년 홍경래가 난을 일으킨 곳이다. 이강회는 설령 양제해의 억울함은 신원하지 못한다 해도 상찬계의 소굴만은 뿌리 뽑지 않으면 안 되겠기에 이 글을 쓴다고 했다. 만일 상찬계를 그대로 놔두면 결국에 가서는 홍경래의 난과 같은 반란이 제주에서 일어나게 될 것이라고도 했다. 이에 그 구체적인 실상을 고발하여 훗날의 근심을 미연에 방지하려 한다는 것이다.

---

17 이강회, 「상찬계시말」: "案, 此編, 無關職方. 然此爲州之大獄, 故畧以所聞者記之, 以俟君子之正筆. 夫旣骨之寃魄, 縱不得伸, 未破之契窟, 不可滋也. 濟者天塹內固之地也. 彼輩之驕奢淫泆, 極於所至, 則必生泰濫, 西州之多福洞, 卽耽邑之相贊契也. 大抵南邑之吏强, 殆猶甚於齊田魯桓者, 厥已久矣. 濟之相贊契, 是吾之大憂也."

그렇다면 이강회는 언제, 어디서 이 기록을 작성하게 되었을까?

> 살피건대, 내가 일찍이 남쪽 고을의 비루함을 못마땅히 여겨 차마 바로
> 보지 않았었다. 하지만 김익강 같은 자는 그 사람의 그릇이 이와 같았으
> 니, 제주에도 이러한 사람이 있을 줄은 몰랐다. 내가 이 이야기를 문천초
> 文天初에게 들었다. 손암 정약전 공이 흑산도에 귀양 와 있을 때 김익강
> 을 만나 보고 이를 기이하게 여겨 크게 마음을 의탁하였다 한다. 그래서
> 내가 또 불러서 만나 보니, 참으로 함부로 가볍게 볼 사람이 아니었다. 뒷
> 사람들은 제주 사람을 업신여겨서는 안 될 것이다.[18]

「상찬계시말」의 한 대목이다. 김익강은 양제해의 장인이다. 모변 사건
의 주요 당사자로 지목되어 흑산도로 귀양 온 인물이다. 이강회는 김익
강의 이야기를 문천초文天初에게 들었다고 했다. 문천초는 누구인가?
우이도 주민 문순득文淳得(1777~1847)이 바로 그 사람이다. 그는 1801
년 12월 표류하여 1805년 1월 8일에 돌아올 때까지 3년 2개월 동안 오
키나와, 필리핀, 중국 등지를 떠돌았다. 정약전은 그의 이야기를 듣고
「표해시말漂海始末」을 썼다. 천초天初란 자도 정약전이 지어 주었다. 하
늘이 열린 이래로 처음으로 해외의 여러 나라를 가 본 사람이란 뜻을 담
았다. 다산은 또 문순득의 아들에게 여환呂還이란 이름을 지어 주었다.
여송呂宋, 즉 필리핀에서 생환生還했음을 기념하여 붙여 준 이름이다.[19]
　이강회는 30세 나던 1818년 겨울에 강진을 떠나 우이도에 들어가,

18 이강회, 「상찬계시말」: "案, 吾嘗慎南鄉之陋卑, 不忍正視, 如益剛者, 其人器如是, 不
覺濟州有此等人也. 吾聞之文天初. 巽菴丁公, 謫在黑山, 見益剛奇之, 大託心契云. 故
吾又延見, 眞非單薄外視人也. 後之人, 其毋侮濟人也."

정약전이 머물며 도움을 받았던 문순득의 집에 기거하게 된다. 입도入島 동기는 명확지 않으나 다산 해배 후에 마음을 다잡아 학문에 매진하려 는 각오였던 것으로 보인다.[20] 이곳에 머물며 이강회는 문순득에게서 우이도로 유배 와 있던 김익강의 이야기를 전해 들었다. 김익강의 사람 됨은 그를 만나 본 정약전조차도 크게 기이하게 여겨 심계心契를 맺을 정도였다. 이강회는 그 말을 듣고 그 자신도 김익강을 불러서 만나 보았 고,[21] 결코 함부로 가볍게 볼 사람이 아니더라는 소감을 남겼다.

한편 「상찬계시말」 중에 "내 집은 제주 바다를 마주하고 있어, 제주 의 일을 익히 듣곤 하였다. 막 양제해의 옥사가 일어났을 때 제주 사람 들이 말했다."[22]고 한 대목이 있는 것을 보면, 1813년 사건 발생 직후부 터 이강회는 강진에서 양제해 사건을 둘러싼 이런저런 풍문과 접하고 있었다. 당시 조정에서 찰리사까지 파견될 정도의 사안이었으니, 양제 해 사건은 단순히 제주도에 국한된 모변이 아니라, 당시 흉흉했던 민심 과 함께 전국적으로 알려진 사건이었다.

「상찬계시말」의 구성과 주요 내용은 다음과 같다.

안설按說: 집필 동기 설명.

시말: 상찬계 결성 경위, 축재蓄財의 재원, 조직 구성과 관장官長 회유 방

19 이강회, 「雲谷船說」, 『柳菴叢書』(신안문화원 영인본, 2005), 73쪽: "巽菴丁公字之曰天 初, 天初云者, 自我邦開闢以來, 海外番國, 此人初見也. 漂還後始生一子, 頗廩爺取氣. 俟菴先生名之曰呂還. 此字此名, 足供淸士一笑."
20 관련 내용은 안대회(2005), 조성산(2007)의 논문에 자세하다.
21 『탐라직방설』의 「李察理傳」 끝부분에 '益剛爲余言'이라 한 대목이 있는 것으로 보아 이 강회는 김익강과 직접 만나 모변 사건의 구체적 정황을 들었음을 확인할 수 있다.
22 이강회, 『탐라직방설』: "予家對耽海, 慣聞耽事. 方濟海之獄也, 耽人曰."

식, 자금 운용과 조직 관리, 착취와 수탈의 실상, 상찬계의 사치와 위
세, 찰리사 이재수가 상찬계 소탕에 실패한 까닭.

이도철전李道喆傳: 제주 진무리였던 이도철이 상찬계의 만행을 보다 못
해 세 차례에 걸쳐 중앙에 탄원했다가 도리어 해를 입고, 마침내 상찬
계의 우두머리로 변신한 이야기.

양제해전梁濟海傳: 향관 양제해가 상찬계의 수탈에 맞서 궐기하려다가
윤광종의 고변으로 상찬계의 모략에 말려 오히려 대역죄인으로 몰려
형벌 끝에 죽게 되는 이야기. 끝에 양제해를 둘러싼 허무맹랑한 전언
을 정리했다.

김익강전金益剛傳: 양제해의 장인이자 신망 높던 향관인 김익강이 양제해
의 일족이라 하여 상찬계에 의해 독한 형벌을 받았으나, 그를 존경한 옥리
들의 헌신적 보살핌과 찰리사 이재수의 보호로 귀양 오기까지의 이야기.

이찰리전李察理傳: 찰리사 이재수가 양제해 옥사를 처리한 과정과 양제
해에 대한 태도.

윤광종전尹光宗傳: 상찬계원 김재검의 겸인으로 양제해 옥사를 고변한
윤광종의 참혹한 말로를 적은 내용.

김재검전金載儉傳: 양제해의 모변을 조작한 당사자로 그가 이종사촌 김
상빈金相彬까지 죽이며 불법을 자행한 이야기.

이렇게 보면 「상찬계시말」은 앞쪽에 실린 서문 격의 안설을 제외하
면, 상찬계의 시말에 대해 적은 앞의 내용과, 주요 사건 당사자의 전기
형식으로 된 기전체紀傳體 기록이다.

이강회는 양제해 모변 사건의 원인을 제주 아전들이 자신들의 이익
을 목적으로 결성한 상찬계의 비리와 부정에서 찾았다. 「이도철전」에

나오는 이도철 탄원 사건은 양제해 이전에도 상찬계의 비리에 맞섰다가 좌절하고, 오히려 상찬계의 일원이 된 이도철의 사례를 통해 상찬계의 막강한 조직력과 결속력을 설명하였다. 그리고 나서 양제해 사건의 두 주축 인물인 양제해와 김익강의 전기를 싣고, 중앙에서 찰리사로 파견된 이재수의 입장과 한계를 설명한 후, 역모 사건을 조작해 낸 당사자인 윤광종과 김재검의 비리를 고발함으로써, 전체 사건의 얼개가 일목요연하게 드러나는 구조를 취하였다.

정리한다. 이강회는 1813년 사건 발생 직후부터 이 사건과 관련된 풍문을 익히 접하고 있었다. 이후 1818년 우이도로 들어오면서 문순득에게 사건의 주요 당사자 중 한 사람인 김익강이 그곳에 귀양 와 있음을 전해 듣게 되었다. 정약전이 인가했으리만치 범상치 않았던 김익강의 이야기를 듣고서 그를 직접 만나 보기까지 했다. 이런 일련의 과정을 통해 이강회는 양제해의 모변이 사실은 상찬계에 의해 철저하게 조작된 사건이라는 충격적인 사실을 확인했다. 이에 의분을 느껴 집필한 것이 바로 「상찬계시말」이다. 그리고 글 속에서 이강회는 사건의 개요와 발생 원인을 제시하고, 주요 당사자들의 열전을 나열하는 형식으로 사건의 전체 얼개를 입체적으로 파악할 수 있도록 구성하였다.

「상찬계시말」을 통해 본 모변 사건의 실상

「상찬계시말」은 양제해 모변 사건에 앞서 제주 아전들이 결성한 상찬계에 초점을 맞춰 쓴 저술이다. 먼저 상찬계란 어떤 조직이며, 그들이 어떤 비리를 저질렀는지를 살펴보자.

제주의 아전은 진무리鎮撫吏와 향리鄉吏 및 가리假吏로 구분되는데 이들을 통틀어 삼리三吏라 하고, 그 숫자는 8백여 명에 이르렀다. 상찬계는 1790년과 1791년 사이에 어떤 아전의 발의로 삼리 3백여 명을 결속하여 성립되었다. 1794년에 규모가 커지고, 1812년과 1813년에 이르면 백성에게 못 하는 짓이 없을 만큼 포악해졌다.[23]

그들은 돈이면 안 되는 일이 없어 신神과 같다 하여 돈을 신神이라 부르며 갖은 못된 짓을 자행하였다. 「상찬계시말」에서 적고 있는 그들의 돈 모으는 방법을 들어 보자.

> 신神, 즉 돈을 모으는 방법은 촘촘하기가 체의 구멍과 같고 좁기가 가죽 구멍 같으며 넓기로 말하면 성문과도 같아서, 아무리 작은 것도 빠뜨리지 않고 제아무리 커도 벗어날 길이 없었다. 동쪽 처마에서 불이 난 것은 서쪽 모서리가 이를 끄고, 남쪽 시내가 물에 잠기면 북쪽에서 이를 막아 준다. 베푸는 것은 마치 화살이 날아와 박히는 것과 같고 낚아챔은 수리의 발톱과 같아서, 사면에 그물을 펼쳐 상하와 사방이 모두 올가미 속으로 들어가게 된다. 목전의 기진起陳[24][제주에는 밭이 없다. 내 생각에 다만 목전 중에 말을 놓아먹이지 않는 곳을 기전에 포함시켜 준다.]과 미역의 세금[미역 한 다발은 17근 반으로 정한다. 통틀어 몇백 묶음을 납입하는데, 백성이 내는 것은 40근이 아니면 안 된다.], 무덤이나 토지에 대한 송사, 군역과 목역[목자牧子는 제주도의 역 가운데 가장 천한 것이다. 부유한 백성 가운데 상찬계의 무리에 밉보인 자가 강등되어 이 목역에 충당되면 온 집안이 모두 부끄럽게 여겨 비록 집을 팔고 몸을 팔아 비용이 아무리 많이 들어도 따지지 않고 면하기만을 기약한다.], 소 푸주에 따른 벌금, 노름하다 받는 형벌, 술주정하다 걸린 자, 불효를 저지르거나 친족

23 「상찬계시말」: "案, 此契始於辛亥壬子之初, 大於甲寅之後, 至壬申癸酉之間, 虐民無所不至, 生民急於水火, 故梁濟海等訴之謀, 及焉."
24 기전起田과 진전陳田. 기전은 경작하고 있는 땅, 진전은 경작할 수 없는 땅.

과 화목하지 못한 자[무릇 이 같은 자를 강등시켜 목자牧子로 정해 주고, 끝에 가서 뇌물을 받는다.], 행실이 좋지 못한 여자[양민으로 부잣집 여자가 혹 남녀의 추문醜聞이 있어 말이 한 마디라도 밖으로 새 나가 관비에 충당되면, 온 집안이 부끄럽게 여겨 전 재산을 기울여서라도 면하기만을 바란다.], 속현의 상벌[정의현과 대정현], 속진의 포폄[명월진과 조천진 등], 고을 원의 공사公事[집관이다.], 의송의 부채, 비리가 있는 송사, 현진에서 탈 잡는 일, 풍약의 공갈[그 무리에게 밉보인 자가 있으면 풍약이 일부러 일을 만들어 그 일의 대소에 따라 이를 포괄한다.], 이런 것들이 모두 상찬계의 밑천이 되었다. 그중에서도 가장 기이한 재화는 바로 밖에서 온 장사치의 뇌물이었다. 제일 알찬 것은 방장坊將의 모차冒差이다. 이익은 혼자만 먹어서는 안 되니, 내가 열에 아홉을 가져가면 저 사람에게는 열에 하나를 준다. 저 사람이란 관인을 찬 자이다. 만약 도마 위의 생선을 다 발라 먹으려면 저 사람이 반드시 냄새를 맡지 않아야 한다[저 사람이란 탐라의 방백 중에 탐욕스러운 자를 가리킨다.]. 냄새 맡은 것은 장차 어찌해야 하는가? 예쁘고 아리땁고 고운 여자가 이것이다.²⁵

---

25 「상찬계시말」: "聚神之寶, 密如篩竅, 窓如革孔, 谿如城門, 微忽不遺, 巨大莫逃. 東籬放火者, 西隅滅之, 南川漬水者, 北邊防之, 張如篙矢, 攫如鷲爪. 四面羅網, 上下四方, 皆入於祝. 牧田之起陳[州無田案, 惟牧田馬不游牧處, 起者括之.], 藿地之收稅[藿一束, 定爲十七斤半, 通納幾百束, 民納者, 非四十斤不可.], 山訟也, 地訟也, 軍籤也, 牧役也[牧子者, 濟役之極賤者也. 以富民之見忤於契隊者, 降充其役, 則九族含羞, 故雖破家賣身, 不計千萬, 期於圖免.], 牛庖之金罰, 馬弔之贖刑, 酗酒之禁亂, 不孝不睦者[凡如此者, 降定牧子, 末乃受賂.], 帷薄不修者[良民富實之女, 或有桑間之事, 一言外播, 已充官婢, 則九族含羞, 故不計破家蕩産, 期於圖免.], 屬縣之褒貶[旌義大靜], 屬縣之褒貶[明月朝天等], 倅府之公事[執官也.], 議送之債, 非理之訟, 縣鎮之執頉, 風約之恐愒[風約此忤於其隊, 則故爲生事, 隨其大小以括之.], 皆是契本也. 其最奇貨, 乃外來之商賂也, 其最腴塊, 乃坊將之冒差也. 利不可獨食, 我攘什九, 彼給仟一. 彼乃櫩印者也, 若都剝食俎鯉, 彼必不嗅[彼指耽伯之貪者.]. 嗅之將柰何? 美嬌姸姸者, 是也."

교묘하게 자행된 상찬계의 포악한 악행으로 "백성의 거죽은 다 벗겨지고, 백성의 살은 다 발라지며, 백성의 피는 다 마르고, 백성의 뼈는 다 바수어졌"을 만큼 폐해는 심각했다. 이들의 조직 관리는 매우 치밀해서 위로 통인과 급창과 방자에서 밖으로 군노 사령과 나장 및 삼반 장교에 이르기까지 무리 중에 영리한 자들이 서로 똘똘 뭉쳐, 관장을 매수하여 그의 비호 아래 백성들의 고혈을 짜냈다.

이렇게 모은 돈은 제주목과 전라감영, 그리고 경저京邸로 각각 수만 냥씩 분산되어 조직적으로 관리되었다. 이들은 이잣돈을 놓아 식리에 힘쓰고, 제주 방백이 임명되면 아예 서울에서부터 모든 비용을 전담하여 이들을 매수하였다. 그 결과 이들은 즐비한 기와집에 층층 난간과 첩첩의 정자로 둘러싸인 화려한 거처에서 온갖 음탕한 음악과 진귀한 음식, 희한한 기물들을 갖춰 놓고 끝 모를 방탕과 사치에 빠졌다.

상찬계의 폐해에 최초로 분연히 일어선 인물은 제주 진무리였던 이도철李道喆이었다. 1794년 이후 상찬계의 규모가 배로 커지고, 때마침 제주는 흉년을 만나 민생이 고갈된 상태였다. 제주의 세족이던 차흥도車興道가 상찬계에 뇌물을 못 바치는 바람에 목자牧子로 강등되었는데, 목자는 제주 사람들이 가장 천시하여 혼인조차 꺼리던 계층이었다. 그 딸이 이를 수치스레 여겨 자살했다. 이 일을 계기로 이도철은 상찬계를 부술 생각을 하다가, 1804년 봄에 서울로 올라가 비변사에 상찬계의 폐해를 고발하였다. 하지만 비변사의 공문을 받은 제주 방백은 이도철에게 도리어 무고죄를 적용하여 벌을 주었다. 이도철은 1805년에 재상경하여 호소하였고, 이때도 무고하게 형벌을 받았다. 하지만 이도철이 1806년에 다시 세 번째로 호소하니, 비당에서 이상하게 여겨 제주 감영에 조사하라는 공문을 내렸다. 하지만 상찬계에 둘러싸인 제주 방백은 뇌물에 현혹되어 이도철을 광패한 인간이라고 회보하였고, 이도철의 집안은 풍비박산이 나서 유리걸식하는 처지가 되고 말았다. 이에 그는 몇 년을 뭍에서 떠돌다가 하는 수 없이 상찬계에 투항하여, 도리어 상찬계의 우두머리가 되었다.

그렇다면 양제해의 모변은 어떤 경로로 이루어졌던가? 「상찬계시말」의 기록에 따라 전후 경위를 살펴보자. 그는 제주의 세족이었다. 집안이 가난해 글을 못 배운지라 글자도 읽지 못했다. 하지만 향감을 네 차례 맡고 방헌防憲을 두 차례 지냈을 만큼 인망이 있어, 상찬계의 무리도 그를 공경하여 꺼려 했던 인물이었다. 집은 중면中面 거마촌巨馬村에 있었다.

1813년 봄, 양제해는 중면 헌장憲長으로 있었다. 당시 제주의 법은 방에 일이 생기면 조사할 내용을 방헌에게 공문으로 보내 보고케 되어 있었다. 이해 10월 그믐에 양제해가 고을 사람을 모아 제기된 문제를 상의하는 과정에서 백성들의 입에서 상찬계의 폐해를 성토하는 목소리가 높았다. 이 대목을 「상찬계시말」의 「양제해전」은 이렇게 적고 있다.

> 여러 고을의 많은 사람들이 서로 모여 고하였다. "이 아전은 간특하여 백성들의 폐단이 이러이러합니다. 날이 다르고 달로 심해져 백성들이 장차 다 죽게 생겼습니다. 이제 방헌께서 이왕 방장이 되셨고, 또 들으니 사또께서 아전의 일을 밝히 살피시고 그 뜻이 백성을 위하는 데 있다 하니 지금이 바로 그때입니다. 다만 방헌께서 계책을 정하십시오." 양제해가 말했다. "아전의 간사한 소굴을 쳐부수는 일은 다만 상찬계를 타파하는 데 달려 있소. 그런 뒤라야 백성들이 살 수 있을 것이오. 하지만 그 소장에 우두머리가 된 자는 처음에 욕을 보게 될 것이오. 우리 방坊에서 능히 이 소장의 우두머리가 될 자가 있겠는가." 무리가 말했다. "오직 방장이라

야 될 것입니다." 제해가 말했다. "그렇다면 글을 잘 짓는 자를 얻어 소
장을 초해 오게 하라. 내가 장차 백성을 위해 한 번 죽으리라."²⁶

이에 따르면 상찬계의 폐해를 익히 알던 양제해가 백성들의 원망을
듣고 앞장서서 상찬계의 타파에 팔을 걷고 나선 것이고, 양제해는 글을
몰랐으므로, 글을 잘 짓는 자가 소장訴狀을 초해 오면 자신의 이름을 장
수狀首에 얹어 상찬계의 비리를 연명으로 호소하겠다고 말한 것이다.

김재검의 겸인이었던 윤광종尹光宗이 그 자리에 있었다. 김재검은 상
찬계의 실권을 쥔 우두머리였다. 그날 밤 윤광종이 김재검에게 달려가
"양 방헌이 백성과 더불어 서로 모여 상찬계를 타파하기로 뜻을 모으고
죽기를 맹세하였다."고 알려 주었고, 대경실색한 김재검은 평소 양제해
의 사람됨을 잘 알았으므로, 돈으로 해결할 문제가 아님을 알아 그날 밤
윤광종을 시켜 방백에게 거짓으로 고변케 하였다.

8백 명의 아전을 비상소집한 상찬계는 3경이 지나 갑작스레 방백의
처소로 들이닥쳐 양제해의 모변 사실을 알리며 겁박하였고, 방백은 허
둥지둥 병졸을 풀어, 코를 골며 자고 있던 양제해를 포박하여 끌고 왔
다. 이 대목의 묘사는 이러하다.

이를 붙들어 성으로 끌고 와 뜰 아래서 국문하였다. "너는 어떤 사람인데
감히 모변하였느냐?"라고 물었다. 양제해는 섬사람인지라 모변이 무슨

---

26 「양제해전」: "諸里多人, 相聚而告曰: '此吏奸, 民敝如此如此. 日往月甚, 民將盡劉, 今
坊憲, 既爲坊長. 又聞使道明察吏事, 志在爲民, 此正其時. 惟坊憲定計.' 濟海曰: '吏之
奸窟, 惟在打破相贊契, 然後民可生矣. 然爲其狀首者, 初頭逢辱, 此坊有能爲此狀首者
乎.' 衆曰: '惟坊長然後可矣.' 濟海曰: '然則得善文者, 草狀來, 我將爲民一死.'"

일인지 들은 적이 없었고, 아울러 글도 읽지 못했으므로 모변이 무슨 뜻인지도 이해하지 못했다. 꿈에도 생각 못 한 독한 형벌이 몸에 가해졌다. 좌우에서 세모 방망이와 치도곤治盜棍으로 절구질하듯 마구 때리니, 양제해의 혼은 이미 나가고 말았다. 양제해가 말했다. "모변이 무슨 말이오? 모변이 무슨 말이오?" 방백이 말했다. "네가 모변의 원흉인데도 어찌 모변의 뜻을 모른단 말이냐? 이는 속임수다." 더욱 독한 형벌을 더하였다. 잠깐 사이에 아전의 무리들이 매질하는 자에게 부탁하여 학슬鶴膝, 즉 창날로 급히 쳐서 먼저 그 입을 막으려 하였다. 매섭게 때리며 장차 사납게 전과 같이 닦달하니, 이때 맞은 매가 이미 백여 대였다. 방백이 또 물었다. "네가 오늘 또한 작당하여 도모한 일이 없었느냐?" 양제해가 그제서야 이를 깨닫고, 인하여 민폐 등의 내용으로 소장을 올리려 한 이유를 가지고 처음부터 끝까지 한 차례 말하였다. 또 상찬계가 백성에게 해독을 끼치는 폐단을 가지고 처음부터 끝까지 한 차례 말하였다. 그러고는 말하였다. "이밖에는 죽어도 의논한 것이 없습니다." 방백이 말미암아 실지를 얻지 못하자, 인하여 무거운 감옥으로 내려보냈다.[27]

모변謀變이란 말의 뜻도 알지 못하는 양제해에게 상찬계의 무리들은 1백 대가 넘는 치도곤을 안기고 학슬鶴膝과 같은 독형毒刑으로 아예 그

---

[27] 「양제해전」: "擒捕入城, 鞫之庭下, 問曰:'爾是何人, 乃敢謀變.' 梁苫人也. 未習聞謀變之爲何事, 兼未續字. 未嘗解謀變之爲何意. 千萬夢外, 毒刑加身, 左右三棱杖治盜棍攔擠如杵, 梁魂已浮矣. 梁曰:'謀變何言? 謀變何言?' 伯曰:'爾爲謀變之元凶, 寧不知謀變之意乎? 是詐也.' 更加毒刑, 於焉之間, 吏輩囑之棍手, 急擊鶴膝, 欲先滅其口也. 猛擊且厲口招如前, 時受杖, 已百餘度矣. 伯又問曰:'汝於今日, 亦無聚黨所謀之事乎?' 梁乃悟之, 因以民敝等狀之由, 從頭打將來, 說到一遍, 又以相贊毒民之弊, 從頭打將來, 說到一遍, 曰:'此外死無所議.' 伯無由得實, 因下重獄."

를 죽여 입을 막으려고까지 했다. 그날 밤 감옥을 지키던 군교軍校는 평소 양제해에게 덕을 입었던 자였으므로 그를 불쌍히 여겨 몰래 형틀과 묶인 것을 풀어 주었다. 양제해는 자신이 죽게 될 것을 알고, 물에 뛰어들어 죽으려고 밤중에 옥문을 열고 시내로 갔다. 하지만 냇물이 다 말라 몸을 던질 데가 없었으므로 통곡하였고, 그 소리에 놀라 다시 그를 붙잡아 가두었다.

이튿날 방백은 방坊에 모였던 무리 30여 명을 붙들어 문초하였고, 양제해는 머리에 형틀을 쓴 채 옥에서 죽었다. 조정에 올린 모변 장계는 양제해 사후에 보낸 것이었고, 세 차례에 걸친 공초는 모두 상찬계에 의해 조작된 내용이었다.

이것이 「상찬계시말」이 적고 있는 양제해 모변 사건의 실상이다. 기록은 주요 사건 당사자이자, 저자인 이강회에게 이 사건을 제보했던 양제해의 장인 김익강의 기록과, 사건 처리를 담당한 이재수, 그리고 상찬계의 우두머리와 고발자로 사건 조작에 앞장섰던 김재겸과 윤광종의 이야기를 덧붙였다.

역사적 사실과 은폐된 진실

「상찬계시말」에서 적고 있는 양제해 모변 사건의 실상은 과연 역사적 진실인가? 그렇다면 입도 후에 귀신같은 일 처리로 백성들에게서 하늘이 선관仙官을 내리시어 억울한 백성을 건져 주었다는 칭송을 들었던 이재수는 어째서 상찬계의 비리를 눈감고, 양제해의 억울한 죽음을 밝혀 주지 못했을까? 제주목사 김수기가 몇 차례에 걸쳐 올린 치계에 실린 수십 명의 공초 내용은 정말 처음부터 끝까지 허구로 조작된 것이었을까? 제보자인 김익강의 입에서 나온 진술이 자신이나 양제해를 미화하고, 자신의 억울함을 해명하지 않았으리란 보장이 어디 있는가? 본 절에서는 이러한 문제를 검토하겠다.

어쨌거나, 제주목사 김수기가 전후로 중앙에 올린 치계 속의 공초 기록은 허술하기 짝이 없었다. 그도 그럴 것이, 「상찬계시말」에 따르면 1차 심문 후에 혹독한 고문을 못 견딘 양제해는 탈옥하여 자살을 시도하다가 재수감되었고, 며칠 만에 감옥에서 형벌을 못 견뎌 급사했던 것이다. 그런데도 김수기의 치계에는 1차와 2차에 걸친 공초 내용이 실려 있고, 그 내용이란 것은 앞서도 보았듯 단 한 차례의 질문에 아무 저항 없이 순순히 자신의 죄를 자복한 것으로 되어 있다. 이렇게 자복했다면 사람이 죽을 정도의 매질은 필요치 않았을 것이다. 실제로 일주일 간격으로 이루어진 2차 공초 때 양제해는 이미 이 세상 사람이 아니었을 가능성이 크다. 그의 공초는 앞서 본 대로 매우 소략한데, 모변 수괴의 공초치고는 자백 과정이 너무 맥 빠지고, 인정 절차가 지나치게 간단했다.

12월 10일의 치계에서 김수기는 11월 16일 양제해, 11월 19일 양시언, 11월 22일 고성태, 11월 24일 김신강, 11월 27일 전필록 등을 물고한 보고를 올렸다. 사건의 주요 당사자들을 입막음하기 위해 잇달아 극악한 형벌을 집행한 것이 분명하다. 모변 사건은 국가의 중대사이므로, 중앙에서 찰리사가 파견되기도 전에 사건의 주요 당사자를 다섯 명이나 물고한 것은 있을 수 없는 일 처리 방식이었다. 제주목사를 비롯해 상찬계 구성원들이 뜻하지 않게 커진 사건의 뒷수습에 매우 당황한 기색이 전후 기록에 역력하다.

이재수 또한 처음 찰리사로 임명되어 사건 보고를 접하고는 무언가 수상쩍은 기미를 발견했고, 이에 즉각 죄수들을 더 이상 손대지 말고, 찰리사가 바다를 건넌 뒤에 함께 입회하여 심문하겠다는 뜻을 출발 전에 알리게 했다. 제보자였던 김익강만 하더라도 찰리사가 오기 전까지 무려 72일간을 밥을 입에도 대지 못한 채, 한밤중에 그의 은덕을 입었던 노파나 군교들이 몰래 들여 준 떡이나 엿을 먹고 목숨을 부지할 수 있었을 정도였다.

이재수 또한 상찬계의 존재를 알았던 것은 분명하다. 그가 사건을 종결하고 섬을 떠나면서 중앙에 올린 「본도민읍폐막제조本島民邑弊瘼諸條」의 서두는 이렇다.

> 본 고을의 관인의 무리들이 상호 찬조하는 계를 만들었으니 대개 재력으로 좌목座目을 이루는 일에서 나온 것이 아니라 반드시 계와 더불어 굳게 맺어 깨뜨릴 수 없는 것입니다. 위로는 아전에서 아래로는 관노의 무리에 이르기까지 서로서로 붕당朋黨을 만들어 부정한 방법으로 연줄을 대니 제주읍 밖의 품관들이 벼슬에 나아가려면 또한 이들 무리에게 붙좇아서 함께 자리를 다투는 것을 일삼습니다. 자기에게 붙은 자는 끌어들이고 자기와 뜻을 달리하는 자는 가로막아서 형세를 따라 나아가고 이익을 맞아 어우러집니다. 무릇 여러 관인의 소임과 향인의 직임이 모두 상찬계 가운데에서 나오니, 이들의 범위 밖에 있는 인재들은 비록 능력이 있더라도 참여할 길이 없습니다. 금번 양제해와 고덕호 등이 모변한 일은 지극히 흉악하고 패려하오나 그 근본을 살펴보면 실로 상찬계 밖의 사람으로서 좌수나 천총의 직임을 맡을 수 없었던 데 연유한 것입니다. 진실로 그 폐단됨이 이 같음을 아오나 이미 형체가 없어 또 잡아들일 수 없는지라 창졸간에 타파할 수가 없습니다.[28]

이로 보아 이재수는 상찬계의 존재와 이들의 작폐를 명확히 알고 있었음이 틀림없다. 하지만 위 치계에서 보듯 이미 형체가 없어 잡아들일 수가 없다고 하여, 실체 파악에는 실패했음을 밝혔다. 그런데 이재수가 상찬계의 실체 파악에 실패한 연유가 「상찬계시말」에 자세히 나와 있다.

양제해의 옥사에 찰리사 이재수李在秀가 제주로 왔다. 김익강의 신문을 마치자, 김익강이 인하여 상찬계의 폐단을 말하였다. 이 찰리가 말했다. "여러 고을 중에 상찬계가 있는 곳은 반드시 망했다. 내 마땅히 이를 부수리라." 인하여 해당 일을 맡은 서리에게 명하여 근본 원인을 염탐하여 물어보게 하였다. 도집사 홍여직이 서리에게 말하였다. "천리 이역에서 염탐하여 묻기는 몹시 어려울 겁니다. 아무 마을에 가서 아무개 갑을 찾아 그 본말을 묻고, 아무 도방에 가서 아무개 을을 만나 그 곡절을 물으십시오." 인하여 수십 곳을 적어 그에게 주었다. 홍여직은 상찬계의 무리였다. 그가 말한 갑이니 을이니 하는 자는 모두 상찬계의 심복들이었다. 이른바 염탐하여 물은 것이 모두 그들의 무리인지라 끝내 실지를 얻지 못하고 말았다. 이 찰리가 그 까닭을 알아채고 홍여직을 쫓아내고 고우태로 도집사를 삼았다. 고우태는 청렴하고 강직한 사람인지라 근본 원인을 분명히 알고는 있었으나 양제해의 옥사를 두려워하였으므로 감

---

28 『일성록』, 순조 14년(1814) 4월 8일, 「濟州察理使李在秀以本島民邑弊瘼諸條馳啓」: "本州官人輩, 以相贊作稧, 蓋非出財力座目之事, 而必與稧成牢, 不可破者也. 上自吏族, 至于官奴輩, 互樹朋黨, 夤緣曲逕, 邑外品官, 爲其進身, 亦或趨附於此輩, 並以爭任爲事. 附已者汲引, 異己者沮遏, 隨勢而進, 迎利而交. 凡諸官人之所任, 鄉人之任名, 皆出於稧中, 至於局外之人才, 雖可堪, 無路得參. 今番梁濟海高德好等謀變之擧, 極爲凶悖, 而究其本, 實由於以相贊稧外之人, 不得爲座首千總故也. 固知其爲弊之如此, 而旣沒形體, 又無把捉, 莫可猝乍間打破."

히 다른 마음을 먹지 못하고, 한결같이 홍여직이 지시하는 대로 알려 주었다. 이 찰리가 이 때문에 어찌해 볼 도리가 없었고, 상찬계는 타파되지 못했다.[29]

　결국 이재수가 상찬계의 실체를 파악하고 있었으면서도 이를 타파하지 못했던 것은 실무 아전 모두가 상찬계 구성원으로 둘러싸여 있던 상황에 말미암았던 것이다. 증인으로 지목한 자들 또한 모두 상찬계에 유리한 증언만을 계속했던 것이다. 또한 새로 도집사를 맡았던 고우태 역시 상찬계의 존재를 두려워했고, 역옥과 관련된 일에 쓸데없이 나서 후환을 사는 것을 꺼려 입을 다물고 말았다.
　하지만 이재수는 심리를 마친 후 "이 옥사의 죄수들은 모두 어리석은 백성들이니 족히 논할 만한 것이 없다."고 하고, 물고된 자 8인과 유배간 자 10인 외에 나머지 31명을 모두 석방하였다. 이강회는 "상찬계란 것은 단지 그 실지만 거론했을 뿐 소굴은 소탕하지 못했다."라거나, "살펴건대, 상찬계가 이같이 지독함에 이르렀는데도 찰리사가 잘 알지 못했기 때문에, 뿌리를 뽑지 못했으니, 이것이 안타깝다."는 말로 이재수의 조처가 상찬계 타파로까지 이어지지 못한 아쉬움을 적었다.[30]
　「상찬계시말」을 보면 양제해 사건이 일어난 후 상찬계에서 양제해에 대한 여론 조작을 지속적으로 시도한 흔적도 드러난다. 「양제해전」끝

---

29 「상찬계시말」: "濟海之獄, 李察理到州, 訊益剛畢, 益剛因言相贊之敵, 察理曰: '諸邑之有相贊契者, 其邑必亡, 吾當碎之.' 仍命該事書吏, 廉問根因. 都執事洪汝直, 言于書吏曰: '千里異域, 廉問甚難. 往某坊, 尋某甲, 問其源委. 往某徒, 訪某乙, 問其曲折.' 因記數十處以給之, 洪蓋契隊之人也. 所謂甲乙, 都是契隊之心腹也. 所謂廉問, 皆是東黨, 終未得實. 察理知其所由, 汰去汝直, 以高遇泰爲都執事. 高廉直人也. 明知根因, 而怵於濟海之獄, 不敢持異, 一以洪之所指, 指示之. 察理以故無可奈何, 契不得打破.'"

128

에 붙은 이강회의 안설을 보자.

생각건대, 양제해는 제 몸과 제 붙이를 죽여 백성에게 혜택을 준 사람이다. 내 집은 제주 바다를 마주하고 있어 제주의 일을 익히 듣곤 하였다. 막 양제해의 옥사가 일어났을 때 제주 사람들이 말했다. "전해 오는 말에 양제해는 지금 세상의 항우라고 합디다. 하루에 세 번씩 한라산을 돌고, 매번 한라산 꼭대기에 올라가서는 몰래 팔진법八陣法을 익힌답니다. 집에 기르는 준마가 3백 필이고, 좋은 총이 수백 자루나 되며 집에는 활과 화살이 산처럼 쌓였고, 날카로운 칼을 창고에 몰래 쌓아 두었답니다." 찰리사가 서울에 있을 적에 또 제주 사람의 말을 들었는데, 양제해가 무쇠로 담장을 둘러치고 계단은 황금으로 깔았다고 하였다. 하지만 뒤에 들으니 말이라곤 집에서 기르는 한 필뿐이었다. 양제해는 본래 사슴을 사냥하여 어버이의 반찬으로 드리곤 했다. 그래서 다만 낡은 총 한 자루가 있었다. 무쇠 담장이니 황금 계단이니 하는 말도 찰리사가 친히 비장裨將을 보내 그 집을 살피게 하니 단지 기와만 새로 얻었을 뿐이었다. 이러한 여러 가지 일로 미루어 볼 때, 성을 공격해서 아전을 죽인다는 주장은 모두 상찬계가 꾸며 만든 것이다. 찰리사의 영에서 또한 바른 정사를 볼 수가 있다. 그 죽음이야 비록 원통해도 이 옥사가 있은 뒤로 상찬계의 무리 또한 모두 머리를 감추고 형체를 숨기며 몹시 두려워하였다. 4, 5년 이래로 백성들이 아전을 보지 못하게 되니, 온 섬이 조금 진정되었다. 어

---

30 「양제해전」: "其令曰: '今此獄囚, 皆是蠢愚氓, 無足可論.' 此獄之起也, 物故者, 八人, 謫者, 十人, 餘三十一人, 全釋之, 可謂平允□. 雖然, 所謂相贊契, 只擧其實, 窟穴莫勘, 豺狼當道, 安問狐狸."; 「이찰리전」: "案, 相贊契之至於此極, 察理姑未知. 故不得拔根, 此其恨也."

찌 백성에게 큰 혜택을 준 것이 아니겠는가? 제주 백성을 위하는 자라면
어찌 그 혼백에 한 차례 제사 지내고 그 고아를 어루만져 주지 않는단 말
인가? 내가 들으니 제주 사람은 폐족을 부끄럽게 여겨 양제해의 친인척
과는 더불어 혼인조차 하지 않으려 한다고 한다. 아전 또한 천한 잡역으
로 협박한다 하니 야만의 풍속이 어찌 이리 지나치단 말인가?[31]

사건 발생 초기에 강진 지역은 물론 서울에까지 양제해에 대한 갖가
지 흉흉한 소문이 떠돌았던 것을 증언한 내용이다. 이재수는 제주로 출
발하기 전에 이미 정보 수집과 실정 파악에 나섰고, 조사 결과 모든 소문
은 허무맹랑한 낭설로 밝혀졌다. 이러한 조직적인 방해 책동으로 양제
해 사건의 진실은 어정쩡하게 묻히고 말았다. 하지만 이 일로 제주목사
김수기가 파직되고, 정의현감 권취일과 전전 목사 이현택의 죄를 묻는
등의 후속 조치가 잇따랐다. 제주 백성들이 괴롭게 생각하던 각종 아전
의 폐단과 수탈의 고리도 이재수의 건의를 통해 많은 부분 시정되었다.
상찬계는 숨을 죽여 지하로 숨었고, 이후 크게 준동하지 못했다. 하지만
상찬계를 가능케 한 구조적 문제는 그대로 남아 1862년 강제검의 난,
1898년 방성칠의 난, 그리고 1901년 이재수의 난 등으로 이어졌다.[32]

---

31 「양제해전」: "案, 濟海以身死族亡, 惠於民者也. 予家對耽海, 慣聞耽事. 方濟海之獄也,
耽人曰: '傳說曰, 濟海今世之項羽也, 一日三周漢山. 每登漢山之上頭, 暗習八陣之法, 家
養驄三百匹, 神銃數百柄, 弓矢山積於家, 利金暗蓄於庫.' 察理之在京也, 又聞耽人之言,
濟海以鑄牆環, 階以金鋪, 後聞之, 馬家養惟一騎. 梁本獵鹿, 以供親饌, 故惟一敵銃存焉.
鑄牆金階之說, 察理遣親神, 審其家, 惟瓦則新縫矣. 推此諸事, 攻城殺吏之說, 皆相贊契
遊神之爲也. 察理之令, 亦可見初政矣. 其死雖寃, 此獄之後, 契隊亦皆藏頭匿形, 畏首畏
尾, 四五年來, 民不見吏, 一苦少安. 豈非惠民之大者乎? 爲濟民者, 何不一祭於其魂, 撫
存其孤乎? 吾聞耽人恥以廢族, 凡梁之親姻, 不欲與婚, 吏又惻之以賤役, 蠻俗何其過矣?"
32 관련 논의는 이영권(2007), 망원한국사연구실 19세기농민항쟁분과(1988) 등을 참조할 것.

찰리사 이재수의 일 처리에 대한 기술을 보자.

찰리사가 바다를 건너와서 귀신처럼 일을 처리하니, 백성들이 천선이 하
강했다고 말하였다. 하찮고 어리석은 백성에게 내리는 영 같은 것도 감
동하여 은혜가 골수에 스미니, 몰수해 거두어 간 것을 하나도 남김없이
되돌려 주었다. 형리 김광조를 불러 문초하여, 한 차례 엄형을 가하고 곤
장 열다섯 대를 맵게 때렸다. 예방 비장은 명월만호로 있을 때 축재한 일
로 한 차례 엄형을 가했다. 뇌물을 먹은 병방 비장은 산마감목으로 있을
때 축재한 일로 한 차례 엄형을 가하고, 뇌물을 먹은 군교 여영손은 군정
을 농단하여 민간에 작폐를 끼친 일로 엄형으로 다스렸다. 향소 정원집
은 여영손을 처결한 죄를 엄형으로 물었다. 또 세 고을의 크고 작은 백성
을 불러 깨우쳐 주었다. "양제해는 본래 역적이 아닌데, 어찌하여 성姓을
떼어 버리는가? 대민은 성을 갖추어 부르고, 소민은 양헌이라고 일컬어
대놓고 이름을 불러서는 안 된다." 이것이 그 대략이니, 김익강이 나를
위해 말해 준 것이다.[33]

이재수는 상찬계를 타파하지는 못했으나, 상찬계에 속했던 아전 중
에 부정이 구체적으로 드러난 자를 엄한 형벌로 다스려 백성의 환호를
받았다. 또 위 인용으로 볼 때, 이재수는 양제해의 죽음이 억울함을 알

[33] 「이찰리전」: "旣渡海, 知事如神, 民謂之天仙下降. 如蚩蠢愚氓之令, 感入骨髓, 還其籍
收, 一無所遺. 捧招刑吏金光祖, 嚴刑一次, 嚴棍十五度, 禮神以明月萬戶銅臭之差, 嚴
刑一次. 徵贓兵裨, 以山馬監牧銅臭之差, 嚴刑一次, 徵贓軍校呂永孫, 以幻弄軍丁, 作
民敵間, 嚴刑照律. 鄕所鄭元集, 處決永孫之罪, 嚴刑照律. 又招三邑大小民人, 諭之曰:
'濟海本非逆賊, 何爲去姓? 大民則俱姓呼之, 小民則稱以梁憲, 不可斥號.' 此其大略也.
益剛爲余言."

고 있었던 듯하다.

두 가지 기록을 교차해 보더라도 양제해 사건의 관변 기록은 허술한 점이 한두 가지가 아니다. 이재수는 이 옥사가 매우 의심스럽다는 사실을 알고 있었으나, 구조적 한계 때문에 실상을 명명백백히 밝혀내지 못했다. 오히려 그는 고덕호와 양제해의 아들 양일신을 추가로 효수하기까지 했다.

하지만 실제 김수기의 공초 기록으로 보더라도 모변자에 대한 추핵 과정에서 대정현과 정의현 지역의 연루자가 전혀 없어, 양제해의 공초처럼 두 고을에서 동시에 거병하려 했다는 『일성록』의 기록은 신뢰할 수가 없다. 또 모든 관련자는 양제해의 거주지였던 제주목 중면 출신의 인물들로 한정되고 있다. 이는 양제해가 중면에서 궐기하여 상찬계를 타파하려 했다는 「상찬계시말」의 증언을 확고하게 뒷받침해 주는 근거다.[34] 김수기는 이들이 상찬계에 맞서 궐기키로 논의한 사실을 역모로 뒤집어씌웠고, 주요 관련 당사자를 죽여 입을 막았다. 그리고 영문을 모르는 나머지 관련자를 형벌로 겁박하여 위협했던 것이다. 이재수는 현명하게 옥사를 처리했음에도 불구하고, 주요 사건 당사자가 이미 죽고, 증인 또한 상찬계 조직에 의해 장악된 상황에서, 사건의 본질 핵심을 파악하지는 못했다. 그는 결국 사건의 원인이 된 아전 무리의 부정부패를 발본색원하여 이반된 민심을 수습하는 데 더 힘을 쏟을 수밖에 없었다.

그렇다면 제주도에서는 이후 이 사건이 그냥 관변 기록대로 묻히고 말았던 걸까? 1918년 7월에 간행된 김석익金錫翼(1885~1956)의 『탐라기년耽羅紀年』에 적힌 내용을 보자.

---

34 이에 관한 자세한 논의는 권인혁(1988), 136~144쪽을 참조할 것.

순조 13년 겨울 토교土校 윤광종尹光宗이 양제해가 난을 꾀했다고 고변했다. 목사 김수기가 체포하여 보고했다. 이때 간악한 관리가 수단을 부려 백성의 원망이 많았다. 양제해는 윤광종 등과 함께 이를 제거하려 했다. 윤광종은 그 모의를 간악한 아전들에게 누설하였고, 마침내 먼저 고변하여 양제해와 그 친한 무리 수십 인을 체포하여 옥에 가두고 형벌로 국문하였다. 14년 봄 정월에 찰리어사 이재수를 파견하여, 양제해 부자를 죽이고, 나머지 무리를 모두 바다섬에 유배 보냈다. 목사 김수기는 죄인 7명을 갑작스레 죽게 한 죄로 파직되었다. 사씨史氏는 말한다. "양제해의 옥은 사람들이 모두 윤광종에게서 나온 것만 알지, 김지검金之儉이 주장한 것인 줄은 모른다. 왜 그럴까? 섬사람들은 시비에 어두운지라, 겨우 수십 년이 지나 이목이 미치지 못하면 현우사정賢愚邪正을 능히 알지 못하니 어찌 안타깝지 않겠는가? 하지만 그 옥사가 이루어지자, 윤광종은 그 공으로 상을 받아 명월만호가 되었다. 스스로 계책을 얻었다고 여겼지만, 얼마 못 가서 말에서 떨어져 죽었다. 성 옆에 묻었는데, 성이 또 무너져 이를 덮어 버렸다. 김지검은 몸은 비록 면함을 얻었지만, 그 자손은 마침내 간악함으로 잘못되어 죽었다. 아! 천도天道가 폐하여지지 않았으니, 후세의 소인들을 경계하기에 족하다 하겠다."[35]

35 김석익, 『탐라기년』 권4, 영주서관, 1918, 96~97쪽: "純祖十三年冬, 土校尹光宗告梁濟海謀作亂. 牧使金守基逮捕以聞. 時奸吏用事, 民多怨讟. 濟海與光宗等私議, 欲除之. 光宗以其謀, 泄於奸吏輩, 遂先告變, 逮捕濟海及其親黨數十人, 繫獄刑鞫. 十四年春正月, 遣察理御史李在秀, 來誅濟海父子, 餘黨皆配于海島. 牧使金守基, 以罪人七名徑斃事坐罷. 史氏曰: 濟海之獄, 人皆知出於尹光宗, 而不知金之儉之主張者. 何哉! 島人暗於是非, 纔過數十年, 耳目所不及, 則賢愚邪正, 類不能知, 可勝嘆哉. 然及其獄成, 光宗以功受賞明月萬戶, 自以爲得計, 未幾墜馬而死. 殯于城側, 城又崩陷而壓之. 之儉身雖獲免, 而其子若孫, 竟以奸誤死. 噫天道之不替, 足以戒後來之小人哉." 조성산(2008), 43쪽에서 재인용. 김석익과 관련된 내용은 『심재 김석익, 구한말 한 지식인의 일생』(국

20세기 초의 기록임에도 불구하고 이 사건에 대한 김석익의 이해는
「상찬계시말」의 내용과 대부분 정확하게 일치한다. 이는 이재수의 장계
로 사건이 마무리되었지만, 제주 내부의 뜻있는 인사들은 이후로도 오
랫동안 대부분 이 사건의 진실을 파악하고 있었다는 것을 의미한다. 또
한 고변자인 윤광종과 조종자인 김지검에 관한 기술도 「상찬계시말」의
내용과 대체로 부합한다.[36] 이 기록의 신뢰성을 강화시켜 주는 기록이
아닐 수 없다.

　지금까지 양제해 모변 사건의 관련 기록 검토를 통해 사건의 드러난
실상과 감춰진 진실을 정리해 보았다. 현재까지 모든 역사 기록에서 양
제해는 제주 자주 국가 건립을 기도하다가 발각되어 역모죄로 죽은 민
란의 수괴로 남아 있다. 최근 들어서는 거꾸로 이 사건을 제주도의 선각
적 자치운동의 흐름으로까지 확대해석하려는 경향마저 있었다. 하지만
다산의 제자 이강회의 기록인 「상찬계시말」의 공개로 사실은 그의 죽음
이 제주 아전의 상찬계 조직의 치밀한 조작에 의한 억울한 희생이었음
이 밝혀졌다.
　두 기록을 꼼꼼히 대조해 읽어 본 결과, 「상찬계시말」의 주장은 대부
분 신빙성 있는 반면에, 관찬 기록은 허술하기 짝이 없음을 확인하였다.
두 기록의 대비는 관찬 사료의 폭력적 왜곡의 한 실례를 생생하게 보여

립제주박물관, 2004)을 참조할 것.
36 「상찬계시말」에서는 윤광종의 죽음을 조금 다르게 적었다. 그가 상으로 명월만호가 되
　어 부임하였으나, 명월진에 도달하기도 전에 역병에 걸려 죽었고, 처는 병들고 아들도
　미쳐 버려, 시신조차 거둘 사람이 없어 개들에게 뜯어 먹히고 말았다고 적고 있다. 김재
　검과 김지검은 동일인을 다르게 적은 것이다.

준다. 1813년 11월에 제주 중면의 방헌 양제해가 상찬계의 폭압에 항거하려고 분연히 일어섰다가, 상찬계의 기습적 고변과 지능적 조작으로 거꾸로 역모죄에 걸려 죽은 것이 이 사건의 객관적 진실이다. 여기에는 19세기 당시 제주 지방의 구조적 모순과 관료의 무능과 부정부패가 복합적으로 작용하고 있다. 이 사건은 불의한 권력 집단에 의해 의도적이고 악의적으로 변질된 채 지난 200년간 묻혀 있었던 셈이다.

이제부터라도 그간의 잘못된 기술을 바로잡고, 양제해의 억울한 죽음과 상찬계의 구체적 실상을 밝히는 논의가 더 본격화되어야 할 것이다. 「상찬계시말」을 통해 드러난 당시 제주 사회의 여러 문제에 대한 논의는 이 글의 범위를 넘어서므로 따로 다루지 않았다. 앞으로 제주도 이서층 연구나 사회경제사의 측면에서 역사학계의 심도 있는 논의가 진행되기를 기대한다. 「상찬계시말」 또한 피해자인 김익강에 의한 기술인만큼 좀 더 꼼꼼한 사료 비판도 필요하다.

「상찬계시말」의 저자 이강회는 우연한 기회에 흑산도에서 이 사건의 주요 당사자로 귀양 와 있던 양제해의 장인 김익강을 만나 사건의 전모를 들을 수 있었고, 사명감을 가지고 이 일을 기록으로 남겼다. 이 기록은 19세기 제주 아전의 부패 실태를 상세히 고발하고 있어, 19세기 초 제주 향촌사 연구에도 중요한 기초 자료가 된다. 또 오늘날까지 왜곡된 채 묻혀 있던 양제해 사건의 실상을 밝혔다는 점에서 그 자료적 가치가 매우 크다. 이는 민간의 기록에 의해 국가 기록의 신뢰성에 의문을 던진 희귀한 사례에 해당한다.

흑산도로 가는 뱃길과 풍물

정학유의 흑산도 기행문 「부해기浮海記」와 기행시

「부해기」는 다산 정약용의 둘째 아들 정학유丁學游(1786~1855)가 24세 때인 1809년 2월 3일에 강진을 출발해서 3월 24일에 강진으로 돌아오기까지 50여 일간의 여정을 기록한 기행 일기다. 정학유는 부친의 당부로 중부仲父 정약전丁若銓(1758~1816)을 뵈러 이 험한 길을 다녀왔고, 그 과정을 기록으로 남겼다. 이 글은 정학유의 문집『운포유고耘圃遺稿』중 문집 권2에 수록되어 있다. 그간『운포유고』가 공개되지 않아, 이 자료의 존재 또한 세상에 알려지지 않았다.[1] 정학유 또한 「농가월령가」를

---

1 이 자료는 다산 집안 가장본『유고遺稿』10책 중 제9책에 수록되어 있다. 이 10책은 정수강丁壽崗(1454~1527)의『월헌집月軒集』(제1, 2책)과 다산의 부친 정재원丁載遠(1730~1792)의『하석유고荷石遺稿』(제5, 6책), 정학유의『운포유고』(제7, 8, 9책) 외에 분량이 적은 집안의 역대 문집 여럿을 모은 것이다. 가장본『유고』의 현 소장자는 김영호 선생이다. 이 자료는 2016년 한국학중앙연구원에서 김영호 선생의 주도로 진행된 '세계사속의 다산학' 연구 프로젝트의 참여자 전원에게 함께 제공된 것에 따른다. 귀한 자료를

지은 이로 밝혀진 것 외에 그의 문학 세계가 전혀 드러난 바 없는데, 김영호 선생이 소장해 온 3책 분량의 문집이 공개됨으로써 「부해기」와 함께 그의 작품 세계에 대한 폭넓은 논의가 가능해졌다.

1801년 황사영 백서 사건에 연루되어 강진과 흑산도에 유배된 다산 정약용과 손암 정약전 형제는 서신을 통해 형제간의 우애와 학문적 토론을 이어 갔고, 다산 17통, 손암 14통의 왕복 편지가 남아 전한다.[2] 막상 정약전의 흑산도 생활이나 생활 공간에 관한 기록은 온전히 남은 것이 거의 없었는데, 금번 「부해기」의 소개를 통해 보다 입체적인 정보를 가질 수 있게 되었다.

이 글에서는 저자인 정학유의 『운포유고』를 간략히 소개하고, 「부해기」 창작 경위와 노정 및 주요 내용을 간략히 정리하겠다. 이와 함께 가까운 집안으로 신유사옥 당시 다산과 동시에 김해로 유배 간 이학규李學逵(1770~1835)가 자신의 『낙하생집洛下生集』 제7책 「인수옥집因樹屋集」 중에 남긴 「정학포의 현산기행시에 화답하여和丁學圃妶山紀行詩」 12수도 살펴보겠다.[3]

제공해 주신 김영호 선생과 한국학중앙연구원에 감사드린다.

2 다산과 손암 사이에 오간 왕복 서간은 전문이 장서각 25책본 『여유당집與猶堂集』 제6책, 『열수전서洌水全書 속집續集』 4에 수록되어 있다.

3 정학유의 「부해기」 전문의 번역과 원문은 필자의 논문 「새자료 정학유의 흑산도 기행문 「부해기」와 기행시」, 『한국한문학연구』 제79집(한국한문학회, 2020. 12. 30), 223~297쪽에 모두 수록되어 있다. 지면 관계상 이 책에는 원문과 번역은 따로 싣지 않는다.

정학유와 『운포유고』에 대하여

정학유는 자가 치구釋求, 호는 운포芸逋이다. 아명은 문장文牂, 초명
은 학포學圃이다. 그의 생애는 형 정학연丁學淵(1783~1852)의 그늘에 묻
혀 알려진 것이 많지 않다. 15세 때인 1801년에 아버지 다산이 강진으
로 귀양을 가자 길을 잃고 방황했다. 유배 초기 강진에서 보낸 다산의
편지에는 둘째 학포에 대한 염려와 걱정이 자주 눈에 띈다.

그는 학문보다는 문예에 더 취미가 있었다. 23세 때인 1808년 4월 20
일에 8년 만에 처음으로 아버지를 뵈러 강진에 내려왔고, 이후 1810년
2월까지 2년 가까이 다산초당에 머물며 아버지 다산을 모시고 공부했
다.[4] 정학유는 이듬해인 1809년 2월 9일에 중부 정약전을 뵙기 위해 흑
산도를 다녀왔다.

상경한 뒤로도 아버지 다산의 해배가 늦어지고, 해배 후에도 복권이
이루어지지 않음에 따라 특별히 두드러지지 않은 조용한 삶을 살았다.
그의 친필 편지 등이 다산의 제자 집안이나 다산 문하에 드나들었던 대
둔사 승려들의 문적 속에서 간혹 보이지만, 그 분량 또한 많지 않아 그
의 인간과 문학에 대한 접근은 사실상 어려웠다. 금번 『운포유고』의 존
재가 밝혀짐에 따라 향후 그에 대한 활발한 연구가 이루어질 것을 기대
한다.

먼저 「부해기」가 수록된 『운포유고』의 내용을 연대순으로 구분해서
간략히 소개하면 다음과 같다.

---

4 『다산시문집』 권5에 「四月二十日學圃至, 相別已八周矣」라 한 작품이 실려 있고, 『사암
연보』에 "경오년 봄, 내가 다산에 있을 때 아들이 돌아가겠다고 고하였다.(庚午春, 余在
茶山, 子告歸.)"라 한 내용이 나온다.

운포시집 권1: 1795~1801년(10~16세), 47제 58수

운포시집 권2: 1802~1807년(17~22세), 28제 46수

운포시집 권3: 1808~1811년(23~26세), 49제 66수

운포시집 권4: 1812~1816년(27~31세), 41제 60수

운포시집 권5: 1816~1828년(31~43세), 69제 90수

운포시집 권6: 1829~1839년(44~54세), 66제 100수

운포시집 권7: 1840~1845년(55~60세), 74제 122수

운포시집 권8: 1845~1849년(60~64세), 34제 46수

운포시집 권1: 부賦 6수

운포시집 권2: 문文 「온천고溫泉考」, 「부해기浮海記」, 「탄보묘기誕報廟記」, 「적벽부해赤壁賦解」, 「우초관기雨蕉館記」, 「격사해擊蛇解」, 「발정무본난정첩跋定武本蘭亭帖」, 「송송처사유한라산서送宋處士游漢挐山序」, 「백운관분지기白雲觀盆池記」, 「석시원위첩발釋詩原委帖跋」, 「현등기행懸燈紀行」, 「답김금미서答金琴縻書」 12편

시집 8권은 모두 연대순으로 편차되었고, 작품 수는 총 408제 599수이다. 여기에 부賦 6수와 문文 12편이 수록되었다. 「부해기」는 문집 권2에 실려 있다. 특별히 연대순으로 편집된 시집은 권3에 1808년 4월에 아버지를 뵈러 강진에 왔다가 1810년 2월 초까지 2년 가깝게 머물 당시, 다산초당과 다산의 생활 동선動線을 엿볼 수 있는 내용들이 다수 포함되어 있어, 다산학 연구의 주변 자료로도 가치가 크다.

흑산도 기행 당시 지은 시 6제 12수는 「부해기」와 함께 흑산도의 인문 지리를 이해하는 중요한 자료를 제공한다. 1810년에 지은 「채호사장采蒿四章」은 부친 다산의 「채호」 시를 받아서 쓴 작품이다. 시 「독역

례사전讀易禮四箋」은 다산의 『역례사전』을 정리하면서 느낀 감회를 적은 장시다. 중간에 실린 「제부벽루낙화도題浮碧樓落火圖」와 「제어구세마도題御溝洗馬圖」는 과시科詩의 습작이며, 서울로 올라와 다산초당에서 함께 생활했던 벗들에게 보낸 장시 「기다산제우寄茶山諸友」에는 윤종기, 윤종익, 윤종삼 외에 이름을 들어 보지 못한 윤사가尹司稼, 윤종청尹鍾靑 같은 제자들의 이름도 호명되고 있어 흥미롭다. 또 「유수정사遊水精寺」는 "금마선사 이곳에 멀리서 와 노니니, 해묵은 단룡동丹龍洞에 나는 누각 있다네.(金馬禪師此遠遊, 丹龍舊洞有飛樓.)"라 하여, 현재 위치를 알 수 없는 수정사의 위치와 내력을 찾는 데 도움을 준다.

이 밖에 1816년 작 「초의상인지艸衣上人至」와 「하야여초의화夏夜與艸衣話」, 「차석옥화상운次石屋和尙韻」, 「유초의선사留艸衣禪師」, 1830년의 「기초의선사寄艸衣禪師」 4수, 1849년의 「초의선사종죽가艸衣禪師種竹歌」 외 여러 작품은 다산의 제자인 초의선사와의 대를 이은 교유를 보여 주는 귀한 자료다. 12수 연작의 「우화구십이장又話舊十二章」은 평생을 돌아보는 감회가 남다르고, 1844년에 쓴 「송귤동윤기숙곤계환향送橘洞尹旗叔昆季還鄕」 3수와 「호의노사이두륜산자채신차견증縞衣老師以頭輪山自採新茶見贈」 등 다산으로부터 이어 온 차 생활의 자취를 보여 주는 작품 또한 적지 않다.

문집 권1의 부賦는 「선부蟬賦」, 「석가산부石假山賦」, 「민한부憫旱賦」, 「청해부淸海賦」, 「자미화부紫微花賦」, 「신루부蜃樓賦」 등 6편을 수록했는데, 모두 강진 체류 시절에 지은 과부科賦의 습작들로 보인다.

문집 권2에는 각종 산문 12편을 수록했다. 「온천고」는 국중 온천 33개소를 체계적으로 소개한 최초의 저술이다. 온양온천, 덕산온천을 비롯하여 공주온천(유성온천), 동래온천 외에 북한 지역 온천을 소개하고,

이와는 별도로 청주의 초정약수와 문의초천文義椒泉, 청송초수靑松椒水, 영천초정榮川椒井, 함열약정咸悅藥井, 오색령오색천 등 국내의 이름난 약수도 소개하였다. 뒤쪽에 중국 온천 중 특별히 유명한 12개소 온천을 소개하고 있어 흥미롭다.

「탄보묘기誕報廟記」는 임란 당시 중국 장수 진린陳璘이 고금도에 세운 관왕묘 중수에 대한 사연을 담았고, 「우초관기雨蕉館記」는 다산초당의 제자 중 한 사람인 성교聖郊 윤자동尹玆東(1791~?)의 집을 위해 써 준 기문이다. 「석시원위첩발釋詩原委帖跋」은 백련사 승려 한영翰英을 위해 육조 이래 고승들의 시를 모아 직접 써 준 책자의 발문이다. 「현등기행懸燈紀行」은 1840년 현등산을 유람한 기행 일정을 담았고, 「답김금미서答金琴糜書」는 1846년 추사 김정희의 아우 김상희金相喜에게 보낸 답장이다.

정학유의 『운포유고』는 이렇듯 다산의 생애와 다산 집안의 상황을 이해하는 데 도움이 될 만한 풍부한 자료를 포함하고 있다. 그중에서도 이 글에서 소개하려는 「부해기」와 흑산도 기행시는 가장 눈길을 끄는 자료다.

「부해기」의 창작 배경과 노정

1808년 4월에 근친覲親을 위해 강진으로 내려온 정학유는 다산초당으로 막 거처를 옮긴 아버지 밑에서 강학과 함께 부친의 저술 작업을 도우며 해를 넘겨 머물렀다.

그 한 해 전인 1807년 7월, 정약전의 아들 정학초丁學樵(1791~1807)

가 17세의 아까운 나이로 세상을 떴다. 당시 정학초는 정학유와 함께 아버지와 작은아버지 정약용을 뵈러 가기 위해 남행을 준비하다가 홀연 병을 얻어 죽었다. 아들의 남행을 설레며 기다리던 정약전에게 1807년 7월 19일에 아들의 부음이 닿았다. 정약전은 아들 넷을 두었는데, 중간에 모두 잃고 남은 것은 이 아들 하나뿐이었다. 그는 어려서부터 놀라운 천재성을 보여 집안의 기대를 한 몸에 모으고 있던 터였다.

정학초가 세상을 뜨기 전 다산이 정약전에게 흑산도로 보낸 편지인 「답중씨」에서 "금년 봄에 물어 온 한두 조목의 내용을 보니 경악할 만했습니다. 제 생각에 올가을 이곳에 오게 해 가르치면서 겨울을 나고, 내년 봄에 흑산도로 뵈러 가서 4, 5개월간 모시다가 돌아간다면, 반드시 그 애를 개발시켜 길을 얻게 할 수 있을 것입니다. 학유도 거취를 함께하고 싶은데 어떠실는지요?"[5]라고 썼다. 1807년 여름에 보낸 편지로 보인다. 이때 다산은 정학초와 정학유를 가을에 함께 강진으로 내려오게 해서 겨우내 가르치고, 봄에 흑산도로 보내 몇 달을 가르친다면 학문의 근기를 세울 수 있을 것이라고 말했다.

편지를 받은 정약전은 「기다산寄茶山」 6에서 이렇게 답장했다. "이와 같다면 내가 다시 무엇을 근심하겠는가? 내가 기뻐서 잠이 오질 않네. 올가을 데려오는 논의는 내가 권하지도 막지도 않으려네. 다만 모자의 뜻대로 하게 한다면 용기를 내겠지만 여러 사람의 의논이 대부분 말려 반드시 이루어지지는 못할 걸세. 만약 남쪽으로 온다면 얼마나 기쁘겠는가?"[6]

---

5 정약용, 「답중씨」, 『다산시문집』 권20: "今春見其條問一二條, 可驚可愕. 吾意今秋率來此處, 教之過冬, 明春入覲, 待四五月間回去, 在渠必能開發得路. 文兒欲使之同去就, 未知如何?"

6 정약전, 「기다산」 6: "如此, 吾復何憂? 吾喜而不寐也. 今秋率來之議, 吾不勸沮, 令其惟

이 말에 따라 정학유와 함께 강진으로 내려올 준비를 하던 정학초가
짐을 싸던 중 홀연 병을 얻어 세상을 뜨자 정약전은 절망에 빠졌다. 결
국 1808년 4월에 정학유 혼자 강진으로 내려왔고, 해를 넘긴 1809년 봄
에 다산은 둘째 아들 정학유에게 정학초를 대신해서 중부가 계신 흑산
도로 찾아가 뵐 것을 부탁했던 듯하다.

이에 따라 정학유는 1809년 2월 3일 강진을 출발해서, 영암 도씨포
에서 배를 타고 정개도(소당섬), 목포보(나팔해)와 고하도, 죽진을 거쳐
팔금도와 비금도를 지나 흑산도로 향하는 긴 여정을 출발했다. 이후 흑
산도에서 중부 정약전과 만나 공부를 점검받는 한편으로 흑산도 정상
의 너럭바위와 나사동(소라굴) 등 흑산도의 여러 승광을 유람하고, 정약
전의 생일잔치까지 치른 뒤 51일 만에 강진으로 돌아왔다. 「부해기」는
이 51일간의 여정을 날짜별 일기 형식으로 기록한 내용이다.

하지만 다산은 『사암연보』뿐 아니라 「자찬묘지명」과 「손암묘지명」에
서조차 정학유의 흑산도 기행에 대해서는 일절 언급하지 않았다. 국가
의 죄를 입은 죄수 간에 중간에 자식을 두어 왕래했다는 혐의를 피하려
는 의도였던 듯하다. 그간 정학유의 문집이 알려지지 않은 데다 이 같은
사정이 겹쳐 「부해기」의 존재뿐 아니라 정학유가 흑산도를 다녀왔다는
사실조차 전혀 알려지지 않았다.

「부해기」에는 흑산도의 풍물과 농사에 관한 묘사, 자주 출몰하던 중
국 표류선에 대한 증언, 문순득 이야기, 야생화된 산개〔山犬〕 이야기, 그

意母子, 則勇發, 而諸議多沮, 必不成矣. 若果南來, 何喜如之." 다산과 손암 사이에 오간
왕복 서간은 장서각 25책본 『여유당집』 제6책, 『열수전서 속집』 4에 수록된 것에 따르고
별도의 출전을 밝히지 않는다. 편지에 적힌 번호는 문집에 수록된 편지에 일련번호를 매
긴 것이다. 다만 수록 편지는 연대순이 아니고 뒤섞여 있다.

리고 인어와 각종 풍물과 산물 및 흑산도의 풍경점에 대한 다채로운 내용들이 포함되어 있어, 흑산도의 지역사 연구에 큰 도움이 될 뿐 아니라 정약전의 흑산도 유배 공간 이해에도 매우 유익한 정보를 준다. 정학유는 이와는 별도로 흑산도의 여정을 묘사한 시 12수를 따로 남겼다.

먼저 「부해기」의 날짜별 주요 내용을 노정과 함께 소개하겠다.

2월 3일: 초당 출발-40리-황령점(누리재)-40리-도씨포(영암)-섬사람 차씨의 중선中船 승선 예약-포구 나군 집에서 제1박.

2월 4일: 동틀 무렵 선왕제船王祭 후 출발-파도로 인해 닻 내림. 배 위에서 뱃사람들 노름 구경하며 제2박. 소동파의 시를 읊조림.

2월 5일: 해 뜰 무렵 출발-50~60리-정개도(소당섬) 도착, 닻 내림-정개도 학성군 김완 묘소 소개. 제3박.

2월 6일: 새벽 출발-서쪽으로 40리-목포보(나팔해) 도착-선왕제 올림-10리-역풍으로 고하도 앞에서 닻 내림-고하도 충무공 유적지 비문 읽음-저녁에 배로 돌아와 식사 후 촌사 투숙. 제4박.

2월 7일: 비와 바람으로 고하도 촌가 유숙-주인집 아이 공부 점검-술과 고기 내와서 대접받음. 제5박.

2월 8일: 새벽 출발-10여 리-죽진(대나래)-해문(교거해) 나서 40여 리-지좌도-밤에 팔금도 정박, 촌가 유숙. 제6박.

2월 9일: 아침 출발-큰바람과 폭우 만나 항구 대피-팔금도 촌가 다시 유숙-압해도 정정승 묘소 술회. 제7박.

2월 10일: 날씨 관계로 팔금도 유숙. 섬사람들 낙지 잡는 것 설명. 제8박.

2월 11일: 아침 출발-30리-비금도 지남-20리-관청도 도착. 홍의도 태사도 배가 송도 앞바다에서 표류함. 비금도 염전 소식과 관청도 이름 내력 설명. 한밤중에 편풍을 맞아 출발-10여 리-송도 서편 이르자 먼동 이 틈. 제9박.

2월 12일: 동틀 무렵 송도 앞바다 도착-선왕제 올림-바람이 약해 노 젓 기로 운행. 흑산도까지와의 거리 설명-반나절 서쪽으로 가서 흑산도를 멀리서 봄-교맥섬 지나 선왕제 올리고 점심 식사 도중 갑자기 고래 다 섯 마리와 조우. 물 뿜는 광경과 행동 묘사-서쪽으로 수백 리 이동. 소 동파 시 읊음-영산도-5리-사미촌 도착-중부께 절 올림. 제10박.

2월 13일: 중부와 대화. 흑산도와 우이도 설명. 중부의 거주 장소 이동 설명. 1805년 흑산도 보촌에 살다가 사미촌으로 옮김. 서긍의 『고려도 경』인용, 흑산도 벼룻돌을 인재에 견줘 설명. 흑산도는 오곡이 나지 않 는다면서 이곳의 과일과 새, 짐승 설명. 말을 본 적 없는 아이들과, 산개 가 된 개 이야기. 제11박.

2월 14일: 기록 없음. 제12박.

2월 15일: '황시皇尸' 설명 들음. 우이도 문순득 이야기 소개. 제주도 표류 선의 여송인 표류민 5명과 문순득이 이들과 만난 이야기 설명. 제13박.

2월 16일: 수진본 관화官話 1책 얻은 이야기. 1808년 12월 표류선 이야 기. 마을 아이가 표류선에서 얻은 책 이야기와 백사장에 버려진 표류민 의 유해, 포학한 관리의 수탈로 인한 참상 설명. 제14박.

2월 17일: 기록 없음. 제15박.

2월 18일: 흑산도 절정의 너럭바위 홍석鴻石에 중부와 함께 오름. 제주 가 보인다는 이야기. 홍의도와 가가도(가거도), 태사도, 만재도 등 인근 섬에 대한 설명. 제16박.

2월 19일: 사미촌 나사동 유람. 『고려도경』속 기록 설명. 나사동 묘사. 섬 앞쪽 2개 꽃섬과 인어 이야기. 성게에 대한 설명. 제17박.

2월 20일~2월 24일: 기록 없음. 제18~22박.

2월 25일: 여러 날 계속 경전 공부함. 제23박.

2월 26일~2월 30일: 기록 없음. 제24~28박.

3월 1일: 소사미 냇가 바위에서 정약전 생일잔치. 무너진 절터 설명. 보촌 소교 이행묵 설명. 조암 구경. 보촌 유숙. 제29박.

3월 2일: 사촌으로 돌아옴. 제30박.

3월 3일~3월 13일: 기록 없음. 제31~41박.

3월 14일: 득병하여 닷새 만에 나음. 인삼 한 뿌리 먹음. 제42박.

3월 15일~3월 19일: 기록 없음. 제43~47박.

3월 20일: 중부와 심촌에서 숙박. 도씨포로 가는 배와 만남. 제48박.

3월 21일: 동틀 무렵 중부와 울며 작별함. 정오에 편풍 얻어 출발. 물결에 대한 설명 중 관련 시문 소개-관청도 정박하여 마을에서 유숙. 제49박.

3월 22일: 첫닭 울 때 출발-교거해 도착-옹섬(독섬)-목포보 정박. 제50박.

3월 23일: 정오에 닻 풀어 저물녘 도씨포 정박. 나씨 집 숙박. 제51박.

3월 24일: 정오에 황령점에서 쉬고, 저녁에 다산 도착.

장장 51박 52일간의 긴 여정이었다. 도중에 일기를 남기지 않은 날이 꽤 있다. 2월 14, 17일과 20일에서 24, 26일에서 30일, 그리고 3월 3일에서 13일, 15일에서 19일까지 기록이 빠지고 없다. 전체 52일 중 28일은 일기를 쓰지 않았고, 기록된 것은 24일뿐이다. 연속해서 여러 날 기록을 남기지 않은 기간에는 중부 정약전과 함께 경전에 대해 집중 학습을 진행했던 것으로 보인다. 정학유는 이 기간에 대해 아예 기록을 남기지 않아 구체적인 학습 내용은 전혀 알 수가 없다. 당시 정학유는 흑산도에 머물면서 경전 학습에 그다지 큰 흥미가 없었던 듯하다. 그렇지 않으면 공부 내용을 번거롭게 나열하는 것이 불필요하다고 생각했을 것이다.

다산은 큰아들 정학연에게도 자신과 주고받은 문답을 하나도 남김없이 기록으로 남기게 했었다. 정학유가 학문에 그다지 흥미를 느끼지 못하는 태도는 정약전에게 상당한 실망을 안겼던 듯하다. 정약전은 정학유가 다녀간 뒤 다산에게 보낸 편지 「시다산示茶山」11에서 이렇게 썼다.

> 학포學圃의 지식과 학문은 지난날의 그와는 확연히 달라졌더군. 다만 그 조급하고 꽉 막힌 점만은 크게 걱정일세. 「화기잠和己箴」과 「경기잠敬己箴」이야말로 그의 병통에 꼭 맞는 좋은 약재일세. 쓸데없이 문장의 원고만 꾸미느라 체득하여 행함을 하지 않아서야 되겠는가? 자네가 두 아들의 병통을 아울러 지녔다고 말했는데, 이는 겸사이고 또한 군자가 자기 스스로를 나무라는 뜻에는 해가 되지 않을 걸세. 내 생각에 말로 가르치는 것이 행동으로 가르치는 것만 못할 듯싶네. 먼저 자기 자신부터 화경和敬의 공부에 더욱 힘써서 두 아들로 하여금 이를 보고 느낌이 일어나서 덕스런 그릇을 이루게 한다면, 어찌 다만 황금이 1만 개의 바구니에 든 것일 뿐이겠는가? 힘쓰시게나.[7]

글 속에 언급한 「화기잠和己箴」과 「경기잠敬己箴」은 『다산시문집』 권12에 「화기재잠和己齋箴」과 「경기재잠敬己齋箴」이란 제목으로 실려 있

---

7 정약전, 「시다산示茶山」11: "圃兒知識學問, 非復阿蒙. 但其褊急塞滯, 爲大患. 和己敬己二箴, 乃其對病良劑, 而空責文藁, 不曾體行云耶. 君言兼二子之病而有之, 此自謙而亦不害爲君子之自訟. 吾意言敎不如身敎, 先從自己, 益務和敬之工, 使二子觀感興起, 得成德器, 則豈但黃金萬「而已耶. 勉之."

다. 「화기재잠」은 정학연에게 준 글이고, 「경기재잠」은 정학유에게 준 글임이 이 편지를 통해 한층 분명해졌다.[8]

「부해기」의 주요 내용

이제 「부해기」에 보이는 흥미로운 내용들을 살펴보기로 한다.

첫째, 강진에서 출발해서 흑산도에 이르는 뱃길의 여정이 잘 드러나 있고, 당시 선박 운행의 방식을 알 수 있다. 「부해기」의 서두를 보면 다산은 정학유의 손을 잡고 울면서, 자신은 뭍에서 살아 편하지만, 저 구름바다를 보고 있노라면 마음이 무너진다면서, 아들에게 한번 다녀올 것을 부탁하였다. 이것이 정학유가 험난한 흑산도 길을 떠나게 된 동기였다.

정학유는 먼저 강진 다산초당에서 출발해서 황령점黃嶺店, 즉 누리재를 거쳐 월출산을 넘어 영암 도씨포桃氏浦로 이동했다. 도씨포는 지금의 영암군 도포리이다. 영산강 하구언이 생기기 전에는 도포리 앞에 선착장이 있었다. 지금은 모두 논밭으로 변한 이곳에서 정학유는 흑산도

---

8 「화기재잠」과 「경기재잠」은 『다산시문집』 권12에 실려 있다. 고전번역원의 번역에는 "농사일을 배우다 보면 성격이 거칠어지고 패려하게 되는 수가 많으므로 그러한 병통을 바로잡으려는 뜻에서 스스로 그 사는 집에 제명하기를 '화기재和己齋'라 하였고, 포전圃田의 일을 배우다 보면 성격이 혹 경조輕躁해지게 되므로 그러한 병통을 바로잡으려는 뜻에서 그 사는 집에 스스로 제하기를 '경기재敬己齋'라 하였다.(學稼性多佛戾, 欲矯其病, 自題其室曰和己齋. 學圃性或儇窕, 欲矯其病, 自題其室曰敬己齋.)"로 되어 있다. 학가學稼와 학포學圃는 학연과 학유의 초명인데, 이것을 '농사일을 배우다 보면'이나 '포전의 일을 배우다 보면'으로 풀이하는 바람에 다산이 두 아들을 위해 맞춤형으로 내린 훈계라는 점이 드러나지 않았다.

로 쌀 110석을 싣고 가는 배를 얻어 타고 출발했다. 배에는 모두 8명의 선원이 탔다. 곡식의 무게 때문에 배는 수면과 한 뼘 남짓의 여유밖에 없을 정도로 무겁게 내려앉았다.

배는 흑산도까지 가는 동안 모두 네 차례 선왕제船王祭를 올렸다. 출발 전과 목포보에서 큰 바다로 나가기 직전, 그리고 송도 앞바다와 교맥섬 인근에서다. 선왕제를 올리는 지점이 따로 있다기보다는 출발 전과 큰 바다로 나가기 직전, 또는 일기가 몹시 불순해서 뱃길이 위험하다는 판단이 들 때마다 올렸다. 바람의 방향이 바뀌면 닻을 내리고 나아가지 않았다. 내해에서는 배 위에서 잠을 자거나 인근 섬의 민가에서 묵었다.

중간중간 해당 지명의 유래와 풍속 및 인근 유적지에 대한 소개도 잊지 않았다. 정개도鼎蓋島를 소당섬이라 한다거나, 죽진竹津을 '대라래大羅來', 심촌深村을 '기품이其品伊', 교맥도蕎麥島를 '모밀섬'이라 한다는 등 우리말 지명을 나란히 적어 당시 지명에 관한 정보를 제공하였다. 또 높새바람을 고조풍高鳥風이라 쓰고, 새가 을乙이고 을이 동방을 나타내므로 높새가 북동풍을 뜻한다는 등의 풀이를 보탰다.

정개도를 지날 때는 인근의 학성군鶴城君 김완金完(1577~1635)의 묘소와 그에 얽힌 설화를 소개하였고, 고하도에서는 충무공유적비를 찾아보고 고로故老의 전언을 빌려 당시의 전설을 채록하기도 하였다. 압해도를 바라보면서는 압해 정씨의 시조인 정정승의 묘소에 대한 감회를 쓰고, 팔금도에서는 낙지 잡는 일로 생계를 꾸려 가는 섬사람들의 생활을 적었다. 이 밖에 관청도가 예전 고려 때 관청이 있어서 이런 이름을 얻은 사연과, 그 밖에 지나고 들른 곳에 관한 정보를 기록해 놓아, 흑산도로 가는 연해 섬들의 인문 지리를 이해하는 데 도움을 준다.

2월 12일, 정학유는 흑산도가 멀리 바라다보이는 교맥섬 인근에서 난

생처음으로 고래 다섯 마리와 만났다. 이 광경은 그를 대단히 흥분케 했다.

막 밥을 먹으려는데 갑자기 큰 소리가 바다 가운데에서 일어나니 하늘을 쪼개고 땅을 찢는 듯하였다. 뱃사공이 먹던 수저를 놓쳐 버릴 정도였다. 고래 다섯 마리가 나와 노닐며 멀리서 거슬러 왔다. 그중 한 마리가 하늘을 향해 물을 뿜는데, 그 형세가 마치 흰 무지개 같고, 높이는 백 길 남짓이었다. 처음 입에서 물을 뿜자 물기둥이 하늘 끝까지 떠받치는 것 같았다. 하지만 도리어 옥 같은 눈이 땅 위로 떨어졌다. 햇빛에 반사되어 비치자 광채가 현란하였으니, 참으로 기이한 광경이었다. 물을 뿜고는 소리치고, 소리치다가 물을 뿜으니 이와 같은 것이 한 식경이나 되었다.〔대략 한 차례 물을 뿜고 한 차례 소리치는 것이 40~50차례 이상이었다.〕 그 소리는 마치 집채만큼 커서, 쇳덩이를 내려치는 듯하였고, 집채만큼 커서 무쇠 쟁반에서 소리가 나는 것 같았다. 급하고 빠른 것이 우렛소리보다 더했다. 다만 우렛소리는 우르릉거리는 데 반해, 고래의 소리는 쩌렁거렸다. 고래 두 마리는 배 왼편에 있었는데, 교맥도를 스치며 동쪽으로 갔다. 오른쪽에 있던 고래 세 마리는 송도松島를 바라보며 동쪽으로 갔다. 소리친 것은 왼편의 고래였다. 물을 뿜을 때는 고개를 치켜 등마루를 솟구치니, 마치 물건을 운반하는 큰 배와 같았다. 수면에서 몸을 뒤집자 검은 거죽이 몹시 어두웠고 비린내가 확 끼쳐 왔다. 겁이 나서 가까이 할 수가 없었다. 몇 리를 더 가고 나서야 겨우 기운을 펴고 숨을 쉴 수 있었다.[9]

---

9 「부해기」, 2월 12일: "方飯, 忽有大聲起海中, 劈天裂地. 艄工喪其匕筯. 余亦大驚魄逬. 問之則鯨吼也. 時有五鯨出游, 遠遠逆來. 其一仰天噴水, 勢如白虹. 高可百丈. 始出口玉. 柱擎天屈. 而反瓊雪迸地. 日色映射, 光彩絢纈. 洶奇觀也. 旣噴而吼, 旣吼而噴, 如是者食頃. 大約一噴一吼, 不下四五十聲. 其聲如以屋樣大之, 鐵鉦下擊, 屋樣大之, 鐵盤

고래가 물을 뿜으며 스쳐 갈 때 비린내가 끼쳐 왔을 정도였고, 어두운 빛깔의 검은 거죽까지 관찰할 수 있었을 정도여서 그는 놀라서 잔뜩 겁을 집어먹었던 모양이다. 고래를 처음 본 감격을 정학유는 시집 쪽에 실린 「쾌재행. 다섯 고래에게 주다快哉行贈五鯨」에서 다음과 같이 더 상세한 묘사를 통해 재현해 냈다.

통쾌하고 통쾌하다 이다지도 통쾌한가	快哉快哉重快哉
다섯 고래 일시에 바다에 떠서 오네.	五鯨一時浮海來
바다 물결 솟구치고 온갖 괴물 달아나니	海波沸騰百怪遁
한 번 울자 천지가 갈라져 열리누나.	一吼天地爲劈開
옥기둥 뿜어내자 하늘까지 솟구치고	噴出玉柱擎碧落
무지개다리 굽혀 짓자 만 길 하늘 돌아오네.	屈作虹橋萬丈天半回
좁은 골짝 우렛소리 허공엔 벽력 치고	窄谷雷聲空霹靂
궁벽한 산 폭포가 절로 소란스러운 듯.	窮山瀑布自喧豗
둥둥 북이 섞여 울자 잔에 따른 물 마르니	布鼓交鳴勺水盉
부끄럽다 그때에 기이함에 놀란 것이.	愧煞當年驚譎瓌
통쾌하다 하늘 연못 만 리에 물 가득하니	快哉天池萬里水
인간 세상 쾌남자가 여기에 배를 놓네.	縱此人間快男子
지느러미 헤엄침에 거리낄 것이 없고	運鰭掉鬣無妨礙
기운 떨쳐 소리 내도 그 누가 금지하랴.	逞氣放聲誰禁止
벗들끼리 교유하니 덕과 힘이 같아져서	朋類交遊德力同

聲之, 急疾浮於震霆, 但雷聲砰訇然, 鯨聲鏦錚然也. 二鯨在船左, 掠蕎島而東. 三鯨在船右, 望松島而東. 其吼者左鯨也. 噴水之時, 昂首聳脊, 如輪漕巨舶. 覆於水面, 黑皮陰慘, 腥氣逼射. 凜乎其不可近. 相過數里, 始得舒氣而息矣."

쓸쓸히 지기知己 적음 근심하지 않는도다.	不患蕭條少知己
갈 길이 드넓어도 온갖 법도 행하니	徑涂脩闊萬軌行
어깨 밀쳐 앞다투는 세속을 비웃는다.	側肩爭門笑朝市
예전에 다산에서 산 샘물을 뚫을 적에	憶昨茶山鑿山穴
돌을 포개 못 만들어 무너짐을 막았었네.	疊石爲池防潰缺
피라미 한 무리가 가늘기 침 같은데	魚苗一隊細如針
발랄하게 뛰놀며 어지러이 기뻐했지.	潑刺跳騰紛自悅
창포잎과 연뿌리에 숨을 집을 만들고	菖葉藕根作廬蔽
진창에서 뻐끔대며 주림 갈증 푸는구나.	呴沫淤泥解飢渴
큰 고래 잡아다가 이 가운데 놓아두면	若把長鯨置此中
옹색하여 발광하며 간과 폐가 찢어지리.	甕塞發狂肝肺裂
내 인생 귀퉁이서 괴로움과 만나니	我生苦遭小方隅
언제나 서글픔이 이 내 몸에 많았다네.	惻惻常多七尺軀
가고 옴이 참으로 발 묶인 참새 같고	去來眞同縛足雀
움츠림 언제나 굴레 묶인 망아질세.	局促長如轅下駒
호방한 성품 술 즐겨도 술 만날 일이 없어	性豪業嗜不逢酒
한 봄 내내 마신 것이 고작 한 병 술이로다.	一春痛飲纔一壺
통쾌하다 너 고래야 배 가득 물 마시며	快哉汝鯨飮水常滿腹
설산 같은 큰 이빨로 상어 농어 먹는구나.	雪山巨齒啗鯊鱸
어이 내게 한 잔 술과 고기 한 점 나눠 주어	何不分我一杯又一臠
내 낯빛 잠시나마 기쁘게 안 해 주나.	使我顏色得暫愉

정학유는 고래의 호쾌한 유영遊泳을 지켜보다가, 그 거침없고 호쾌한 모습이 마치 세속을 비웃는 듯하다고 썼다. 처음엔 너무 놀라 움츠러들

었는데, 나중에 생각해 보니 인생에서 다시 못 볼 통쾌한 장면이어서 그 때 놀란 일이 부끄럽기만 하다고 했다.

이후 그는 다산초당에서 산 위의 산혈山穴을 뚫어 샘물을 끌어와 연못을 만들고, 피라미 떼를 풀어놓아 그들이 노니는 모습을 보며 기뻐했던 일을 떠올리며, 저 큰 고래를 그 연못에 넣으면 발광하여 간과 폐가 찢어질 것이라고 했다. 어느덧 고래에 자신을 이입하여 늘 움츠려 발 묶인 참새나 굴레 묶인 망아지처럼 지내 온 시간들이 고래의 통쾌한 호흡과 헤엄을 보는 순간 후련하게 풀렸음을 술회하고 있다.

강진에서 흑산도까지는 무려 9박 10일이 소요되었고, 중간중간 날씨의 변수 때문에 예측하기 어려운 난관이 도처에 잠복된 위험한 여정이었다. 배를 오래 타 본 적이 없던 정학유가 거센 파도와 맞서 멀미를 견디는 것은 대단히 괴로웠을 것이다. 바람이 잔잔해서 노를 저어 가야만 했을 때, 오히려 자신은 다행스러웠다고 적은 대목을 통해 짐작한다.

둘째, 정약전의 흑산도 유배 생활에 대한 알려지지 않았던 정보를 제공한다. 정학유는 중부와 처음 만나 집안의 대소사를 전하고, 옛 벗들의 근황에 대해 묻는 질문에 대답하였다. 그 느낌이 어부가 무릉도원에 들어가 한나라 적 이야기를 하는 것과 다를 바 없었다고 썼다. 또 2월 13일의 기록에서는 "중부께서도 처음에는 우이도에 계시다가, 집과 곡식 마련이 불편한지라 을축년(1805) 여름에 큰 섬으로 이주하셨다. 처음에는 보촌堡村에 사시다가 얼마 안 있어 사미촌으로 옮기셨다.(仲父亦初居牛耳, 緣館穀不便, 於乙丑夏, 移住大島. 初接堡村, 尋移沙尾村.)"고 적어, 정약전의 흑산도 생활에 대한 귀중한 정보를 남겼다.

또 3월 1일 일기에는 "보촌의 소교小校 이행묵李行黙(1765~1850)의 집은 중부께서 예전에 살던 곳이다. 사람됨이 넉넉해서 온 섬의 어른

노릇을 했다. 집은 정결하고 넓어서 서울과 다름이 없었다.(堡村小校李
行黙, 仲父之舊所館也. 爲人寬厚, 酋於一島, 苦要余轉至其家, 房屋精敞, 不異京
城.)"고 썼고, 또 같은 날 일기에는 정약전의 생일을 맞아 소사미小沙尾
의 냇가 바위에서 생일잔치를 마련했는데, 예전 절이 있던 터에 정약전
이 옮겨 와 살 뜻이 있었다는 기술도 남겼다. 이곳 소사미는 흑산도 안에
서 유일하게 바다가 보이지 않아서 마치 내륙의 산골짝 같은 분위기가
나는 곳이었다. 이것으로 당시 정약전의 심정을 헤아려 볼 수가 있다.

　당시 정약전은 서당을 열어 섬 아이들을 가르치고 있었다. 2월 13일
일기에는 서당에서 공부하던 학동 하나가 당시를 배우다가 '마상봉한
식馬上逢寒食'이란 구절에서, 말이 어떻게 생긴 동물이냐고 묻는 대목
이 나온다. 또 정학유가 아버지가 가르쳐 준 방법에 따라 흑산도의 산개
를 삶아 국을 끓여 올리자, 온갖 요망한 말이 들끓은 일도 같은 날 일기
에 보인다. 당시 건강을 많이 잃었던 정약전의 건강 회복을 위해 다산이
산개를 잡는 법과 국 끓이는 방법을 설명한 것은 널리 알려진 얘기로,
1811년 겨울에 다산이 보낸「상중씨上仲氏」14[10]에 그 상세한 내용이 보
인다.

　정학유가 정약전의 생활 공간의 세부나 내면 상태에 대해 구체적인
기록을 남기지 않은 것은 다소 아쉽다. 정리 과정에서 편집과 자기 검열
이 있었을 것으로 보이나, 당시 정약전의 생활 공간이나 주변 환경, 내

10　「상중씨上仲氏」14는 다산이 손암에게 보낸 편지 중 가장 길다. 편지 제목 아래 '신미동
辛未冬', 즉 1811년 겨울에 쓴 편지라고 적혀 있다. 수십 개의 항목 안에 다양한 화제를
담았다. 당시 중풍으로 마비가 와서 혀가 뻣뻣한 정황을 말하면서, 도인법의 수련과 안
정이 필요한 줄 알지만 잠념을 잊으려고 공부에 몰두하고 있음을 말했다. 또 정약전이
고기를 입에 대지 못한다고 한 말에 대한 염려를 적고, 흑산도의 산개 잡는 법과 삶는
법을 설명했다.

면 술회, 학술적 토론의 내용 등 좀 더 개인적인 시선에서 관찰한 내용을 좀 더 풍부하게 담아내지는 못했다.

셋째, 흑산도의 여러 풍경점에 대한 소개와 묘사가 자세하여, 이를 통해 흑산도의 자연지리와 인문 환경에 대한 이해를 도와준다. 그리고 개별 풍경점에 대한 묘사는 흑산도의 관광 자원으로의 활용 가치 또한 상당히 높다.

2월 18일 일기에서 흑산도 꼭대기의 홍석鴻石이란 너럭바위는 수백 명이 앉을 만하고, 바위가 병풍처럼 둘러 있고, 바위틈에서 맑고 찬 샘물이 흘러나온다고 적었다. 이곳은 현재 사촌 마을 뒷산을 통해 올라가는 정상길을 따라 30분 넘게 올라가야 나오는 곳이다. 사미촌 포구의 나사동, 일명 소라굴에 대한 설명도 흥미롭다.

> 19일에 중부를 모시고 나사동螺螄洞〔방언으로는 소라굴이다.〕으로 놀러 갔다. 서긍의 『사고려록』에, "흑산은 처음 바라보면 지극히 높고 가팔라서 산세가 여러 겹으로 겹쳐져 있다. 앞쪽에 작은 봉우리가 있는데 가운데가 비어 마치 동굴 같다. 양쪽 사이에 시내가 있어 배를 감출 만하다."고 하였다. 이것이 바로 나사동을 두고 한 말이다. 나사동은 사촌沙村을 막아 주는 문이 된다. 바위 구멍이 움푹 패어 형세가 마치 무지개 같은데 높이는 4~5장가량 된다. 처음 들어가면 옹성甕城과 같고 더 들어가면 음삼하고 컴컴해서 찬 기운이 뼈에 저민다. 10여 걸음을 가면 바위가 또 우멍하게 열리면서 골짜기가 환해지고 해와 달이 드러난다. 고개를 내밀어 굽어보면 어지러운 바위가 답쌓였고 성난 물결이 들이쳐서 우르릉거리다가 바람과 우레가 때려 대는 것만 같았다. 내 생각에 이발李渤의 석종산石鐘山이 이와 같았을 것이다. 천지가 처음 개벽할 적에 대개 이 흙산

이 바람과 물에 씻긴 바 되어 살이 떨어지고 뼈만 남아 그 형상이 둥그렇게 말려 돌아가 마치 나사가 도는 것 같았으므로 이 같은 이름을 얻은 것이다. 어지러운 바위 너머로는 언덕의 형세가 감싸 안았다.[11]

현재 이 소라굴은 사미촌의 부두 곁에 있다. 다만 방파제 등에 의해 가려져 잘 보이지 않고, 이 굴의 명칭은 현지인에게조차 알려져 있지 않다. 기록에 따라 확인한 풍광은 특별히 아름다웠는데, 현재는 진입 자체도 쉽지 않고 일체의 표지도 없는 실정이다.

다음 한 대목도 흥미롭다.

또 작은 섬 두 개가 앞쪽에 있으니 이름하여 꽃섬〔花苫〕이라 한다. 바람의 힘을 조금 막아 주어, 서긍이 말한 배를 감출 수 있다고 한 것이 바로 이것이다. 포구 여자로 꽃섬에 들어가는 자는 모두 뗏목을 탄다. 골짜기에 똑바로 앉아 있노라면 이따금 한 여인네가 머리를 풀고 젖가슴을 드러낸 채 바다에 떠서 가곤 하였다. 괴이하게 여겨 물어보니, "이는 이른바 교인鮫人(인어)입니다."라고 하였다. 하지만 피부가 검어서 예쁘게 보이지는 않았다.[12]

---

11 「부해기」, 2월 19일: "十九日, 陪仲父, 游螺螄洞. 方言小螺窟. 徐兢使高麗錄曰: ʻ黑山初望極高峻, 山勢重複, 前一小峯, 中空如洞. 兩間有溪, 可以藏舟.ʼ 卽螺螄洞之謂也. 此洞爲沙村之捍門, 石竇呀然, 勢如虹蜺, 高可四五丈. 始入如甕城, 旣入陰森黝黑, 寒氣逼骨, 行十餘武, 石又呀開, 洞天昭朗, 日月湧現. 出頭俯瞰, 亂石磊砢, 怒濤衝激, 函胡嚆呟, 風霆擊撞. 意者李渤之石鐘山, 如是也. 鴻荒之初, 蓋是土山, 爲風水所盪, 膚落骨立, 其形穹隆回繩, 如螺螄轉. 故得此名也. 亂石之外, 岸勢回抱."

12 「부해기」, 2월 19일: "又有二小島在前, 名曰花苫. 小遮風力, 徐兢所謂可以藏舟者, 以是也. 浦女入花苫者, 皆乘浮槎, 正坐洞天, 時有一婦人, 散髮露乳, 浮海而去. 怪而問之, 曰: ʻ此所謂鮫人也.ʼ 肌膚黧黑, 不見美豔."

전복이나 성게를 채취하는 해녀를 인어라고 말한 듯하다.

또 3월 1일 기사에 "보촌에 행관이 있는데, 초가집 몇 칸뿐이었다. 촌락은 제법 조밀하였다. 조암鰷巖의 아래로는 맑은 못이 임해 있어 노닐며 감상할 만하였다.(有堡將行館, 艸屋數間而已. 村落頗密. 有鰷巖下臨澄潭, 可以游賞.)"고 한 대목 중의 조암은 현재 흑산면 진리 바닷가에 있는 신안철새전시관 뒤편으로 만입되어 돌아드는 연못가 바위를 가리킨다. 현지에서는 숭어바위로 부른다.

이처럼 흑산도 안팎의 여러 풍경점에 대한 묘사와 소개는 오늘날 흑산도의 관광객을 위한 자료로도 소중한 가치가 있다. 최근 흑산도에서 정약전 유배 관련 둘레길 개발 작업도 진행되고 있는데, 이들 기록이 요긴한 참고가 될 수 있다.

넷째, 흑산도의 풍속과 특산, 주민 생활, 표류선과 관가의 폐해 등에 대한 증언이 다수 포함되어 있다. 특별히 2월 13일 기사에, "흑산도는 길이가 30여 리이고 너비는 10리에 지나지 않는다. 온 산이 모두 검은 돌로 그 빛깔이 옻칠을 한 것 같아서 한 점의 흰 자갈도 없다. 땅 깊은 곳에 들어가 있는 것에 혹 벼룻감이 있으니 흡주歙州에서 나는 것만 못지 않다.(黑山長三十餘里, 廣不過十里. 全山皆黑石, 其色如漆, 無一點白礫. 其入地深者, 或有硯材, 不讓歙産.)"고 한 대목은 흑산에서 나는 벼룻감으로 좋은 석재를 섬사람들이 쓸모를 몰라 썩힌다는 내용이다.

또 같은 날 기록에 곡식은 기장과 보리가 조금 나고, 나무는 산다와 석류, 동청이 있고, 새는 까마귀와 솔개, 닭과 참새, 제비뿐이라고 했다. 짐승은 개와 소, 고양이와 쥐가 있다. 여송까지 표류했다가 돌아온 문순득의 이야기도 주목을 끈다. 정약전이 우이도에 머물 당시 문순득의 집에서 살았으므로 당시 들은 이야기를 정학유에게 전해 준 듯하다. 비교적 상세한 내용을 기록했다. 표류선 이야기도 나온다. 1808년 12월에 흑산도 장섬항에 들어온 중국 배가 암초에 부딪쳐 부서졌고, 배에는 감초가 가득 실려 있었다. 죽은 사람의 주머니에서 『관화官話』란 책을 얻은 사연과 수록 내용도 예시되어 있다. 이와 함께 그들의 유해가 아무도 거두지 않은 채 당시까지 백사장에 그대로 놓여 있었다면서, 관리와 토교土校의 가혹한 침탈로 인해 표류민을 구조해 주지도 않고, 죽은 뒤에는 묻어 주지도 않는 참혹한 현실을 고발했다.

또 2월 18일 기사에는 흑산도 주변의 홍의도(홍도)와 가가도(가거도), 태사도, 만재도 등의 주민들에 대한 흑산도민의 우월의식을 설명하는 내용이 길게 이어져, 당시 섬 주민들 간의 상호 인식을 가늠할 의미 있는 자료이다.

『운포유고』 속의 흑산도 기행시와 이학규의 화답시

앞서 고래를 설명하는 대목에서 「쾌재행」 한 수를 읽어 보았지만, 『운포유고』 시집 권3에는 흑산도 기행 당시에 지은 시 6제 12수가 함께 수록되어 있어, 「부해기」를 보완하는 역할을 한다. 수록 시문은 이렇다.

1. 「將往玆山, 早發桃氏浦, 滯風水宿」
2. 「木浦堡」
3. 「晚泊高霞島, 讀李忠武碑」
4. 「快哉行贈五鯨」
5. 「玆山雜詩」 7수

6. 「遊妓山絶頂」

시는 도씨포를 출발하면서 바다 위에서 하룻밤을 보내면서 쓴 것을 시작으로, 목포보와 고하도에서 각각 한 수씩 지었다. 바다 위에서 고래를 만난 감회를 쓴 시가 있고, 흑산도에 도착한 뒤 그곳의 풍물을 노래한 7수와, 흑산도 절정에 올라 유람한 회포를 적은 장시 한 편이 더 있다.

이 가운데 「현산잡시」 7수는 나사동과 서긍의 『고려도경』 속 흑산도에 대한 언급, 그리고 표류선에 싣고 온 감초가 포구 앞을 메우고 떠다니는 모습과 『관화官話』 책에 대한 이야기를 담았다. 또 바닷가에서 본 해녀와 흑산도의 야생화한 산개, 흑산도 특산의 벼룻돌, 문순득에 대한 전문, 그리고 병자를 미신으로 치성하는 섬의 속습 등을 소개했다. 그중 해녀와 산개를 노래한 시는 이렇다.

능파선자凌波仙子 옛 이름은 교인이라 부르는데　　　　　凌波仙子舊名鮫

주궁珠宮에서 밤마다 비단 짠다 말들 하네.　　　　　　　摠道珠宮夜織綃

홍녀紅女는 이제껏 한 치 비단조차 없어　　　　　　　　　紅女由來無寸帛

봄바람 아직 찬데 벌거벗고 있구나.　　　　　　　　　　　春風吹冷赤條條

사미포 앞 포구에서 건너편 꽃섬을 향해 헤엄쳐 가는 벌거벗은 해녀를 보고 호기심에 차서 이를 교인인가 여겨 노래한 내용이다.

금문金門[13]의 붉은 개는 옛날의 볼거린데　　　　　　　金門赤犬舊流觀

---

13 한나라 궁문인 금마문金馬門의 약칭으로 보통 대궐이나 조정을 가리킨다.

오늘에 현산에서 내 눈으로 보았다네.	今日玆山正眼看
어이해 고달프게 타고난 성품 바꾸고서	豈爲齃齃易天賦
단풍 숲서 무리 져 짖음 몹시도 이상하다.	楓林羣吠太無端

흑산도의 산개는 다산도 정약전에게 보낸 편지에서 상세하게 기술하고 있거니와, 야생화한 개들이 무리를 지어 몰려다니는 모습이 몹시 기괴했던 듯하다.

문씨 집 남자가 오랫동안 떠돌면서	文家男子舊萍流
유구와 여송의 배에 두루 올라 보았다네.	徧上流求呂宋舟
천고에 아픈 마음 마카오의 선원들	千古傷心馬哥奧
괴상한 말 귀 기울여 듣는 이 하나 없네.	無人傾耳聽鉤輈

제1구의 문씨 집 남자란 문순득 文淳得(1777~1847)을 가리킨다. 그는 1802년 홍어를 사러 갔다가 태사도에서 우이도로 돌아오는 길에 풍랑을 만나 표류하여 유구와 광동을 거쳐, 필리핀 루손까지 갔다가 3년 2개월 만에 돌아왔다. 정약전이 문순득의 이야기를 듣고 기록한 「표해시말漂海始末」이 전해진다. 제3구의 마카오〔馬哥奧〕에서 온 선원은 1801년 제주도에 표류한 마카오에서 온 필리핀 출신 흑인 노예 5인의 이야기다. 문순득은 이들과 직접 만나 이들이 마카오에서 왔고, 필리핀 사람이라는 것을 알려 주었으나, 이들은 끝내 자기 나라로 돌아가지 못했다.

또 가장 장편에 해당하는 「현산 꼭대기에서 노닐다遊玆山絶頂」에서는 흑산도 최정상 봉우리에 중부와 함께 올라 바라본 호쾌한 풍광을 장쾌하게 묘사했다. 산에서 자라는 화목의 식생植生과 툭 트인 경관을 묘사하고, 역시 우물 안 개구리와 같았던 자신의 국소한 안목을 탄식했다.

한편 정학유의 기행 시문과 관련하여, 가까운 집안으로 신유사옥 때 다산과 동시에 김해로 유배되었던 이학규李學逵(1770~1835)가 자신의 『낙하생집洛下生集』제7책「인수옥집因樹屋集」중에「정학포의 현산기행시에 화답하여和丁學圃玆山紀行詩」12수를 남긴 사실이 주목된다. 이 시는 정학유의 시집이 발견되기 전까지는 맥락을 알 수 없는 작품이어서 한 번도 거론된 적이 없다. 금번 정학유의 기행문과 기행시가 발견되면서, 비로소 시 속의 내용이 가리키는 의미를 이해할 수 있게 되었다. 그 내용은 정학유의「부해기」와 기행시를 읽고 나서, 그 내용을 바탕으로 모두 12수의 7언절구로 노래한 연작이다.

제1수는 제주에 표류해 온 여송인의 표류선에 관한 내용을 담았고, 제2수는 정약전을 모시고 흑산도 절정에서 제주도를 바라보던 유람을 그려 본 내용이다. 제3수는 해녀의 복장과 인근 태사도 사람들을 업신여겨 '이승夷丞'이라 비하한다는「부해기」속의 기사 등을 부연했다. 제4수는 흑산도에 사는 참새와 제비 이야기를, 제5수는 기장과 벼가 나지 않는 기후와 보리농사를 짓는 형편을 썼다. 제6수는 말이란 동물을 모르는 섬 아이들과 흑산도의 산개 이야기를 소개했다. 제7수에서는 광동에서 온 표류선과『관화』책자에 관한 설명, 제8수는 흑산도의 흑석이 벼룻감으로 좋다는 얘기, 제9수는 흑산도 홍어와 성게, 이를 채취하는 해녀 이야기를 담았다. 제10수에서 제12수까지는 전체 글을 읽은 소감을 밝혔다.

그중 제5수는 이렇다.

푸른 기장 붉은 벼는 옮겨 오기 힘이 들고   青粱紅稻輸間關

개펄과 짠내 산엔 농작물이 많지 않지.   耕種無多潟鹵山

곳곳에 훈풍 부는 사월의 끝자락엔   處處薰風四月尾

보리 수확 그 풍미가 인간과 비슷해라.   麥秋風味似人間

　흑산도에서 소출되는 곡식에 대한 기록을 본 뒤, 기장과 벼는 짠 기운으로 인해 농사를 못 짓고, 4월 말에 수확되는 보리가 그나마 흑산도에서 나는 곡식이라고 적은 내용이다. 2월 12일과 2월 17일 일기에 나오는 '반석타맥장盤石打麥場' 이야기와 2월 13일 기사 중 특산물 소개 기사를 엮어서 쓴 시다.

　또 학생들이 말이 어떻게 생긴 짐승이냐고 물었다는 이야기를 듣고 쓴 제6수는 다음과 같다.

소를 말에 비유하니 말[語]은 차이 없건만   以牛喩馬語無差

아이들 괴이쩍음 많을까 걱정일세.   惟恐羣蒙所怪多

새벽에 나무하러 산꼭대기 올라가서   想得晨樵到山頂

구름 다발 너머로 개 짖는 소리 누워 듣네.   臥聞犬吠出雲蘿

　소만 알고 말은 모르는 아이들이 괴이하게 여기는 것이 당연하다 하면서, 구름 너머 산개들이 짖는 소리를 듣는다고 썼다. 산개는 앞서 여러 번 나온 흑산도의 야생화한 개를 말한다. 마지막 제12수는 이렇게 마무리했다.

이 생에는 참으로 돌아가지 못하리니   此生未必眞歸去

돌아올 때 얻는대도 늙은 뒤야 어이하리.   縱得歸時奈老何

| 내 이미 새봄에도 기댈 데 더욱 없어 | 我已新春益無賴 |
| 풍진風塵과 천석泉石이 양쪽 다 어긋났네. | 風塵泉石兩蹉跎 |

정학유뿐 아니라 자신도 가고 싶어도 갈 수 없는 흑산도의 풍물에 대한 애틋한 마음을 담았다. 당시 자신 또한 유배객의 처지에 놓여 있었던 이학규로서는 정학유의 기행문을 읽으면서 어긋나 버린 지난 삶의 고리를 돌아보며 서글픈 심회를 얹을 수밖에 없었을 것이다. 한편으로 유배지의 이학규가 정학유의 기행문과 기행시를 구해 읽은 것으로 보아, 다산과 이학규 사이에는 유배 이후에도 끈끈한 유대가 계속 이어지고 있었음을 알 수가 있다.

이상 새로 찾은 정학유의 『운포유고』에 수록된 흑산도 기행문 「부해기」와 흑산도 기행시 12수를 소개했다. 흑산도 기행문은 이제껏 1768년에 흑산도로 유배 간 김약행金若行(1718~1788)이 전염병을 피해 우이도에서 흑산도로 들어가 머물 당시 지은 기행문 「유대흑기遊大黑記」가 알려져 있을 뿐인데, 금번 정학유의 기행문이 발견됨으로써 흑산도에 관한 중요한 옛 기록을 추가할 수 있게 되었다.

이 글은 흑산도의 풍물과 오가는 뱃길에 대해 소개하고 있을 뿐 아니라, 정약전의 유배 생활과 관련된 중요한 정보들을 제공하고 있다. 워낙 관련 기록이 영성할 뿐 아니라, 정보 자체가 빈약했던 정약전의 흑산도 생활을 일정 정도 복원할 수 있게 된 것도 큰 의미가 있다고 본다. 다만 정약전의 생활 공간이나 일상생활에 대한 핍진한 묘사가 없고, 중부와 나눈 학술 토론에 관한 자료가 거의 없는 것은 대단히 아쉽다. 정약전은 정학유가 돌아간 뒤 다산에게 보낸 편지에서 정학유의 조급한 성정에 대해 우려하는 말을 남기기도 했다. 이와 함께 이학규의 문집에 실린 「정학포의 현산기행시에 화답하여和丁學圃玆山紀行詩」 12수를 찾아서 함께 소개한 것도 의미 있다고 생각한다.

이 자료의 발굴과 함께 2015년 허경진 교수가 연세대 도서관에서 소장한 필사본 『여유당집』에 수록된 정약전의 시 32제 40수를 발굴 소개함으로써 정약전의 흑산도 생활은 보다 구체적인 내용을 갖게 되었다.[14] 이후 다산과 손암 사이에 오간 편지와, 『다산시문집』 등에 수록된 손암 정약전의 기타 저술을 포함하여 좀 더 포괄적인 정약전에 대한 정리가 깊이 있게 이루어지기를 기대한다. 또한 이 기록이 신안군의 관광 자원을 한층 더 풍성하게 해 줄 소중한 인문학적 자료로 활용될 수 있기를 기대한다.

14 허경진, 『손암 정약전 시문집』, 민속원, 2015.

2부

자료의 갈피

사도세자와 그의 스승들
사도세자 친필『집복헌필첩集福軒筆帖』과 춘방관들의 편지

사도세자는 부왕 영조에 의해 1762년 윤5월 13일에 뒤주에 갇혀 8일 만에 죽었다. 이 글은 새롭게 발굴된 사도세자의 친필과 세자시강원에 속한 관원의 편지를 한데 묶은『집복헌필첩』의 자료 가치를 소개하는 데 목적을 둔다. 아울러 필첩의 전래 경위, 필첩의 구성 및 내용, 필첩을 엮은 주체와 의도 등을 검토하겠다.

2012년 1월 22일, 필자의 스승 박노준 선생님 댁에 세배차 갔을 때 일이다. 속속 발굴되는 옛 자료의 중요성에 대해 대화를 나누다가 선생님은 문득 서랍을 열어 낡은 고서 한 권을 꺼내셨다. 허물어지기 직전의 필첩이었다. 모두 10장 분량으로, 처음 5장은 좌우에 큰 글자를 한 자씩 썼고, 나머지 5장에는 각 면마다 간찰이 한 통씩 펼침 면으로 붙어 있었다. 편지 상단에는 쓴 사람의 성씨와 관향, 벼슬명을 적어 두었다. 앞쪽의 큰 글자 끝에는 '집복헌사集福軒寫'란 네 글자가 적혀 있고, 글씨를 쓴 이에 대한 소개는 따로 없었다. 집복헌이 썼다는 뜻일 텐데, 낙관도 없어 누가 쓴 것인지 알지 못했다.

무슨 책이 이다지 낡았느냐고 여쭙자, 선대로부터 내려왔고 당신이 본 세월만 60년이 넘었다고 하셨다. 증조부 때부터 집안의 제사 기일을 적은 종이와 축문 및 지방을 늘 이 책갈피에 보관해 왔다고 하셨다. 예전 『한중록』을 읽다가 집복헌이란 건물에서 사도세자가 태어났다는 기록을 보고 뒤에 실린 글의 내용이 늘 궁금했다는 말씀도 하셨다. 마지막 장은 뒤표지와 함께 편지의 반쪽이 잘려 나가고 없었다.

장정을 새로 꾸며 원래의 모양새를 되찾아 드려야겠다 싶어 선생님께 그 책을 받아 들고 돌아왔다. 돌아와 확인해 보니 집복헌은 현재도 창경궁에 남아 있는 건물이었다. 영조 11년(1735) 1월에 사도세자가 이곳에서 태어났다. 사도세자의 어머니는 영빈 이씨였다. 집복헌은 후궁의 거처였던 셈이다. 순조도 정조 14년(1790) 6월에 이곳에서 탄생했다. "집복헌이 썼다."고 하면 사도세자와 순조 중 한 사람이 썼다는 뜻이다. 두 사람 외에 자신을 가리켜 집복헌이라고 말할 수 있는 사람은 없다.

이어 뒤편에 실린 편지에서 권정침權正忱(1710~1767)과 유관현柳觀鉉 (1692~1764), 이우李瑀(?~?) 등의 이름을 확인했다. 찾아보니 세자시강원에 소속된 관원으로 사도세자의 사부를 지냈던 인물이거나, 사도세자의 신원伸寃을 요청하는 상소에서 소두疏頭의 역할을 맡았던 영남 남인들이었다. 그렇다면 집복헌 글씨의 주인공은 사도세자라는 얘기가 된다. 『집복헌필첩』에 대한 관심은 단순한 흥미에서 급격한 흥분으로 바뀌었다. 일견해서 이 필첩은 일종의 X 파일이었다.

필첩의 표제는 원래 없던 것을 개장하는 과정에서 필자가 붙였다. 필첩을 엮은 이는 누구일까? 무슨 뜻에서 당대 금기의 언어였던 사도세자의 친필과 춘방관들의 편지를 한데 묶어 두었을까? 그 내용은 어떠한가? 이제부터 차례로 살펴보기로 한다.

『집복헌필첩』의 구성

필첩에는 모두 5인의 글씨가 실려 있다. 차례로 검토하겠다.

첫 면부터 5장 9면에 걸쳐 한 면에 한 자씩 큰 글씨로 '충신필구어효자지문忠臣必求於孝子之門'이라고 썼고(도판 27), 제10면에 글씨 쓴 사람을 '집복헌사集福軒寫'로 밝혔다. 집복헌은 앞서 말했듯이 사도세자가 태어나 자란 공간이다. 민간에서 함부로 쓸 수 있는 이름이 아니다. 설령 다른 사람이 집복헌에서 썼다 해도 '사어집복헌寫於集福軒'이라야지, '집복헌사'는 안 된다. 다른 누가 감히 이곳에서 글씨를 쓸 수도 없거니와 설령 썼다 해도 이렇게 표현할 수는 없다. 집복헌이 썼다는 뜻이라야 맞다. 집복헌은 사도세자다. 뒤에 딸린 편지를 쓴 이들이 모두 사도세자와 밀접한 관계에 있었던 인물인 점은 이 글씨가 다른 사람의 것일 가능성을 배제한다.

그 내용은 "충신은 효자의 가문에서 나온다."이다. 사도세자의 글씨라면 세자는 대체 누구에게 무엇 때문에 이 글을 써 준 것일까? 우선 글씨를 받은 사람은 효성으로 이름 높았던 효자 집안 출신이었을 것이다. 여기에 다시 '네가 훗날 나의 충신이 되어 주기를 바란다.'는 바람을 담았다. 충신을 구한다는 표현도 임금 또는 임금이 될 사람의 입에서 나올 말이지, 신하가 함부로 입에 올릴 말이 아니다. 실제로 영조도 이 말을 즐겨 썼다. 앞뒤 정황으로 보아 이 글씨는 사도세자가 측근의 신하 누군

27. 『집복헌필첩』 중 사도세자 글씨

가를 위해 써 준 것이 분명하다.

사도세자의 문집 『능허관만고凌虛關漫稿』(한국문집총간 제251책 수록)에는 사도세자가 신하에게 준 글이 여럿 실려 있다. 권5에 실린 10편의 수서手書를 비롯해 권6에 있는 3편의 「하궁료서下宮僚書」 등이 그것이다. 시집의 「증귤춘방이명환贈橘春坊李明煥」은 춘방관 이명환에게 귤을 하사하면서 서문과 함께 써 준 시이다. 이 밖에 「서여설자書與說者」와 「증인贈人」, 「서경증인西京贈人」 같은 작품들은 모두 사도세자가 아랫사람에게 직접 써 준 글들이다. 사도세자가 신하들에게 시나 글씨를 지어 주는 일이 적지 않았음은 이를 통해 알 수 있다.

필체는 사도세자의 것과 일치하는가? 일견해서 시원스럽게 잘 쓴 글씨다. 자세히 보니 몇 군데 가필한 흔적이 남아 있다. 충忠 자의 아래 마음 심心의 제2획과 효孝 자의 비껴 그은 획, 문門 자의 마지막 획 아래쪽에 보획의 자국이 남아 있다. 필치 자체는 윤곽을 그려 놓고 획을 채운 쌍구雙鉤가 아닌 활달한 필선과 속도가 살아 있는 친필 원본이 맞다. 다만 일부 획이 가늘거나 균형이 맞지 않았던 듯 한 차례 붓질을 더 했다. 본인이 한 것인지, 후인이 한 것인지는 분명치 않다. 어於 자의 삐침과 내려 그은 획은 보기에 다소 어색하다.

이 글씨는 현재 신설동 소재인 동묘東廟에 남아 있는 사도세자가 친필로 쓴 「무안왕묘비명無安王廟碑銘」의 필체와 비교해 볼 때 분위기가 방불하다. 이 비문은 사도세자의 문집인 『능허관만고』에 실려 있고, 비석 옆에 '경모궁예제예필景慕宮睿製睿筆'이라고 분명히 적어 놓은 공인된 친필이다. 특히 비석의 뒷면은 아들 정조가 직접 짓고 친필로 썼다. 부자가 나란히 앞뒤에 글씨를 남긴 유일한 비석이다. 이 비석을 세운 때는 1785년(정조 9)이고, 사도세자의 글씨는 정조가 태어나던 해인 임신

년(1752)에 썼다. 이 밖에 사도세자의 친필로 알려진 몇몇 글씨가 더 있으나 속필로 쓴 작은 크기의 메모여서 큰 글자와 바로 견주는 것은 적절치 않다. 전체적인 분위기만은 서로 통하는 점이 있다.

두 번째, 이 필첩에는 권정침權正忱(1710~1767)의 편지 두 통이 나란히 실려 있다(도판 28~29). 첫 번째 편지 우측 상단에 이름 없이 '권설서權說書 안동인安東人'이라고만 적어 두었다. 설서는 세자시강원에 소속된 관원으로 정7품의 직급이다. 편지 끝에는 '신팔순칠辛八旬七 제정침돈수弟正忱頓首'라고 썼다. 신辛은 1761년 신사년辛巳年이니, 이 편지는 1761년 8월 17일에 권정침이 누군가에게 보낸 편지다. 두 번째 편지에는 날짜 없이 '즉제정침돈수卽弟正忱頓首'라고만 적었다. 아마도 이 둘은 비슷한 시기에 쓴 편지로 본다. 사도세자가 뒤주에 갇혀 죽기 바로 전해에 썼다. 이때 권정침의 나이는 52세였다. 내용은 뒤쪽에서 살피겠다.

세 번째는 유관현柳觀鉉(1692~1764)의 편지다. 편지 상단에 '유보덕전주인柳輔德全州人'으로 적었다. 보덕은 세자시강원 소속 정3품의 고위직 관원이다. 편지 끝에 갑술(1754) 3월 24일의 일자를 적었다. 앞서 권정침의 편지보다 7년 앞서 쓴 편지다. 유관현은 1758년에 세자시강원에 들어가 4년간 문학과 필선, 보덕의 직책을 거치면서 시강하였다. 편지에는 그의 직책을 '보덕'이라 적었다. 유관현은 이 편지를 쓸 당시 63세의 고령이었다.

네 번째, 이우李㻂의 편지다. 상단에 '이참봉한산인李參奉韓山人'이라 적어 놓았다. 무인년(1758) 10월 10일에 썼다. 『국조인물지』에는 자가 지춘穉春, 호는 면암俛庵이며, 소산小山 이광정李光靖(1714~1789)의 아들이라고 했다. 그는 1782년 영남 선비 1만 5천여 명이 연명으로 올린 사도세자 사망에 대한 의혹의 해명을 요구하는 상소에 소두疏頭로 이름을 올렸다가 훗날 이 일로 견책을 입어 고금도로 귀양 갔던 인물이다.

다섯 번째, 이름을 알 수 없는 구곡공龜谷公이란 이가 쓴 편지다. 편지지 형태로 보아 17세기 전반으로 시기가 거슬러 올라간다. 앞선 편지들과 1백 년가량의 시간차가 있다. 시독관侍讀官을 거쳤고, 서장관으로 연경을 다녀왔던 인물이라 찾아질 법한데 백방으로 수소문해도 확인되지 않는다. 사행 당시 아들에게 보낸 편지가 첫 세 줄만 남았고 뒷부분은 결락되었다. 어째서 이 필첩에 이 편지가 함께 묶였는지도 남은 내용만으로는 짐작이 어렵다.

구곡공의 편지를 제외한 네 통의 편지는 유관현이 1754년, 이우는 1758년, 권정침은 1761년에 각각 썼다. 권정침과 유관현은 모두 사도세자를 모셨던 춘방관이었다. 권정침은 유관현보다 나이가 열여덟 살이나 적고, 이우의 부친 이광정은 권정침보다 4년 아래이니, 권정침과 이우는 적어도 20년 이상 차이가 난다. 이우는 유관현의 문집『양파집陽坡集』의 서문을 직접 썼다. 유관현과 이우는 근 마흔 살 정도 나이 차가 난다. 세 사람 중 두 사람은 세자시강원 소속 관원으로 만년의 사도세자를 지근거리에서 모셨던 인물이다. 다른 한 사람은 두 사람과 밀접한 관련이 있으면서, 사도세자의 죽음에 얽힌 의혹을 밝혀 달라는 상소문을 올렸다가 귀양까지 갔다. 이들의 편지는 어째서 사도세자의 친필과 함께 한자리에 묶일 수 있었을까? 대단히 흥미롭고 매우 궁금하다.

『집복헌필첩』의 내용

이제 필첩에 수록된 편지를 차례로 읽어 보자. 먼저 권정침의 첫번째 편지다(도판 28).

> 날씨가 괴이한데 형께서는 여러 날 강연講筵에 정신을 쏟은 끝에 몸이 축나지는 않았는지요? 일전 대궐에서의 일은 어찌 감히 다른 곳에 가서 말을 하겠습니까? 아득한 저 하늘이 낮은 곳의 일을 잘 들어 주시리라 생각합니다. 형이나 저나 장차 무함에 얽힐 처지를 면치 못할 터인데, 어찌 남을 해코지할 마음을 먹겠습니까? 천지는 크고도 환하니 생각건대 바라는 대로 돌아오겠지요. 다만 일의 형세를 살펴보고 알려 주시면 좋겠습니다. 나머지는 자리가 소란스러워 예를 갖추지 않습니다.
>
> 신사년(1761) 8월 17일 제弟 정침正忱 삼가 드림.[1]

자못 의미심장한 내용이다. 편지를 쓴 날짜는 1761년 8월 17일이다. 1761년은 『한중록』에서 "신ㅅ년이 되니 병환이 더옥 심ㅎ오신디라 이어移御ㅎ오신 후는 후원의 나가오셔 믈 둘니고, 군긔軍器부치로나 소일 홀가 ㅎ오시다가 칠월 후 후원도 당가오시니 그도 신신치 아니ㅎ오셔 생각 밧 미행微行을 시작ㅎ오시니, 처음 놀납기가 어히업스니 엇디 다 형용ㅎ리오."[2]라고 적고 있을 만큼 사도세자의 병증이 심각하던 때였다.

위 편지의 수신자는 당시 권정침과 함께 세자시강원에 있던 사람이다. '일전금액지사日前禁腋之事'는 편지를 쓴 시점에서 그다지 오래되지 않았던 때에 발생한 일이다. 사도세자와 관련되어 궐내에서 모종의 당

---

1 권정침 편지 1: "日候乖異, 兄候不瑕有損於多日講筵費神之餘否. 日前禁腋之事, 豈敢向何處說道耶. 悠悠彼蒼, 仰想聽卑矣. 於兄於弟, 將未免搆誣之地, 而曷有矢他之心乎. 天地之孔昭, 想回庶幾, 則第觀事體, 回示如何. 餘座擾, 不宣禮. 辛八旬七弟正忱頓首."
2 정병설 주석, 『원본 한중록』, 문학동네, 2010, 99쪽.

全

28~29. 권정침 편지 1, 2

혹스러운 사건이 일어났다. 그것은 차마 다른 곳에 말을 옮길 수조차 없는 일이었다. 도저히 어찌해 볼 수 없어 하늘의 처분만 기다린다고 했다. 두 사람 모두 '미면구무지지未免構誣之地', 즉 무함에 얽힐 처지를 면치 못하리라고 한 것으로 보아, 그 사건의 귀책사유가 춘방관들의 직무와 관련이 있음이 짐작된다. '시타지심矢他之心'을 운운한 것에서 남에게 책임을 전가하지 않고 정면 돌파하겠다는 의지가 보인다. 대단히 긴박한 상황에서 일의 돌아가는 추이가 궁금해 경과를 측문側聞코자 보낸 편지이다. 상세한 전후 경과는 알 수 없다. 상대를 '형'이라 한 것으로 보아 수신자와 발신자의 연배는 거의 비슷했을 것으로 추정한다.

막상『승정원일기』에 따르면 위 편지를 썼을 당시 권정침은 안동에 머물며 상경하지 않고 있었다. 8월 4일 기사를 보면 새로 설서에 제수된 권정침이 안동에 머물고 있는데, 서연書筵 입번入番의 일이 다급하니 신속히 말을 타고 올라오게 하라는 유시가 보인다. 8월 9일과 9월 1일 기사에도 권정침의 재외在外 사실이 두 차례 더 나온다.[3] 그러니까 위 편지는 즉시 상경하라는 유시를 받고, 상황의 추이를 묻기 위해 쓴 것이다.

권정침은 결국 첫 번째 편지를 보낸 후, 9월 2일에 상경했다. 당시 그는 병중이었고, 설서의 직임을 맡지 않으려 거듭 사양했다.[4] 이렇게 볼 때 8월 17일에 쓴 권정침의 편지는 8월 4일 또는 8월 9일의 유시 이후

---

3 『승정원일기』 1761년 8월 4일 기사에 "新除授說書權正忱, 時在慶尙道安東地. 書筵入番事緊, 斯速乘馹上來事, 下諭."라 한 것이 보이고, 8월 9일 기사에는 "本院下番闕直, 事甚未安. 兼司書·兼說書俱未差. 說書權正忱在外, 他無推移之員.", 9월 1일 기사에는 "本院弼善 李基德, 連日姑降入直矣, 以身病陳書徑出, 司書金尙集, 兼司書金應淳, 說書權正忱俱在外."의 내용이 나온다.
4 『승정원일기』 9월 2일 기사에 "本院下番闕直, 事甚未安. 新除授說書權正忱, 自鄕纔已入來云, 卽爲牌招入直, 何如."라 했고, 9월 3일 기사에는 "仍奏說書權正忱, 數昨自鄕上來. 雖有身病, 再牌則欲承膺, 而初牌以不進罷職."이라 적혀 있다.

서울에서 내려온 상경 독촉을 받고, 인편에 시강원의 동료에게 궁궐의 최근 상황을 물은 내용인 셈이다. 따라서 편지 속의 '일전日前'은 8월의 일이 아니라 그 이전 6, 7월에 일어난 일이었을 가능성이 높다.

『한중록』과 『승정원일기』를 통해 볼 때, 세자는 6월부터 극심한 학질로 달을 넘겨 매일 약을 바꿔 가며 치료를 거듭하고 있었다. 세자는 날마다 치통과 두통, 복통에 시달렸고, 밤마다 솟는 열기와 번조증 때문에 잠을 잘 이루지 못했다. 부왕 영조가 인현왕후의 기일에 맞춰 명릉明陵에 나가 친제를 주관할 때도 세자는 꼼짝하지 못했다. 신하들과의 공부도 완전히 중단된 상태였다. 이 와중에 세자는 의대증과 화증으로 툭하면 사람을 죽이는 일촉즉발의 살벌한 상황이 계속되고 있었다. 『승정원일기』의 8월 기사에는 세자시강원이 거듭된 궐직闕直으로 담당 관원들 대부분이 외지로 나가 있거나 말미를 얻어 귀향하여 기능이 거의 정지 상태에 놓여 있었음이 확인된다.

한편 당시에는 여러 사람이 상소를 잇달아 올려 1761년 3월 말일부터 20여 일간 사도세자가 무단으로 평양을 다녀온 사실이 영조에게 알려지기 직전이었다. 군이 '금액禁掖'으로 표현한 것으로 보아 궁중의 내시 등 액예掖隷가 관련된 사건인 듯하나 분명치 않다. 실제 9월 20일, 사도세자의 평양행이 밝혀지자, 평양행 당시 궁궐에서 가짜로 사도세자 행세를 하며 대리청정의 업무를 대신한 내관들이 처벌을 받는다. 위 편지는 이 일이 있기 전 상황이다.

다시 두 번째 편지를 보자(도판 29).

근래 소식이 격조했던 것이 비록 이목의 번다함 때문이기는 했지만 서로 잊고 지낸 것만 같아 서글프기 짝이 없습니다. 삼가 첫추위가 이다지도 매서운데 몸은 무탈하신지 궁금합니다. 대궐에서의 입에 담기 어려운 일은 우러러 생각건대 마음이 타는 듯하여 우려를 어찌 그저 누를 수 있 겠습니까? 염려를 맡길 데가 없으니 또한 빌기만 합니다. 저는 어찌하지 못할 증세로 몸져누워 끙끙 앓은 것이 이제 10여 일인데, 조금도 덜한 기 세가 없습니다. 이에 하인 편에 문안을 드립니다. 그 편에 일의 기미를 상 세하게 알려 주시면 좋겠습니다. 나머지는 병으로 번잡해 예를 다 갖추 지 못합니다.

제弟 정침 삼가 드림.[5]

'초한初寒' 운운한 데서 8월 17일에서 한 달여가 더 지난 10월 초쯤 쓴 편지로 짐작한다. 두 사람은 극도의 긴장 속에서 남의 이목을 꺼려, 마음 놓고 소식을 주고받지도 못했다. 이 편지에도 '금원난언지사禁苑 難言之事'가 나온다. 차마 입에 담기 어려운 일은 앞서 첫 번째 편지의 '일전금액지사'와는 또 다른 일인 듯하다. 『한중록』에서 1761년 10월의 정황을 "혼 번 광성狂性 곳 디내면 병정病症은 그대로 더ᄒ 오셔 십월즈 음은 더 듕ᄒ시니"[6]라 한 사실과도 부합된다. 세자의 광증이 이때도 뭔 가 참혹한 일을 벌인 듯한데, 『승정원일기』에는 계속 '상참정常參停', 즉 일상적 접촉마저 어려운 상태가 계속되고 있어 더 이상 확인이 어렵다. 이 상황에서 권정침은 자신이 10여 일째 앓아누워 있는 형편이라 말하

5 권정침 편지 2: "近阻書候, 雖緣耳目之煩, 殆若相忘. 悵悚何極. 謹詢初寒甚緊, 體事無 損. 而禁苑難言之事, 仰想心燥, 而貢慮何可堪抑耶. 仰慮區區不任且祝. 弟以無何之症, 委臥叫楚, 于今十餘日, 少無減勢, 而玆以專伻探候, 其便事機詳細示之如何. 餘病擾不 宣候禮. 卽弟正忱頓首."
6 정병설 주석, 앞의 책, 106쪽.

고, 어찌해 볼 도리가 없어 그저 낫기를 빌 뿐이라고 했다. 역시 사태의 추이를 궁금해한 편지다. 사도세자의 주변은 일촉즉발의 상황이어서 지극히 위태로웠다.

다음은 유관현의 편지로, 갑술년(1754) 3월 24일에 썼다(도판 30).

선유先儒께서는, "보배로운 거울은 비추지 않더라도 밝음이 그칠 때가 없고, 큰 종은 두드리지 않아도 소리가 일찍이 멈추지 않는다. 사군자가 세상을 살아가면서 기미氣味가 서로 맞는다면 비록 만 리 떨어진 하늘가에 있다 해도 오히려 깊은 사귐이 있다."고 했지요. 하물며 우리는 나란히 한 시대에 태어나 땅이 관령關嶺을 사이에 두고 있어 아득히 만나 보기가 어렵긴 해도 편지로 왕래하니 마치 거울의 밝음이나 종소리가 울리는 것과 같다 하겠습니다. 삼가 근래 형께서는 공부하시며 어찌 지내시는지요? 잘 지내시기를 간절히 축원합니다. 저는 그럭저럭 보내고 있지만 궁한 산속에 숨어 지내니, 이른바 글자를 보기는 해도 소리 없는 뻐꾸기 신세를 면치 못할 뿐입니다. 근래에는 어부나 나무꾼 노인을 좋은 벗으로 삼아 지냅니다. 흥에 따라 지은 시편은 장독대 덮개로나 꼭 맞겠다는 나무람을 받을 것입니다. 이른바 먹고사는 일은 마침내 옹기나 만드는 어리석음으로 돌아가고 말았습니다. 용렬한 재주와 천한 자질로 구차하게 이 세상에 붙어 지내니, 움직였다 하면 비방을 얻게 됩니다. 이것은 운명이 어긋난 까닭이니, 이 못난 몸뚱이로 어찌 남의 마음과 폐부에 처할 수 있겠습니까? 도리어 개탄할 뿐입니다. 보내신 편지에서 (부탁하신) 발문은 부족함을 잊고 올립니다. 혹 살펴보시고 바로잡아 주시겠습니까? 어찌 감히 스스로 잘 지은 글이라 여겨서이겠습니까? 제 진심을 목말라하시는 것 같기에 그랬습니다. 옥체 보중하시기만을 빕니다. 예를

30～31. 유관현 편지(위)와 이우 편지(아래)

갖추지 않습니다.

갑술년(1754) 3월 24일, 제弟 유관현柳觀鉉 삼가 드림.[7]

앞서 본 권정침의 편지보다 7년 앞서 쓴 것이다. 당시 유관현은 경성부판관鏡城府判官으로 북변에 머물고 있었다. 서울의 벗에게서 온 안부와 발문跋文을 지어 달라는 요청에 답장한 내용이다. 수신자는 알 수가 없다. 유관현이 권정침보다 18세 연상이었으므로 권정침 편지의 수신자와 동일인이 아닌 것만은 분명하다.

이 필첩에 유관현의 편지를 합첩한 것은 그가 4년간 세자시강원에 소속되었던 관원으로 1759년에 필선으로 사도세자를 30여 일간 서연書筵에서 혼자 모신 일이 있고, 1761년에는 시강원 보덕에 보임되어 사양하였으나 불러오라는 명이 있는 등 사도세자의 사부로서 그가 갖는 위치와 비중 때문이었던 듯하다. 요컨대 권정침의 편지 두 통에 이어 내용상 관련은 없지만 유관현의 편지 한 통을 함께 실음으로써 서첩의 편집자는 사도세자 춘방관들의 편지를 사도세자의 친필과 한자리에 모은다는 상징성을 획득하려 한 듯하다.

다음은 이우의 편지다(도판 31).

---

7 유관현 편지: "先儒有言, 寶鏡不照, 而明未嘗已焉, 洪鍾不扣, 而聲未嘗息焉. 士君子之處世也, 氣味相吻, 則雖萬里天涯, 尙有深契, 況吾儕生倂一代, 地隔關嶺, 何其落落難合而卽紙毛之往來, 如鏡之明, 鍾之聲耶. 謹伏詢辰下兄經候, 起居萬重, 仰伏溯區區勞祝. 弟省狀粗度, 而蟄伏窮山, 所謂看字未免布穀之無聲耳. 近以漁曳樵老, 爲好箇朋儕. 謾與詩篇, 淸受覆瓿之譏. 所謂經濟, 竟歸産甕之愚. 庸才陋質, 苟贅斯世, 動輒得謗, 此是命途之舛也. 以不貲之軀, 奚足以處人心肺耶. 還爲慨歎耳. 來喩○○, 跋文忘陋仰呈, 或可淸鑑斥正否. 曷敢自許如渴素忱. 只祝道體循序自玉. 不備候禮. 甲戌三月二十四日 弟 柳觀鉉頓首."

봄날이 한창인데, 종일 모시고 앉아 가까이서 말씀을 받잡지 못하니, 무엇으로 여러 해 쌓인 답답함을 풀 수 있겠습니까? 그저 멀리서 마음만 달려갈 뿐입니다. 북녘 기러기가 높이 날아가는 이때 공부하시며 잘 지내시는지 모르겠습니다. 간절한 그리움을 맡길 데가 없습니다. 저는 아버님의 건강이 매번 편치 않으신 때가 많아 걱정이 이만저만이 아닙니다. 제가 노형께서 근자 강원講苑에 들어가셨다는 말을 듣고 한밤중에 천장을 우러르며 너무 기뻐 잠을 이룰 수 없었던 것은 우리 임금을 요순 같은 임금이 되게 할 날을 손꼽아 바랐기 때문이지, 어찌 감히 그저 축하해서이겠습니까? 떳떳한 도리를 지키고 선善을 좋아함은 오직 천명으로 내려 주는 것입니다. 이에 삼가 말씀드리기는, 마침내 우리나라의 뜻있는 인사들로 하여금 한결같이 거룩한 덕을 품어 배가 부르고, 천진天眞함에 덩실 춤추게 한다면 무엇을 더 부러워하겠습니까? 이만 줄입니다. 삼가 살펴 주십시오. 절하고 올립니다.

무인년(1758) 10월 10일, 소제 이우李瑀 재배.[8]

이우가 1758년 경연관經筵官으로 강원講苑에 발탁된 어떤 사람에게 보낸 편지다. 이우는 1714년생인 이광정의 아들이니 아마 당시 20대 중후반의 나이였을 것으로 보인다. 내용은 상대에게 축하 인사를 전하고 자신의 근황을 알리는 것 외에 특별한 것이 없다.

다음은 필첩의 맨 뒷면에 수록된 편지다(도판 32). 우측에 '구곡공유묵

---

8 이우 편지: "殷春尙方, 終日陪坐, 而未得欸承緖論, 何足以解積年抑鬱耶. 只切望風馳神. 伏未審, 北雁高翔, 經體候連衛万穆. 伏漾區區不任之至. 小弟親候, 每多欠寧, 焦悶曷狀. 弟伏聞老兄近入講苑, 而中霄仰屋, 喜不能寐者, 致吾君於堯舜, 期日望之, 曷敢足賀. 秉彝好善, 惟是天命之賦, 玆以伏達, 竟使吾東有志之士, 一向含飽聖德, 鼓舞天眞, 則何羨如之, 何羨如之. 餘不宣. 伏惟下照, 謹拜上狀. 戊寅十月十日 小弟李瑀再拜."

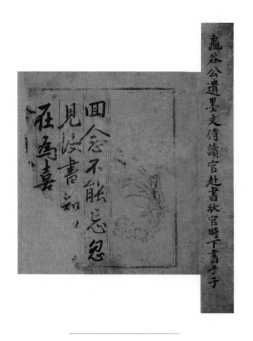

32. 구곡공 편지

龜谷公遺墨'이라 적은 후, "문과, 시독관. 서장관으로 갔을 때 아들에게 내린 글(文, 侍讀官, 赴書狀官時, 下書于子)"이라고 적었다. 편지는 뒷부분이 잘려 나갔고, 남은 부분은 다음과 같다.

돌아보는 생각을 잊을 수 없다가 홀연 네 편지를 받고 잘 지내는 줄을 알게 되니 기쁘기 (짝이 없다). 오늘.(이하 내용 없음)[9]

그저 일상적인 간략한 안부 편지다. 편지는 괘선을 치고 난초와 영지

9 구곡공 편지: "回念不能忘. 忽見汝書, 知以○在, 爲喜○○○, 今日."

그림이 찍힌 편지지에 썼다. 이런 형식의 편지지는 일반적으로 17세기 전반의 것이다. 앞에 실린 네 통의 편지와는 근 1백 년 이상 거리가 있다. 내용도 사도세자와는 아무런 관련이 없다. 이 편지가 어째서 엉뚱하게 이 필첩 끝에 합첩되어 있는 걸까?

필자의 추측으로 구곡공은 처음 사도세자의 친필과 권정침의 편지를 받았던 수신자의 선대 중 명망 있는 인물이었을 것으로 추정된다. 구곡공의 신원이 확인되면 시원스럽게 풀릴 문제지만 현재까지 누구인지 찾지 못했다.

『집복헌필첩』의 장첩 경과

이제 『집복헌필첩』이 언제 묶였는지, 또 누구에 의해 장첩되었는지 살펴보기로 한다. 필첩에서 가장 핵심이 되는 것은 앞에 실린 사도세자의 친필과 권정침이 보낸 두 통의 편지다. 그는 권정침과 세자시강원에서 같은 시기에 근무했던 비슷한 연배의 인물이었다.

『승정원일기』를 통해 볼 때, 당시 시강원에서 함께 근무한 인물로는 사서 홍낙순洪樂純(1723~?), 필선 이기덕李箕德, 사서 김상집金尙集(1723~?), 겸사서 김응순金應淳(1728~1774) 등이 있다. 이들은 대부분 권정침보다 열 살 정도 아래이다. 편지에서 권정침이 자신을 비록 '제弟'라고 했지만, 이들 중 한 사람일 가능성이 없지 않다. 이 밖에 이름이 확인되지 않는 관원이 훨씬 더 많다.

세자시강원의 관원은 영의정이 겸임하는 사師(정1품)를 필두로 부傅(정1품) 1명, 이사貳師(종1품) 1명, 좌·우빈객左右賓客(정2품) 각 1명, 좌·

우 부빈객左右副賓客(종2품) 각 1명은 타관직他官職이 겸임하고, 찬선贊善 (정3품)·보덕輔德(정3품)·겸보덕兼輔德(정3품)·진선進善(정4품)·필선弼善 (정4품)·겸필선兼弼善(정4품)·문학文學(정5품)·겸문학兼文學(정5품)·사서 司書(정6품)·겸사서兼司書(정6품)·설서說書(정7품)·겸설서兼說書(정7품)· 자의諮議(정7품) 등을 각 1명씩 두고 있었다.

정리하자면 세자시강원 재직 중 사도세자에게서 친필을 하사받았던 인물은 한창 사도세자 문제가 궁중에서 뜨거운 논란이 되고 있을 때, 권 정침이 보낸 긴박한 내용의 편지 두 통을 보관했다. 권정침은 편지를 보 낸 이듬해인 1762년 5월, 사도세자의 비극적 사건이 일어날 당시 춘방 관으로서 세자의 죄를 자신이 대신하게 해 달라며 버티다가 영조의 노 여움을 입어 처형하라는 명이 있기에 이르렀다. 그는 가까스로 목숨을 건져 낙향한 후 다시는 문밖을 나서지 않고 폐인처럼 자책하며 살다가 세상을 떴다. 이후 그는 영남 남인들에게 사도세자의 부당하고 억울한 죽음 앞에 분연히 항거했던 상징적 인물로 자리매김되었다.

30년 뒤인 1792년 여름, 영남 남인들은 사도세자의 억울함을 신원해 달라는 취지의 상소를 무려 1만 5천여 명의 연명으로 올렸다. 이때 상 소문을 주동한 소수疏首가 다름 아닌 필첩에 네 번째 편지가 실린 이우 李瑀다.[10] 유관현은 이들보다 한두 세대 앞선 선배지만, 역시 사도세자

10 이때의 전후 사정은 『국조인물고』에 다음과 같이 실려 있다. "李瑀字樨春, 號俛庵, 韓 山人, 小山光靖子. 壬子夏嶺士章甫萬餘人, 將申明某年大義, 齊聲叫閣, 推以爲疏首. 上御熙政堂, 命撮紳章甫數三人, 同爲入侍. 前校理金翰東前掌令成彦楫前持平姜世綸, 進前, 上曰: '予之含哀忍慟者, 已經三十星霜, 許多日月, 何日非含哀之日. 不敢以義理 明言之, 又不能刑政夬施, 苟使大舜周公當此, 則未知如何. 而以予識見上, 不外乎素所 講定也.' 乙丑, 右相金達淳請壬子疏首島配之, 典領相徐遇彦韓用龜等, 交口請之. 丙寅 謫古今島, 擧家驚惶, 瑀曰: '禍福自有定分, 若究得命時, 與坦道一般. 入島後所居湫陋 蒸濕, 人不堪苦, 而不以爲意.' 金達淳竄殛薪智島, 諸附麗者幷黜. 右尹崔獻重上疏頌冤

를 만년에 지켰던 영남 남인의 상징적 인물이었다. 더욱이 이우는 유관현의 문집 『양파집陽坡集』의 서문까지 썼다. 그 서문의 한 대목을 보면 유관현과 이우가 이 필첩에 나란히 이름을 올린 연유가 드러난다.

> 4년간 문학과 필선, 보덕을 역임했다. 시강侍講한 날이 오래되매 세자의 지혜를 열어 준 것이 자못 많았다. 하루는 공이 문안관問安官으로 창릉昌陵에 갔는데, 승선承宣이 제때 품계稟啓하지 않아 거가車駕가 이미 출발한지라 일이 장차 헤아리기 어려웠다. 공이 어가 뒤를 따라가며 큰 소리로 외쳤다. "동궁께서 문안하러 온 것이 이미 오래인데, 승선이 주달하지 않음은 어째서인가?" 상께서 문안관이 누구냐고 묻자, 승선이 "필선 신 유관현이옵니다."라고 했다. 상께서 급히 수레를 멈추라 하시고 문안례를 받았다. 인하여 가까이 오라 부르시고는 얼굴을 들라 하시는데 옥안의 기색이 부드러웠다.[11]

이우는 유관현의 문집에 서문을 쓰면서 앞쪽에 특별히 세자시강원 보덕으로 재임할 당시 영조의 미움으로부터 사도세자를 지켜 내기 위해 분투한 위의 일화를 적고 있다. 이만큼 두 사람의 삶에서 사도세자에 얽힌 일은 핵심적인 부분이었다. 더 상세한 검토는 별도의 논의를 기다린다.

『집복헌필첩』은 사도세자의 친필을 앞에 놓고, 그를 지키기 위해 애썼던 춘방관 2인과 신원伸寃 상소를 주도한 선비 1인의 편지를 한데 엮

    特命, 放還."
11 이우, 「양파집서」: "四年歷拜文學弼善輔德, 侍講日久, 啓沃弘多. 一日公以問安官, 馳赴昌陵, 承宣不以時稟啓, 車駕已發. 事將叵測. 公隨駕後勵聲曰: '東宮問安來到已久, 而承宣不以奏達何也?' 上問問安官誰也, 承宣曰: '弼善臣柳觀鉉也.' 上遽命止輦, 受問安禮, 仍召近前, 使擧顏, 玉色和豫."

어, 사도세자의 죽음을 애도하고 이들의 높은 의기를 기리려는 의도에서 묶은 것이다. 끝에 수신자의 선대로 보이는 구곡공의 편지를 덧붙인 것은 후대 필첩을 장책한 사람이 수신자의 집안과 신분을 드러내기 위한 장치였을 것으로 본다.

이 편지는 성주 지역 순천 박씨 판윤공파 집안에서 보관되어 왔다. 하지만 순천 박씨 일문에서 권정침 편지의 수신자로 비정될 만한 인물은 확인되지 않는다. 이 필첩은 언제 책자로 꾸며졌을까? 앞뒤 자료로 판단컨대 사도세자 사후 백 년이 더 지난 19세기 말엽이다. 장정을 고치려고 해책한 결과, 내지에서 많은 파지가 수습되었다. 편지의 초고나 부본, 글씨 연습한 종이, 또 경오년 책력에 옮겨 적은 메모 등이 다수 나왔다. 편지 초고에는 박기한朴基翰이란 이름이 두 차례 보이고, 박기○朴基○라는 이름이 한 번 더 등장한다. 끝 글자는 남은 획으로 보아 '한翰'과는 다른 글자다. 또 이수진李秀晉의 편지도 끝부분이 남아 있다. 이로보아 '기基' 자 항렬의 박씨 집안에서 묶었을 것이라고 조심스럽게 추정한다. 이 이름 또한 순천 박씨 족보에서 아직 확인하지 못했다.

경오년 책력은 1810년과 1870년 둘 중 하나일 텐데, 일력의 간지를 대조해 보니 1870년의 것과 일치했다. 책력 위에는 누군가 쓴 호남 여행 일기가 아래위가 잘린 채 실려 있다. 이 중 "19일 계묘, 잠깐 개다. 이날 해남 이송파李松坡의 「팔미인시八美人詩」를 ……"[12]이라는 대목이 나온다. 이송파는 해남 지역의 이름난 문인 이희풍李喜豊(1813~1886)이다. 현재 한국학중앙연구원에 그와 백파白坡 신헌구申獻求(1823~1902)의 문집을 한데 엮은 『양파집兩坡集』이 남아 있다. 『양파집』을 찾아보

---

12 "十九日癸卯, 乍晴. 是日方欲海南李松坡八美人詩 ……"

니, 과연 「미인팔영美人八詠」이란 작품이 실려 있다. 19일 계묘는 간지로 맞춰 보아 1872년 3월 19일임을 확인했다. 이 일기가 1870년 책력위에 적혀 있다. 이 책력이 내지에 들어 있으니 필첩의 성책은 적어도 1872년 3월 이후인 셈이다. 그런데 앞서 박기한과 박기○의 편지에 '을회일乙晦日', '을미십월乙未十月', '을미지월乙未至月' 등의 간지가 잇달아 보인다. 을미년은 다시 훨씬 뒤인 1895년이다. 결국 이 필첩이 현재상태로 한데 묶인 것이 1896년 이후라는 얘기다. 사도세자가 세상을 뜬지 무려 135년 뒤의 일이다.

이상 새로 발굴된 『집복헌필첩』의 구성과 내용, 장첩 경과를 살펴보았다. 책 속에는 사도세자의 억울한 죽음을 애석해한 영남 남인들의 비분강개한 의식이 깔려 있다. 사도세자가 누군가에게 준 친필이 있었다. 그리고 사도세자의 마지막을 지키고자 애썼던 권정침은 동일인에게 두통의 편지를 보냈다. 필첩을 묶은 사람은 이 두 자료 외에 역시 사도세자를 보필했던 유관현과 사도세자의 신원을 요청하는 상소문을 올렸던 이우의 필찰을 더 구해 한 권의 책으로 만들었다. 사도세자의 원혼을, 그를 끝까지 지키지 못했던 신하들이 이제껏 안타까운 마음으로 지켜받드는 모양새다.

한편 이 필첩이 사도세자 서거 250주년에 딱 맞춰 세상에 나온 우연에 기이한 느낌이 든다. 권정침의 『평암집平菴集』과 유관현의 『양파집陽坡集』에는 사도세자에 얽힌 더 깊고 내밀한 사연들이 상세하다. 이 글에서는 이들 자료까지 아울러 검토하지는 않았다. 이것은 따로 상세하게 살펴야 할 문제다.

불운한 실학자의 비원悲願
실학자 이덕리와 『상두지桑土志』의 국방 기획

이덕리李德履(1725~1797)의 『상두지桑土志』는 우리에게 아직 낯선 책이
다. 18세기 후반 국방 전략과 군사 무기 전문서인 이 책은 1974년에 김
영호 교수가 펴낸 『여유당전서보유與猶堂全書補遺』(경인문화사) 제3책에
다산茶山 정약용丁若鏞의 저작으로 잘못 수록되면서 세상에 처음으로 알
려졌다. 『상두지』 원본은 국민대학교 성곡도서관이 소장하고 있는 이병
도李丙燾 박사 구장舊藏의 『미산총서嵋山叢書』 8책(도판 33) 중 제6책 속
에 들어 있다.

　이덕리는 『상두지』 외에 중국과의 차茶 무역을 통해 국부를 창출하여
국방 인프라 구축 비용으로 쓸 것을 제안한 『동다기東茶記』라는 저작을
따로 남겼다. 하지만 어찌 된 일인지 이 또한 오랫동안 정약용의 저술
로 오인되어 최근까지 잘못 알려져 왔다. 필자는 2006년 정약용의 강진
시절 제자 이시헌李時憲(1803~1860)의 집이었던 강진 백운동 별서정원

33~34. 국민대본(이병도 박사 구장) 『미산총서』 8책(위)과 규장각본 『비어고』 10책(아래)

을 찾았다. 그곳에서 『강심江心』이란 표제의 필사본 시문집을 만났고, 이 책에 실린 「기다記茶」가 바로 초의선사草衣禪師가 자신의 『동다송東茶頌』 속에 인용했던 그 『동다기』라는 사실과, 그 저자가 정약용이 아닌 이덕리임을 확인했다.[1]

이후 이덕리를 추적하는 과정에서 『여유당전서보유』에 수록된 『상두지』 또한 이덕리의 저작이고, 『동다기』와는 자매편적 성격을 띠는 저술임을 알게 되었다. 한편 『상두지』가 실려 있는 『미산총서』는 정약용이 강진에서 해배되어 마재로 돌아온 이후의 제자인 정주응鄭周應(1805~1885)의 저술로 알려졌지만, 이 『미산총서』 8책은 국립중앙도서관에 소장된 또 다른 『미산총서』 6책과, 규장각본 『비어고備禦考』 10책(도판 34)과 함께 정약용의 사라진 저술 『아방비어고我邦備禦考』의 일부임을 필자가 별도의 논문에서 상세히 밝힌 바 있다.[2]

정약용은 유배지 강진에서 『아방비어고』를 엮을 당시, 인근의 영암 지역에서 유배 중 세상을 뜬 이덕리의 유고 『상두지』를 입수하여 살핀 후, 이를 자신의 『아방비어고』에 비중 있는 한 부분으로 수록하였다. 다만 죄인 신분으로 자신을 드러내기를 꺼렸던 이덕리의 의도적인 기술 태도로 인해 엉뚱하게 정약용의 저술로 오인되었고, 이제껏 직계 후손뿐 아니라 학계에서조차 이덕리의 존재 자체를 아예 모르고 있었다.

2018년 『동다기』 번역에 이어, 금번 『상두지』의 전문을 완역함으로

---

1 이덕리의 생애와 저술, 특히 『동다기』에 대해서는 정민, 『잊혀진 실학자 이덕리와 동다기』(글항아리, 2018)에서 상세히 소개했으므로 여기서는 가볍게 다루었다. 이 서설은 같은 책의 프롤로그와 2부 1장 「국방의 경륜을 담은 대표 저술, 『상두지』」 부분의 내용을 일부 수정·보완하여 재집필한 것임을 밝혀 둔다.

2 정민, 「다산茶山 『비어고備禦考』의 행방」, 『고전학의 새로운 모색』, 성균관대학교 대동문화연구원, 2018.

써 한 불운한 실학자의 비원悲願의 전모가 비로소 세상에 환하게 드러나게 된 것을 기쁘게 생각한다. 이 글에서는 저자인 이덕리의 생애와 저술 경위를 정리하고 『상두지』에 담긴 국방 기획의 얼개와 그 자료적 가치를 간략하게 제시하기로 한다.

이덕리의 생애와 저작 동기

전의全義 이씨 족보에는 이덕리의 이름이 이덕위李德威로 나온다. 대역죄에 연좌되어 유배에 처해진 죄인이었던 까닭에 족보에서 이름을 바꾼 것으로 보인다. 자는 이중而重이며, 명종~선조 연간의 관료이자 문장으로 이름이 있던 청강淸江 이제신李濟臣의 6대손이다. 이징택李徵澤(1689~1770)의 셋째 아들이자, 정조 즉위년 사도세자의 추존을 논한 상소문을 올렸다가 대역부도로 몰려 극형에 처해진 이덕사李德師(1721~1776)의 친동생이다. 부인은 고흥高興 유씨柳氏 성종星宗의 딸이다.

1775년경 윤광심尹光心(1751~1817)이 펴낸 『병세집幷世集』은 당대에 글솜씨로 명성이 있던 문사들의 시문을 엮어 편집한 선집이다. 이 책 속에 이덕사와 이덕리 형제는 박지원朴趾源, 이용휴李用休 등 당대의 쟁쟁한 문인들과 나란히 이름을 올렸다. 대과에 급제해 벼슬길에 있던 형 이덕사와 달리, 이덕리는 포의布衣의 신분이었음에도 시권詩卷과 문권文卷에 이름을 다 올린 것을 보면 지위에 비해 그 문명文名이 상당히 높았음을 알 수 있다. 하지만 겨우 남은 몇 편의 글만으로 그의 젊은 시절 모습을 온전히 그려 보기는 어렵다.

정조가 즉위한 지 채 한 달도 되지 않은 1776년 4월 1일, 친형 이덕사가 사도세자의 신원을 청하는 상소문을 올렸다. 이 일은 정조 즉위 직후 어수선한 조정의 분위기 속에서 가장 예민한 정치적 뇌관을 건드렸고, 정조는 이튿날 이덕사를 대역부도의 죄목으로 동소문 밖에서 능지처참에 처한다. 이덕리는 이덕사의 친동생으로 이 사건에 연좌되어 다음 날 진도로 귀양을 갔다.[3] 귀양을 떠날 당시 이덕리는 이미 52세의 중년이었다.

당시 이덕리의 세 아들 또한 숙부의 죄에 연좌되어 귀양길에 올랐다. 장남 이형배李馨培(1748~1826)는 함경도 무산으로, 3남 이경배李絅培(1758~1805)는 경상도 남해로, 4남 이필령李畢靈(1764~1841)은 전라도 강진으로 귀양 갔다. 아버지와 세 아들은 하루아침에 멸문의 화를 만나 겨우 목숨만 보전한 채 뿔뿔이 흩어져 이후 다시는 얼굴을 보지 못했다. 차남 이승배李昇培만이 진작에 일가인 이덕용李德容에게 입계되어 유배를 면했다.

이후 이덕리는 유배지인 진도의 성문 밖 통정리에서 흙벽의 귀뚜라미 소리를 들으며 적막하게 살았다. 이후 1795년 10월 호남에 기근과 전염병이 돌았는데, 특히 진도의 상황이 좋지 않았다. 이에 국가에서는 인도적 차원에서 그곳에 있던 죄인들을 주변의 각지로 분산하여 배치했고, 1776년 4월에 진도로 귀양 왔던 이덕리는 19년 반 만에 뭍으로 나와 영암 땅에 이배되었다. 그는 이곳에서 2년 남짓 더 살다가 쓸쓸히 세상을 떴다.

그는 진도의 유배지에서 자신의 존재를 각인하듯, 『상두지』와 『동다기』의 저술에 심혈을 쏟았다. 이덕리는 왜 그 고단한 유배지에서 그 많

---

3 『승정원일기承政院日記』 제1379책, 정조 즉위년(1776) 4월 3일 기사에 이덕리와 세 아들을 비롯한 일가의 연좌 및 유배 사실이 보인다.

은 자료를 뒤져 가면서 『상두지』와 『동다기』를 썼을까? 『상두지』 서문에서 이덕리는 이렇게 적고 있다.

이 『상두지』 한 권은 부서진 집, 비가 새는 거처에서 해진 옷에 이를 잡으면서 얻은 것이 대부분이다. 농사짓는 것도 버리고 직분 너머의 것을 생각했으니, 나를 알아줄 것도 나를 죄줄 것도 바로 여기에 있을 것이다. 여기에 있을 것이다. 잠시 가을바람이 서늘해지고 이른 곡식을 방아 찧을 만할 때를 기다려 이 책을 소매에 넣고 가서 먼저 광범문光範門 밖으로 달려가 그다음에는 비변사의 제공에게 고하리라. 만약 혹 칭찬만 하고 채택하지 않는다면, 곧장 내년 봄 임금께서 원행園幸하시는 날에 임금의 수레 앞을 범하는 죄를 피하지 아니하고 배다리 곁에서 절하고 이를 올려, 당나라 대종代宗 때 남자 순모郇模가 광주리와 자리를 가지고 가서 30글자를 바쳤던 고사를 본받겠다. 사람들이 미쳤다고 하는 것이 이 같은 지극함에 이른다면, 공중에서 이 말을 듣고 웃는 자가 있는 것에 가까울 것이다.

　계축년(1793) 정월 상순에 쓰다. 공公이 야인野人에 이름을 가탁하고자 하였으므로 권도權道로 이 서문을 써서 자신을 감추었다.[4]

　자신을 알아줄 것도 죄줄 것도 이 책일 것이라고 했다. 형 이덕사의 상소로 하루아침에 풍비박산이 된 집안과, 품은 경륜에도 불구하고 세

---

4 「상두지서」: "此桑土志一卷, 得於破屋違漏之餘, 弊袍捫蝨之際者爲多. 舍其所耘, 職思其外, 知我罪我者, 其在斯歟, 其在斯歟. 稍俟秋風乍凉, 早粟可舂, 袖此以往. 先走光範門外, 次告籌司諸公. 如或褒而不採, 則直到明春園幸之日, 不避犯蹕之罪, 拜呈舟橋之側, 效男子郇摸持筐與席獻三才字故事. 人之病狂, 至於此極, 則庶幾空中有聞而笑之者矣. 癸丑正月上澣書. 公欲託名野人權爲此序以自晦."

35~36. 『미산총서 6─상두지』 표지(왼쪽)와 내지(오른쪽)

상에 아무 기여도 하지 못한 자신의 삶을 돌아보며, 마지막으로 경륜문
자經綸文字를 남겨 나라에 보탬이 되겠다는 충정을 담아 이 책을 썼다고
말한 것이다. 글 끝에 작은 글씨로 "공이 야인에 이름을 가탁하고자 하
였으므로 권도로 이 서문을 써서 자신을 감추었다."고 썼는데, 자신이
죄인의 처지였기에 신분과 성명을 끝까지 밝히지 않았다는 말이다. 이
대목이 이 책을 정약용의 저술로 오인하게 만드는 빌미가 되었다.

　이덕리가 이 책을 쓴 것은 국가에 장차 혹 닥쳐올지 모르는 전란에 대
한 대비가 필요하다는 생각에서였다. 나라에 전쟁이 사라진 지 2백여
년이 되자, 놀고 즐기며 안일에 빠진 벼슬아치들의 태도를 근심했다. 책
제목 '상두桑土'에 이 같은 뜻을 담았다. 상토로 읽지 않고 상두로 읽는
것은 고사가 있다. 상두란 말은 『시경詩經』「빈풍豳風」의 '치효鴟鴞'에서
"장맛비가 오기 전에 저 뽕나무 뿌리를 가져다가 둥지를 얽었거늘(迨天

之未陰雨, 徹彼桑土, 綢繆牖戶)"이라 한 데서 나왔다. 상두는 뽕나무 뿌리다. 올빼미가 지혜로워 큰비가 오기 전에 뽕나무 뿌리를 물어다가 둥지의 새는 곳을 미리 막는다는 뜻이다. 환난을 미연에 방지한다는 유비무환의 의미로 많이 쓴다.

이덕리가 이 책을 완성하고 서문을 쓴 시점이 1793년 1월 초다. 1776년에 진도로 유배되고 17년이 지났다. 당시 그의 나이는 69세였다. 유배지의 척박하고 절박한 상황에서 필생의 열정을 쏟아 『상두지』를 완성하고는, 자신의 이름도 드러내 놓고 밝히지 못했다.

『상두지』 저자의 오인 경위

김영호 교수가 엮어 펴낸 『여유당전서보유』에서 『상두지』를 발견하고 나서도, 원본의 소장처를 찾는 일은 쉽지가 않았다. 필자는 대단히 복잡한 과정을 거쳐 이병도 박사 구장의 『미산총서』가 허선도 교수의 기증으로 국민대학교 성곡도서관에 소장되어 있음을 확인했다. 그 과정은 앞선 책에서 자세히 설명한 바 있으므로 다시 쓰지 않겠다. 1973년 허 교수가 처음으로 『미산총서』를 소개한 뒤, 1974년 김영호 교수가 이 자료를 정약용의 저술로 판단해 『여유당전서보유』에 수록했다. 하지만 『상두지』는 이후 40여 년이 지나도록 특별한 후속 연구 없이 학계에서 방치되었다.[5]

---

5 『상두지』에 대한 논고는 노영구, 「『상두지桑土志』의 군사기술론: 성제城制, 전차戰車를 중심으로」(『문헌과 해석』 41호, 2007)가 유일하다. 다만 저자에 관한 논의를 하면서 필자의 앞선 논거에 따라, 필자가 잘못 추정한 동명이인 이덕리를 『상두지』의 저자로 보았는

『상두지』를 독립된 책의 형태로 전하는 것이 따로 없는 데다, 저자를 판단할 수 있는 일체의 정보가 누락되어 있고, 무엇보다 정약용의 해배 이후 제자였던 미산帽山 정주응鄭周應(1805~1885)이 집록輯錄한 내용에 포함된 까닭에 정약용의 수많은 저술 중 하나로 잘못 알려져 있었기 때문이었을 것이다.

『상두지』는 조선 후기의 지리와 기후, 경제와 군사 정보 등에 대한 폭넓은 식견을 바탕으로 평시와 전시 서북방 연로沿路 지역의 방어 체제와 무기 체계를 정밀하게 논한 실학적 저작이다. 『상두지』는 정약용이 「자찬묘지명自撰墓誌銘」에서 직접 언급한 저술 중 유일하게 실체가 확인되지 않았던 『비어고備禦考』의 일부로 포함된 책이다. 하지만 『상두지』는 정약용의 저술 속에서 이미 세 차례나 이덕리의 이름으로 인용된 바 있다. 『경세유표經世遺表』와 『대동수경大東水經』 그리고 『민보의民堡議』에 각각 한 차례씩 인용된 것이다.[6] 그럼에도 이 책이 정약용의 저술로 잘못 알려져 온 것은 실로 납득하기 어렵다.

정약용은 『경세유표』와 『대동수경』 및 『민보의』를 편찬할 당시 이미 이덕리의 『상두지』를 입수하여 가까이 두고 참고 자료로 활용했다. 「자찬묘지명」을 통해 『민보의』가 1812년 봄에 완성되었고, 『대동수경』이 1814년 겨울에 정리가 끝나며, 『경세유표』가 『방례초본邦禮艸本』이란 이름으로 1817년 본격적인 작업이 시작되었음을 알 수 있는데, 이를 고려할 때 정약용이 『상두지』를 손에 넣고 자신의 저술에 활용한 것은 적어도 1812년 이전이었음이 분명하다. 이덕리가 쓴 『상두지』의 서문이

데, 노영구 교수께 대단히 송구하게 생각한다.

6 해당 인용과 자세한 논의는 정민, 『잊혀진 실학자 이덕리와 동다기』(글항아리, 2018), 122~132쪽을 참조할 것.

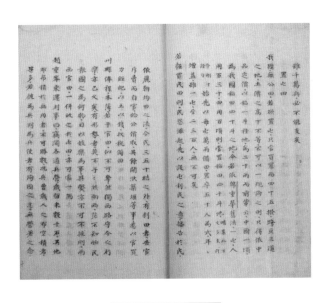

37. 『상두지』 속 이정의 안설 부분

1793년 1월에 작성되었고, 그가 1797년에 세상을 떴으니, 정약용이 이 책의 초고를 손에 넣은 것은 그의 사후 10년 안팎의 일이 된다.

한편 『상두지』의 「치둔전置屯田」 조를 살펴보면 흥미로운 대목이 보인다. 본문에 달린 주석 가운데 "정안晴案: 이 이하의 문장은 분명치 않은 대목이 많아 지금 10여 구절을 삭제했다.(晴案: 此下文多未詳, 今刪十餘句.)"라는 대목이다. 정안은 정약용의 강진 유배 시절 제자였던 이정李晴의 안설案說, 즉 이정이 붙인 부연 설명이란 의미다. 『상두지』에는 이와 같은 이정의 안설이 총 두 군데 들어 있다(도판 37). 책 속에 이정의 안설이 포함되어 있으니, 『상두지』의 초고 정리 역시 강진 시절 정약용과 그 제자인 이정에 의해 이루어진 것임을 알 수 있다. 이 구절은 『상두지』의 편찬 과정에 의미심장한 시사점을 준다. 이정의 안설이 포함되었다는 것은 초고 상태의 『상두지』 원본이 1812년보다 훨씬 이전에 정약용의 손에 들어갔다는 뜻이 되고, 뒤죽박죽이던 『상두지』의 초고를 정약용의 지시에 따라 제자 이정이 날렵한 솜씨를 발휘해서 현재 상태의 수준으로 끌어올렸다는 의미다.

이덕리의 저술이 정약용의 것으로 오인된 것은, 사실 이전 시기부터 답습되어 온 것이기도 하다. 김윤식金允植(1835~1922)은 『운양집雲養集』 권12에 실린 「문정공이 올린 정묘호란 뒤 평안도와 황해도의 일 처리에 관한 상소문 뒤에 삼가 쓰다敬書文貞公丁卯亂後兩西事宜疏後」에서 "근세에 정다산이 『상두지』를 지어, 관서關西의 직로直路에 성을 쌓고 보루를 설치하고자 했다. 내가 일찍이 그 정확한 논의에 감복했었다."라고 쓴 바 있다.[7] 또 김영호 교수는 『여유당전서보유』의 『상두지』 해제에서 "정인보鄭寅普 선생은 일제 때에 『상두지』를 찾아 다산 저술로 확인한 바가 있고, 당시 그 책의 소장자로서 정인보 선생과 출판 문제를 협의했던 조국원趙國元 선생은 이 책을 보고 당시 정인보 선생이 확인했던 책과 내용이 일치하는 동일 서책이라고 증언하고 있다."고 적었다.[8]

이로 보아 『상두지』를 정약용의 저술로 오인한 것은 위로 운양 김윤식 이래 위당 정인보를 거쳐 일반화되어 온 사실이 아닌가 한다. 또한 정인보와 조국원이 직접 보았던 또 다른 필사본 『상두지』가 있었다는 사실도 확인된다.[9] 언젠가 이 책 또한 출현할 날을 고대한다. 『상두지』의 원저

---

7 김윤식, 「서후書後」, 『운양집』 권12, '경서문정공정묘란후양서사의소후敬書文貞公丁卯 亂後兩西事宜疏後': "近世丁茶山著有桑土志, 欲於關西直路, 築城設堡. 余嘗服其論論."
8 김영호, 「해제」, 『여유당전서보유』 제3책, 4쪽.
9 이 증언에 따라 조국원 선생의 아드님인 조남학 선생을 찾아뵙고 『상두지』의 존재를 확인해 보았으나, 선친의 유품을 다 보관하고 있지만 이 책은 본 적이 없다는 대답을 들었다.

자는 이덕리가 명백하다. 그리고 그 초고를 정리해 기록으로 남긴 것은 1812년 이전, 강진 시절의 정약용과 그의 제자 이정에 의해서였다.

『상두지』의 주요 내용과 구성

이제 『상두지』의 구성과 주요 내용을 간략히 소개하겠다. 『상두지』는 전체 2권으로, 권두 목차상 42개의 항목에 124개의 세칙으로 구성되어 있다. 권1에서는 주로 둔전屯田과 축성 분야를 다루고 있다. 둔전에 관해서는 역대 중국의 둔전 제도를 살피고, 조선에서 둔전을 운용하기 위한 시행 방안으로 둔전의 설치 지역과 규모, 토지 구입의 재원 마련책, 산간 지대의 수리 시설 설치 방안, 둔졸의 모집 대상과 운용비 마련 및 급료의 지급 방식 등을 제시하였다. 이어서 성터의 선정으로부터 흙과 벽돌 등 축성 자재의 조달, 성의 크기와 높이 등 축성에 관한 각종 기본 정보를 정리하고 있다.

권2에서는 축성과 무기, 전술 분야를 다루고 있다. 앞서 권1에서 대개 일반적인 축성 정보를 제공했다면, 권2에서는 관서關西와 해서海西 지역의 실제 도로 상황과 청나라 군대의 적 전술에 맞추어 성을 설계하여 성벽을 쌓고, 돈대를 세워 대포를 안치하고, 도로와 도랑, 함정을 설치해 적을 막아 내는 방법에 대해 논하였다. 이어서 북방 오랑캐와의 수성전에 특화된 도검류의 철제 무기와 방어구, 화포 등의 각종 화약 무기나 전차 같은 여러 병장 기기의 제원과 제작법 및 그 활용 방안을 제시하였다. 마지막으로는 『무편武編』과 『후감록後鑒錄』, 『만사합지蠻司合誌』 같은 명말청초 시기 중국의 병학서에서 변방의 이민족이나 농민군

과의 공성전에 시도된 각종 전법과 무기 생산을 위한 제철과 제련에 관한 내용을 초록하여 정리하였다.

각 항목마다 예시를 들어 이해를 도왔고, 한 항목에 여러 세칙이 있을 경우 첫 글자를 한 자 올려 써서 표지를 두었다. 다만 각각의 항목들은 다소 무질서한 상태로 나열되어 있고, 항목 간 서열도 통일성이 결여되어 있다. 항목의 제목도 앞쪽에 붙은 경우, 끝에 붙은 경우, 아예 제목이 없는 경우 등 제멋대로이다. 이는 이덕리의 『강심』에 수록된 「기다」, 즉 『동다기』에서도 공통되게 나타나는 현상이다. 이 같은 체재상의 불일치와 혼란은 『상두지』가 필사될 당시 『강심』과 마찬가지로 상당히 어지러운 초고 상태였음을 짐작하게 해 준다. 다만 이미 서문까지 작성되어 있었던 점으로 보아 이덕리로서는 일단 정리를 끝낸 상태였던 것은 분명하다.

『상두지』에서 인용한 서적은 유배지의 열악한 상황을 고려할 때, 뜻밖에도 상당히 풍부한 편임을 알 수 있다. 그는 조선과 중국의 각종 역사서와 더불어, 중국 당나라 때 편찬된 『두씨통전杜氏通典』의 「병전兵典」으로부터 『삼국지三國志』나 『수호지水滸志』는 물론이며, 특히 『무비지武備志』, 『서호이집西湖二集』, 『무편』, 『후감록』, 『만사합지』같이 명말 청초 시기 중국에서 간행된 각종 병학 서적을 입수해 인용하였다. 또한 조선 중·후기의 『동환봉사東還封事』와 『유원총보類苑叢寶』, 『추포집秋浦集』 등을 인용하였으며, 『반계수록磻溪隨錄』에서도 관련 내용을 참고한 것으로 추정된다. 아울러 자신의 6대조인 이제신의 『청강소설清江小說』, 이덕수李德壽의 『서당사재西堂私載』 같은 한집안의 문집과 편서 등도 비교적 폭넓게 활용했다. 오랜 시간 준비해서 관련 자료를 구하고 카드 작업을 거쳐 각각의 항목을 집필했던 셈이다. 그는 이 저술을 통해 유배된 죄인의 처지에도 불구하고 국가의 장래를 걱정하는 붉은 뜻을 잃지 않았음을 보여 주고 싶었던 듯하다.

　정약용은 후에 『아방비어고』를 정리하면서 각종 전쟁과 국방에 관련된 기록을 집대성했다. 특별히 국민대학교에서 소장하고 있는 『미산총서』 8책은 대부분 청나라의 강역과 산천, 성지城池 등에 대한 종합 정보와 지도, 그리고 정묘·병자호란의 전후 사정과 청나라의 개국 경과를 정리한 내용으로 구성되어 있다. 여기에 『상두지』가 추가되면서 청나라의 침입에 대비한 서북 지역의 둔전 운영 및 축성과 함정 등 방어 시설의 설치, 화포와 전차 등 무기 체계의 정비에 관한 내용이 보완될 수 있었다. 실제로 정약용의 방대한 『아방비어고』에서 군수와 병기 분야에 대한 하드웨어적 접근을 보여 주는 저작은 『상두지』가 유일하다. 이런 점에서 『상두지』는 전근대 시기 국방 시스템에 대한 구체적인 비전을 담은 보기 드문 저작으로 그 자료적 가치가 적지 않다.

『상두지』의 국방 전략과 무기 체계

　유배 이전 시문으로 이름이 있었던 이덕리가 말년에 유배지에서 느닷없이 국방과 무기 체계를 논한 『상두지』를 지은 것은 어떤 연유에서였을까? 서문에서 그는 "고래 같은 풍파가 우리나라에서 잠잠해진 지 이미 2백 년이나 되고, 붉은 투구를 쓴 청나라 황제가 하늘에 교제郊祭를 지낸 것 또한 이미 150차례나 된다."고 하면서, 이러한 때에 "규정과 법도를 하나로 통합하여 흐리고 비 올 때를 대비하지 아니하고, 한갓 패거리 지어 자기와 다른 이를 배척하면서 아침저녁으로 느긋하게 여유를 부리는 것은 여러 관리의 계책이 잘못된 것"이라고 썼다.

이덕리는 조선이 지난 2백여 년간 전쟁이 없었다고는 하나, 청나라가 일어난 지 150년이 지났음에도 불구하고 망할 기미가 없는 현실을 자각해야 한다고 보았다. 이럴 때 유비무환의 방비를 서두르지 않고, 그저 당동벌이黨同伐異의 당쟁에만 골몰하는 풍조를 우려했다. 본인 자신이 이 같은 싸움의 피해자였기에 더욱 그랬을 것이다.

그는 또 "나를 알아줄 것도 나를 죄줄 것도 바로 여기에 있을 것이다."라고 썼는데, 이 말은 공자가 『춘추春秋』를 짓고 나서 "나를 알아주는 것도 오직 『춘추』 때문일 것이며, 나를 죄주는 것도 오직 『춘추』 때문일 것이다."라고 한 말에서 끌어온 것이다. 이 한마디로 그는 자신의 저술인 『상두지』에 대한 무한한 책임감과 자신감을 드러내 보였다. 한 번의 실전 경험이나 병영 체험이 없었던 그가 무슨 근거로 이 같은 자신감을 보이고 있는지, 그리고 그 자신감이 실전과 결합될 때 어떠한 효과를 가져올지에 대해서는 필자가 논의할 수 있는 범위가 아닌 까닭에 전문 연구자의 연구에 미루기로 한다.

이덕리가 『상두지』를 지을 당시, 그의 유배는 이미 17년을 넘어서고 있었다. 비록 철저히 익명의 그늘 뒤로 숨었지만, 서문의 내용으로 미루어 그는 자신의 이 야심찬 저작이 당로자의 손을 거쳐 임금에게까지 이르기를 바랐던 것이 틀림없다. 아울러 이덕리가 18세기 후반이라는 이 시기에 『상두지』의 저술에 힘을 쏟은 것은 당시 국왕 정조의 병학에 대한 남다른 관심과 더불어 국내에서 『병학통兵學通』, 『무예도보통지武藝圖譜通志』, 『군려대성軍旅大成』, 『성도전편城圖全編』 같은 병학서가 잇달아 간행되며 군사학에 대한 세간의 관심이 높아진 시대적 분위기와도 무관치 않아 보인다.

국방 전략이란 국가 간 대결 구도에 따른 주적主敵의 성격 변화, 인구 변화에 따른 병력의 수급과 농업 기술에 따른 군수 물자의 보급 능력, 제철과 제련, 화력 기술의 발전에 따른 무기 체계의 진화 등에 따라 시시각각 변화하기 마련이다. 조선 초기에는 북방의 여진족을 주적으로 삼았으므로 군제와 전술이 대 기병전 중심으로 짜였다. 하지만 임진왜란 초기 왜군의 조총 앞에 대 기병 중심의 전략 전술이 무력화되자, 이에 대한 대폭적인 수정이 불가피하였다. 왜군의 단병전술短兵戰術에 대응하기 위해『기효신서紀效新書』의 절강병법浙江兵法에 기초한『병학지남兵學指南』이 편찬되었고, 이에 기반한 보병의 운용이 군제와 전술의 주종을 이루게 되었다.

하지만 명나라 군대가 사르후〔薩爾滸〕 전투에서 후금의 철기鐵騎에게 대패하고, 조선 역시 정묘·병자호란을 겪게 되면서 다시 북방의 기마병이 조선의 주적으로 자리하게 된다. 이에 따라 이덕리의 시대에는 절강병법이 주종에서 밀려나고 청나라 철기의 집중 돌격에 대비한 대 기병 전술의 중요성이 다시 강조되기 시작하였다.

여기에 더해 18세기 이후 화약 무기 기술의 급격한 발달은 전체 무기 체계에 큰 변화를 가져왔다. 특히 홍이포紅夷砲 같은 대형 화포의 전래는 밀집 대형의 보병 중심에서 기동력이 뛰어난 기병 중심 조직으로의 재편으로 이어졌고, 화포 이동의 편의를 위한 수레의 제작 또한 활성화되었다. 이 같은 상황 속에서 1748년 조선에 들어온 모원의茅元儀의『무비지』는 중국의 역대 전투에서 실전에 투입되었던 각종 전차의 도판과 제원에 대한 상세한 설명을 담고 있어, 중요한 군사 자료로 활용되기도 하였다.[10]

10 관련 논의는 노영구,「정조대 병서 간행의 배경과 추이」,『장서각』3(2007);「18세기 기

이덕리의 『상두지』는 이처럼 국방 전략 수립에 있어서 변수로 작용하는 내·외부적 상황의 변화 추세를 읽어 내고, 각종 군사 서적을 섭렵하여, 조선의 재정 상황과 서북 지역의 지형과 기후, 도로 상황 등 각종 군사적 조건에 최적화된 방어 체제와 이를 뒷받침할 특성화된 무기 체계를 갖출 것을 건의코자 했다.

이를 위해 이덕리가 가장 먼저 주목한 것은 둔전이다. 양란 이후 전결田結의 감축과 양안量案의 미비로 인한 국가의 불안정한 재정 상황 속에서 자신이 구상한 국방 시스템의 구현을 위해서는, 둔전의 조성이 현지에서의 안정적인 군량의 조달은 물론이며 방어 시설과 각종 무기의 제작 및 그 유지 비용의 감당에 필수적이라고 본 것이다. 이를 위해 우선 한나라로부터 명나라 말기까지 역대 중국의 왕조에서 시행한 둔전 제도의 연원과 운영 방식 및 각각의 장·단점을 분석하여 조선에 적합한 둔전제 마련에 참고하고자 하였다. 이어서 지금 당장 조선에서 둔전을 운용하기 위한 구체적인 시행 방안을 강구하였다.

둔전의 설치 지역과 규모에 있어서 우선 황해도와 평안도, 함경도에 자리한 45개 발막撥幕마다 둔전을 설치하며, 처음에는 각 둔전마다 50~1백 명의 둔군을 두다가 재정 형편에 맞추어 점차 2~3백 명까지 그 규모를 늘려 나갈 것을 주장하였다. 둔전의 조성을 위한 토지의 확보 방안으로는 강제적인 절수折受가 아닌 국가가 돈을 주고 토지를 매입하는 급가매득給價買得의 방식을 취하여 백성들의 피해를 최소화하고자 하였다. 평균 토지 매입 가격으로는 둔졸 1인당 경작 가능한 수전水田 20

병 강화와 지방 무사층의 동향」, 『한국사학보』 13(2002); 최형국, 『조선 후기 기병전술과 마상무예』(혜안, 2013)를 참조하였다.

마지기를 5백 냥으로 책정하여 시가時價 이상으로 후하게 값을 쳐주었으며, 이에 둔전 하나당 1백 명을 양성할 경우 토지 구입 비용만 최소 5만 냥, 45개 둔전 기준으로는 총 225만 냥이 소요될 것으로 판단하였다.

토지 구입의 재원을 마련하기 위해서 지역의 부민富民을 대상으로 한 둔장屯長의 제수와 같은 일종의 매관賣官 제도를 시행코자 하였으며, 이와 함께 국제적인 차 무역을 통한 국가 재정의 보충 방안을 간단히 설명하고는 더 자세한 내용은 별도의 「다설茶說」, 즉 『동다기』를 참고토록 하였다. 둔졸은 평안도와 황해도, 경기도에 소속된 속오군束伍軍의 제색諸色 군사 중에 선발하고, 이들에게 매년 30냥의 급료와 거처를 제공하도록 하였다. 즉, 소작小作을 통해 국가와 둔민이 생산물을 나누는 방식이 아니라, 풍흉豐凶과 관계없이 매년 일정한 급료를 지급받는 일종의 임금 노동자로서의 지위를 부여한 것이다. 이와 동시에 군대의 조련과 포상 방식을 제시함으로써 둔군의 전투력을 극대화할 수 있는 방안도 모색했다.

이 과정에서 갈오渴烏를 이용한 산악지대에서의 수리 시설 제작법과 실제 운영 방안에 대해 여태껏 중국과 조선의 문헌에서 찾아볼 수 없던 자세한 설명을 덧붙이고, 둔졸에게 나누어 줄 급료를 계산하는 셈판을 창안하였으며, 추포秋浦 황신黃愼이 선조 연간에 올린 차자箚子와 별단別單을 근거 삼아 대동법大同法의 최초 제창자로 잠곡潛谷 김육金堉이 아니라 황신을 내세운 점은 흥미로운 부분이다.

이어서 축성을 중심으로 서북 지역의 방어 시설 설치와 운영 방법을 제시하였다. 여기에는 병자호란 당시 서로西路의 곧고 평탄한 도로 상황으로 인해 후금의 기병이 급속도로 남하할 수 있었던 데 반해, 조선의 방어 체계는 산성 위주로 이루어져 이에 속수무책으로 당했던 뼈아픈 역사적 사실이 반영되었다. 이에 지세에 맞는 성터의 선정 기준과 설치 규모, 흙과 벽돌 같은 축성 자재의 조달 등 축성에 필요한 기본 정보와 더불어 서북 지역의 지리적 환경과 청나라 군대의 주력인 철기군을 겨냥하여 지망법地網法을 활용한 도로망의 구축과 기병에 맞선 수성전에 효과적인 요고성腰鼓城의 설계와 축성, 돈대와 성첩의 설치, 대포의 안치 방법, 은성隱城과 정장亭鄣의 운용, 함정의 설치를 통한 방어 시스템의 구축 방법 등을 구체적으로 제안했다.

이어 서북 지역의 지세와 기후, 상대의 전략 전술에 특화된 각종 무기류에 대한 소개를 잇대어, 수성전에서의 공격과 수비책을 제시하였다. 여기서는 전차戰車와 화기火器, 그 밖에 냉병기冷兵器 등 크게 세 부류의 무기를 소개하고 있다.

첫째, 전차로는 귀차龜車, 사륜차四輪車, 삼륜차三輪車, 괴자차拐子車, 화차火車, 궤도형 사륜차, 궤도형 오륜차, 개량형 귀차, 질려차蒺藜車, 질려蒺藜 결합형 화차火車, 빙차氷車 등 11가지가 상세한 제원과 함께 소개되어 있다. 또한 형태상으로는 덮개를 씌운 판옥의 형태, 질려나 화염 무기를 장착해 공격력을 강화한 형태, 겨울철 빙판에서 쓰이는 빙차 등 특수한 형태의 전차로 구분이 가능하다. 철기를 주력으로 하는 청나라 군대와의 전투에서 기선을 제압하기 위한 다양한 실전의 대비책을 상황에 맞춰 제안한 것이다. 더욱이 이들 전차는 그때그때 상황에 따라 규모를 줄이거나 개량할 수 있는 탄력적 변형이 가능한 형태로 구상된 점이 눈에 띈다. 지형적 특성을 반영한 궤도형 전차의 존재나, 압록강 빙판에서의 전투에 대비한 빙차의 구상도 주목을 끈다.

둘째, 화기로는 요고포腰鼓砲와 선자포扇子砲, 분통噴筒과 주작포朱雀砲, 현조포玄鳥砲 등의 화포가 소개되고 있으며, 발화성 연료인 솔기름을 활용한 화공법도 보인다. 요고포는 솔기름불과 산초가루를 발사하는 화생방 무기에 가깝고, 선자포는 다연발 화포이며, 화염방사기에 해당하는 분통 같은 무기도 기존에는 찾아볼 수 없던 새롭게 선보인 것들이다. 이에 반해 주작포와 현조포는 돌격형 화포인데, 모두 기마병을 제압하는 데 초점을 맞추고 있다.

셋째, 검이나 창 같은 냉병기로 거도鋸刀와 무쇠검〔水鐵釖〕, 익호우翼虎牛, 철퇴鐵槌 등이 제시되고 있다. 특별히 거도를 강조했는데, 접근전에서 적 기병의 말 다리를 자르거나 기병을 찌르는 데 위력적이기 때문이다. 이 밖에 익호우는 마필을 제압하기 위해 공격형 전차 및 화기와 결합하여 활용된 무기이다.

이 같은 각종 전차와 화포, 냉병기들은 모원의의 『무비지』를 비롯하여 중국의 각종 병학서에 등장하는 무기들을 참고하되, 서북 지역의 지형적 특징, 즉 산악 경사로상에서의 전투를 염두에 두고 적의 기병을 효율적으로 공략할 수 있는 특성화된 전술 무기로 설계되었다. 이 같은 전술 무기들의 실전성에 관한 판단 또한 전문 연구자들에게 맡기기로 한다.

자매편 『동다기』에서 제시한 재원 마련책

『상두지』에서 제안한 국방 구상은 엄청난 재원을 투입해야 실현 가능한 일이었다. 당시 조선의 재정 형편으로는 자칫 탁상공론에 그치고 말 소지가 다분했다. 이덕리는 이 기획을 현실에 옮기기 위한 재원 마련책으로 앞서 언급하였듯이 국제적인 차 무역의 시행을 과감히 제안하였다. 이와 같은 주장은 『동다기』라는 이덕리의 별도 저술에도 자세히 등장하는데, 문집에는 「기다」란 이름으로 실려 있다. 『상두지』에 보이는 다음의 한 단락은 『상두지』와 『동다기』가 자매편의 관계에 있음을 보여 준다.

한나라와 당·송 이래로 나라의 큰 이익은 관官에서 관리하고 지키는 데서 나오지 않은 것이 없다. 생선과 소금, 차와 술에서 나오는 이익이 모두 나란히 관으로 돌아가니, 일반 백성의 곤핍함 또한 여기서 말미암는다. 이는 나라를 소유한 자가 마땅히 본받을 바가 아니다. 다만 차는 천하가 똑같이 즐기는 것이지만, 우리나라만 유독 잘 모르므로 비록 모두 가져다 취하더라도 이익을 독점한다는 혐의가 없다. 국가가 채취를 시작하기에 꼭 알맞다. 영남과 호남에는 곳곳에 차가 있다. 만약 한 말의 쌀을 1근의 차로 대납하게 하고, 10근의 차로 군포를 대납하도록 허락한다면 수십만 근을 힘들이지 않고 모을 수 있다. 배로 서북관의 개시開市에 운반해 월차越茶에 인쇄해서 붙여 둔 가격과 같이 1냥의 차에서 2전의 은을 받으면 10만 근의 차로 2만 근의 은을 얻을 수 있고, 돈으로는 60만 전이 된다. 이 돈이면 한두 해가 못 되어 45개의 둔전을 설치할 수 있다. 따로 「다설茶說」이 있는데 아래에 첨부해 보인다.[11]

앞서 살펴보았듯, 이덕리는 『상두지』에서 청나라 군대의 침략을 막기 위한 대비책으로 둔전의 조성을 가장 먼저 꼽았다. 이를 위해 차의 국제

---

11 『상두지』 중: "漢唐宋以來, 國之大利, 未有不自官管攝者. 魚鹽茶酒之利, 一幷歸于官, 而政細民之困, 亦由於此. 此非有國之所宜效. 獨茶者天下之所同嗜. 我東之所獨眛, 雖盡物取之, 無榷利之嫌, 政宜自國家始採. 而嶺南湖南, 處處有茶. 若許一斗米代納一斤茶, 或以十斤茶代納軍布, 則數十萬斤不勞可集. 舟輸西北開市處, 依越茶印貼之價, 一兩茶取二錢銀, 則十萬斤茶可得二萬斤銀, 而爲錢六十萬. 不過一兩年, 而可置四十五屯之田矣. 別有茶說, 附見于下."

무역으로 수입을 창출하여 그 돈을 둔전의 조성 재원으로 쓰자고 한 이덕리의 주장은 그의 수미일관한 구상을 잘 보여 준다. 요컨대 『상두지』에서 제안한 국방 시스템에 관한 자신의 구상을 현실화하는 데 소요되는 막대한 재원을 국제적인 차 무역을 통해 힘들이지 않고 마련할 수 있다고 본 것이다. 여기에 적힌 표현과 논리는 『동다기』의 본문 내용과 정확히 일치한다. 즉, 원문에 등장하는 「다설」이란 『동다기』를 달리 이른 말이라는 것이다. 이를 통해 『동다기』가 『상두지』에서 제안한 국방 시스템을 구현하기 위한 재원 마련책으로 제시된 부록의 성격을 띤 글임을 확인할 수 있다.

당시 호남 각지의 산지에 자생하던 차나무는 차에 대해 무지했던 조선 사람들에게 땔감 취급이나 받던 천덕꾸러기였다. 이덕리는 19세 때인 1743년 상고당尚古堂 김광수金光遂의 집에서 처음 차를 맛보았고, 이후 1760년 남해안 고군산도에 표착한 표류선에서 흘러나온 엄청난 양의 황차黃茶가 조선 전역에 근 10년간 유통되는 것을 보았다. 그는 이 차의 포장과 가격표를 보고 깜짝 놀라, 차가 부가가치가 높은 상품임을 처음 알았다. 이후 진도 귀양지에서 야생 차나무를 목격하면서 차 무역의 구상을 구체화하기 시작한 것으로 보인다.

『강심』의 기록을 통해 볼 때, 이덕리는 진도의 유배지에서 직접 차를 만들어 보았고, 그 맛과 효능도 훌륭했던 것으로 추정된다. 이 경험을 살려서 그는 『동다기』를 지어 차 제조법과 차 전매 제도의 구체적인 운용 방안을 제시했다. 그에게 차는 엄청난 국부國富를 창출할 수 있는 유형의 자산이자, 백성들의 입맛과 건강을 담보해 줄 블루오션이었다.

『동다기』 뒷부분의 「다조茶條」에는 차 채취에 따른 인력 동원 계획과 작업 진행 과정, 그리고 이들에 대한 금전적 보상 방법 등이 자세히 설명되어 있다. 국가에서 비변사의 낭청첩郎廳帖을 발부하여 서울의 각급 약국에서 차를 잘 아는 사람을 차출해, 각 고을로 파견해서 찻잎 채취에서 제다製茶까지의 전 과정을 가르쳐 작업 진행을 관리감독하게 한다. 이렇게 만든 차를 품질 검사를 거처 한 근에 50문씩 수고비를 지급하고, 고급 포장지로 포장하여 서북의 개시開市로 보내 북방 이민족에게 판매한다.

이덕리는 이 과정에 투입되는 원가와 비용을 꼼꼼히 계산한 끝에, 한 해 1만 근의 차 생산에 5천 냥의 비용을 들여, 포장 운송 및 인건비와 창고 물류 비용을 제하고도 1년에 순수익으로 8만 냥 이상을 얻을 수 있다고 보았다. 나아가 해마다 생산량을 늘려 그 100배인 100만 근의 차를 채취할 경우, 국가에서 순수익으로만 1년에 800만 냥을 얻게 된다고 하였다. 가난한 백성의 생계에도 도움이 되고 국가는 막대한 수익을 창출할 수 있게 되므로, 이것을 국방 비용으로 지출한다면, 그야말로 국방 재정의 기반을 일거에 바꿀 수 있는 획기적인 기획이 아니겠느냐고 역설한 것이다. 이렇듯 이덕리는 『상두지』의 국방 기획을 『동다기』의 국제적인 차 무역과 연계시키며 그 구체적인 재원 마련책까지 제시함으로써, 일개 서생의 탁상공론을 넘어서는 탁월한 안목을 보여 주었다.

이덕리의 이 같은 국제적인 차 무역 제안은 안타깝게도 조선 사회에서는 아무런 반향도 일으키지 못한 채 잊혀 버리고 말았다. 그 가능성은 이로부터 130여 년이 지난 1925년 식민지 조선에 들어온 일본인들에 의해 재조명되었다. 일본의 본초학자 나카오 만조中尾萬三(1882~1936)는 강진 대구면에 청자 도요지를 둘러보러 왔다가 우연히 장흥 지역의 청태전靑苔錢 떡차를 맛보고는 크게 놀랐다. 1천 년 전에 사라진 것으로 믿어 온 당나라 육우陸羽 시대의 떡차 제법이 원형 그대로 조선에 남아 있었기 때문이다.

이후 일본인들은 조선의 떡차에서 독특한 풍미와 함께 상업화의 가능성을 보았고, 1940년 대동아전쟁 당시 보성 차밭에서 4만 개의 떡차를 생산하여 몽골의 전장에 납품하기도 하였다. 이덕리의『상두지』와 『동다기』는 본 적도 없던 이들이, 조선의 떡차를 보자 그 잠재적 부가가치를 바로 알아보고는 차 무역을 실행에 옮겼던 셈이다.

이덕리의『상두지』가 세상에 남게 된 데는 정약용의 역할이 절대적이었다. 정약용이 어떠한 경로를 통해『상두지』를 입수하게 되었는지는 분명치 않다. 다만 분명한 사실은『상두지』를 읽고 난 정약용이 그의 꼼꼼한 주장에 감복하여 자신의 저술에 이를 세 차례나 인용함으로써 세상에 이덕리의 이름과 이 책의 존재를 처음으로 알렸다는 것이다. 하지만 정약용이 이덕리의 이름과 함께 인용했던 이 책이 도리어 정약용의 저작으로 잘못 알려졌고, 이덕리가 세상을 뜬 지 220년이 지난 오늘날까지도 그의 존재는 망각의 저편에 묻혀 있었다. 금번의『상두지』완역을 계기로 이 자료가 지닌 국방사적 가치와 의의에 대한 연구가 한층 활발해져 그간 우리의 기억 저편에 지워졌던 실학자 이덕리의 위상에도 변화가 있기를 기대한다.

끝으로 2018년 봄 이덕리의 묘소에 비를 세우면서 필자가 지은 비문의 끝자락을 소개하며 글을 맺는다.

한 시대의 영준英俊이 잡초 속에 흙으로 묻혀 있다가 때를 만나서야 그 이름과 저술이 다시금 환히 드러났고, 우리는 잊혀진 실학자 한 사람을 다시 기억할 수 있게 되었으니 세도오륭世道汚隆과 현회소장顯晦消長의 감개가 없을 수 없다. 명銘한다.

청강공淸江公 크신 기우氣宇 한 세상을 울리었고

지범공志范公 깊은 효성 일문一門 우뚝 세우셨네.

간기間氣를 타고 나서 병세문명竝世文名 높았더니

낙백실혼落魄失魂 원도부처遠島付處 도화韜禍도 매서워라.

토벽土壁의 실솔성蟋蟀聲에 이십성상二十星霜 다 녹이어

『상두지』와『강심』「기다」구국경륜救國經綸 대문자라.

『비어고備禦考』에 수록되고『동다송』이 기렸어도

진토고골塵土枯骨 한 줌 흙이 무삼 앏이 있을쏜가.

천도필환天道必還이어니 남은 원망怨望 있으랴만

아! 님아 넋 남았다면 웃고 굽어보소서.

이덕무와 성대중, 글로 오간 마음

필사본『영처집嬰處集』에 실린 성대중의 친필 서문

이 글에서는 성대중成大中(1732~1812)이 35세 나던 해에 이덕무(1741~1793)의 자필 필사본『영처집』(국립민속박물관 소장)에 써 준 친필 서문을 소개하고자 한다. 행초行草의 아름다운 필체로 쓰인 글인데, 정작 이덕무의『청장관전서』나 성대중의『청성집靑城集』에는 수록되지 않았다. 2책으로 묶은 이 자필 필사본은 이덕무가 30세 나던 해에 필사한 것이다.

일반적으로『영처집』의 서문은 연암 박지원이 지은 「영처고서」와 이덕무 자신이 지은 「영처고자서」가 알려져 있을 뿐, 성대중의 이 서문은 처음 공개된다. 책의 제목과 속표지를 성대중이 직접 썼고, 이어지는 친필 서문의 끝에는 주문방인朱文方印으로 '성대중인成大中印' 네 글자와, 백문白文으로 '사집士執' 두 글자를 찍었다(도판 40의 마지막 면). 이어지는 본문은『영처고』건권乾卷과 곤권坤卷으로 구분하여 예서체의 단정한 글씨로 이덕무가 직접 썼다(도판 39). 작품의 중간중간 상단 부분에는 성대

38~39. 『영처집』의 속표지(왼쪽)와 내지(오른쪽)

중의 평어가 역시 정갈한 행초로 쓰여 있다.

　『청장관전서』에 수록된 「영처고자서」에 따르면 이덕무가 『영처고』를 처음 엮고서 서문을 쓴 것은 1760년 3월이었다. 그리고 여섯 해 뒤에 이덕무는 다시 자신의 친필 원고를 한 벌 더 만들어 성대중에게 서문을 청했던 것으로 보인다. 다만 건권의 첫 번째 시가 「양숙댁청야良叔宅淸夜」인 것으로 보아, 연대순으로 엮은 본래의 『영처고』에서 초년의 작품 81수를 깎아 내고, 나머지를 건권 71수, 곤권 52수로 나눠 2책으로 편집한 것임을 확인할 수 있다.

　처음 속표지를 보면 윤곽선의 사각을 궁글린 원고지 중앙에 해서로 '영처집'이라고 쓰고, 그 좌우에 '영아지강嬰兒之剛'과 '처녀지전處女之專'을 써서 영처嬰處의 의미를 풀었다(도판 38). 그리고 그 뒷면에는 역시 같은 원고지에 성대중 친필로 4언 8구의 필사기가 실려 있는데 그 내용은 다음과 같다(도판 40의 첫 면).

병술 2월,	丙戌中春
보슬비 선듯하여	小雨微寒
골짝의 새는 막 지저귀고	谷鳥初囀
추녀 밑 매화는 망울을 부푸는데	簷梅方團
청성산 나그네가	靑城山客
닭털붓을 들어	試鷄毛筆
형암이 지은 시를	評炯菴詩
자각紫閣에서 평하노라	紫閣之室

서문을 짓고 시평을 적은 시기와 당시의 분위기를 적은 것이지만, 제언齊言에다 운자까지 얹어 문채에 공력을 기울였다. 다음은 성대중의 「영처집서」(도판 40)의 전문과 역문이다.

마음에서 생겨나서 말로 펴고, 그 말을 가려 글에다 나타내는 까닭에 글이란 것은 말의 정채로운 것이요, 시는 또 글보다 정채로운 것이다. 그러나 글은 갑작스레 정채로워질 수는 없다. 넓게 제재를 취하고, 옛것에서 법도를 구하며, 오묘함으로 뜻을 지어, 드넓어진 뒤에는 이를 요약하고, 예로워진 후에는 이를 변화시키며, 오묘해진 다음에는 이를 발양시켜야 한다. 이 세 가지가 갖추어지면 말이 정채롭게 된다. 그러나 기운이 굳세고 정신이 전일한 사람이 아니면 이를 지녀 둘 수가 없다. 굳세어 곧게 되고, 곧아서 크게 되니, 커지면 도가 높아진다. 오로지하여 모으고, 모이어 오래가게 되니, 오래가면 사업이 드넓게 된다. 진실로 혹 억지로 굳세게 하거나, 수고롭게 온전히 한다면 이른바 박식한 자는 반드시 현혹하려 들고, 예스런 자는 반드시 얽매이게 되며, 오묘한 자는 반드시 천착하게 된다. 이와 같은 사람은 다만 그 마음을 해치기에 족할 뿐이니, 어찌 능히 그 말을 정채롭게 하겠는가? 그런 까닭에 글이 정채로운 것은 반드시 그 사람이 굳세고 또 전일한 것이다.

내 친구 이명숙 군이 그 시문과 잡고를 모으고 이를 이름 지어 '영처집'이라 하였다. 대개 어린아이와 처녀로 스스로를 대우한 것이다. 명숙은 진작부터 문학으로 세상에 이름이 나서, 그 글에 드러난 것이 마치 옥을 상자에서 꺼내고, 칼이 칼집에서 나온 것만 같아서 한때의 큰 선비와 거장들이 그 문채를 부러워하고 그 날카로움을 피하지 않음이 없었다. 명숙이 설령 어린아이와 처녀로 스스로를 대우하더라도 남들이 누가 이를 믿겠는가. 그러나 어린아이는 기운이 굳세고, 처녀는 정신이 전일하다. 사나운 범도 두려워하지 않고, 흰 칼날도 무서워하지 않으며, 즐거이 웃고 슬퍼하며 우는 것이 오직 그 마음에서 우러나는 바이니, 이것이야말로 천하에 지극히 굳센 것이 아니겠는가? 안으로 온축하여도 미혹되는 바가 없고, 밖으로 살펴도 새는 바가 없으매, 시동尸童처럼 지내고 재계齋戒하듯 잠자는 것이 오직 그 스스로의 이것을 기르는 것이니, 이 어찌 천하에 지극히 전일한 것이 아니겠는가? 그런 까닭에 어린아이는 쥐는 것이 굳세어 건장한 사내도 이를 두려워하고, 어여쁜 처녀가 정숙하게 처함을 도가에서 스승으로 삼는 것이다.

이제 명숙이 모습은 마치 옷을 이기지 못할 듯해도 기운은 만 명 사내보다 웅장하고, 발이 뜨락과 대문을 나서지 않더라도 정신이 온갖 사물과 호응한다. 침잠하여 익히고 즐기면서 펴서 글을 지으니 재료가 드넓으면서도 그 화려함을 깎아 내었고, 법이 예스럽되 그 진부한 것은 제거하였으며, 뜻이 오묘하면서도 그 헛것을 물리쳐서 정채로운 데 이르니, 굳세고 또 오로지한 자가 아니라면 능히 이와 같을 수 있겠는가? 명숙은 그참으로 어린아이와 처녀라 하겠다. 그러나 내가 명숙을 기대하는 바의 것은 이에 머물지 않는다. 배움을 독실히 하여 도를 높게 하고, 힘써 행하여 사업을 넓게 하여, 말로 그 덕을 실천하고, 글로 그 재주를 보태어 우뚝하게 한 시대의 어른이 될진대, 어린아이와 처녀를 어찌 족히 일컫겠는가? 병술년(1766, 영조 42) 2월 19일 조태상산리朝太常散吏 성대중 사집은 서하노라.[1]

마음에서 생각이 생겨나 말로 펴내고, 그 말을 갈다듬어 글이 된다. 그럴진대 글은 말의 정채라 할 수 있다. 시는 글 중에서도 또 정채로운 것이다. 그러나 글이 정채로워지려면 취재取材의 드넓음과 구법求法의 예

---

1 성대중, 「영처집서」: "生於其心, 發於其言, 擇於其言, 著於其文. 故文者言之精者也, 詩又精乎文者也. 然文不可以遽精也. 取材乎博, 求法乎古, 造意乎妙, 既博矣而約之, 既古矣而變之, 既妙矣而發揚之. 三者備則言精矣. 然非氣剛而神專者, 不足以持之. 剛斯直, 直斯大, 大則道尊矣. 專斯聚, 聚斯久, 久則業廣矣. 苟或暴而爲剛, 勞而爲專, 所謂博者必眩, 古者必泥, 而妙者必鑿. 若是者適足以害其心而已, 安能精其言耶? 故文之精者, 必其人之剛且專者也. 吾友李君明叔, 裒集其詩文雜藁, 名之曰嬰處, 蓋以嬰兒處女自待也. 明叔夙以文學名世, 其見於辭者, 如玉之發函, 釖之出匣, 一時宏儒巨匠, 莫不艶其彩而避其銳. 明叔縱以嬰處自待, 人孰信之? 然嬰兒氣之剛也, 處女神之專也. 猛虎而不懼, 白刃而不慴. 嘻笑悲泣, 惟其心之所發. 是非天下之至剛者乎? 內蘊而無所惑, 外腴而無所泄. 尸居齋宿, 惟其自之是養, 是非天下之至專者乎? 故孩提握固, 而壯夫畏之, 姹女靚處, 而道家師之. 今明叔貌若不勝衣, 而氣雄萬夫, 足不出戶庭, 而神應衆物. 沉潛玩娛, 發而爲書, 材之博也而剔其華, 法之古也而去其陳, 意之妙也而黜其幻, 以至乎精, 非剛且專者, 能若是乎? 明叔其眞嬰處哉. 然余之所待於明叔者, 不止此. 篤學而道尊, 力行而業廣, 言以踐其德, 文以翼其才, 儼然爲一代之成人, 嬰處安足稱哉? 丙戌二月十九日 朝太常散吏 成大中士執序."

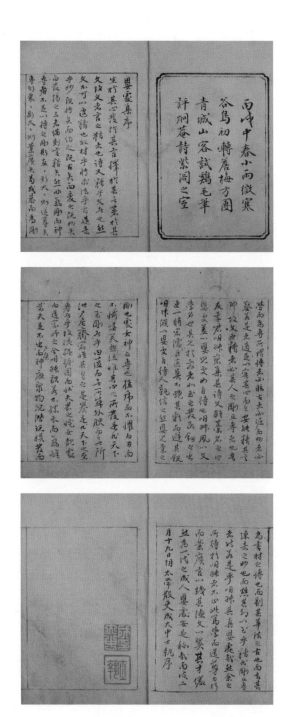

40. 성대중 친필의 『영처집』 서문

로움, 조의造意의 묘가 있어야만 한다. 단지 박博만으로는 안 되니 약約으로 간추려야 하고, 고古만으로는 맞지 않아 변變을 알아야 하며, 묘妙를 그저 머금지만 말고 발양할 수 있어야만 말이 정채롭게 된다고 했다. 그러나 박博·고古·묘妙를 약約·변變·발양發揚할 수 있으려면 다시 추가되어야 할 조건이 있으니 그것은 '기강신전氣剛神專'이다. 강剛은 직直이 되고, 직直이 대大가 되어 '도존道尊'의 보람을 나타내야 하고, 전專이 취취聚로 나아가, 다시 구久로 이어질 때 '업광業廣'의 결과를 기대할 수 있다고 하였다. 그러나 '기강신전氣剛神專'은 억지로 작위한다고 해서 되는 것이 아니다. 작위하게 되면 박博은 그만 현학으로 흘러 버리고, 고古는 이고泥古의 수렁을 헤어나지 못하며, 묘妙는 궁벽한 것에 천착함을 면치 못할 것이니, 그 마음을 해치게 될 뿐이라고 했다. 그렇다면 문제는 어찌해야 작위함 없이 '기강신전'을 유지하느냐에 달려 있다.

이덕무는 스스로 자신의 문학을 영아와 처녀에 견주고 나섰다. 굉유宏儒조차 압도되는 그 문학을 여리디여린 어린아이와 수줍고 부끄러운 처녀에 견주는 것은 참으로 이상한 일이 아닐 수 없다. 그러나 그것은 '기강신전'의 보람을 영아와 처녀를 통해 이루려는 것이다. 아이가 쥐는 힘이 강한 것은 그 기가 강한 것이니 『노자』에 그 주장이 있다. 처녀의 정숙한 삶을 도가에서는 본받아야 할 표양으로 기린다.

이제 이덕무의 글은 재박材博·법고法古·의묘意妙하여 발이위서發而爲書하고 척화거진剔華去陳하여, 마침내 출환지정黜幻至情하니 참으로 강剛하고 전專한 자라 하겠다. 그러나 글쓴이는 그가 여기에 만족하여 머물지 말고 독학도존篤學道尊하고 역행업광力行業廣하여 한 시대의 우뚝한 선비가 되어 주길 바란다는 당부로 글을 맺었다.

성대중은 이 글씨를 계모필鷄毛筆로 썼다고 했는데, 실제 닭털 붓을 어떻게 매어서 이렇듯 작은 글자를 썼는지는 모를 일이다. 다만 그 필법이 너무도 유려하고 일점 일획도 초서의 정법에서 벗어난 것이 없으니, 그 서예의 경지가 또한 참으로 놀랍다. 고인의 수택手澤과 마주해 그때의 마음자리와 옛 선비들의 알 듯 모를 마음의 교호를 함께 나누는 것은 참으로 흐뭇한 일이다.

가짜 그림의 기구한 유전流轉
박제가 〈연평초령의모도延平齠齡依母圖〉의 위작僞作 변증

〈연평초령의모도〉는 박제가가 서양화법을 적용해 그렸다고 알려진 그림이다(도판 41). 이 그림은 그간의 연구에서 우리나라 회화에서 서양화의 영향이 가장 뚜렷하게 드러나는 작품의 하나로 주목받아 왔다. 이 그림은 구체적으로 어떤 내용을 담고 있나? 화면과 위쪽에 적힌 제발題跋은 그림에 관한 어떤 정보를 제공하는가? 그림에 얽힌 사연과 수장의 경과는 어떠한가? 그림의 중요성에 비춰 볼 때 그림에 대한 입체적이고 심도 있는 분석은 특별히 이루어진 것이 없다. 이 글에서는 이 그림을 꼼꼼히 살펴 과연 그림을 그린 화가는 누구인지, 그림에 얽힌 내력은 어떤 것인지에 대해 살펴보기로 하겠다.

이 그림은 20세기 초에 추사 연구자로 이름 높은 경성제대 교수 후지쓰카 지카시藤塚鄰의 손에 들어감으로써 그 성예를 높였다. 이후 몇 차례 주인이 바뀌었다가 지금은 한국 국립중앙박물관에 수장된 사연 많은 그

41. 박제가, 〈연평초령의모도〉,
146.7×35.5cm. 국립중앙박물관 소장

림이다. 무엇보다 그림을 그린 사람이 북학파의 선구였던 박제가이고 그가 직접 쓴 글이 있으며, 그 위쪽에는 19세기 초에 활동한 중국의 유명한 학자 초순焦循이 그림의 전래 경위에 대해 자세히 적은 글이 실려 있다. 또 그림 하단에는 19세기 중국 강남의 3대 수장가의 한 사람인 심수용沈樹鏞의 수장인까지 선명하게 날인되어 있어 원작에 광휘를 더한다.

논자는 이 그림을 볼 때마다 서양화법에 밝은 전문 화가의 솜씨가 분명해 박제가가 그렸다는 사실에 선뜻 동의하기가 어려웠다. 이러한 의문을 풀기 위해 국립중앙박물관에 이 그림의 열람을 신청했고, 실물을 면밀히 관찰해 분석한 결과를 이 글에서 정리하고자 한다. 이 글은 원래 문학동네 출판사의 네이버 카페에 게재한 『18세기 한중지식인의 문예공화국』 연재 중에 한 차례 소개했던바, 이를 새롭게 다듬고 당시에 지면의 제약으로 섬세하게 다루지 못했던 논의를 보완하여 정리하겠다.

후지쓰카 지카시의 〈연평초령의모도〉 수장 경위

2008년 과천문화원에서 펴낸 『추사자료의 귀향』에 후지쓰카 지카시가 쓴 「청선淸鮮문화 교류연구의 동기 및 그 과정」이란 글이 실려 있다. 글에는 '박제가와 나'란 부제가 붙어 있다. 1935년 7월 30일에 한문강습회에서 개최한 강연에서 후지쓰카가 얘기한 내용을 옮겨 적고 보완해서 정리한 글이다.

글에서 후지쓰카는 자신이 어떤 경로로 청조 학술을 연구하다가 조선과 청조 학인 간의 문화교류 연구에 뛰어들게 되었는지를 자세하게 설명하였다. 후지쓰카는 자신의 관심이 청조 건가乾嘉 학단에서 청선淸鮮 문화교류 쪽으로 옮겨 가게 된 결정적인 계기를 박제가와의 만남에서 찾았다. 그리고 그 경과를 상세하게 얘기했다. 하나는 북경 유리창 서점에서 청대 학자 진전陳鱣의 『간장문초簡莊文鈔』를 읽다가 그가 박제가의 문집에 써 준 서문인 「정유고략서貞蕤稿略敍」란 글을 통해 박제가를 알게 되고, 이후 경성제대 교수로 부임하게 되면서 그에 관한 각종 자료를 입수하게 된 사연이다. 이어 그는 박제가가 직접 그림을 그리고 친필의 제발까지 쓴 〈연평초령의모도延平齠齡依母圖〉란 화폭이 자신의 수중으로 들어오게 된 경과에 대해 자세하게 설명하였다.

후지쓰카의 설명에 따르면 박제가가 베껴 그리고 제발까지 썼다는 이 그림은 훗날 중국으로 흘러 들어가 유전되다가 1934년 상해를 거쳐 일본으로 건너가 도쿄의 골동상을 거쳐 마침내 후지쓰카의 소유가 되었다. 인터넷에서 이 그림에 관한 정보를 검색하자 1998년 8월 14일 자 연합뉴스 기사가 떴다. 유엔대사를 지낸 한표욱韓豹項 유엔한국협회 고문(당시 82세)이 외교관으로 활동할 당시 공관에 늘 걸어 놓았던 이 그림을 국립중앙박물관에 기증했다는 기사였다. 크기가 가로 35.5cm, 세로 146.7cm로, 청초 대만을 거점으로 명나라 복원운동을 주도한 무장 정성공鄭成功(1624~1662)의 대여섯 살 어릴 적 모습을 담고 있다고 적혀 있었다. 초령齠齡은 젖니를 갈 나이를 말한다. 연평延平은 정성공의 봉호다. 제목의 의미는 연평공 정성공이 젖니를 갈 어린 나이에 모친에 의해 양육되던 시절의 모습이란 뜻이다.

후지쓰카는 자신의 글에서 그림의 수장 경위를 설명하면서 박제가가 그린 것이라는 사실에 대한 확신에 넘쳐 있었고, 거기에 실린 박제가의 제발과 초순의 글에 대한 설명도 대단히 구체적이어서 달리 의심할 여지가 없었다. 글에 따르면 후지쓰카는 1934년 8월 말 당시 11년 만에 북경 여행을 떠났다. 여행 출발 전날 마침 경성에 와 있던 미술사학자 세키노 다다시關野貞(1867~1935) 박사가 후지쓰카의 집으로 추사의 〈세한도〉를 구경하러 왔다가 지나가는 말로 도쿄에서 박제가란 조선 사람이 그린 그림을 보았다고 귀띔해 주었다. 이 청천벽력 같은 소식에 놀란 후지쓰카는 그림의 내용을 자세히 캐묻고, 최근 상해에서 입수했다는 이 그림을 도쿄의 강도江濤라는 골동상이 현재 소지하고 있다는 소식을 접했다. 이튿날 아침 세키노 박사가 가져온 사진을 보게 된 후지쓰카는 그림을 본 소감과 이때의 심경을 이렇게 언급했다.

나는 감격한 채 한번 보고는 경심동백驚心動魄하여 결국에는 손이 흔들리고 발을 밟는 것도 모를 정도였다. 서양풍인 가옥의 2층에 정성공 후쿠마쓰가 검을 내리고 개를 품고는 허리를 굽히고 옆으로 서 있고, 어머니 타가와田川 씨가 뜰 앞에서 토끼를 품고 의자에 허리를 걸쳤다. 어머니의 단아하고 수려한 용모, 후쿠마쓰의 힘이 넘치는 기백이 과연 잘 그려졌고 배경인 바위, 후지산의 모습, 그 위에 고운 색채가 있어 마치 광중廣重한 그림을 보는 듯했다. 그리고 박제가는 찬贊을 쓰고 있는데 그것에 따르면 정지룡鄭芝龍은 일본으로 건너와 일본의 여인을 맞이하여 성공을 낳았다. 그 후 지룡은 본국으로 돌아갔다. 때마침 우리 조선인 최씨가 일본으로 건너와 성공 모자를 위해 그림을 그렸다. 최씨는 그 초고를 가지고 조선으로 돌아왔지만 최씨 사후 그 초고가 우리 스승(생각건대 박지원)의 손에 들어왔다. 자신은 이제 그 초고를 임모臨摹하였다. 운운. 그리고 〈연평초령의모도延平齠齡依母圖〉라고 제題를 지었다. 연평이란 정성공이 훗날 연평왕으로 봉해진 이름으로 성공인 것이다. 필법이 굳세어 사진으로 본 것만으로도 놀랄 만하고 영광이었다. 게다가 윗부분에는 따로 종이에 쓴 초순焦循이라는 위대한 학자의 찬이 있다. 초순은 완원阮元의 친우로서 그의 집안 여동생을 아내로 맞이하였다. 그 완원은 청조 최고의 학자로 완당이 가장 존경하는 은인이다. 초순의 처는 듣던 대로 현명한 부인으로 자신의 비녀와 진주를 전당물로 넣고 남편의 구서購書를 도왔다고 전해진다. 그러나 그 찬을 읽어 보면 완원의 아들 복福이 북경에서 이 박제가의 그림을 손에 넣고 향리인 양주에 가지고 돌아왔고 초순에게 보여서 찬을 써 받았다는 것을 알 수 있다. 초순은 한편으로 정성공을 기리고 다른 한편으로는 성공이 죽은 후 청나라 조정의 관대한 태도를 기렸으며 마지막으로는 필자의 화재畵才를 간절히 상찬하였다. 나는 완전히 감탄하고 말았고 세키노 박사에게 간절히 부탁을 드렸다.[1]

후지쓰카는 이후 세키노 박사의 주선으로 곡절 끝에 마침내 이 그림을 손에 넣을 수 있었다. 그림을 처음 펼쳤을 때의 감격에 대해서는 "드디어 그것을 손에 넣자 나의 기쁨은 이루 말할 수 없었다. 다만 상상에 맡길 뿐이다."라고 썼다. 그러고는 이야말로 국제적 명화이니 진기함이 흡사 종합예술 그 자체가 아닐 수 없다고 극찬했다.

〈연평초령의모도〉 열람기와 박제가의 제기題記 분석

필자는 그림에 적힌 제발의 필치와 내용을 직접 분석해 볼 필요를 느

---

1 과천문화원 편, 『추사자료의 귀향』(과천문화원, 2008) 중 후지쓰카 지카시가 쓴 「청선淸鮮문화 교류연구의 동기 및 그 과정」(52~56쪽) 참조.

졌다. 여러 연구서에 인용된 도판의 해상도로는 글의 내용조차 판독하기가 어려웠고, 이를 자세히 설명하거나 분석한 글도 찾기 어려웠다. 다들 박제가의 진작이란 전제 아래 모든 분석을 진행하고 있었다.

2013년 9월 말 국립중앙박물관에 이 그림의 열람을 신청하여 허락의 절차를 밟고, 10월 21일에 사진작가 김춘호 선생과 함께 그곳에 가서 그림을 직접 보고 세부를 촬영해 왔다. 일부 표면 박락이 진행되고 있어 열람 허락을 두고 내부 논의가 있었다면서 담당 학예사가 걸개 위에 족자를 걸고는 조심스레 펼쳤다. 족자를 펴기 전에 축의 머리에 적힌 표제를 보니 '박제가 연평초령의모도'란 글씨가 선명했다. 드디어 〈연평초령의모도〉의 실물이 눈앞에 온전히 펼쳐졌다. 나는 화면 속으로 내 눈을 고정했다. 그림 앞쪽에 아예 의자를 가져다 놓고 앉아서 면밀히 살폈다. 노트에 현장에서 느낀 소감을 적어 나가기 시작했다. 현장에서 실물을 본 느낌이 대단히 중요하기 때문이다.

실물을 보면서 몇 가지 의문이 생겼다. 첫째, 화면 위에 적힌 박제가의 글씨가 대단히 졸렬해서 기존에 알려진 그의 다른 글씨와 현격한 차이가 있었다. 둘째, 그림의 필치와 설채設彩가 박제가 같은 아마추어 문인 화가의 수준을 훨씬 상회했다. 박제가가 그려 낼 수 있는 수준이 아닌 전문 직업화가의 솜씨였다. 박제가의 그림으로 알려진 다른 그림과 견줘 봐도 수준 차가 현저했다. 셋째, 상단에 적힌 초순의 글씨와 도장, 하단 심수용의 소장인이 어딘가 어설펐다. 넷째, 글의 내용이 어딘가 정합되지 않는 점이 있었다.

그림은 직접 훌륭한데 박제가의 솜씨는 아니었고, 사연은 진진한데 앞뒤가 잘 맞지 않았다. 그림을 직접 보고 나니 생각이 아주 복잡해졌다. 박제가의 그림이 아닐 거라는 당초의 짐작은 확신으로 변했다. 전후 내용을 좀 더 면밀하게 검토해야 할 필요를 느꼈다.

국립중앙박물관에서 그림을 열람하던 시점인 2013년 10월 25일에 김현영 선생이 쓴 『통신사, 동아시아를 잇다』란 책이 한국학중앙연구원 출판부에서 막 간행되었다. 이 책의 4부에 「〈연평초령의모도〉, 동아시아를 이해하다」란 내용이 실린 것을 인터넷 검색 도중 알았다. 책을 구해 보니 뜻밖에 이 그림의 상세한 도판이 실려 있었다. 그는 후지쓰카와 마찬가지로 그림 속 박제가의 글씨와 상단의 제발에 대해 아무 의심을 품지 않았다. "그림의 소재도 그림이 탄생하게 되는 과정도 국제적이며 그림이 유전되는 경위도 국제적"이라고 쓰고 그림의 의미와 가치에 대해 아주 꼼꼼하게 살핀 내용이었다.

화면 상단 여백에 적힌 박제가의 제기題記는 그의 친필로 보기에는 대단히 눈에 설었다(도판 42). 박제가는 중국에서도 명필로 이름을 날려 그에게서 글씨를 받으려고 청조의 지식인들이 줄을 서서 요청이 잇달았다. 그는 큰 글자를 잘 썼고, 작은 글씨도 오늘날 남아 전하는 몇 폭을 보면 야무지고 찰진 해서체를 구사하고 있었다. 그리고 몇 폭의 친필들은 한눈에도 한사람의 글씨임을 바로 알아볼 수 있을 만큼 필치가 동일했다.

후지쓰카는 앞의 글에서 "나는 지금까지 한 번도 박제가가 자필로 쓴 것을 본 적이 없다. 하물며 그림 등은 생각조차 할 수 없었던 것이다. 또한 조선의 많은 지인들을 방문했지만 누구도 본 적이 없다고 했다."고 적고 있다. 후지쓰카는 이 발표 당시만 해도 박제가의 다른 친필을 한 번도 보지 못한 상태였다. 그런 그가 박제가의 서명이 든 글씨를 처음 보고 흥분한 것은 당연한 일이다. 하지만 필자는 그간 직접적인 비교 대상이 될 만한 박제가의 친필을 여럿 보아 왔고, 그 글씨들은 모두 일정한 균질성이 있었다. 하지만 화폭에 적힌 글씨는 기존에 본 박제가의 글씨와 전혀 달랐다. 획은 어설퍼서 따로 놀았고, 글씨는 줄도 맞추지 못한 채 삐뚤빼뚤했다. 특별히 자신의 이름을 쓴 부분은 더욱 졸렬했다. 저런 수준의 글씨를 받자고 북경의 내로라하는 문인들이 줄을 섰다고는 믿을 수 없을 정도였다.

필자는 판단을 잠깐 멈춘 채 내용 검토에 들어가기로 했다. 글은 화면 좌측 상단 여백에 세로 5행으로 적혀 있고, 제목인 '연평초령의모도延平 齠齡依母圖'란 7자는 더 크게 따로 썼다. 그 내용을 옮기면 다음과 같다.

> 명나라 말엽 정지룡鄭芝龍(1604~1661)이 일본에서 장가들어 아들 성공을 낳았다. 지룡이 고향으로 돌아오자 성공은 어머니에 의지해 일본에 머물러 살았다. 우리나라 최씨가 예술로 일본에서 노닐다가 일찍이 이를 위해 진영을 그리고 초고를 남겨 돌아왔다. 이제 최씨는 사람이 없고 초고가 내 선생님 댁에 남아 있는지라 이를 본떠 그렸다. 붉은 옷을 입고 단정하게 앉은 사람은 정지룡의 처인 일본인 종녀다. 칼을 차고 놀고 있는 머리를 풀어 헤친 어린아이가 성공이다. 박제가 수기가 베끼고 적는다.[2]

글 속의 정보는 두 부분으로 나뉜다. 첫 번째는 화면에 대한 설명이다. 명말 정지룡이 일본에서 장가들어 아들 성공을 낳은 후 바로 중국으로 건너오자 정성공은 일곱 살까지 일본에 머물며 어머니 품에서 자랐다. 그러고는 끝부분에서 화면 속 등장인물에 대한 설명을 덧붙였다. 두

---

2 「연평초령의모도 제기」: "明季鄭芝龍爲日本贅壻, 生子成功. 芝龍歸里, 成功依母, 留居日本. 吾國崔氏以藝術游扶桑, 曾爲之寫眞, 留稿歸. 今崔氏無人, 藁存吾師家, 仿臨之. 其緋衣端坐者, 芝龍妻日本宗女也. 被髮幼童, 珮刀游戲者成功也. 朴齊家修其寫誌."

明李鄭芝龍為日本贅壻生子成功芝龍騍呈成功
依母尚屋日本吾國崔氏以藝術扶桑曾為々寫
真尚稿睞々崔氏㐧人藥存吾師家仿㑔之其
衣端坐者芝龍妻日本宗女也被髮幼童珮刀游戲
者成功也　朴齊家修其寫誌

延年益齡依母圖

42. 〈연평초령의모도〉 제기 부분.
박제가의 다른 글씨와 달리 서체의 결구가 성글고 어설프기 짝이 없다.

번째는 이 그림의 제작 경위에 대한 설명이다. '오국 최씨吾國崔氏', 즉 최씨 성을 가진 조선 화가가 일본에 갔다가 모자의 그림을 그려 가지고 왔다. 그런데 그 원고가 박제가의 스승 집에 남아 있어 자신이 이를 베껴 그렸다는 내용이다.

글 속의 오국 최씨에 대해 김현영은 1748년 무진통신사의 일원으로 일본에 다녀온 일이 있는 최북崔北을 지목했다. 당시 최북이 일본에서 정성공 모자의 그림을 보고 임모臨摹하여 왔거나, 스스로 상상하여 그렸을 것으로 보았다. 혹은 당시 정성공을 주인공으로 가부키 무대에 올려져 인기를 끌었던 〈고쿠센야 갓센國姓爺合戰〉의 무대나 포스터로 그려진 우키요에를 보고 그렸을 가능성을 타진했다. 또 글 속에 나오는 박제가의 스승이란 박지원 또는 유금 두 사람 중 하나일 것으로 추정했다. 한편 이 그림이 본격적인 원근법을 적용한 서양화풍이고 우리의 전통 화풍과 전혀 다른 것임을 두고 미술사학자 이용희 선생이 나빙이 박제가와 함께 그렸을 것이라고 주장한 적이 있음도 새롭게 알았다.[3]

대단히 흥미로운 관점인데 논리적으로 극복해야 할 부분이 한두 가지가 아니다. 첫째, 무엇보다 이 그림은 서양화풍에 익숙지 않은 최북 같은 조선의 화원이 그릴 수 있는 그림이 아니다. 정원의 괴석과 수목의 그림과 설채법은 오히려 중국풍에 가깝다. 2층 난간에서 개를 어르며 놀고 있는 정성공의 눈길은 집 뒤편 괴석 너머로 보이는 흰 눈에 덮인 후지산을 향하고 있다. 구도나 채색, 복식과 서양풍의 건물 양식 같은 것은 최북이 상상력으로 소화할 수 있는 화풍과 거리가 아주 멀다.

---

3 김현영, 「연평초령의모도, 동아시아를 바꾸다」, 『통신사, 동아시아를 잇다』, 한국학중앙연구원 출판부, 2013, 128쪽.

게다가 글에 따를 때 이 그림은 최북이 직접 그린 그림을 보고 박제가가 임모한 것이라고 했다. 박제가는 전문 화가가 아니고, 현재 그의 그림으로 전해지는 몇 폭도 사실 그의 그림으로 보기 어렵다는 것이 필자의 생각이다. 그림 위에 글씨만 썼다면 몰라도 그가 직접 그림까지 그렸을 가능성은 거의 없어 보인다. 그것은 최북의 경우라 해도 마찬가지다. 옷의 주름이나 나뭇잎, 개의 표정과 바구니에 담긴 꽃까지 디테일이 전문 화가의 솜씨지 결단코 문인 화가가 베껴 그릴 수 있는 수준을 넘어선다.

둘째, 글씨가 박제가의 다른 것에 비해 수준 차가 확연하다(도판 43~47). 현재 박제가의 글씨는 나빙羅聘의 〈귀취도권鬼趣圖卷〉 중 두 곳에 남아 있고, 「제주도로 돌아가는 만덕을 전송하며送萬德歸濟州詩序」와 그 밖에 척독 글씨 및 화제畵題 등에 따로 남아 있다. 글씨를 쓴 시점이 서로 같지 않음에도 필치가 큰 차이 없이 고르다. 찰지고 야무진 느낌을 준다. 하지만 이 그림 속의 글씨는 줄도 제대로 맞추지 못했을 뿐 아니라 획이 들뜬 채 한쪽으로 쏠려 있고, 결구도 대단히 버성기다. 더욱이 그가 직접 그림을 그렸다면 평소 그의 성정이나 심미안으로 보아 이처럼 정성을 쏟아 그린 그림에 이렇게 무성의한 글씨를 낙관도 없이 쓸 수는 없다. 그림에 적힌 글씨는 조금 심하게 말하면 거의 그림을 버려 놓았다고 해도 좋을 수준이다. 글씨 부분만 확대해서 보면 이 말의 뜻을 더 분명히 알 수가 있다.

셋째, 내용 면에서도 미심쩍은 대목이 한둘이 아니다. 박제가는 박지원이나 유금을 '오사吾師'로 지칭한 적이 없다. 벗인 유득공의 숙부였던 유금柳琴(1741~1788)은 박제가와는 아홉 살 차이여서 당시로는 벗할 수 있는 나이 차였다. 실제로 이들 사이에 오간 글로 보더라도 박제가가 유금을 스승으로 예우한 흔적은 없고 그럴 수도 없다. 박지원의 경우는 스

43~47. 박제가의 글씨들. 맨 오른쪽 글씨가 〈연평초령의모도〉의 것이다.
나머지 네 글씨와 수준 차이가 역력하다.

승으로 지칭하지는 않았어도 스승뻘의 선배로 예우했다. 하지만 만약 박지원이 최북이 그린 이 그림의 원본을 소장하고 있었다면 이토록 이 야깃거리가 풍부한 뜻깊은 그림에 대해 한마디도 언급하지 않았을 리가 없다. 박지원은 중국에서 당시 여러 사람이 들여온 가짜임에 분명한 〈청명상하도〉에조차 무려 4편이나 되는 다른 글을 남겼으리만치 그림에 관심이 많았던 사람이다. 설령 박지원이 언급하지 않았다손 치더라도 연암 그룹 누군가의 글이나 최북 주변 인물의 기록 속에 이 그림과 관련된 언급이 남지 않을 수가 없다. 그런데 전혀 찾아볼 수가 없다.

한 가지 미심한 점이 없지는 않다. 위 박제가의 글이 온전히 중국인의 위작이었다면 그 글 속에 최씨 같은 우리나라 사람이 아니고는 도저히 알 수 없는 인명이 명기되고 있는 점을 해명해야 한다. 박제가의 이름과 자가 나란히 나열된 것으로 보아 박제가의 자가 수기修其라는 것도 아는 사람이다. 박제가의 경우 중국에서 워낙 지명도가 있는 인물이어서 그렇다 쳐도 '오국 최씨'는 그들이 알 수 있는 범위가 아니다.

그림을 최북이 그렸을 리 없고, 글씨 또한 박제가의 것으로 보기에는 어림도 없다. 그런데 내용만큼은 중국인이 조작해 낼 수 있는 것이 아니다. 이 문제는 좀 더 명확히 짚고 넘어가야 할 부분이다. 지금은 잠깐 논의를 미뤄 둔다.

초순이 쓴 그림의 제기題記

이제 그림 상단에 적힌 청대 학자 초순焦循(1763~1820)의 제기題記를 검토할 차례다(도판 48). 글은 모두 11행인데, 그림의 유전 과정과 의미를 살폈다. 이 글이 초순의 친필이 맞다면 이것만으로도 이 그림의 가치를 의심할 수 없다. 먼저 글을 읽어 보겠다.

> 이 족자는 사경賜卿 조카가 호부戶部의 관직에 복무하고 있을 때 북경의 집에서 얻은 것이다. 마침 고려의 사신이 보고서 갖고자 하여 값을 두 배로 해서라도 구입해 가기를 원했다. 사경은 허락지 않고 이를 지닌 채 고향으로 돌아와 꺼내 보여 주며 감상하게 하고는 날더러 심정해 달라고 부탁했다. 찾아보니 정성공은 명나라 말엽 혁명의 때를 타서 대만을 웅

대하게 점거하였으니, 거의 규염공이 부여의 국왕이 된 것보다 더했다. 비록 2대만 겨우 전하고서 멸망하였지만 또한 인걸이었다. 우리 국가에서 크게 포용함을 베풀어 마침내 높여서 제사 지낼 것을 명하였다. 이는 바로 하나라가 망했을 때 성왕과 탕왕이 소백巢伯의 조공을 구하지 않고, 은나라가 망하자 주나라 무왕이 미자微子의 봉함을 다시 높여 준 것과 꼭 같다. 깊은 어짊과 두터운 은택은 한통韓通이 아무 전함이 없는 것에 견준다면 어찌 하늘과 땅 차이가 아니겠는가? 그림 속의 어린아이는 머리를 풀고 칼을 찼으니 그 굳센 기상을 볼 수가 있다. 화가가 그림을 그린 것이 또한 능히 솜씨가 있다. 우리나라의 고개지顧愷之와 장승요張僧繇도 앞쪽에서 아름다움을 오로지함을 얻지는 못할 것이다. 인하여 위에다 몇 마디 말을 기록한다. 북호 초순 이당이 보고 또 적는다.[4]

초순은 자가 이당理堂 또는 이당里堂이니 완원阮元의 가까운 벗이다. 그가 완원 집안의 여인을 취해 아내로 삼은 일에 대해서는 후지쓰카도 이미 말한 적이 있다. 사경賜卿은 완원의 셋째 아들 완복阮福(1801~1875)의 자다. 초순의 입장에서 완사경을 처조카뻘로 보아 이렇게 호명해도 무리가 아니다.

앞서와 마찬가지로 먼저 필체를 살펴본 후 내용을 검토하기로 한다. 초순의 친필은 현재 여러 종류가 남아 있다. 그중 흥미로운 것이 후지쓰

---

4 초순, 「제기」: "此幀爲賜卿姪服官戶部時, 得於京邸, 適有高麗使臣, 見而欲之, 願倍價瞻歸, 賜卿弗許, 携以旋里, 出而視賞, 屬余審定. 考鄭成功乘明末鼎革, 雄佔臺灣, 幾加虯髥公爲扶餘國王, 雖傳僅二世而滅, 亦人傑哉. 我國家大度包容, 卒命崇祀, 直與夏亡, 而成湯不徵巢伯之朝, 殷亡周武復崇微子之封同一. 深仁厚澤, 較之韓通無傳, 奚啻霄壤. 其圖中幼童, 被髮珮刀, 其倔强氣度可見. 畫家傳神, 亦能品哉. 吾國顧張不得專美於前矣. 因識數語於上云. 北湖焦循理堂甫觀並記."

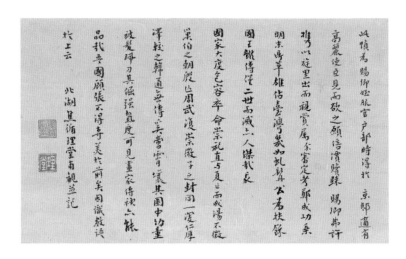

48. 〈연평초령의모도〉 상단의 제기 부분

카 지카시가 수장했고 사진으로 남겨 둔 초순의 친필이다. 초순은 자기
가 소장한 책의 표지 이면에 책의 수장 경위나 후손에게 남기는 당부를
적곤 했다.

2013년 11월 7일, 후지쓰카의 기증 유물이 소장된 추사박물관을 방
문했다가 허홍범 선생을 통해 후지쓰카가 소장했던 사진 자료 목록 중
에 초순의 친필이 포함된 사실을 확인했다. 이튿날 요청해서 사진 자
료를 전송받았다(도판 49). 전송받은 자료를 확대해 보니 〈연평초령의
모도〉에 적힌 초순의 글씨와는 전혀 달랐다. 후지쓰카가 남긴 유물 사
진을 보니 그는 초순의 이 글씨와 그림 속의 글씨 부분을 따로 찍어 보
관해 두었다. 이로 보아 그림을 손에 넣은 이후 후지쓰카가 초순의 친필
여부를 확인하려는 노력을 계속했음을 짐작할 수 있다.

자료 활용을 겸해 후지쓰카의 사진 속에 남은 초순의 글을 읽어 보겠다.

내가 기해년(1779)과 경자년(1780) 사이에 처음 경전을 배웠다. 삼가『흠정시경휘찬欽定詩經彙纂』을 읽고서 한당漢唐 경사經師의 학설을 알았다. 때때로『십삼경주소十三經注疏』를 구입하려 하다가 마침내 건륭 신축년(1781)에 이 책을 보게 되어 구입하였다. 보배롭게 여긴 것이 주옥 정도가 아니었다. 당시는 학업을 익히는 것이 안정되어 서원 가운데 있는 학사에서 잠을 잤다. 밤이면 등촉을 밝히고 이 책을 보았다. 매번 비바람이 불면 창밖 비파나무가 문을 두드려 종잇장을 튕기는 소리를 내곤 했다. 당시에 지은 구절에 이런 것이 있다. "창 앞 나무 귀신처럼 사람을 놀래켜서, 책상 위의 책 속으로 바보처럼 날 꼬드기네.(驚人似鬼窓前樹, 誘我如癡几上書.)" 이제 와 20년 가까이 된 일이다. 이 책을 구입할 당시에는 실로 돈이 없었다. 책방에서 5천 전을 달라고 했지만 겨우 2천 전을 구해, 아내와 상의해 구슬 10여 개를 3천 전에 저당 잡혔다. 구슬의 값은 실로 그 몇 배는 되었지만 이것과 맞바꿔 겨우 가져왔다. 하지만 마침내 능히 되찾아오지는 못했다. 나를 위해 이 책을 구입해 준 사람은 오지언吳至言 군으로 서객書客에게서 이를 구입하였다. 오군은 그 후 얼마 못 가 호수를 유람하다가 길에서 죽었다. 그를 생각하면 지금도 애석하다. 아아! 책 한 권을 구입하는 어려움이 이와 같았다. 자손들이 아까운 줄을 모르고 혹 남에게 빌려주거나 심지어 흘어서 잃어버리기까지 한다면 참으로 통한스러운 일이 아닐 수 없다. 그래서 이 글을 써서 고한다. 가경嘉慶 경신년(1800) 4월 상순에 강도江都 초순焦循이 적는다.[5]

---

5 초순, 「제기」: "余己亥庚子間, 始學經, 敬讀欽定詩經彙纂, 知漢唐經師之說. 時時欲購十三經注疏, 竟觀之乾隆辛丑, 買得此本. 珍之不啻珠玉. 時肆業安定, 書院中宿學舍, 夜秉燭閱之. 每風雨, 窓外枇杷樹擊門, 作彈紙聲. 時有句云: '驚人似鬼窓前樹, 誘我如癡几上書.' 於今羞二十年矣. 購此書時, 實無資. 書肆索錢五千, 僅得二千. 謀諸婦以珠十餘

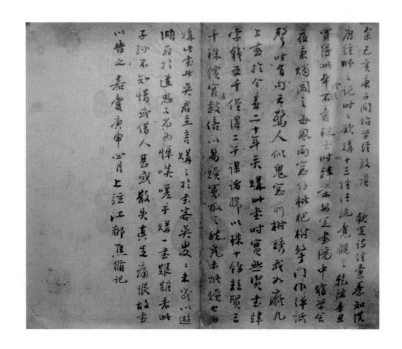

49. 초순의 친필 글씨. 후지쓰카 지카시 구장舊藏

학자풍의 야무진 글씨다. 앞서 박제가의 친필과도 비슷한 분위기다. 내용 또한 감동적이다. 이후 중국 인터넷 사이트를 통해 초순의 다른 친필을 찾다가 대만 중앙연구원 사이트로 자료 출처가 등록된 또 다른 초순의 친필을 만날 수 있었다. 다만 인터넷상의 해상도가 낮아 정확한 필체 비교가 어려웠다.

지난 2013년 11월 15일에 필자는 공교롭게도 대만 중앙연구원 역사

粒, 質三千. 珠價實值數倍, 以易贖寡取之. 然究未能贖也. 爲購此書者, 吳君至言, 購之於書客. 吳叟叟未幾, 以遊湖死於道. 思之尙爲悼嘆. 嗟乎購一書艱難若此. 子孫不知惜, 或借人, 甚或散失, 眞足痛恨. 故書以告之. 嘉慶庚申四月上弦, 江都焦循記."

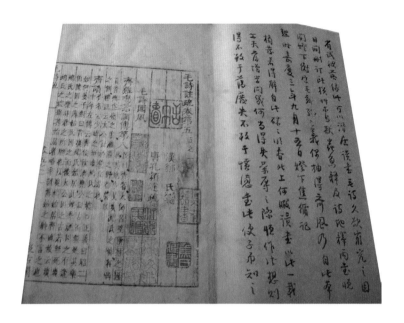

50. 초순의 친필. 대만 부사년 기념도서관 소장

어언문화연구소의 초청을 받아 특별 강연을 하기 위해 그곳을 방문할 기회를 가졌다. 그곳의 유서풍劉序楓 선생에게 해당 자료의 열람과 촬영이 가능한지를 문의했다. 돌아온 대답은 이 자료가 정확하게 어느 연구소 소장인지 분명치 않아 당장 확인이 어렵다는 것이었다. 그러다가 2014년 1월 말에 유서풍 선생이 필자에게 반가운 메일을 보내왔다. 해당 자료가 부사년傅斯年 기념도서관에 소장되어 있으며, 귀중본으로 분류되어 촬영이 허가되지 않는다는 사실이었다. 다만 이 자료가 현재 부사년 기념관 전시실 유리장 속에 전시되어 있는데 마침 내가 요청한 면이 펼쳐져 있어서 자신이 직접 유리장 위에서 찍은 사진이라며 사진을 전송해 온 것이다(도판 50).

모시毛詩에 관한 이 책의 앞쪽에도 초순은 이 책을 구하게 된 경위와 이 책이 대단히 소중하고 의미 있는 책이니 잘 보관하기 바란다는 당부를 적고 있었다. 그런데 필체가 앞서 본 후지쓰카 사진 속의 글씨와 정확하게 일치했다. 물론 〈연평초령의모도〉 속의 글씨와는 전혀 달랐다. 이로써 이 그림에 적힌 초순의 제기 또한 초순의 친필이 아님을 확인할 수 있었다.

그렇다면 내용은 어떤가? 내용 또한 앞뒤가 맞지 않는 요령부득의 지점이 한둘이 아니다. 첫째, 무엇보다 관련 인물의 연대가 도저히 안 맞는다. 초순은 1820년에 양주에서 세상을 떴다. 완복은 1801년생으로 이때 고작 19세였다. 설령 초순이 세상을 뜨기 직전에 이 글을 지었다 해도 19세 소년이 호부의 관직에 복무하다가 이 그림을 구해 고향으로 내려오는 이치란 있을 수 없다. 이 점만으로도 초순의 이 글은 앞뒤가 안 맞는다. 참고로 그림 속에 글을 쓴 것으로 되어 있는 박제가는 완복이 태어나던 해인 1801년에 마지막 제4차 연행길에 올랐다.

둘째, 이 그림이 박제가가 그렸다면 원래 조선에서 전해지는 것이 옳다. 박제가의 글에 따르면 화가 최씨가 일본에 가서 그려 온 그림을 자신이 임모했다고 했다. 그런데 막상 이 그림이 어떤 경로로 중국에 건너가서 완복의 손에 넘어가게 되었는지에 대한 경위 설명이 일절 없다. 오히려 엉뚱하게 누군지 모를 고려 사신이 이 그림을 본 후 값을 두 배로 쳐줄 테니 자기에게 넘기라고 했다는 말을 적었다. 박제가가 그린 그림이라면 이 그림을 중국에 가져간 것도 박제가일 가능성이 많은데『호저집縞紵集』을 비롯해 그 많은 자료 어디에서도 이 그림에 관한 일언반구도 찾아볼 수가 없다.

이 그림이 실제로 박제가가 그린 것이라고 한다면 조선 사신이 값을 두 배로 쳐서라도 되사 가겠다고 호들갑을 떨 일도 아니다. 조선 사람이 조선 사람의 그림을 왜 비싼 값에 되사 오려 했겠는가? 또한 고려 사신이 이 그림을 보았을 당시에는 초순의 제기조차 적혀 있지 않은 상태였다. 초순이 쓴 제기는 그의 몰년이 1820년이니 그보다 늦을 수는 없고, 이때 호부의 관리로 있었다는 완복은 아직 스무 살도 되지 않은 나이여서 글 속의 설정 자체가 불가능하다. 또 박제가는 자신이 중국의 벗들에게 선물한 물품과 수창한 시를 모두 꼼꼼한 기록으로 남겨 하나도 누락하지 않았다. 그런데 박제가의 기록 속에서 적어도 이 그림과 관련된 것을 찾을 수가 없다. 박제가가 그리지도 않았고 선물한 적도 없는 그림을 10대의 완복이 이미 호부의 벼슬에 올라 소장했다가 고향으로 내려가 이 그림을 초순에게 보여 주어 발문까지 받아야 하는데 이것이 대체 가능한 일인가? 두 배의 값을 치르고서라도 이 그림을 완복에게 구입해 가려 한 고려 사신의 존재도 허깨비 오유선생烏有先生일 뿐이다.

셋째, 정성공은 항청복명抗淸復明의 상징적 존재다. 대만을 점거해 오랜 세월 청으로 하여금 해안 봉쇄 정책을 지속하게 만든 저항의 아이콘이다. 그런 그를 그린 그림을 문자옥文字獄이 두려워 말 한마디조차 벌벌 떨던 한족 지식인들이 걸어 놓고 감상하거나 이에 대해 글을 써서 남기는 일은 상식적으로 불가능하다. 그들은 조선의 사행들이 남방의 반란 소식을 지나가는 말로 묻기만 해도 필담하던 종이를 찢어 입에 넣고 삼켜 버리곤 했다. 당시 청조 치하 한족들의 삶은 전전긍긍 여리박빙如履薄氷 그 자체였다. 그런 그들이 굳이 정성공 같은 예민한 소재를 그림으로 그려 위험을 자초했을 리 없다.

넷째, 작품에 찍힌 초순의 인장이 알려진 것과 전혀 다르다(도판51~52). 또 성명인과 자호인의 음양이 반대로 되어 있다. 각법도 현재 남아 있는

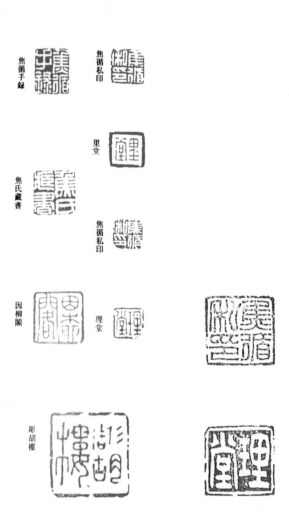

焦循私印　　焦循手録

里堂

焦氏藏書

焦循私印

因柳閣　　理堂

彭胡樓

51～52. 초순의 인장(왼쪽)과 〈연평초령의모도〉에 찍힌 인장(오른쪽).

53～54. 심수용 수장인의 조지겸 원각(왼쪽)과 〈연평초령의모도〉에 찍힌 모각(오른쪽)

초순의 여타 인장에 비해 크게 손색이 있다.

　이런 면을 종합해 볼 때 이 그림 상단에 적힌 초순의 제기는 박제가의 글과 마찬가지로 다른 사람이 그림값을 높이기 위해 가짜로 짓고 쓴 글임이 명백하다.

　또 한 가지 더 검토할 것은 작품 하단에 찍힌 수장인이다. 우측 하단에 "심수용이 동치 기원 후에 얻은 것(沈樹鏞同治紀元後所得)"이란 글이 적힌 소장인이 선명하게 찍혀 있다. 심수용沈樹鏞(1832~1873)은 자가 정재鄭齋요 호는 균초均初니 강소江蘇 남회南匯 사람이다. 동치同治 원년은 1862년이다. 그렇다면 이 그림이 심수용의 손에 들어간 것은 1862년 이후 그가 사망한 1873년 이전의 일이 된다. 후지쓰카는 앞선 글에서 이 그림의 소장자를 서수용徐樹鏞이라 특정했지만 심수용의 오독이다. 그는 청말의 수장가로 적계績溪의 호주胡澍, 인화仁和의 위석회魏錫會, 회계會稽의 조지겸趙之謙과 나란히 강남 사대가로 불린 한 사람이다. 여기 찍힌 '심수용동치기원후소득沈樹鏞同治紀元後所得'이란 장서인은 그의 비교적 널리 알려진 소장인 가운데 하나다. 그의 인장은 청말의 전각 대가인 조지겸趙之謙의 각으로 알려져 있다. 이 인장 또한 확인해 보니 조지겸이 판 것이었다. 그런데 실제『조지겸인보』에 남아 있는 같은 인문의 인장과 작품 속의 인장을 비교해 보면 이 또한 애써 흉내 내기는 했으나 아래 제시된 것에서 보듯 원본과 수준 차가 현격하다(도판 53~54).

의문투성이의 결말

　이 그림이 무슨 연유로 북경 시장에 흘러나왔고, 어떤 경로로 완복의 손에 들어갔는가? 굳이 이 그림을 팔라고 졸랐다는 고려 사신은 또 누구인가? 산 값의 두 배를 줄 테니 자신에게 양도하라고 운운한 것은 완복이 이 그림을 구한 직후의 일이었을 텐데, 초순의 몰년은 애초에 이같은 서사 자체를 원천적으로 부정한다. 게다가 그림 속 박제가의 글과 그림 밖 초순의 글은 서로 모순을 일으키며 파열음을 낸다. 결국 그림에 얹힌 두 글은 제법 그럴싸한 정황과 그림의 파란만장한 사연을 강화하지만 정합점이 조금도 없는 셈이다.

우연히 2007년 과천문화원에서 펴낸 후지쓰카 기증 추사자료전 도록 『추사와 한중 교류』를 보다가 후지쓰카가 구장했던 완원의 연보인 『뇌당암주제자기雷塘盦主弟子記』란 책 표지를 보게 되었다(도판 55). 추사의 제자 이상적이 소장했던 이 책의 겉표지에는 이상적이 1854년에 직접 쓴 "내가 완사경阮賜卿과 작별한 지가 거의 24년이나 되었다."로 시작되는 글이 적혀 있었다. 순간 내 두 눈이 휘둥그레졌다. 여기서 또 사경이란 이름과 만나게 될 줄이야. 나는 기다릴 수가 없어 이튿날 바로 추사박물관으로 가서 실물을 확인하고 촬영을 해 왔다. 이 글로 보아 완복과 이상적은 1830년 또는 1831년에 만난 적이 있었다. 초순의 글에 적힌 고려 사신을 이상적으로 추정해 볼 수 있는 단초가 되는데, 정작이 글을 쓴 초순은 그 10년 전에 세상을 뜬 상태였다는 것이 문제다.

항청복명抗淸復明의 아이콘이었던 정성공이란 소재는 당시 조선의 북벌北伐 이데올로기와 만나 상당한 시너지를 일으킬 수 있는 내용이었다. 게다가 서양화풍의 이 같은 그림을 최북이 일본에서 그려 돌아온 것이 사실이라면 우리 쪽에서도 무성한 얘기를 만들어 냈을 법하다. 이것을 본 박제가가 제 솜씨로 이 정도 그림을 그려 냈을 경우 본인이 가만있었다 해도 이덕무 등에 의해 담론화되지 않았을 리가 없다. 이 그림이

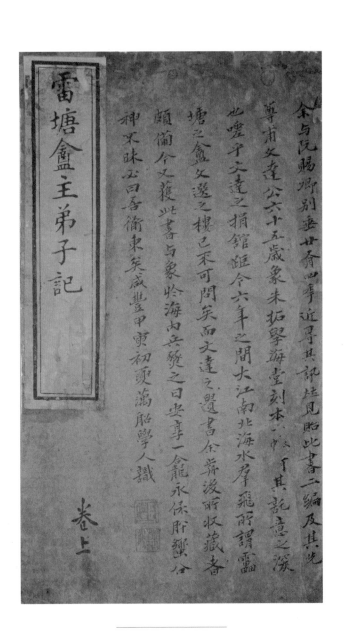

55. 『뇌당암주제자기』에 이상적이 쓴 글씨

중국에 건너갔다면 박제가가 직접 선물했던 것일 텐데 이런 내용도 아무 데서고 찾기 어렵다. 우리 쪽 기록에서조차 이 그림과 관련된 얘기는 아예 찾아볼 수가 없다.

장황해진 논의를 정리하면 이렇다. 박제가가 그림을 그리고 글씨를 썼다는 〈연평초령의모도〉는 박제가의 그림이 아니다. 글씨는 더구나 그의 것일 리 없다. 처가 쪽으로 조카뻘 되는 완사경이 벼슬을 그만두고 고향에 내려와 그림을 보여 줄 수 있었던 시점에 초순은 이미 이 세상 사람이 아니었다. 즉 1820년에 57세로 세상을 뜬 초순이 이해 고작 19세밖에 안 된 완복을 위해 이 같은 글을 쓸 수는 없었다는 얘기다.

당시 북경에서 박제가의 인기가 치솟자 그의 가짜 글씨가 유리창에 돌아다녔다는 것은 박제가 자신이 『정유각집』에서 직접 언급한 적이 있다. 혹 이 그림이 그런 정황을 반영한 것으로 볼 수는 없을까? 그래도 문제는 남는다. '오국 최씨' 운운한 대목이 아무래도 걸린다. 일본에 간 최씨라면 최북밖에는 없고, 중국 사람이 그림값을 올리려고 이 가짜 글을 박제가의 이름에 얹어 만들어 넣었다 해도 외국인인 그가 최북의 존재까지 염두에 넣었을 가능성은 없을 터이기 때문이다. 적어도 상단의 글을 쓴 사람이 완원과 초순, 그리고 완복의 관계를 알고 있었던 것만큼은 분명하다. 하지만 연대의 앞뒤를 살피는 것에 소홀했던 것은 돌이킬 수 없는 실수였다.

실제로 몇 해 전 나는 한 알려진 수집가가 자신이 북경 유리창 거리에서 20여 년 전에 직접 구입해 왔다고 하는 박제가의 글씨 실물을 본 적이 있다. 끝에는 '초정楚亭'과 '박제가인朴齊家印'이란 인장까지 선명했다. 다른 사람이 쓴 글씨의 끝에 박제가의 도장만 새로 파서 찍은 가짜였다. 그분이 워낙 진품으로 알고 있어 차마 사진까지 공개하지는 못하겠다. 유리창에 박제가의 가짜 글씨가 돌아다녔다는 이야기는 꾸며 낸 것이 아니었다.

가짜를 만드는 것은 진짜로 속여 큰 이익을 얻자고 하는 행위이다. 실제로 이 그림은 조선인 박제가의 이름을 걸고 중국 강남 지역을 떠돌다가 1934년 직전에 상해의 서화 시장에 매물로 나왔다. 이것을 강도江濤란 일본인 골동상이 구입해 도쿄로 돌아왔고, 이를 다시 후지쓰카가 손에 넣었다. 이것을 한표욱 유엔대사가 입수해 그의 외교관 시절 내내 공관에 걸어 동아시아 우호의 역사를 증빙하는 물건으로 애호를 받았다. 현재는 국립중앙박물관에 소장되어 더 이상 주인이 바뀔 일이 없게 되었다. 이 그림은 이러한 유전 과정만 보더라도 상당히 국제적 배경을 지닌 그림임은 분명하다. 하지만 가짜다. 이후 미술사 연구자들이 이 그림을 자료로 활용할 때 반드시 유념해야 할 점이다.

어쨌거나 후지쓰카는 〈연평초령의모도〉를 손에 넣음으로써 그 이전 10년간 모았던 7백 통이 넘는 청조 명언名彦의 수찰과 수천 권에 달하는 시문 및 기타 서책에 관한 연구에 더욱 분발하여 청선문화교류사의 골격을 잡아 나가는 데 가일층 매진하는 계기가 되었다. 한 그림의 유전에 얽힌 이야기가 복잡하고 긴 여운을 남긴다.

오늘 밤 아롱진 달, 초가집을 뚫겠네
제자 정빈경에게 써 준 자하 신위의 시에 얽힌 사연

이 글은 자하紫霞 신위申緯(1769~1845) 친필의 「송빈경입연삼절구送彬卿入燕三絶句」(도판 56)란 글씨를 통해, 19세기 한중 지식인의 문화 교류의 한 단면을 살피는 데 목적이 있다. 글씨는 신위가 연경 사신 행차에 수행한 정빈경鄭彬卿을 전송하며 써 준 7언절구 3수다.[1] 중국제 간찰지 5장에 잇달아 썼다. 시의 내용은 이렇다.

흰 수염 흘날려도 빼어난 기운 남아	風動白髯餘傑氣
둘러앉은 붉은 소매 지난 잘못 생각하네.	坐圍紅袖念前非
바둑 두며 창 잡을 제 등불 꽃 떨어져도	彈碁握槊燈花落

---

1 친필은 가야금의 대가 황병기 선생께서 선대로부터 소장해 왔고, 전북대 임미선 교수를 통해 자료를 확인했다. 자료의 소재를 알려 주고, 소개를 흔쾌히 허락해 주신 두 분께 감사드린다.

무서리를 웃고 털며 변방 옷 입고 나서누나.　　　　　　笑拂嚴霜出塞衣

팔참의 어지런 산 물러서기 바쁠 테고　　　　　　八站亂山忙自退

콩알만 한 인마는 아마득히 가리라.　　　　　　豆人寸馬去茫茫

누런 모래 흰 풀만 가이없는 들판에　　　　　　黃沙白草無邊野

사나이 통곡 마당 드넓게 펼쳤으리.　　　　　　大有男兒痛哭場

탄식함 어이해 진짜 말이 없어서랴　　　　　　歎息豈眞無馬哉

그대 같은 준마는 쑥대 따윈 버리는 법.　　　　　　如君神駿棄蒿萊

이제껏 악착같은 세상에서 지쳤으니　　　　　　從前齷齪人間困

슬픈 노래 죄다 풀고 중낙重諾 받고 오시게나.　　　　　　泄盡悲歌重諾來

글씨 끝에 쓴 발미跋尾에는 "빈경이 갈 적에 부채 위에 시를 써 주었는데, 오난설吳蘭雪이 두고 보겠다며 가져갔으므로 다시 간청하였다. 내가 따로 써서 또 이 팔뚝을 수고롭게 한다.(彬卿去時, 寫詩在扇上. 被吳蘭雪留看, 再懇. 余另寫又此勞腕耳.)"라는 내용이 적혀 있다. 그 아래 '자하산인紫霞山人'으로 서명하고 낙관했다.

정빈경은 누구이고, 오난설은 어떤 사람인가? 우선 위 시를 신위의 『경수당전고』에서 찾아보니, 제12책 「홍잠집紅蠶集」 권1에 실려 있다. 갑신년(1824) 가을에 쓴 시로, 문집의 제목은 「빈경 정운시가 서장관을 따라 연경으로 들어가므로 절구 3편을 준다鄭彬卿雲始從書狀官入燕, 贈以三絶句」이다.[2] 동지사 서장관 이진화李鎭華의 수행원으로 연경에 가는

---

2 신위, 『경수당전고』 제12책(한국문집총간 제291책, 253쪽).

56. 자하 신위, 「송빈경입연삼절구」

정운시鄭雲始에게 준다고 했다. 그렇다면 빈경은 정운시의 자다.

흰 수염을 말했으니 이때 정운시의 나이가 적지 않았음을 알겠다. 창을 잡았다는 것은 그가 무반임을 알려 준다. 둘째 수의 제4구는 연암 박지원이 『열하일기』에서 요동벌을 한바탕 크게 울 만한 곳이라고 말했던 데서 나왔다. 그를 준마에 견주고, 그간 악착같은 세상에서 겪은 곤궁을 슬픈 노래로 털고 그곳 인사들의 높은 인정을 받고 돌아오길 바란다는 덕담을 했다.

정운시는 이 자하의 글씨를 소개장 삼아 오난설을 찾아갔다. 무반인 그가 오난설에게 직접 볼일이 있었을 것 같지는 않고, 자하의 심부름을 위한 증빙으로 보는 것이 더 옳겠다. 부채에 적힌 자하의 친필을 본 오난설은 그 부채를 뺏고 돌려주지 않았다. 오난설은 자하의 명성을 익히 들어 알고 있었던 셈이다. 정운시는 귀국 후에 자하에게 그 시를 다시 써 달라고 요청했고, 이에 응해 써 준 글씨가 바로 위의 친필이다.

정운시의 연행과 오난설의 답시

정운시가 가져간 자하의 글씨를 가로챈 오난설吳蘭雪은 누구인가? 그는 옹방강翁方綱(1733~1818)의 시제자로 이름은 숭량嵩梁, 자가 난설 또는 철옹澈翁이다. 1766년에 태어나 1834년에 세상을 떴다. 국자박사國子博士를 지냈고, 내각중서內閣中書를 거쳤다. 방대한 저술을 남겼다. 그는 1809년 추사가 연경에 머물 때 추사와는 만나지 못했다.

한편 신위는 1812년 7월에 왕세자 책봉사의 서장관 자격으로 연경을 방문했다. 이때 추사는 자하를 위해 「송자하입연십수병서送紫霞入燕十

首並序」를 전별 선물로 주었다. 이는 자하보다 3년 앞선 1809년에 연경을 찾았던 추사가 옹방강을 중심으로 한 연경 학단에 건넨 소개장과 같았다. 중국 가는 사람에게 써 주는 송서送序나 송시送詩는 대부분 이런 의미가 있다. 추사는 병서에서 허많은 중국의 화려한 경관을 구경하는 것이 한 사람 소재노인蘇齋老人을 만나는 것만은 못하리라는 뜻을 적었다.[3]

자하는 연경 도착 직후 추사의 소개장을 들고 옹방강의 석묵서루石墨書樓를 찾았다. 그곳에서 그는 옹방강은 물론 옹수곤翁樹崑·섭지선葉志詵·왕여한汪汝瀚 등과 만났다. 옹방강은 자하의 묵죽도墨竹圖에 감탄하여 그림에 "푸른 대숲 깊은 곳에 한 굽이 물 흐르니, 안개 속에 달이 뜬 해동의 산이로다. 담묵으로 그려 낸 푸른 난새 꼬리 기대, 맑은 바람 오백 간을 깨끗이 쓰셨구려.(碧玉林深水一灣, 煙橫月出海東山. 却憑淡墨靑鸞尾, 淨掃淸風五百間.)"란 제시題詩를 써 주며 환대하였고, 문인 왕여한을 시켜 자하의 소조小照를 그리게 하고(도판 57), 거기에 다시 시를 쓰기까지 했다. 이후 '청풍오백간'은 자하의 당호가 되었다.

자하는 귀국 이후 옹방강의 아들 옹수곤과 지속적인 교유를 나누었다. 옹수곤은 자하의 초상화를 받들어, 그의 생일에는 명차名茶를 올렸고, 자하도 옹방강의 생일에 음식을 올렸으리만큼 깊은 교류를 나누었다.[4]

이때 자하는 추사와 마찬가지로 오난설과 직접 회면하지는 못했던 듯하다. 1825년 「남우촌南雨村 진사가 목계원판鶩溪院判을 따라 연경으로 들어가며 작별할 때 지은 잡제 절구. 많게 13수에 이르렀는데 태

---

3 김정희, 『완당전집』 권10(한국문집총간 제301책, 182쪽): "紫霞前輩, 涉萬里入中國, 瑰景偉觀, 吾不如其千萬億, 而不如見一蘇齋老人也. 古有說偈者曰: '世界所有我盡見, 一切無有如佛者.' 余於此行亦云."
4 李裕元, 「燕人供東人生日」, 『林下筆記』 권34.

57. 왕여한이 그린 신위의 소조小照. 간송미술관 소장

반은 회인감구懷人感舊의 말이었다. 우촌이 이를 차운하여 여러 명사와 노닐었다. 술자리가 거나해지면 함께 꺼내 읽어, 바야흐로 나의 이때 마음을 알게 하였다南雨村進士, 從溪院判入燕, 話別之次, 雜題絶句. 多至十三首, 太半是懷人感舊之語. 雨村此次, 與諸名士遊, 到酣暢, 共出而讀之, 方領我此時心事」라 한 긴 제목의 시가 있는데, 이 가운데 제4수가 오난설을 노래한 내용이다.[5] 시의 내용은 이러하다.

가섭에게 꽃을 들자 한 웃음이 새로운데	迦葉拈花一笑新
유소입두由蘇入杜가 나루 됨을 알겠구나.	由蘇入杜是知津
걸엔 뜬 소리 없고 속은 충실하거니	外無浮響中充實
크게 연릉 땅에 박학인樸學人이 있다네.	大有延陵樸學人

5 신위, 『경수당전고』 제12책(한국문집총간 제291책, 268쪽).

시의 주석에는 "오난설은 옹담계 선생의 급문고제다. 문집에 『재생소초』가 있다.(吳蘭雪覃谿先生及門高弟, 刻集有再生小艸.)"고 했다. 옹방강이 유소입두, 즉 소동파를 통해 두보로 들어가는 시학의 문경門徑을 오난설에게 전한 것을 석가가 가섭에게 염화시중의 미소를 지은 것에 견준 내용이다.

박사호朴思浩의 『심전고』 권3에 오난설과 만나 대담한 기록이 보인다. 박사호가 오난설에게 신자하와 서로 알고 지내느냐고 묻자, 오난설이 "아직 사귀었던 일은 없었습니다마는, 자하의 시와 그림이 다 훌륭합니다. 그의 아들 소하小霞도 그림에 능하여 매화와 대가 다 뛰어난 재주입니다."[6]라고 대답한 내용이 보인다. 이로써 자하의 연행 당시 두 사람의 회면이 이뤄지지 않았음이 확인된다. 오난설은 자하의 시화詩畵에 대한 높은 평가와 옹방강 부자의 인가에 대해 전해 듣고, 이후 활발하게 전개된 추사·자하 등과 연경 학계의 빈번한 접촉 속에서 추사와 자하에 대해 흠모의 정을 품고 있었던 듯하다.

그러다가 1824년 정운시가 자하의 글씨를 소개장 삼아 오난설을 찾아갔다. 오난설은 정운시가 들고 온 자하의 글씨를 욕심내서 글씨가 적힌 부채를 돌려주지 않고 자신이 소장하였다. 자하의 문집에는 이와 관련된 시가 더 있다. 「홍잠집」 권1에 앞뒤로 수록된 「빈경의 부채 머리에 오난설의 절구 2수가 있기에 장난삼아 차운하여 빈경에게 준다彬卿扇頭有吳蘭雪二絶, 戱次韻贈彬卿」란 작품이 그것이다.[7] 병서에는 부채 머리에 쓴 오난설의 시를 함께 적었다. 먼저 읽어 보자.

---

6 『연행록선집』, 『심전고』 권3의 「응구만록應求漫錄」 중 '춘수청담春樹淸譚'에 실려 있다.
7 신위, 『경수당전고』 제12책(한국문집총간 제291책, 256쪽).

듣자니 자하의 고제자라 하시니   聞道紫霞高弟子

평생에 큰 글씨를 즐겨 쓰셨겠구려.   平生愛作擘窠書

붓 휘두르니 참으로 능운凌雲의 기상 있어   揮毫果有凌雲氣

오늘 밤 아롱진 달 초가집을 뚫겠네.   虹月今宵貫草廬

내 친구인 금릉 사람 장로사에 부탁해서   吾友金陵張老樝

갈림길서 그댈 위해 매화 그림 그렸다네.   臨岐爲子寫梅花

그리는 맘 훗날에 능히 내게 갚아 주소   相思異日能酬我

묘한 그림 마땅히 소하小霞에게 청하노라.   妙墨還應乞小霞

오난설은 정운시가 지녀 온 자하의 글씨 쓰인 부채를 가져가는 대신, 새 부채에 금릉 사람 장로사를 시켜 매화 그림을 그리게 하고, 그 위에 위의 시 2수를 친필로 써서 답례로 주었던 것이다. 시의 내용을 통해 정운시가 자하의 글씨를 가져가 자신을 자하의 고제高弟로 소개한 사정과 이에 오난설이 매화 그림과 시를 써 주며 소하小霞의 그림을 요청한 전후사연이 드러난다. 소하小霞는 자하의 아들 신명준申命準이다. 자하 부자의 명성은 이때 이미 연경에도 대하大霞와 소하小霞의 별칭으로 두루 알려졌던 셈이다.[8]

---

8 신위가 1831년 큰아들 신명진이 진사시에 급제한 후 지은, 「伯子命準擧進士唱名, 喜賦二詩」, 『경수당전고』 제17책(한국문집총간 제291책, 366쪽)에도 "大小霞稱江浙士, 誰敎名姓遠人知(鄧守之, 周菊人, 張茶農, 吳蘭雪, 皆稱吾夫子爲大小霞). 畫詩傳業粗如願, 科第承家本不期. 花石平泉竟誰物, 風流吳下卽吾師(吳下文氏翰繪名門戶, 吾所慕也. 平泉李氏花石戒子孫, 吾所笑也). 讀書種子諸孫在, 襄抱時時爲解頤."라 하여 연경의 인사들이 자하의 부자를 대하와 소하로 불렀던 일을 적고 있다.

자하와 정운시의 관계 및 오난설과의 교유

자하는 정운시에게 준 오난설의 시를 읽고 여기에 다시 차운했다.

여기저기 마시며 놀다 수염만 늙었나니	飮博千場髥也老
검술 배움 못 이루고 글공부도 못 이뤘네.	不成學釰不成書
붓을 뽑아 대담하게 연남燕南으로 가더니만	抽毫大膽燕南去
도리어 연화박사蓮花博士 집을 더럽혔구려.	浼却蓮花博士廬
참으로 그대 수레 달을 꿴 뗏목이라	眞見君乘貫月槎
붓 머리의 꽃으로 선백仙伯을 찾아왔네.	探來儒伯筆頭花
그림이야 내 집 일이니 어이 귀찮으리오만	何妨畫作吾家事
어느새 남들에게 대하大霞 소하小霞 불린다니.	已被人呼大小霞

음박飮博은 술 마시고 도박한다는 뜻이다. 검술 공부 운운한 데서 그가 무인 출신임을 다시 확인할 수 있다. 하지만 그것으로 발신한 것도 아니다. 그런 그가 연경 남쪽의 연화박사 집을 찾아갔다고 했다. 연남燕南은 오난설의 집이 연경 남문 밖 유리창 거리에 있었다는 뜻이고, 연화박사는 오난설이 국자박사를 지냈으므로 붙은 별명이다.

『경수당전고』 제3책에 1817년에 지은, 「난설 오숭량의 부인 악록춘의 〈혜란괘도〉에 제하다. 이 그림은 예전 옹성원의 물건이었는데, 지금은 정벽관貞碧館의 것이 되었다. 악록춘은 작은 두 개의 인장이 있는데 백문은 '악씨균희岳氏筠姬'라 했고, 주문은 '연화박사蓮花博士'라 하였다

題吳蘭雪嵩梁姬人岳綠春蕙蘭掛圖. 此圖舊爲翁星原物, 今歸貞碧舘. 綠春有二小

印, 白文曰岳氏筠姬, 朱文曰蓮花博士」란 작품이 실린 것으로 보아 이미 자
하는 오난설과 역시 그림으로 이름 높았던 그의 부인 악록춘의 존재를
알고 있었다.[9]

한편 정운시는 자하의 소개로 오난설뿐 아니라 일찍이 연행 당시 자
하가 찾은 적 있던 해정구海淀區의 왕가王家를 찾아가 시를 수놓은 하포
荷包를 선물로 받아 오는 등 여러 곳을 방문했다.[10] 병서의 내용으로 보
아 이때도 정운시는 자하의 선물을 들고 갔고, 이들이 답례로 시를 수놓
은 하포를 주며 자하의 시를 청했던 것을 알 수 있다. 자하는 왕씨 집안
의 제매娣妹가 자신의 글씨를 좋아해서 며칠간 곁에서 싫증도 내지 않
고 먹을 갈았던 추억을 떠올렸다.

빈경 정운시는 오난설에게 자하의 고제高弟를 자처했다. 그는 무인
출신으로 낙척하여 낮은 벼슬을 전전하던 사람으로 보인다. 1837년 12
월 13일에 자하가 정빈경의 회갑을 축하하며 써 준 시 한 수가 남아 있
다. 그는 1777년생이고, 연행 당시 47세였음이 이를 통해 확인된다.[11]
정빈경은 젊은 시절부터 만년까지 자하를 곁에서 가까이 모신 제자였다.

정운시의 이름은 『조선왕조실록』 순조 33년(1833) 10월 2일 기사에

---

9 신위, 『경수당전고』 제1책(한국문집총간 제291책, 57쪽): "紅豆飄零似隔晨, 幽吟迸淚篋
   中珍. 苔岑契淺吳蘭雪, 翰墨緣深岳綠春. 轉蕙風淸絾袟擧, 滋蘭露冷玉肌淪. 空憑裊裊
   盈盈筆, 想見端端正正人."
10 신위, 「繡詩荷包二首幷序」, 『경수당전고』 제12책(한국문집총간 제291책, 257쪽): "海淀
   舊館王家而交彬卿, 繡詩荷包云是家繡, 多多致意紫霞大人. 籍請吟安. 余尙記王家娣妹
   三四, 皆娟秀靜麗, 最幼小者十三尙不足, 愛余字畵特甚, 磨墨捧茶, 屢日不知疲. 繡針
   或出此女郎手, 未可知也. 雛鸞恰恰近吟邊, 荳蔲梢頭二月天. 愛殺西山靑似染, 半沉墨
   氣半茶烟. 舊館年深印屐苔, 綠窓盤繡爲行臺. 衛夫人字班姬句, 竝是神針靜夜來."
11 신위, 「是歲十二月十三日, 鄭彬卿回甲也. 題此以贈」, 『경수당전고』 제25책(한국문집총
   간 제291책, 554쪽): "看君髼髮到華顚, 又見稱觴花甲年. 自愧䒷田舊居士, 支離猶作世
   間緣. 余少與尊甫進士君交遊時, 自號䒷田居士."

도 신위의 이름과 함께 등장한다. 「목사·현감·군수의 실정과 선정에 대해 암행어사 이시원이 서계하다」란 기사가 그것이다.

경기 암행어사 이시원李是遠이 별단別單을 올려 또 논했다.

"강화江華는 보장保障의 땅입니다. 일의 대체가 자연히 특별한 곳인데 군량을 좀먹고 나라 창고의 재물을 다 써 버렸으니, 그 폐단의 근원을 거슬러 궁구하면 무자년(1828)과 기축년(1829)의 2, 3년간보다 더 심했던 것입니다. 간사한 비장裨將 정운시鄭雲始는 악독한 겸인傔人 권응호權應祜와 어울려서 그 당시의 유수留守 신위申緯를 꾀어 그전 사람들이 만들어 놓은 규례를 깨뜨리고, 불법과 의롭지 않은 일을 공공연히 행하였으며, 심지어는 몰래 은밀한 함정을 파 놓고 사람들을 몰아넣어 뇌물을 요구하였으니, 풍속과 교화를 더럽히고 어지럽힌 것은 다시 말할 수도 없고 여론이 비등하여 지금까지도 그치지 않고 있습니다. 이와 같은 무리들을 만약 중한 법으로 처단함으로써 크게 징계하도록 하지 않는다면, 사대부의 벼슬하는 사람들이 경輕한 경우는 그들에게 속고 가리는 바가 될 것이며, 중重한 경우는 그들의 함정에 빠지게 될 것이니, 그 말류에 생기는 화단은 끝이 없게 될 것입니다. 모두 조사를 행한 뒤에 대신에게 순의詢議하게 하소서."

이희준은 배천군白川郡에 귀양 보냈고, 신위는 평산부平山府에 귀양 보냈으며, 이정신은 고신告身을 빼앗았다.12

---

12 『조선왕조실록』, 순조 33년(1833) 10월 2일: "別單, 又論: '江華以保障之地, 事體自別, 而軍餉之蠹壞, 帑貨之消瀜, 溯究弊源, 莫甚於戊子己丑數三年間. 而奸裨鄭雲始, 符同惡傔權應祜, 誑誤其時留守申緯, 打破前人之成規. 公行不法非義之事, 甚至陰設機穽, 驅人索賂, 而風教之黷亂, 更無可言. 輿議之喧騰, 尙今不息. 如此等輩, 若不以重法

신위가 강화유수로 있을 때, 정운시가 비장으로 수하에 있으면서 농간을 부려 공공연히 뇌물을 받고 불법을 자행했다는 것이다. 이 일로 신위는 귀양을 가는데, 귀양지가 고작해서 그의 본관처인 평산인 것으로 보아 정쟁적 성격이 강했다. 이 일이 있은 4년 뒤에 자하가 정운시의 회갑을 축하하는 시를 써 준다. 둘의 관계는 중간의 시련에도 불구하고 만년까지 끈끈하게 이어져 있었던 듯하다.

한편 자하와 오난설은 이 일이 계기가 되어 빈번한 서신 왕래를 하게 되었다. 1825년에 지은 「오가각의 『표충록』에 제한 4수. 오난설 숭량을 위해 짓다題吳架閣表忠錄四首, 爲吳蘭雪嵩梁題」는 오숭량의 먼 조상인 송나라 때 오양吳揚이 남긴 『표충록表忠錄』에 쓴 제시다.[13] 오숭량의 요청에 따라 지은 작품인 듯하다. 또 앞서 본 「남우촌南雨村 진사가 목계원판鶩溪院判을 따라 연경으로 들어가며 작별할 때 지은 잡제 절구. 많게 13수에 이르렀는데 태반은 회인감구懷人感舊의 말이었다. 우촌이 이를 차운하여 여러 명사와 노닐었다. 술자리가 거나해지면 함께 꺼내 읽어, 바야흐로 나의 이때 마음을 알게 하였다南雨村進士, 從溪院判入燕, 話別之次, 雜題絶句, 多至十三首, 太半是懷人感舊之語. 雨村此次, 與諸名士遊, 到酣暢, 共出而讀之, 方領我此時心事」의 13수도 1812년 연행 당시 자하의 중국 지식인 교유의 실상을 짐작게 하는 중요한 내용이다.

이 밖에도 자하는 「기사오난설寄謝吳蘭雪」, 「오난설의 답장이 와서 금향각산수립축을 얻었기에 이를 지어 사례하다吳蘭雪信回, 得琴香閣山水立軸, 題此爲謝」, 「차운하여 오난설에 화답하다次韻和吳蘭雪 四詩」, 「오난

勘斷, 俾有所大段懲創, 則士大夫之仕宦者, 輕則爲其所欺蔽, 重則爲其所陷溺. 其流之禍, 將無紀極. 竝行査後詢議大臣.' 義準配白川郡, 緯配平山府, 鼎臣奪告身."
13 신위, 『경수당전고』 제12책(한국문집총간 제291책, 262쪽).

260

설의 기몽시에 화답하다. 병서和吳蘭雪記夢詩 幷序」등 그와 주고받은 많은 작품을 남겼다. 두 사람의 교유에 대해서는 다른 지면을 통해 꼼꼼히 살펴볼 필요가 있다. 그간 오난설과 조선 문인과의 교유는 추사 부자에 국한되었는데, 금번 이 자료의 공개를 통해 자하와의 깊은 교분을 확인함은 물론, 그 밖에 다른 문인과의 교유도 더 깊은 논의가 가능하게 되었다.

한 장의 그림에서 시작된 추적
19세기 말 중국 양주에서 활동한 조선인 서예가 조옥파 미스터리

이 글은 19세기 말 중국 양주揚州 지역에서 활동했던 조선인 서예가 조옥파趙玉坡란 인물을 추적해 가는 과정을 정리한 것이다. 그가 19세기 말 중국에서 남긴 서예 작품은 지금도 중국의 박물관과 각종 옥선에 심심찮게 소개되고 있다. 막상 조선에서 그의 존재는 오리무중으로 실체 포착이 어렵다. 그는 조선 관리의 정복을 입고 비서를 대동한 채 중국 양주 지역의 관부와 유력가의 집안을 돌면서 많은 서예 작품을 남겼다. 작품에는 언제나 '고려진사高麗進士' 또는 '기자국진사箕子國進士'라고 서명했다.

희미하게 남은 자취 속에서 그는 조선의 사절使節로 중국에 왔다가 유람차 떠돈 것으로 자신을 소개했고, 활달한 필치의 서예 작품으로 양주 지역의 세력가들에게 융숭한 대접을 받았다. 그는 정말로 조선 왕실이 파견한 공식 사절이었을까? 그것이 아니라면 그는 어떤 연유로 만리 이역

의 타국에서 글씨를 써 주며 기식寄食하는 떠돌이의 삶을 살게 되었을까?

필자는 지난 여러 해 동안 그의 실체 파악을 위해 노력했지만 끝내 확실한 단서는 찾지 못했다. 그나마 여러 단편적인 정보를 얻어 볼 수 있었는데, 이 글에서 한데 묶어 소개하겠다. 이를 계기로 그에 대한 더 많은 제보와 정보 공유를 통해 조옥파의 실체에 한 걸음 더 다가설 수 있기를 희망한다.

『점석재화보』에서 만난 한 장의 그림

필자는 한중 지식인 간의 필담 연구를 진행하던 중 오우여吳友如의 『점석재화보點石齋畫譜』에서 〈이필대설以筆代舌〉이란 한 편의 그림과 만나게 되었다(도판 58). 『점석재화보』는 1884년부터 1898년까지 15년간 상해에서 간행된 『신보申報』의 부속 순간旬刊 연재물을 모아 엮은 책이다. 영국인 어니스트 메이저Ernest Major가 창간한 이 지면은 당시 제국주의 열강의 각축장이 된 만청晚淸 사회의 정치·경제·사회상의 여러 장면들을 놀라운 필치로 포착해 당시에 큰 호평을 받았을 뿐 아니라, 지금까지도 만청 사회의 이면을 들여다볼 수 있는 역사화로서의 가치를 높이 평가받고 있다.

그림을 그린 오우여는 강소성江蘇省 원화元和 사람으로 본명이 오가유吳嘉猷다. 어려서 표구사에 취업해 일을 배우다가 취급하던 서화를 임모하면서 서화를 익힌 그는, 이후 솜씨를 인정받아 『점석재화보』의 연재에 동참하게 되었다. 그의 그림은 디테일이 살아 있고, 상단의 설명을 통해 그림 속 장면을 섬세하게 담아내 그 사료적 가치가 대단히 높다.

以筆代舌

五方之人言語不通辭
馬唁欲有辭馬必譯如
後惟朝鮮文字與中國
違相趙玉坡以名進士
同厲來華謁蘇具張庶
人訥嬴袋通詞不用舌
瀾圖光今將命但須毛
穎藝乎此催胍陽末若
之一坐音接佳話流傳視
郎王無藉年繁花有喻焉

58. 오우여, 『점석재화보』 중 〈이필대설〉

〈이필대설以筆代舌〉은 탁자 하나를 사이에 두고 중국의 관인과 조선의 정복 차림 관원이 필담을 주고받는 장면을 그렸다. 두 사람의 옆에는 각각의 수행원이 한 사람씩 서 있다. 차를 마신 듯 곁에 찻잔이 놓였고, 저마다 각자의 붓과 종이에 글씨를 써서 상대방에게 자신의 종이를 건네는 방식으로 필담이 진행되었다. 화면에서는 조선 관원이 글씨를 쓰고 있고, 중국 관리는 붓을 거꾸로 든 채 상대가 글씨 쓰는 모습을 지켜보고 있다. 그 곁에 선 중국인 수행원은 새 붓에 먹을 적셔서 관원이 글씨를 쓰고 나면 붓을 바꿔 줄 준비를 한다. 추운 날씨였던 듯 바깥에서 막 들어오는 다른 중국인은 시린 귀를 만지고 있다.

상단에 적힌 글에 그림 속 장면에 대한 설명이 담겨 있다. 읽어 보자.

> 오방五方의 사람은 언어가 통하지 않아서, 갑작스레 마주 대하면 하고 싶은 말이 있어도 반드시 통역이 있은 뒤라야 뜻이 통한다. 다만 조선은 문자가 중국과 서로 같다. 조옥파趙玉坡 군은 이름난 진사로 두루 노닐다가 중국에 와서, 소현蘇縣의 장렴방張廉訪을 찾아뵙고, 해외의 이야기를 나누었다. 손님이 와도 글로 통하니 통역을 쓰지 않았고, 관광하다가 주인과 손님이 나눠 앉으면 다만 붓만 가지고도 온 집의 사람과 다 수접酬接하니 아름다운 얘기로 전한다. 학 참군郝參軍이 "못에서 취우嫦隅가 뛴다."고 한 것도 이와 같지는 않았을 것이다. 가루 옥은 소리가 안 나고, 예쁜 꽃은 자취가 있는 법이다.[1]

---

1 〈이필대설〉,『점석재화보』: "五方之人, 言語不通, 猝焉晤對, 欲有辭焉, 必譯而後達. 惟朝鮮, 文字與中國相同. 趙君玉坡, 以名進士, 游歷來華, 謁蘇縣張廉訪談瀛, 客至通詞, 不用舌人. 觀國光, 分將命, 但須毛穎, 一堂晉接, 佳話流傳. 以視郝參軍, 池躍嫦隅, 未若是之. 屑玉無聲, 粲花有跡焉."

작품번호 '묘륙卯六'에 실린 그림이다. 『점석재화보』묘권卯卷은 1888년에 간행되었다. 그림 속의 상황이 1888년의 시점인 것은 아니다. 아름다운 얘기로 전해 온다고 한 것으로 보아 상당한 시간이 지난 뒤에 그려졌을 가능성이 높다. 글 속의 장렴방張廉訪은 당시 소현蘇縣의 안찰사이고, 둘은 해외의 이야기로 화제를 이어 갔는데 말은 못 해도 의사소통에 아무 문제가 없어 사람들이 신기하게 여겼다.

글의 내용은 이렇다. 조선의 이름난 진사 조옥파가 중국의 여러 곳을 관광하다가 양주 지역 관리의 처소를 방문해 대담하였는데, 통역이 없이도 소통에 아무 문제가 없었다. 방문한 곳에서 주객이 자리를 잡고 앉으면 붓 한 자루만 들고서 온 집안의 사람들과 막힘없는 필담을 나누어, 좌중을 모두 놀라게 했다는 내용이다.

글 속에 학 참군郝參軍 운운한 것은 고사가 있다. 학 참군은 동진東晉의 명사 학륭郝隆이다. 그가 환온桓溫의 휘하에 들어가 남만참군南蠻參軍의 관직을 맡았는데, 3월 3일에 연회를 베풀며 시를 짓게 하고 시를 못 지으면 벌주 석 잔을 마시게 한 일이 있었다. 학륭이 시의 첫 구에서 "취우가 맑은 못에 깨끗도 하니(娵隅濯淸池)"라 하자, 환온이 '취우娵隅'가 무어냐고 물었다. 그러자 학륭이 남만 사람들이 물고기를 취우라 부른다고 대답했다. 어째서 시에다 남만 말을 쓰느냐고 하자, 학륭이 몇천 리 밖에서 여기까지 와서 고작 남만참군이 되었으니, 어찌 남만어로 말하지 않겠느냐고 대답했다. 환온이 크게 웃었다. 학륭의 말 속에는 은연중 자신을 제대로 대접하지 않는 것에 대한 불만이 담겨 있다. 이 글에서는 예전 학륭은 남만참군의 대접밖에 못 받았지만 조옥파가 수천 리 밖조선에서 중국으로 와서 받은 대접이 이보다 더 나았다는 의미로 썼다.

줄줄이 이어지는 정보들

이 그림을 보고 나서 조옥파란 인물이 궁금해져서 네이버 검색창에 '조옥파'를 치니, 대뜸 2004년 7월 30일에 올린 「누가 조옥파라는 이름을 아시나요?」란 글이 뜬다. 화면에는 '고려진사高麗進士 조옥파趙玉坡'란 서명이 들어 있는 대자大字의 '용龍'자 글씨가 있고(도판 59), 그 아래 실린 내용을 보니 중국 양주揚州 지역에서 활동한 한국 사람 중 신라 때 최치원 말고는 조옥파가 유명하다는 이야기와 함께 그에 대한 인적 사항을 찾는다는 기사였다.

그 아래 인용된 중국 쪽 자료에, 조옥파가 서법에 뛰어난 한국의 문사로, 사신의 임무를 받들어 중국에 왔다가 공무를 마친 뒤에 운하를 따라 남쪽으로 내려와 남방의 명승지를 두루 유람하였고, 양주를 지날 적에 양주의 사대부들이 그의 이름을 오래도록 사모하다가 앞을 다퉈 찾아가 인사하고 그의 글씨를 요청했다는 내용이 실려 있었다. 또 양주의 한 향현鄕賢이 평소 선행을 즐겨 행해 재난이 있을 경우 재물을 털어 사람들을 구제해 주곤 했는데, 조옥파가 그를 사모하여 양주에 오자마자 큰 글씨로 대련과 액자를 써서 선물했고, 향현 또한 각종 선서善書로 답례해서 한때의 가화佳話로 전해 온다는 내용이 담겨 있었다.

다른 하나로는 방학봉이 쓴 『중국을 뒤흔든 우리 선조 이야기』(일송북, 2004) 중 「구화산의 성승聖僧 교각喬覺」 항목(240쪽)에 "청나라 말기, 조선불교계에서는 조옥파를 우두머리로 한 대표단을 파견하여 구화산까지 찾아와서 예배한 일도 있다."는 짧은 한 줄이 더 실려 있었다. 그 밖에 조옥파에 대한 자료는 어디에서도 더 이상 나오지 않았다.

이번에는 다시 중국 쪽 검색 엔진인 바이두(baidu.com)로 들어가 검색

59. 중국 옥션 사이트에 나오는 조옥파의 '용龍' 대자

 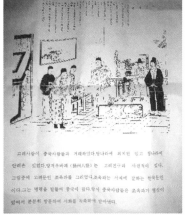

60~61. 중국 인터넷 사이트에 실린 조옥파의 '수壽' 대자(왼쪽)와 관련 글(오른쪽)

했다. 대뜸 '수壽' 대자 족자가 뜨는데, '기자국진사조옥파예축箕子國進士趙玉坡預祝'이란 서명이 나온다(도판 60). 글씨를 받은 사람은 우측 상단에 보인다. 중간중간 글자가 지워져서 판독이 어렵다. '사마司馬'란 글자가 보이고, 끝에 '예축預祝', 즉 미리 축하한다는 말이 쓰여 있는 것으로 보아 글씨를 받는 사람에게 과거 급제와 같은 장차의 일을 미리 축원한 내용임을 짐작할 수 있다. 앞에서는 '고려진사'라 하더니, 여기서는 다시 '기자국진사'라고 자신을 소개했다. 자신의 국적을 분명하게 밝힌 것이다.

펼쳐진 액자의 하단에 조옥파와 관련이 있는 듯한 두 장의 종이가 있었다. 해상도를 높여서 해당 글씨를 캡처해서 보니, 좌측의 글은 중국인이 쓴 「조선진사朝鮮進士 조옥파趙玉坡」란 글이고, 오른쪽은 역시 『점석재화보』에 실린 것으로 보이는 그림 아래 한글로 조옥파에 대해 쓴 짤막한 글이었다(도판61). 이 밖에도 중국 인터넷상에서 조옥파의 서예 작품은 심심찮게 눈에 띄었다.

2012년 8월, 1년간 하버드대학교 옌칭연구소에 방문학자로 머물게 된 나는 어느 날 도서관에서 『점석재화보』를 원본으로 모두 꺼내 와서, 그 방대한 자료를 처음부터 하나씩 살펴보았다. 분량이 워낙 많아 사진 속 희미한 그림의 원본을 찾아내기가 쉽지 않았다. 『점석재화보』 속에 조선과 관련된 항목이 수십 개에 달한다는 뜻밖의 사실을 확인한 후 상당히 놀랐다.

여러 날을 뒤진 끝에 『점석재화보』 속에 수록된 두 장의 조옥파 관련 그림을 더 찾아낼 수 있었다. 〈한묵인연翰墨因緣〉과 〈한사청유韓使淸游〉가 그것이다. 두 장의 그림 속에 등장하는 인물 역시 조옥파였다. 『점석재화보』 전체를 통틀어 별 이름 없는 외국인이, 그것도 세 번이나 거듭 나오는 경우는 조옥파 외에는 달리 예를 찾을 수 없다. 이제 이 두 그림을 다시 읽어 보기로 한다.

역시 관원의 정복을 차려입은 중국 관리와 조선 관리가 탁자를 사이에 두고 걸터앉았다. 탁자 위에는 찻잔이 놓였고, 양옆에 비서를 한 사람씩 대동했다. 제목은 〈한사청유〉, 즉 한국 사신의 맑은 유람이란 의미다(도판 62). 혹 청淸을 나라 이름으로 볼 수도 있겠으나, 어법상 맞지 않다. 원문을 읽어 본다.

> 조옥파는 고려의 진사이다. 일전에 임금의 명을 받들고 와서 상국을 관광하였다. 중양重洋 만리 길을 지나 오양五羊(광주廣州의 별칭)에서 빼어난 자취를 찾아다니느라, 모자는 테가 다 닳고, 채찍은 실낱같이 되도록 마음껏 두루 유람하고 있다. 하루는 단강端江에 이르러 북성 밖의 팔현사八賢祠에 집을 빌려 두고 성안으로 향하니, 문무의 높은 관료들이 저마다 토물土物을 두 가지씩 대접하여 손님의 예를 차렸다. 다시 견여를 타고서 각 곳의 관아마다 다니면서 명함을 내밀고 두루 만났다. 그 복장은 도포가 풍덩하고 소매가 널찍한데, 앞뒤로 보자補子, 즉 흉배胸褙를 달았고, 가운데는 흰 실로 수를 놓아 새가 날아오르는 형상을 만들었다. 구슬을 달아 관을 지었는데 검은 비단으로 만들었다. 양옆으로 두 날개가 달려 있으니 그 제도는 모두 앞선 명대와 같다. 하인 한 사람이 큰 깃이 달린 흰 옷을 입고서 그를 따랐다. 가는 곳마다 높은 관리들이 예를 갖춰 정성껏 대접하였다. 묻고 대답할 때 말투는 북성北省 정음正音이었고, 중간중간 토음土音이 섞여 있었다. 여러 집에서 나누어 대접하면 직접 쓴 굵은 큰 글씨로 답례하였다. 그가 쓴 용호龍虎 두 글자를 보니, 일필휘지로 썼는데 굳센 기운이 곧장 전달되고 골력骨力이 아울러 담겨 있어, 참으로

62. 오우여, 『점석재화보』 중 〈한사청유〉

옛날 명가가 말한 용이 천문天門으로 튀어 오르고, 범이 봉궐鳳闕에 드러 눕는 기세가 있었다. 참으로 먼 곳에서 온 풍아風雅의 인사여서 일부러 이를 기록해 둔다.[2]

작품번호 '술오戌五'는 1890년에 간행되었다. 남쪽 지역을 유람 중이라는 조선 진사 조옥파를 소개하고 있다. 그가 단강端江에 왔다가 북성 밖에 있는 팔현사八賢祠에 숙소를 잡고는 성안으로 들어와 그곳의 높은 관리를 방문했다. 뜻밖에 나타난 귀한 손님에 놀란 이들이 융숭한 예로 그를 접대하였다. 이후 조옥파는 다시 견여肩輿에 올라타 여러 관청을 두루 방문해 명함을 넣었다. 그의 복장은 명대明代의 유제遺制를 그대로 간직한 데다 가슴의 문관文官 흉배胸背와 두 날개가 달린 사모紗帽도 단연 중국인들의 눈길을 끌었던 것이 분명하다.

그의 말씨는 북경 발음에 중간중간 조선식 발음이 끼어들었고, 그는 가는 곳마다 벽과대자擘窠大字, 즉 엄청나게 큰 글자를 써서 선물로 주곤 했다. 위에서 본 것 같은 '수壽' 자나 '용龍' 자와 같은 큰 글자였다. 큰 종이에 일필휘지로 휘둘러 쓴 대자大字는 "용이 천문으로 튀어 오르고, 범이 봉궐에 드러눕는(龍跳天門, 虎臥鳳闕)" 듯한 압도적 기세로 좌중을 놀라게 했다. 중국에서는 일찍이 보지 못한 필치였기 때문이었다.

---

2 〈한사청유〉, 『점석재화보』: "趙玉坡, 高麗進士也. 日前銜命而來, 觀光上國. 歷重洋之萬里, 訪勝跡於五羊, 帽影鞭絲, 恣情游歷. 一日至端江, 假舘北城外之八賢祠, 向城中. 文武大儍, 各饋土物二色, 以修客禮. 復乘肩輿, 遍至各衙署, 投刺晉謁. 其服寬袍大袖, 前後加以補子, 中以白絲繡, 作禽鳥飛翔之狀. 而掛珠爲冠, 以墨緞爲之. 旁有兩翼, 其制皆如前明. 一僕穿大領白衣隨之, 各憲款接如禮. 問答之下, 口操北省正音. 而雜以土音. 分饋各宮, 伸以所寫擘窠大字, 有見其龍虎二字者, 一筆書成, 勁氣直達, 骨力兼到, 眞有古名家龍跳天門, 虎臥鳳闕之勢. 誠遠邦風雅士也. 故誌之."

특별히 기록 중 흉배에 대한 세밀한 묘사가 인상적인데, 흉배를 확대해 보면 꼬리가 길게 드리워 있고, 관우冠羽가 있는 것으로 보아 당하관이 착용하는 백한白鵬 흉배로 보인다.

세 번째 〈한묵인연〉은 '계팔癸八'이니 1887년에 발표된 것이다(도판 63). 앞서 중국 사이트에서 찾은 '수壽' 자 글씨 하단에 놓인 희미한 그림이 바로 이것이다. 〈이필대설〉과 〈한사청유〉가 관복 차림이었던 데 반해, 이 그림에서 조옥파는 흰색의 야복野服 차림으로 등장한다. 그는 앉은뱅이 탁자 앞에 앉아서 집주인을 위한 선물로 글씨를 써 주고 있다. 탁자 위에는 이제 막 쓰기를 마친 듯 '중외함칭中外咸稱'이란 넉 자가 보이고, 옆에 선 세 사람이 들고 있는 대련 한 폭에는 "천하에 베푼 은혜 하해보다 드넓고, 인간의 공적은 큰 산마냥 우뚝하다.(天下恩深河海濶, 人間功績嶽崇.)"라는 덕담이 적혀 있다.

그림 위에 적은 글을 마저 읽어 보자.

고려는 해외 문물의 나라이다. 그곳의 사대부는 사한詞翰을 숭상하고, 특별히 옛 법첩을 임모臨摹하기를 좋아해 진당晉唐 시절 여러 대가 사이를 출입한다. 대개 저 나라에서 선비를 뽑을 적에 일정한 틀에 가두지 않기 때문에 붓글씨의 한 가지 길에 있어서 또한 평소에 관각체館閣體라는 것이 없다. 조옥파 군은 이름난 진사로 훌륭한 붓글씨 솜씨를 갖추고 있다. 사신의 임무를 받들어 중국에 와서, 지금은 귀국을 늦추고 수레를 타고 승경을 유람하며 한구邗溝 길로 나서니, 한때에 그의 이름을 들은 사람들이 다투어 보배로운 글씨를 구하느라 문지방이 닳을 지경이었다. 고을에 훌륭한 선비가 있는데 여러 해 동안 불쌍한 이들을 구휼하였다. 조 군이 평소 그를 사모하여 대련과 액자를 써서 선물로 주었다. 그 사람은 각종 선서善書를 가져다가 훌륭한 선물에 답례하였다. 은 갈고리와 무쇠 같은 필획을 손님이 모인 자리에서 꺼내 보이자 옥률玉律과 금과金科의 좋은 글귀를 가지고 낭원閬苑으로 함께 돌아가니, 옛사람이 복숭아를 선물하자 오얏으로 보답한 일과 별 차이가 없이 보인다. 그 아무개 선사善士에게는 부평처럼 떠돌다 서로 만난 즈음에 목천木天 공봉供奉의 글씨를 얻은 격이라 겹겹이 싸서 보배로이 간직하니 더욱 기쁘고 다행스러운 일이었다.[3]

한구邗溝는 장강과 회하淮河를 연결하는 운하를 가리킨다. 조선의 선비들이 중국처럼 관각체만을 익히지 않고, 진나라 왕희지와 당나라 안진경, 구양수, 저수량 등의 글씨를 자유롭게 배워 글씨가 훌륭하다고 했다. 조옥파가 중국에 사신으로 왔다가 운하를 따라 중국 남쪽 지역을 다닌 일을 적고, 그의 글씨가 유명해서 가는 곳마다 앞을 다퉈 그 글씨를 구하려 한 사정을 밝혔다. 화면의 상황은 양주 지역의 선사善士가 자선을 널리 베풀어 명망이 높았으므로 조옥파가 그를 찾아가 대련과 액자를 써서 그의 덕을 칭송하고 선물로 주는 장면이다. 목천공봉木天供奉의 목천은 목천서木天署의 줄임말로, 한림원翰林院의 별칭이다. 한림 공봉을 지낸 것은 이백李白이다.

이상 『점석재화보』에 수록된 3폭의 조옥파 관련 도판을 검토하였다.

3 〈한묵인연〉, 『점석재화보』: "高麗爲海外文物之邦. 其士大夫雅尙詞翰, 尤好臨摹古帖, 出入于晋唐諸大家. 盖彼國取士, 不以繩墨, 故卽臨池一道, 亦素無所爲舘閣體者. 趙君玉坡, 以名進士, 具大手筆. 奉使來華, 頃將延國, 星軺攬勝, 道出邗溝, 一時耳其名者, 爭求墨寶, 戶限幾穿. 邑有某善士, 勸賑多年. 趙君雅慕之, 書聯額相贈, 某則取各種善書, 以答嘉貺. 銀鉤鐵畫, 出际賓筵, 玉律金科, 携歸閬苑, 以視古之人, 投桃報李, 無多讓焉. 而在某善士者, 于萍水相逢之際, 得木天供奉之書, 什襲珍藏, 尤多欣幸耳."

63. 오우여, 『점석재화보』 중 〈한묵인연〉

이 세 기록을 통해 알 수 있는 사실은 다음과 같다. 그는 조선의 사신 자격으로 중국에 왔다가 관광을 위해 운하를 따라 남쪽 지역을 유람했다. 그는 서예, 특별히 큰 종이에 용호龍虎와 같은 글자를 한 자씩 쓰는 데 능했고, 지나는 지역마다 관부나 유력가의 집안을 방문해서 글씨를 선물하며 교유했다. 그는 주로 관복을 입고 다녔고, 비서 격으로 하인 한 사람을 대동하고 있었다. 그의 개성적 복장은 단연 중국인들의 관심을 끌었고, 그가 시문 창작 능력과 훌륭한 서예 솜씨까지 지니고, 필담이란 독특한 방식으로 대화를 자유롭게 이어 갈 수 있었으므로, 그에게 글씨 선물을 받은 유력가들은 그에 상응하는 선물을 건네며 융숭하게 대접하였다.

편린의 재구성

『점석재화보』에서 이렇게 3폭의 그림과 잇달아 만나자, 조옥파에 대한 궁금증이 더 커졌다. 검색을 통해 인터넷상에 돌아다니는 그의 서예 작품을 더 집중적으로 모아 보았다(도판 64~68).

그의 작품 속에는 '기자국箕子國'이나 '고려국高麗國'처럼 자신의 정체성을 선명하게 드러내는 서명이 빠지지 않았다. 인장에도 '조선진사朝鮮進士'라 했다. 또 다른 인장에 '정묘진사丁卯進士' 또는 '고려정묘진사高麗丁卯進士'라 한 것도 있었다. 정묘진사는 그가 정묘년(1867)에 진사시에 급제했다는 의미여서, 『사마방목』에서 정묘년 합격자 명단 중 조씨 성을 가진 사람을 모두 추출해 보았다. 어차피 조옥파는 본명이 아니라 그의 별호일 터여서 조옥파란 이름 석 자로는 추적이 어렵겠다는 예상을 했다. 작품 속에서 그가 사용한 인장들은 중국에 와서 새긴 것으로 보였다. 그는 한 번도 자신의 본명은 밝히지 않고 옥파라는 이름으로만 행세했다. 자신이 말한 정묘진사도 사실과 다를 수 있겠다는 생각이 들었다. 『사마방목』을 검색해 본 결과 정묘년 진사 중 조씨 성을 가진 사람은 조종필趙宗弼, 조용호趙鏞昊, 조종림趙鍾林, 조봉재趙鳳載, 조성설趙性卨, 조면규趙冕奎, 조명규趙明奎 등 7인이 있었다. 하지만 이들 중 그 누구에게서도 조옥파에 견줄 만한 행적은 찾을 수가 없었다.

한편 조옥파는 이 밖에도 여러 곳에 자신의 흔적을 남겼다. 서세창徐世昌(1855~1939)이 청대 명류의 시를 망라해 소개한 거질의 『만청이시회晚晴簃詩匯』 권200에 조옥파의 시 한 수가 수록되어 있다. 작가 소개에 자를 형봉荊峰이라 해서 그에 관한 정보가 한 가지 더 추가되었다. 그의 작품은 「송자재 태수와 함께 망호정을 유람하며偕宋子材太守游望湖亭」라는 7언 율시다. 작품을 감상해 보자.

푸른 하늘 나란히 높은 누각 올라가니

산 빛과 호수 빛이 한눈에 들어오네.

일천 돛배 바람 맞아 눈길마다 시원해도

희게 센 두 살쩍은 머리 긁기 겁이 난다.

매화 그림자 마주한 그대는 학과 같고

부평처럼 떠도는 자취 나는 또한 갈매길세.

이 좋은 곳 티끌 세상 속객 옴이 부끄러워

시구를 지어 적어 성명을 남기노라.

青雲聯步上層樓

山色湖色一覽收

風送千帆欣縱目

雪侵雙鬢怕搔頭

梅花對影君如鶴

萍水浮踪我亦鷗

勝地却慚塵俗客

輸入題句姓名留

태수인 송자재宋子材와 함께 명승인 망호정에 오른 감회를 노래한 작

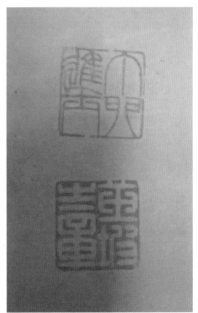

64~67. 각종 인터넷 사이트에 보이는 조옥파의 서명과 인장

68. 중국 옥션 사이트에 올라 있는 조옥파의 글씨

품이다. 툭 트인 즉경을 앞세워 부평처럼 떠도는 자신의 처지를 돌아보
았다. 그는 이날도 일필휘지로 자신의 시를 남겼던 듯하다.

또 앞서 잠깐 보았듯 인터넷 검색 중에 한국 불교계에서 구화산九華
山의 김지장金地藏 유적지로 조옥파를 단장으로 한 대표단을 보냈다는,
달리 근거를 찾기 힘든 내용을 읽었는데, 중국 측 기록에서도 이와 연관
이 있어 보이는 기사가 몇 개 더 있어 주목을 끈다. 구화산 관광구를 소
개하고 있는 관광안내문인「구화산도유사九華山導遊詞」중에서 필자는
다음 내용을 확인하였다.

> 청나라 광서光緖 연간에 고려 공사貢使 조옥파가 구화산을 유람하였다.
> 특별히 김지장이 수행한 자취를 조문하기 위해 고불동古佛洞을 찾아와,
> 시 한 수를 지었다. 그 시는 이렇다.
> 清光緒年間, 高麗貢使趙玉坡遊覽九華山, 特意來到古佛洞, 憑吊金
> 地藏修行的蹤跡, 並作詩一首.

동쪽 번국藩國 못난 신하 사신이 되어 와서	東藩修貢草茅臣
곳마다 산을 보매 눈과 귀가 새롭구나.	到處看山耳目新
성세聖世 만년에 울타리 됨 굳건하니	聖世萬年屏翰固
중화의 일맥이 본원과 가깝도다.	中華一脈本原親
시명詩名은 저 멀리 계림의 값이 무거운데	詩名遠重雞林價
노닌 자취 녹원鹿苑 봄에 저 먼저 열리누나.	遊跡先開鹿苑春
강남 사람 처음 보고 자꾸만 웃는 것은	笑被江南人創見
오사모를 연극 무대 배우로 잘못 알아설세.	烏紗錯認戲場人

여전히 그는 고려 사신으로 자신의 신분을 밝혔고, 조선이 청의 병한屛翰, 즉 번방이 됨을 말했다. 강남 사람들이 자신의 복장과 오사모를 처음 보고 신기하게 바라보았던 듯, 자신을 마치 무대에 오른 배우처럼 본다고 말한 대목이 이채롭다. 이때에도 그는 관복을 입고 유람에 올랐음을 알 수 있다.

구화산 관련 다른 인터넷 자료 속에도 비슷한 내용이 잇달아 보인다. "청나라 광서 말년에 고려국 공신貢臣 조옥파가 구화산에 참배하러 왔는데, 당시 청양현靑陽縣 교유敎諭 주예周譽가 그와 동행해 안내했고, 두 사람이 창화한 시가 남아 있다."는 내용이 있는가 하면, 다른 기록에는 20세기 초에 그가 구화산에 왔을 때 당시 청양현 문화계의 인사였던 주찬周贊이 그를 접대하고 함께 참관하면서 시를 창화했다는 이야기도 나온다. 그러면서 이때 지은 시로 위의 시를 인용했다. 동행했던 인물의 이름은 기록에 따라 주지周贄 또는 주빈周斌으로 나오기도 하여, 기록이 저마다 제가끔이다. 그는 광서 연간에 간행된 『구화산지九華山志』의 책임 편집자라고도 한다. 주빈이 먼저 "중조中朝의 관검冠劍에 물결 아는 신하가, 강남 길 방문하매 경물이 새롭구나. 오복五福의 기자箕子 구주九疇 국정國政을 들었더니, 구화산의 김지장은 한 고향 사람일세.(中朝冠劍識波臣, 訪道江南景物新. 五福箕疇聞國政, 九華地藏認鄕親.)"라고 선창하자, 이에 화답하여 위 시를 지었다는 기록도 나타난다.

흥미로운 것은 조옥파가 구화산에 오른 것을 광서 말년, 또는 20세기 초의 일로 기록하고 있는 점이다. 광서 말년은 1908년이다. 앞서 조옥파가 등장한 『점석재화보』가 1887년부터 1890년 사이에 간행되었으니, 이로부터 18년이 지난 이때까지도 조옥파가 계속 중국에 머물고 있었다는 것인지, 그사이에 귀국했다가 불교계의 사절을 인솔하고 다시

69. 활달한 필치의 조옥파의 초서 4폭(오른쪽부터)

왔던 것인지는 확인되지 않는다. 구화산 관련 기록에서 연대가 혼동되었든지, 그가 한 차례 더 중국을 방문했든지 둘 중의 하나일 듯하나, 현재로서는 더 이상의 추적이 어렵다. 불교계의 기록 속에서 관련 내용이 확인될 수 있기를 기대해 본다.

뜻밖의 고백

이제껏 살폈지만 조옥파의 정체와 그가 중국 남쪽 지역을 떠돌게 된 사연은 사실 관계와 전후 사정을 분명하게 알 수가 없다. 그런데 전혀 뜻밖의 장면에서 그의 중국 체류 이유를 가늠케 할 만한 사연과 만났다.

조옥파는 여행 도중 만난 중국 사인士人 장함중張涵中을 위해 그의 시집인 『감회재분체시록鑑悔齋分體詩錄』 6권에 서문을 써 준 일이 있다(도판 70). 조옥파의 서문은 현재 중국 국학대사國學大師 사이트(guoxuedashi. com)에 접속해 책 이름을 검색어로 치면 화면으로 원본 검색이 가능하다. 글이 길어 전문을 읽지는 않고, 시에 대한 일반론을 서술한 앞부분을 빼고 자신의 신상을 언급한 중간 부분부터 읽어 보자.

광서 11년, 을유(1885) 8월, 박명薄命한 아이를 찾아 떠돌다가 중국 남경 고도에 이르렀다. 이때 마침 양경兩京에서 향시가 크게 거행되어 뜻 높은 유생과 빼어난 선비가 사방에서 구름처럼 모여들고, 웅장한 문장과 큰 솜씨들로 직하稷下가 떠들썩하였다. 생각 같아서는 부족하고 얕은 식견으로 대가의 문체를 배워서 가슴속에 답답하게 쌓인 것을 풀어 보고 싶었다. 하루는 함께 객잔에 머물고 있던 대선생, 장실군張實君 씨가 호를 함중涵中이라 하고 본래 소주부蘇州府에 살았는데, 효도로 어버이를 봉양하고, 법도로 집안을 다스리며, 아우를 아껴 우애하고 화목하며, 벗 대함을 독실하고 믿음성 있게 하니, 40년간 독서한 선비였다. 와서 강남에 머물다가 다른 이를 통해 외로운 나그네가 이곳에 있다는 말을 듣고, 편지로 먼저 문안하고 시로 서로 수답한 뒤에, 인하여 자기의 시집 두 부를 꺼내니, 편명이 『감회재분체초편鑑悔齋分體初編』이라 하였다. 내게 보여주며 말하기를, "한번 살펴보고 몇 마디 말을 적어 돌려주십시오."라고 하였다. 그래서 내가 감히 사양하지 못하고서, 여관에서 여러 날을 아래위로 섭렵해 보니, 참으로 당세에 사람의 이목을 놀래킬 시격이라 할 만하였다. 옛 가락을 많이 본받아, 청아한 남은 소리가 당시에 교묘하게 꾸며 화려한 속된 말이 아니었다. 이따금씩 어버이를 그리고 임금을 사랑하는 깊은 정성이 담겨 있고, 종종 세상을 건지고 나라를 근심하는 넓은 마음을 품고 있었다. 5언과 7언의 시는 모두 손발이 덩실덩실 춤추는 것도 알지 못하였고, 한두 구절만 보면 비로소 그 가슴속에 품은 것이 시원스러워 동정호의 가을 물결에 안개와 구름이 나란히 일어나고, 악양루의 봄밤에 황금빛 벽이 환히 빛나는 것 같음을 알 수 있었다. 나의 고루하고 얕은 식견으로 감히 입을 열어 자찬하지는 못하고, 그저 선생의 실다운 행실과 본디 품은 뜻을 대략 시편의 끝자락에 기록하여 당세 시가詩家의 대종大宗이 됨을 축하드릴 뿐이다. 해동 조선국 낙양성 장휘璋輝의 진사 조옥파는 서문을 쓴다.[4]

---

4 조옥파, 「감회재분체시록서鑑悔齋分體詩錄序」: "歲次光緒十一年乙酉之仲秋, 訪兒薄命, 轉到中華南京古都. 時當兩京鄉試之大比也, 高儒傑士, 四方雲集. 雄文巨擘, 稷下風振. 意欲斗肖淺識, 庶學大家之文體, 以開胸中之茅塞矣. 一日同住客棧之大先生, 姓張尊名實君氏, 貴號涵中, 本住蘇州府, 養親以孝, 御家以法. 愛弟友睦, 待友篤信, 四十年

憶曰古及今. 詩律詞章之格體豈有相殊乎何也. 蓋人生而稟大志. 感時撫物動恍有絃. 言之所不能盡而發者言也. 詩律詞章之格乃此乎而自然. 言之所不能盡而發以味詠之餘而卽發於言而自然. 音不同而是改亦出乎高矣. 如有以詩詞章之體格乎以不同而是改亦出乎高矣. 如有以詠詞章之體格乎. 法後而古體之黃實德習拾古體字之巧妙佯. 法後而風振意古實之黃實德習拾古體字之巧妙佯. 以恍人興起宜可測詩律之本體乎. 且發異僻. 海隅閭巷薄方又不測康東之明得亦然而或近乎. 年乙巳仲秋捃記南京古部時. 曾聞之士剃海嘆詩體之愛之變尤當集雄文臣. 光緒十一年乙巳仲秋捃記南京古部時. 中華南京古部時. 先緒十一.

曾中之筆鑑笑. 一日同住客棧之大先生張尊之. 以汶愛貧反晩障及爲傷四十年讀書之士來. 住江南. 轉聞孤客之在此高先生也. 因此以已之詩集兩本. 篇名己之諱悔齋分體初.

祿度三五七言渾不知手足之蹈舞. 一句二句金璧曜光以. 先生之實行本志. 海東朝鮮國洛陽城璋輝趙進士玉坡序.

---

70. 조옥파가 장함중의 시집 『감회재분체시록』에 써 준 서문

다른 글에 없는 몇 가지 사실이 확인된다. 첫째, 그가 중국에 체류한 시점이다. 그는 1885년 8월에 남경에 머물고 있었다. 이후 양주 지역으로 이동했을 것이다. 둘째, 중국에 오게 된 이유다. 다른 곳에서는 한결같이 조선의 사신으로 왔다가 공무를 마친 후 관광을 위해 체류했다고 했는데, 이 글에서는 '방아박명訪兒薄命', 즉 박명한 자식을 찾아서 왔다고 적었다. 이 부분은 뒤에서 다시 논의하겠다. 셋째, 자신의 원래 살던 곳이 낙양성, 즉 한양의 장휘璋輝라고 밝혔다. 장휘는 혹 지금의 성북구

讀書之士也. 來住江南, 轉聞孤客之在此, 以書先問, 以詩相酬之餘, 因出自己之詩集兩本, 篇名乃鑑悔齋分體初編也. 示予曰: '一覽而記數語而歸之.' 故愚不敢辭, 而旅樓數日, 跰躃上下, 眞可爲當世驚人耳目之詩格也. 多法古調, 淸雅之餘響, 不以當時巧餙華麗之俗音. 往往有思親愛君之深誠, 種種懷濟世憂國之弘度. 五言七言, 渾不知手足之蹈舞, 一句二句, 始知其胸襟洒落. 洞庭秋波, 烟雲幷起, 岳樓春夜, 金璧曜光. 以愚孤陋淺量, 不敢以開喙自讚, 而只以先生之實行本志, 略記詩編之末章, 以賀當世之詩家大宗云爾. 海東朝鮮國, 洛陽城璋輝, 趙進士玉坡序."

장위동長位洞을 바꿔 적은 표현인 듯하나 분명치 않다.

박명한 자식을 찾아서 왔다고 적은 대목이 유독 눈길을 끈다. 이제까지 사신으로 왔다고 한 자신의 언급과는 사뭇 다른 연유를 자신의 입으로 발설한 까닭이다. 그런데 조옥파와 관련하여 우리 쪽에 남은 유력하고 또 유일한 기록이 개화기 윤치호尹致昊(1865~1945)가 남긴 『윤치호일기尹致昊日記』 속에 들어 있다. 이제 이 기록을 마저 읽고 이 글을 마치겠다. 『윤치호일기』는 국사편찬위원회 한국사데이터베이스(http://db.history.go.kr)에서 전체 원문을 검색할 수 있다.

당시 윤치호는 갑신정변 이후 신변에 위험을 느껴 1885년 1월 상해로 망명하였다. 이후 알렌 목사가 운영하던 상해 중서서원中西書院에 입학하여 3년 6개월 동안 체류하며 체계적인 근대 교육을 받고, 수료 후에는 감리교회의 후원으로 미국에 유학했다.

먼저 읽을 글은 1885년 7월 21일(음력)의 일기다.

> 날씨 맑음. 이날 아침에 알렌 목사의 집에서 양주에 사는 조옥파와 만났다. 귀학실歸學室이 어디냐고 묻길래 이곳에 온 연유를 따져 물으니, 그의 대답이 이러했다. "몇 해 전 아들을 잃고 있는 곳을 찾아다녔는데, 어떤 사람이 전하기를 아들이 영구營口에 있다고 하더군요. 영구는 바로 청나라 북동쪽의 지역입니다. 우리나라 의주에서 닷새 걸리는 거리이지요. 그래서 영구로 가서 찾았지만 찾지 못했습니다. 또 어떤 사람이 아들이 한구漢口에 있다고 했습니다. 그래서 일전에 배를 타고 호滬 즉 상해로 와서 장차 한구로 가 볼 계획인데, 여비를 마련할 길이 없군요." 또 말했다. "영구에는 영국 목사 마흠태馬欽泰란 이가 있는데 우리말에 능통합디다." 또 말했다. "영구에는 우리나라의 무뢰배가 많더군요."[5]

여러모로 대단히 흥미로운 내용이다. 그는 잃어버린 아들을 찾아 영구營口로 갔다가 못 만나고, 다시 한구漢口에 있다는 풍문을 믿고 그곳으로 찾아가는 도중이었다. 한구는 호북성 무한武漢 지역을 가리킨다. 그는 배를 타고 상해에 도착했고, 무한으로 가야 하는데 여비가 떨어져서 양주에 머물고 있던 중, 그 비용 마련을 위해 알렌 목사를 멀리까지 찾아왔던 것이다. 그러면서 영구에서 영국인 마흠태 목사를 만났던 일과 그곳의 조선인 무뢰배 이야기를 윤치호에게 전해 주었다.

앞서 본 『감회재분체시록』 서문이 1885년 8월에 쓴 것이니, 조옥파는 상해 중서서원에서 윤치호를 만난 얼마 후 남경으로 올라온 것이 된다. 날짜와 거리가 비슷하게 맞는다. 서문에서 그는 '방아박명訪兒薄命'을 방중訪中의 이유로 들었는데, 『윤치호일기』에서도 잃어버린 아들을 찾기 위해 이곳까지 왔다고 분명하게 밝히고 있다.

다시 이튿날 일기에 조옥파가 한 번 더 등장한다. 7월 22일의 일기다.

날씨 맑음. 이날 아침 조씨가 찾아와 알렌 목사에게 자신의 여비를 빌려달라고 청해 줄 것을 내게 요청했다. 나는 남의 웃음을 살까 싶어 이를 거절했다. 하지만 그가 길을 잃고 방황하는 모습이 안쓰러운 데다 간절하게 구하는 모습을 거절하기가 어려웠다. 또 보아하니 절조를 지키는 사람처럼 보였다. 그래서 혼자 생각에 우리나라 사람이 밖에서 군색하여

---

5 윤치호, 『윤치호일기』, 1885년 7월 21일: "晴, 愼, 卅日, S. 是早, 逢楊州居趙玉坡於阿蓮師家, 因問歸學室, 究問其來此之由, 其言曰: '幾年前失子, 追處尋訪, 有人傳說, 其子在於營口云. 營口卽淸國北東之地. 自我義州約有五日程, 故到營口, 尋之不得. 又有人云, 其子在漢口云, 故日前搭船到滬, 將往漢口計, 而路費無處云.' 又曰: '營口有英國牧師馬欽泰者, 能通我國語云.' 又曰: '營口多我國無賴之輩云.'"

남에게 수치를 당하게 하느니, 차라리 내 힘으로 도와주느니만 못하리라 여겨 3원을 주고, 힘이 있을 때 갚으라고 하였다. 맹자가 말하길, 줄 수도 있고 주지 않을 수도 있는데 주는 것은 은혜를 손상하는 것이라 했는데 니를 두고 한 말인가?[6]

전날 윤치호와 이런저런 얘기를 주고받다가 알렌 목사와는 만나지 못한 채 그저 돌아갔던 조옥파가 다음 날 아침 다시 찾아와 여비를 빌려 줄 것을 요청하는 장면이다. 당시 그는 수중에 지닌 돈이 다 떨어져서 몹시 군색한 처지였다. 윤치호가 보기에도 사정이 딱해 보였고, 조수인 操守人, 즉 절조를 지키는 사람처럼 기본적인 품위는 갖추고 있었다. 윤치호는 알렌 목사에게 그의 사정을 알리는 대신 자신의 돈 3원을 쥐여 준 뒤 그를 돌려보내고 말았다.

이것이 『윤치호일기』에 나오는 조옥파의 마지막 모습이다. 이후 다른 기록을 통해 그의 동선을 복원해 보면, 그는 상해에서 막바로 남경으로 올라와 그곳의 여관에 투숙해 함께 묵고 있던 중국인 장함중을 만나 그의 시집에 서문을 써 주었다. 상해에서 윤치호와 만나기 이전에 이미 그는 양주에 머물고 있었다. 『점석재화보』에 보이는 관복 차림으로 조선 사신의 행세를 하면서 그 지역 관부와 유력가의 집을 찾아다니며 글씨를 써 주고 시문을 창화하면서 생활비를 조달해 나갔던 것은 윤치호와 만나기 전후의 일일 것이다.

---

6 윤치호, 『윤치호일기』, 1885년 7월 22일: "晴, 愼, 卅一日, M. 是早, 趙氏來訪, 乞余請 于阿蓮師, 借得其路費, 余以眙人之笑, 絶之, 惻其失路彷徨之狀, 又難絶其懇求之容, 且 見似操守人, 故自忖與其使我國人窘乏於外, 見恥於人, 寧不若照我力助護, 故贈以三圓, 使其待有力還報, 孟子曰, 可以與, 可以不與, 與傷惠, 其余之謂歟."

이제 글을 마무리해야겠다. 조옥파는 중국 쪽에 남은 기록을 통해 볼 때 한동안 양주 지역에 머물며 많은 특별한 글씨를 남겨 그 지역 문화계에 가화佳話의 주인공으로 이제껏 기억되고 있다. 이후 20세기 초에 구화산을 방문한 사실이 또 한 차례 포착되는데, 이 두 여정 사이의 중간 기록은 전혀 없다. 지금도 중국의 각종 옥션에 이따금씩 출품되고 있는 그의 서예 작품은 앞서도 보았듯 상당히 높은 수준의 예술성을 갖추고 있었다.

중국의 유수한 서예 잡지인 『서법書法』 2016년 5월 호에는 여국강余國江이 쓴 「묵향전사해墨香傳四海 - 조선공사조옥파행서대련고朝鮮貢使趙玉坡行書對聯考」란 한 편의 짤막한 논문이 게재되었다. 양주의 최치원 기념관에 소장된 조옥파의 행서 대련 작품 "파초잎에 글씨 쓰자 글이 초록 한가지고, 매화를 읊조리자 글자마다 향기 나네.(書成蕉葉文猶綠, 吟到梅花字作香.)"를 소개한 글이다(도판 71). 이 글에서 여국강은 조옥파가 진사시에 급제한 뒤 통정대부 겸 춘추관사를 지내고, 함경도 지부知府를 역임한 뒤, 광서 13년(1887)에 조선 부공사副貢使로 중국에 왔다가 공무를 마치자 휴가를 얻어 남행南行을 했다고 썼다. 그가 어떤 근거로 이런 글을 썼는지 알 수 없으나, 조옥파는 1887년보다 두 해 앞선 1885년 7월 이전에 이미 양주에 머물렀고, 이후 상해로 윤치호를 찾았으며, 다시 남경과 단강端江을 거쳐 양주 지역에서 상당 기간 머물며 인상적인 활동을 펼쳤다. 그가 정묘년에 진사에 급제한 것은 사실이 아닐 개연성이 높다. 당연히 그의 벼슬 경력이나 사신 운운한 내용도 사실과는 거리가 멀다.

조옥파! 그는 한중 문화교류의 첨단에 섰던 예술성이 풍부한 서예가였을까? 아니면 잃어버린 아들을 찾는 비용 마련을 위해 조선 사신을

71. 조옥파의 행서 대련 작품(오른쪽부터). 최치원기념관 소장

청탁하며 중국 남쪽 지역을 떠돌던 사기성이 농후한 예술가였을까? 그는 뛰어난 서예 작품과 품위 있는 처신으로 외국인으로서는 유일무이하게 당시 문화계의 유력한 지면이었던『점석재화보』에 세 차례나 등장했다. 그는 그만큼 당시 중국 문화계에 심각한 인상을 남겼다. 그에 대한 추적은 앞으로 더 계속되어야 할 듯하다.

조선 후기, 소설에 대한 열광과 헌신

고전소설 필사기筆寫記의 행간

이 글은 18, 19세기 한국의 고전소설 독자에 관한 이야기다. 조선 후기에 고전소설이 전 국민적으로 어떤 열광을 받았고, 어떻게 향유되었는지를 몇 에피소드를 중심으로 소개하겠다.

지금의 서울 종로 2가에 있던 육의전 담배 가게는 한가해진 오후면 입장료를 낸 근처의 상인과 손님들로 가득 찼다. 가게 안은 그들이 뿜어내는 담배 연기로 늘 자욱했다. 담배 가게에서는 거의 날마다 소설을 구연口演하는 일종의 공연이 열렸다. 이야기의 전개에 따라 담배 연기와 함께 한숨이 터져 나오고, 악인이 징벌을 받는 대목에서는 아낌없는 박수가 쏟아졌다. 그들은 소설의 이야기에 따라 매일 웃고 또 울었다.

공연으로는 긴 소설 이야기를 하루 만에 다 마칠 수가 없었다. 그래서 날마다 조금씩 이야기를 해 주다가 극적인 장면이 되면 "하회下回를 기대하시라."는 멘트를 남기고 이야기꾼은 무대를 홀연히 벗어났다. 안타까워진 청중(독자)들은 다음번 공연 때까지 앞으로 이어질 이야기를 궁금해하며 안절부절 애가 닳았다. 오늘날 주말연속극에 열광하는 시청자와 다를 게 하나 없다.

어느 날 이 가게에서 끔찍한 살인 사건이 발생했다. 인기가 높은 레퍼토리의 하나였던 「임경업전」 이야기가 여러 회를 끌다가 마침내 대단원에 이른 날이었다. 주인공의 해피엔딩으로 끝나는 마무리를 기대했는데, 주인공 임경업이 간신의 모함에 걸려 마침내 죽게 되었다. 이에 격분한 청중 하나가 눈을 부릅뜨고 입에 거품을 물더니, 무대 위로 난입해서 담배를 써는 칼로 그만 구연자를 찔러 죽이고 말았던 것이다. 그는 소설 속의 주인공에 완전히 몰입한 나머지 현실과 이야기를 전혀 분간하지 못하는 상황에 처했던 듯하다. 그는 주인공이 사악한 자의 간계에 빠져 죽음에 이르고 마는 결말을 도저히 납득할 수 없었다. 그는 이야기 구연자를 죽여서라도 그 같은 파국을 어떻게든 막아 보려 했다. 18세기 후반 또는 19세기 초에 실제로 발생했던 이 사건은 당시 소설을 둘러싼 독자의 열광이 어떠했는지를 상징적으로 잘 보여 준다.

한국은 14세기에 구텐베르크보다 80년 앞서 이미 세계 최초의 금속활자로 찍은 책을 지닌 출판 강국이었다. 하지만 18세기 이후의 출판 환경은 대단히 열악했다. 상업 출판의 시장 규모가 크지 않았던 탓이다. 그럴수록 소설의 소비에 대한 욕망과 갈증은 커져만 갔다. 출판이 시스템으로 받쳐 주지 못하다 보니, 당시 소설은 기존의 소설책을 빌려 그대로 베껴 쓰는 필사본의 형태로 소비되었다. 그 긴 소설책을 붓으로 한 글자 한 글자씩 베껴 쓰자면 한 권을 필사하는 데도 여러 날이 소요되었다. 마침내 긴 필사가 마무리되어 책으로 묶게 되었을 때 필사자의 감회가 왜 없었겠는가? 필사본 고전소설의 끝부분에는 이렇게 소설을 베껴 쓴 사람들이 마지막 부분의 필사를 마친 뒤 스스로 감격을 주체하지 못해 소감을 적어 둔 필사기들이 남아 있다. 여기에 담긴 사연이 또한 진진하다.

앞서 「임경업전」은 살인을 불러왔을 만큼 인기가 높았다. 이 가운데 어느 필사본에 남아 있는 필사기를 같이 읽어 보겠다(도판 72).

> 병오년 2월에 조씨 집에 시집간 딸이 제 아우의 혼인 때 집에 와서, 「임경업전」을 베껴 쓰려고 시작하였다가 다 마치지 못하고 시댁으로 돌아가기에, 제 아우를 시켜서 마저 쓰게 하고, 제 사촌동생, 삼촌, 조카 등이 글씨를 간간이 쓰고, 늙은 아비도 눈이 어두운 중에 서너 장 간신히 베껴 썼으니, 아비 그리운 때 보아라.

당시 소설책은 여자가 시집갈 때 마련하는 혼수품 가운데 대단히 중요한 품목이었다. 소설책을 얼마나 많이 들고 가느냐는 시집에서 받게 될 그녀의 대접과도 밀접한 관련이 있었다. 그녀는 결혼할 때 여러 가지 사정으로 소설책을 많이 가져가지 못했던 모양이다. 이후 동생의 결혼식에 참석하기 위해 오랜만에 친정에 들른 그녀는 바쁜 집안일을 돕는 대신, 집에 놓인 「임경업전」을 베껴 써서 시집으로 가져가야겠다고 결심했다. 하지만 그녀가 시댁으로 돌아가야 할 날짜가 될 때까지 그녀의 필사는 절반도 못 넘긴 상태였다.

친정아버지는 이 철딱서니 없는 딸의 마음이 못내 딱했던 모양이다. 그는 딸이 결혼할 당시 혼수로 소설책을 더 많이 보내지 못했던 것이 미안했던 듯하다. 그리고 마음이 급했던 나머지, 온 가족에게 동원령을 내려서 「임경업전」을 베껴 쓰게 했다. 사촌동생과 삼촌, 조카, 그리고 노

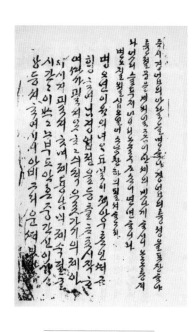

72. 「임경업전」 필사기

안老眼으로 눈이 침침해진 자신까지 역할을 나눠 베껴 쓴 소설이 마침 내 대단원에 이르렀다. 그는 나름대로 감격에 겨워 이 소설책의 새 주인 이 될 시집간 딸을 위해 한마디를 적지 않을 수가 없었다.

"아비 그리운 때 보아라." 아버지가 쓴 마지막 이 한 문장은 그녀를 수없이 울게 했을 것이다. 이럴 때 소설은 그저 소설이 아니다. 시집보 낸 딸에 대한 아버지의 사랑, 자신을 위해 헌신을 아끼지 않았던 가족들 의 마음이 온전하게 담긴 공동체적 유대 그 자체를 보여 준다. 이렇게 해서 마침내 새 주인에게 건네진 책은 그 후로도 수많은 독자와 만나게 되었다. 책 맨 뒷장의 필사기를 통해 또 다른 독자들 또한 이 소설과 함 께 건네진 소중한 마음에 대한 기억들을 공유하면서 빙그레 웃고 또 울었을 것이다.

그 혹독한 시집살이도 소설의 주인공들이 간신이나 악인의 모함에 걸려서 겪는 고생에 비하면 아무것도 아니었다. 어떤 분하고 억울한 일도 소설에서 그랬던 것처럼 극적인 반전을 통해 해피엔딩으로 끝날 수 있을 것 같았다. 나쁜 짓을 한 사람은 틀림없이 벌을 받고, 착한 사람은 갖은 어려움 끝에 온갖 시련을 극복하고 행복에 도달한다는 사실을 그녀들은 소설을 읽으면서 배웠다. 어찌 보면 사회적 약자였고, 규방을 벗어난 다른 오락거리가 허락되지 않았던 그녀들에게 소설은 삶의 유일한 오락이요 기쁨이었을 법도 하다.

다른 필사기에는 이런 사연도 있다. 못난 남편을 위해 평생을 헌신해 온 아내가 늘그막에 중풍에 걸려 반신불수가 되었다. 걷지도 못하고 말도 어눌해서 종일 자리보전을 하고 누워 있을 수밖에 없다. 그녀가 고통 속에서도 유일하게 표정이 밝아지는 순간은 남편이 소설책을 읽어 줄 때뿐이다. 자신을 위해 고생만 하다가 쓰러져 누운 아내가 안쓰러웠던 남편은 그녀를 위해 새로운 소설 한 권을 빌려 와 자기 손으로 직접 베껴 쓸 결심을 했다. 필사기의 끝에 남자가 무슨 소설을 베끼느냐고 비웃지 말아 달라고 한 문장을 끼워 둔 것은 자격지심에서 한 말이지만, 그 글 앞에서 우리는 결코 그를 비웃을 수가 없다. 마침내 베껴 쓰기를 마친 뒤 아내를 향해 자랑스레 그 책을 들어 보였을 때 환하게 웃는 아내의 얼굴을 바라보는 그의 의기양양했을 표정이 눈에 선하다.

김만중이 『서포만필』에서 전하는 또 다른 에피소드는 청소년에게까지 미친 소설의 교육적 효과를 가늠케 해 준다. 소년 하나가 거리를 달려가다가 돌부리에 걸려 넘어졌다. 무릎에서 피가 철철 흐른다. 그런데도 소년은 조금도 울 생각이 없이 흙을 털며 씩씩하게 일어난다. 곁에서 지켜보던 어른이 오히려 놀라서 소년에게 묻는다. "아프지 않니? 어쩌면 울지도 않는구나." 소년의 대답은 뜻밖이다. "이까짓 것 하나도 안 아파요. 관운장은 독화살을 맞고 뼈에 스민 독을 긁어낼 때도 끄떡없이 바둑을 두었는걸요 뭐!" 오호라! 소년은 『삼국지연의』 이야기를 알고 있었던 것이다. 김만중은 이 에피소드를 전하면서 이러니 소설을 많이 읽혀야 하지 않겠느냐고 주장하기까지 했다. 그는 자신이 직접 『구운몽』과 『사씨남정기』 같은 인기 소설을 남겼던 작가이기도 하다.

당시 소설은 읽기보다는 듣기를 통해 향유되었다. 전문적인 이야기꾼은 일인 다역으로 소설 속의 상황을 예전 무성영화 시절의 변사처럼 실감 나게 설명해, 청중들을 이야기 속으로 빨아들였다. 실제로 조희룡의 『추재기이』란 책에는, 서울의 청계천을 따라 날마다 다리를 하나씩 거슬러 올라오면서 날짜를 정해 이야기 공연을 하던 전기수傳奇叟의 존재가 포착된다. 전기수란 기이한 이야기를 전해 주는 사람이란 뜻이다. 그는 1일부터 15일까지 청계천을 거슬러 올라왔다가, 16일부터 30일까지는 다시 따라 내려가면서 다리 위에서의 이야기 공연을 이어 갔다. 사람들은 그가 정한 날짜와 시간에 해당하는 다리에 모여서 그가 오기만을 기다렸다. 그는 한참 열을 올려 이야기를 하다가 청중의 반응이 최고조에 달했을 때 돌연 이야기를 중단해 버린다. 애가 탄 청중들이 어서 이야기를 계속하라고 성화를 대면서 동전을 던지기 시작한다. 동전이 흡족한 정도로 쌓이면 이야기꾼은 그제서야 하던 이야기를 계속했다.

남녀의 구별이 엄격했던 시대여서 여성들은 바깥출입마저도 자유롭지 않았다. 그녀들은 여자 이야기꾼을 집으로 데려와 온 집안의 여성들을 모아 놓고 그 이야기를 함께 들었다. 그도 아니면 글을 잘 읽는 가족 중 한 사람이 대여점에서 빌려 온 소설책을 가족들에게 읽어 주는 방식으로 소설을 향유했다. 너 나 할 것 없이 많은 집들이 이렇게 했다. 도서대여점은 소득이 짭짤했고, 새로운 작품에 대한 대중의 반응과 갈증도 대단했다. 그래서 도서대여점은 스토리텔링이 가능했지만 생계를 이어갈 수 없었던 몰락한 양반층을 익명의 작가로 고용해서 수많은 작품들을 만들어 냈다.

지금 전하는 필사본 고전소설 중에 조선 후기 도서대여점에 놓여 있던 소설책이 꽤 있다. 그 책의 끝에는 필사기 대신에 책을 빌려 갔던 사람들의 낙서가 어지럽게 적혀 있다. 다음은 그중의 하나다(도판 73).

> 책 주인 보쇼. 그사이 잘 있느냐. 책을 세賃를 주려거든 글씨를 남이 알아보게 써서 주거나 그렇지 않으면 그만둘 것이지, 글씨가 남이 알아볼 수가 없고, 오자낙서誤字落書가 알아볼 수가 없으니 책 세를 주려거든 글씨도 잘 쓰고 오자낙서 없이 잘 써서 주게 하쇼.

비싼 돈을 주고 빌려 온 소설책에 오자가 너무 많고, 글씨도 알아볼 수가 없는 부분이 많아서 실망한 나머지 주인을 점잖게 나무란 내용이다. 이런 책도 돈을 받고 빌려주느냐는 항의 표시인 셈이다. 좀 더 노골적인 욕설이 담긴 것도 많다. 예전 동네 비디오 대여점에서 비디오테이프를 빌려 보던 시절이 생각난다.

사정이 이렇다 보니, 소설에 빠진 여성들이 집안 살림은 거들떠보지도 않고, 밤낮 소설을 빌려 읽느라 재산을 탕진하고, 경제생활이 파탄이 나는 지경에까지 이르러, 사회문제로 비화되었다. 18세기 후반, 영조대의 영의정이었던 채제공이 「여사서서女四書序」란 글에서 남긴 탄식이 이 같은 정황을 잘 보여 준다.

73. 도서대여점용 고전소설 뒷면에 적혀 있는 낙서

가만히 살펴보니 근세 규방에서 앞다퉈 능사로 삼는 것은 오직 패설만을 숭상하는 것이다. 날로 더하고 달로 늘어나서 그 종류가 천 종류 백 종류나 된다. 책을 빌려주는 사람은 이것을 깨끗하게 베껴 써서, 빌려 보려는 사람이 있을 경우 문득 그 값을 받아서 이익을 삼는다. 부녀자들은 식견이 없는지라 혹 비녀나 팔찌를 팔거나 혹은 빚을 내서라도 다투어 서로 빌려 와 긴 날을 보낸다. 술이나 음식 준비나 바느질의 책임이 있는 줄도 알지 못하는 사람이 대부분이다.[1]

---

1 채제공, 「여사서서」: "竊觀近世閨閤之競以爲能事者, 惟稗說是崇. 日加月增, 千百其種. 僧家以是淨寫, 凡有借覽, 輒收其直以爲利. 婦女無見識, 或賣釵釧, 或求債銅, 爭相貰來, 以消永日, 不知有酒食之議, 組紃之責者, 往往皆是."

요컨대 그녀들은 새로운 소설이 나왔다는 풍문을 듣기만 하면 너무도 궁금해서 패물을 팔아서라도 읽지 않고는 견딜 수 없을 만큼 일종의 소설 중독 상태에 빠져 있었던 것이다. 국왕 영조도 이에 대해 심각한 우려의 말을 대신들과의 회의에서 논의하지 않을 수 없었다. 이렇게 보면 당시 조선은 가히 소설 공화국이었다고 말할 수도 있겠다.

고전소설은 당시 사람들의 꿈과 욕망, 이상과 환상의 결집체다. 오늘날 한국의 드라마에 현대 한국인의 욕망과 판타지가 담긴 것이나 조금도 다를 게 없다. 사람들은 이야기를 통해 꿈과 욕망을 소비한다. 당시에도 그랬다. 그때나 지금이나 삶은 고통스럽고 꿈은 번번이 좌절된다. 삶의 상황은 갈수록 열악해지고, 현실을 단번에 들어 올려 줄 백마 탄 기사는 어디에도 없다. 이럴 때 우리는 소설을 소비하면서 환상을 통해 출구를 찾는다. 늘 뻔한 드라마에 질리지도 않고 열광하듯, 당시 조선 사람들은 소설을 통해 잃어버린 그들의 낙원을 꿈꾸었다.

옛사람들이 그토록 열광했던 조선의 소설들이 좀 더 많이 번역되어 스페인의 독자들과 만날 수 있게 되기를 기대한다. 그들의 판타지 속에는 오늘날 독자들을 흡인할 강력한 힘이 여전히 살아 있다. 인간이란 원래 변하는 존재가 아니므로.

3부

인문의 무늬

바위 하나에도 문화가 숨 쉰다

사인암을 사랑했던 사람들

2005년 2월 15일, 한양대학교 『초정전서楚亭全書』 강독팀과 함께 박제가가 남긴 시문을 따라 단양 일원을 답사하였다. 의림지와 도담삼봉, 사인암, 탄금대 등지를 둘러보았는데, 특별히 사인암(도판74)에 남아 있는 이인상李麟祥(1710~1760)과 이윤영李胤永(1714~1759)의 필적이 흥미로웠다. 이 글에서는 박제가朴齊家(1750~1805)가 남긴 사인암 관련 시와, 그곳 암벽에 이인상과 이윤영의 필적이 새겨지게 된 경과, 그리고 사인암에 관한 옛 기록 등을 거칠게 살펴보기로 한다.

먼저 박제가가 사인암에 대해 남긴 시를 읽어 본다. 원제는 「사인암─능호공은 운영석이라고 이름을 붙여 주었다舍人巖 凌壺公贈名雲英石」이다.

대치선인大癡仙人 떠나가선 돌아오지 않는데   大癡仙人去不還

석법만은 단양산에 여태껏 남아 있네.   石法乃在丹陽山

74. 단양 사인암

단양의 산중에도 가장 깊은 이곳에	丹陽之山最深處
천 길 벼랑 옷깃 떨쳐 꼭대기로 오르네.	振衣千仞凌屛顔
신발 무늬 도끼 자욱 거울 위로 떨어지니	靴紋斧劈落鏡裏
그 아래엔 질펀한 벽옥 강물 흐른다.	下有橫奔璧玉水
성근 솔 아득히 꼭대기에 자라니	疎松杳杳生其顚
나무 끝 하늘빛을 머리 들어 바라본다.	木末天光昂首視
술잔 흘려 띄우는 곳 저절로 그리되고	流杯之所自天成
바위 위 바둑판은 지금도 또렷하다.	石上碁局猶分明
귀신이 깎았는가 배운 솜씨 아닐러니	神鑱鬼削不師承
기이하고 빼난 모습 지어냄이 아니로다.	爭奇鬪秀非經營
이인상은 날마다 세 말 먹을 갈았었고	元靈日磨三斗墨

이윤영은 몇 켤레의 나막신이 닳았었네.	胤之著盡幾兩屐
한때에 놀라 외쳐 미칠 듯 좋아하여	驚呼一時狂欲絶
반평생 노니느라 돌아가지 않았다네.	半生遨遊歸不得
풍류는 스러지고 내 이제야 이르니	風流零落我初到
그 곁에 취해 누워 단조에 불 지피리.	醉臥願傍燒丹竈
절벽 틈 기어올라 작은 길 찾아내니	攀躋壁磚得微徑
사면에 푸른 벼랑 정자 더욱 좋아라.	四面青厓亭更好
8월이라 홍라 넝쿨 빛깔 질지 않은데	紅蘿八月色未深
성근 잎 골짝 그늘 저 혼자 떨어진다.	稀葉自零幽壑陰
푸른 이끼 털어 내어 옛 전자篆字 찾노라니	手拂蒼苔尋古篆
깃든 새 깜짝 놀라 머리 위서 짹짹댄다.	頭邊磔磔驚棲禽
아침노을 동문洞門 길에 자욱이 잠겨 있어	朝霞鎖盡洞門路
구름 속 닭과 개들 간 곳을 어이 알리.	雲中鷄犬知何處
이 내 몸 「천태부天台賦」 가운데 든 나그네라	身是天台賦裏客
산음山陰 길 위의 얘기 문득 다시 떠올리네.	却憶山陰道上語

작품은 예전 이곳 사인암에 와서 노닐었던 이인상과 이윤영의 자취를 그리는 감회를 노래하고 있다. 제목에서 능호공이 사인암에 운영석雲英石이라는 이름을 지어 주었다고 했다. 제1구의 대치선인大癡仙人은 원나라 때의 유명한 산수화가 황공망黃公望(1269~1354)의 호다. 이윤영의 「구담기龜潭記」에 관련 내용이 보인다. 이윤영이 예전 이인상의 집을 찾아갔을 때, 이인상은 황공망이 그린 산수도 긴 두루마리를 보여 준 일이 있었다. 이후 이윤영은 단양 땅의 산수를 보며 황공망의 그림과 방불한 풍경이 이곳에 있는 것을 크게 감탄한다. 시의 첫 두 구는 이 일을 환

기한 것이다.

이어 박제가는 사인암의 풍경과 유배소流杯所, 즉 물굽이를 따라 술잔을 띄우던 자취, 바위 위에 새겨진 바둑판 등을 묘사하였다. 또 이곳에서 하루에 먹을 세 말씩 갈아 글씨를 썼던 이인상과, 여러 켤레의 나막신이 다 닳도록 이곳저곳 산수를 거닐었던 이윤영의 자취를 그리워했다. 또 이들이 남긴 푸른 이끼에 덮인 고전古篆을 찾노라니, 이미 신선이 되어 하늘에 올라간 선인들의 체취가 새삼 떠올라 아련하고 안타까운 마음을 지울 수 없노라고 했다.

박제가는 이 시에 이어 한 수의 시를 더 남겼다. 원제는 「진의산장에서 철재 정지검 학사께 받들어 부치다振衣山莊 奉寄徹齋學士」란 작품이다.

그대 보지 못했나, 운영석의 기세가 하늘로 날 듯하여	君不見雲英石勢如翶翔
평생을 바라봐도 싫증 나지 않는 것을.	一生不厭長相望
절벽 앞에 집 세우니 맑고도 시원하고	面巖置屋自瀟灑
푸른 산 에워싼 곳 동서로 방 들였지.	碧山圍繞東西房
문에 들면 한 그루 수유 열매 빨갛고	入門一株茱萸紅
비바람에 사람 없고 새만 창을 쪼는구나.	風雨無人鳥啄窓
이름난 곳 여러 성씨 주인 바뀜 탄식하다	歎息名區閱數姓
정공이 새 별장을 지은 것을 기뻐하네.	喜爲鄭公之新庄
주인이야 어이 바로 뜻있는 이 아니리오	主人豈非有心人
처음엔 밭을 사서 단양에서 살려 했지.	買田初欲居丹陽
설령 이 땅에 한번 오지 않았대도	縱然此地不一到
꿈속 넋 언제나 구름 곁에 있었으리.	夢魂長在雲霞傍

밝은 시절 현주賢主 만남 잃어서는 안 되니	明時際會不可失
암혈에 깊이 숨음 생각하지 마옵소서.	巖穴莫思深遁藏
해마다 곡식을 십여 곡씩 날라다가	歲輸粟米十餘斛
고깃배에 부탁하여 경강까지 이르고저.	付與漁船達京江
높은 가을 늦은 저녁 그 맛이 달콤하여	高秋晚飯風味好
숟가락 들 때마다 떠오르는 고향 생각.	一回把匙一思鄕

진의산장振衣山莊을 노래한 작품이다. 당시 규장각 학사로 있던 정지 검鄭志儉에게 보낸 시다. 시를 보면 진의산장이 운영석, 즉 사인암 앞에 있었음을 알 수 있다. 동서로 방을 들인 작은 규모였겠는데, 시를 보면 이윤영 이후로 주인이 여러 성씨로 계속 바뀌었고, 박제가가 찾았던 당시에는 정공鄭公이 진의산장이란 당호를 내걸고 새 집을 지었던 듯하다. 사인암은 그 후로도 여러 번 주인이 바뀌었던 듯, 실제 사인암 암벽의 제각 중에는 '성씨별업成氏別業'이라 새긴 것도 있다.

앞의 사인암을 노래한 시에서 "절벽 틈 기어올라 작은 길 찾아내니, 사면에 푸른 벼랑 정자 더욱 좋아라.(攀躋壁罅得微徑, 四面靑厓亭更好.)"라 한 것을 보면, 진의산장에서 절벽 틈새로 난 가파른 계단을 따라 올라가면 따로 작은 정자가 있었던 것을 알 수 있다. 실제 지금도 진의산장이 있던 곳에는 절집이 들어서 있고, 정자 자리에는 절의 삼성각三聖閣이 서 있다. 진의振衣란 옷깃을 떨친다는 말이니, 티끌세상의 먼지가 묻은 옷을 털고서 자연에 은거한다는 의미다.

이인상, 이윤영의 필적

현장을 답사해 보니 박제가가 시에서 적고 있는 대로 사인암에는 이인 상과 이윤영의 필적과 자취가 여러 곳에 남아 있었다.

이윤영은 서울을 떠나 한때 이곳 사인암에 거처한 적이 있었다. 그는 자가 윤지胤之, 호가 단릉丹陵인데, 단양의 산수를 특별히 사랑하여 호조 차 단릉으로 지었을 정도였다. 이윤영이 사인암에 복거卜居를 정하는 과 정은 자신의 문집인 『단릉유고』에 실린 「복거기卜居記」에 자세하다. 이 윤영은 단양 땅을 유람하고 돌아온 스승 한빈漢濱 윤 선생을 찾아가 이번 유람에서 가장 아름다운 곳이 어디냐고 물었다. 그러자 선생은 사인암을 가장 잊을 수가 없다고 했다. 이 말을 기억해 두었던 그는 부친이 이곳에 고을살이를 떠나게 되자 신미년(1751) 3월 20일에 선생의 장남 윤덕이尹 德以와 동생 이운영李運英과 함께 단양 땅을 찾는다. 그리고 며칠 뒤 김 상묵金尙黙과 김종수金鍾秀가 합류하여 다섯 사람이 함께 사인암 어귀에 이른다. 처음 사인암을 멀리서 본 감회를 이윤영은 이렇게 적고 있다.

서쪽을 바라보니 키 작은 솔숲 너머로 어떤 물건이 구름인 듯 아닌 듯, 바 위인가 아닌가 싶은 것이 은은히 보였다. 붉고 고운 것이 아롱져서 자세 히 보려 해도 분간이 어려웠다. 이곳에 사는 사람에게 물어보니, 이렇게 말했다. "사인암이 이곳에 있습니다." 밤에도 감히 옷을 벗지 못하고 잠 을 자니, 마치 장차 뜻 높은 훌륭한 선비를 보려 하는 사람이 반드시 먼저 기운을 엄숙히 하고 마음을 비우는 듯이 하였다. 아침 일찍 일어나 서로 이끌어 흐르는 물에 씻고 선대仙臺에서 옷깃을 털고서 시냇물을 따라서 북쪽으로 올라갔다. 바라보니 이른바 사인암이란 것이 우뚝 솟아 낮춰

절하려 하는 듯하여 나도 몰래 무릎이 절로 꿇어졌다. 아아! 한빈漢濱 선생께서 어찌 나를 속이셨겠는가? 백 걸음 밖에서부터 걸음마다 우러러 보며 곧장 그 아래에 이르렀다. 서서 보고, 앉아서 보고, 누워서 보며 한참 동안 능히 떠나가지 못하였다. 그런 뒤에야 그 아름다움이 있는 곳을 다 얻을 수 있었다.[1]

글에 보이는 한빈漢濱 윤 선생은 「복거기」에서는 외람되다 하여 이름을 밝히지 않았지만, 문집을 통해 볼 때 그는 부제학을 지낸 윤심형尹心衡(1698~1754)이 분명하다. 4월 2일에는 앞서 다섯 사람 외에 이인상이 다시 합류하여, 모두 여섯 사람이 이곳에 머물며 노닐었다. 이때 이인상과 이윤영, 그리고 김종수는 사인암을 찬미하는 글을 지어 암벽에 새긴다. 팔분체의 고졸한 서체로 써진 이 제각題刻은 지금도 또렷이 남아 있다(도판75).

새겨진 글은 이윤영의 문집 『단릉유고丹陵遺稿』 권13에 수록된 「인암집찬人巖集贊」이란 글과 같다. 원래는 '사인암집찬'이었을 이 글의 내용은 이렇다.

먹줄 곧게 수평 잡아	繩直準平
옥빛에다 쇳소리라.	玉色金聲
우러르매 더욱 높아	仰之彌高

---

1 이윤영, 「卜居記」: "西望短松林外, 有物隱隱, 如雲非雲, 如石非石, 丹麗絢爛, 諦視難辨. 問之土人, 曰: '舍人巖在此處矣.' 夜不敢解衣而寢, 如將見高人善士者, 必先氣肅而心虛. 早起相引, 濯于流泉, 振衣于仙臺, 循溪而北, 望見所謂舍人巖者, 翛然欲下拜, 不覺膝之自屈也. 噫! 漢濱先生豈欺我哉. 自百步之外, 步步瞻凝, 直至其下, 立看之, 坐看之, 臥看之, 移日不能去然後, 盡得其美之所存."

75. 이인상·이윤영·김종수가 함께 지은 사인암을 찬미하는 글

우뚝하기 짝이 없네.   巍乎無名

    제각題刻에는 1751년 봄에 첫 두 구절은 이윤영이, 셋째 구절은 김종수가, 마지막 넷째 구절은 이인상이 지었다는 뜻으로, '신미춘윤지정부원령찬辛未春胤之定夫元靈撰'이라 적어 놓았다. 참고로 윤지胤之는 이윤영, 정부定夫는 김종수, 원령元靈은 이인상의 자이다. 문집의 '외巍'를 석벽에서는 '위魏'로 쓴 것이 다르다. 글씨를 쓴 사람은 이인상인 듯한데, 이윤영의 글씨로 보이기도 한다.

    재미있는 것은 이 네 구절이 모두 자신들이 지은 것이 아니라 옛 성현을 찬미하는 구절 속에서 발췌한 것이라는 사실이다. 처음 두 구절은 모두 주자의 「육선생화상찬六先生畵像贊」 가운데 보이는 말이다. 먼저 '승직준평繩直準平'은 「이천선생화상찬伊川先生畫像贊」의 제2구다. 둘째 구 '옥색금성玉色金聲'은 「명도선생화상찬明道先生畫像贊」의 제2구다. 셋째 구 '앙지미고仰之彌高'는 『논어』 「자한」에서 안연이 스승 공자의 덕을 찬미하여 한 말이고, 넷째 구 '외호무명巍乎無名' 역시 『논어』 「태백」에서 요임금의 위대한 덕을 칭송한 말에서 따왔다. 요컨대 성현의 덕을 찬양한 표현에서 한 구절씩 집구하여 사인암을 우뚝한 군자나 위대한 성인에 견준 것이다.

서응순徐應淳(1824~1880)도 『경당집絅堂集』에 실린 「사군산수기四郡山水記」에서 이 글씨에 대해 자세히 설명한 후, "사군의 산수에는 대저 단릉과 능호의 유적이 많다.(四郡山水, 大抵多丹陵凌壺遺跡.)"고 말한 바 있다.

사인암의 위 글씨 바로 옆, 물가의 펑퍼짐한 바위 위에는 앞서 박제가가 시에서 노래한 대로 바둑판이 지금도 또렷이 새겨져 있다. 바로 옆의 바위에는 이윤영의 글씨로 '난가대爛柯臺'란 각자가 보인다(도판 76~77).

말 그대로 '신선놀음에 도낏자루가 썩는 줄도 모르는 대'인 셈이다. 송문흠宋文欽(1710~1752)은 『한정당집閒靜堂集』에 「난가대」라는 시를 지어 실었고, 이인상도 『능호집』에 같은 제목의 시 한 수를 남겼다. 그 시는 이렇다.

쩡쩡 나무 찍는 소리 생각만 수고롭네   伐木丁丁勞我思
연자산燕子山 나무꾼아 누굴 위해 애를 쓰나?   燕山樵子問爲誰
운화대雲華臺로 불러와 천 날 동안 잠자면서   且喚雲華臺千日睡
선산仙山에서 일없이 바둑 구경 배워 보세.   僊山無事學看棋

76～77. '난가대爛柯臺' 각자(왼쪽)와 바둑판을 새긴 바위(오른쪽)

　멀리서 들려오는 나무꾼의 나무 찍는 소리에 한가로운 연상을 떠올려 본 것이다. 이곳 운대로 불러와 신선들의 바둑 구경이나 하면서 지내지 않겠느냐고 말했다.

　시 속의 운대雲臺는 운화대雲華臺를 말한다. 난가대 바로 뒤쪽, 사인암에서 두 바위가 갈라져 문처럼 생긴 좁은 계단을 접어들기 전에 있는 바위를 말한다. 바위에는 이인상 특유의 전서체로 새겨진 제각題刻이 하나 더 있다(도판78).

　이 글은 문집 기록에는 보이지 않는다.

이따금 고운 기운	有時芬氳
달빛도 어여뻐라.	月色英英

78. 운화대에 새겨진 이인상의 제각題刻

구름 꽃 바위이니   雲華之石

이름 삼가 못 새기리.   愼莫鐫名

본문 곁에는 작은 글자로 '원령元靈'이란 두 글자가 새겨져 있다. 이
인상의 전서 바로 곁에는 해서로 쓴 이윤영의 '운화대'란 세 글자가 새
겨져 있고, 둥근 원 안에 '윤胤' 자를 써서 글쓴이를 밝혔다(도판79).

『단릉유고』권9에 운화대를 노래한 시가 세 수 실려 있다.「운화대차사
천대부운증백운선사지선雲華臺次槎川大父韻贈白雲禪師智仙」과「운화석실
차원령이절雲華石室次元靈二絶」이 그것이다. 뒤의 두 수를 읽어 본다.

솔이 덮어 누각은 단촐도 한데   松覆樓何短

79. 이윤영의 '운화대雲華臺' 글씨

구름 걷자 묏부리 비로소 높다.	雲歸嶽始尊
글 지음은 학업 오램 기약함이니	著書期永業
물 동편 마을에서 함께 지내세.	同卜水東村
강가 집에 책 불빛은 가물대는데	江屋書燈細
바위 집은 책상 겨우 용납하누나.	巖棲容榻尊
함께 숨을 뜻 이룸을 기뻐하노니	喜成偕隱志
복사꽃 살구꽃은 절로 피었네.	桃杏自開村

시의 내용으로 보아 아마도 당시 운화대 바위 위에 작은 석실을 들였던 듯하다. 운화대에서 다시 계단을 따라 올라가다 보면 왼편에 기둥처럼 우뚝 서 있는 바위가 있다. 바위 면은 마치 깎아 다듬은 듯 반반한데, 여기에 다시 이윤영의 단정하고 힘 있는 전서 여덟 자가 새겨져 있다(도판 80).

80~81. '독립불구獨立不懼 둔세무민遯世無悶'(왼쪽)과 '퇴장退藏'(오른쪽) 각자

| 홀로 서도 두렴 없고 | 獨立不懼 |
| 세상 피해 근심 없다. | 遯世無悶 |

이 글은 『주역』 택풍대과澤風大過 괘에 나오는 구절이다. 불의에 굴하지 않고 두려움을 모르는 군자의 기상을 말했다. 이인상의 둥글고 네모난 전서와는 달리 꽉 짜여 각진 이윤영의 전서는 늘씬하고 단정하다. 글씨 옆에는 '윤지胤之'란 두 글자가 역시 전서체로 적혀 있다. 예전 정자가 있던 자리에는 현재 아래쪽 사찰에서 운영하는 삼성각이 세워져 있다. 삼성각을 둘러싼 암벽에도 각자刻字가 여럿 남아 있다.

가장 큰 글씨는 삼성각 왼편 암벽에 '퇴장退藏'이라고 새겨진 전서체의 두 글자다(도판81). 필체로 보아 이인상이나 이윤영의 것과는 느낌이 다르고, 글자의 모양도 특이하다.

서명에는 '운수雲叟'로 적혀 있으나 누가 쓴 것인지 분명치 않다. 또 삼성각 오른편 벽에는 단정한 해서체로 '탁이불군卓爾弗群 확호불발確乎不拔'의 여덟 자가 새겨져 있다(도판 82).

관지款識에는 '사원士元'이라 하였다. 역시 누구의 글씨인지 분명치 않다. 그 뜻은 "우뚝하여 무리 짓지 않고, 확고하여 흔들리지 않는다."이다. 역시 군자의 확고한 몸가짐을 다짐한 내용이다. 일설에 이윤영 당시 단양군수를 지낸 조정세趙靖世가 쓴 것이라고도 한다. 흔히 관광 책자에 소개된

82. 삼성각 오른편 벽에 새겨진
'탁이불군卓爾弗群 확호불발確乎不拔' 각자

것처럼 우탁禹卓의 글씨는 아니다.

다시 삼성각의 뒤로 돌아 나가면 그 뒤편 절벽의 막힌 틈 사이로 작은 공간이 열려 있다. 그 공간 사이에 다시 이윤영이 전서체로 쓴 '소유천문小有天門'이란 네 글자가 새겨져 있다(도판 83). 이곳은 예전에 작은 문이 있어 사인암 꼭대기로 통하는 입구가 되었던 듯한데, 지금은 축대를 쌓아 막아 버려서, 이윤영의 글씨 또한 여간 눈여겨보지 않으면 잘 보이지 않는다.

이윤영은 훗날 이곳을 떠나 서울로 올라온 뒤에도 사인암을 잊지 못했다. 다음은 권14 중 「잡저」에 실린 내용이다.

계유년(1753) 동짓날 새벽에 꿈을 꾸었다. 사인암은 수정 절벽이 되어 있

었다. 붉은 해가 구름을 헤치고 나오
자, 광채가 쏟아져 나왔다. 이인상,
김종수와 더불어 그 아래에서 감탄
하며 감상하고 있었다. 가까이 다가
가서 손으로 어루만지자니, 갑작스
레 쇠부처가 되더니만 머리 꼭대기
에서 빛이 쏟아져 나왔다. 뒤쪽에는
명銘이 쓰여 있었다. 정유년에 썼다
고 했다. 몇 줄의 행초行草는 필법이
굳세면서도 아름다웠다.[2]

83. 삼성각 뒤편 절벽의 막힌 틈 사이
공간에 새겨진 '소유천문小有天門' 각자

이인상이 지은 「수정루기水晶樓記」
에도 이 꿈 이야기가 나온다. 이 꿈을
꾼 뒤 이윤영은 수정 절벽으로 변해 버린 꿈속 사인암의 풍경을 잊지 못
해 아예 자신의 서루書樓에 '수정루水晶樓'란 편액을 내걸었던 모양이
다. 원래 그가 소장한 기완器玩 중에 수정으로 된 필산筆山이 있었다. 숙
부인 삼산三山 이태중李台重(1694~1756) 공이 그에게 준 물건이었다. 이
후 이윤영은 이공과 윤심형 양공을 모시고 단양으로 가서 그곳의 산수
를 유람하였다. 이윤영은 사인암의 바위 위에 두 사람의 이름을 새겨 놓
았다. 그 후 두 사람 모두 세상을 뜨고, 이윤영도 한양의 서성西城으로
이사하여 수정필산만 쓸쓸히 방 안에 놓여 있었다.

---

2 이윤영,「잡저」: "癸酉至日曉夢, 舍人巖成水晶壁. 紅日露雲, 光熒透射. 與元靈伯愚, 歎
賞其下. 近而摩挲, 忽成鐵佛, 頭上放光, 背有銘誌云, 丁酉題. 數行行草, 筆法遒媚."

84. 윤심형의 제시

어느 날 밤 위에 본 인용처럼 이윤영은 꿈을 꾸었다. 꿈에 단양 땅에 들어가 40장이나 되는 사인암을 보았는데, 이것이 모두 수정산水晶山으로 변해 영롱하게 반짝이고 있었다. 대개 두 어른을 그리워하는 마음이 꿈에 수정산으로 변해 나타난 것이었다. 그리하여 그는 수정루란 편액을 내걸고, 이인상은 그를 위해 「수정루기」를 지어주기에 이르렀던 것이다.

윤심형은 이윤영의 스승으로 그를 단양으로 이끈 장본인이기도 했다. 이인상은 「수정루기」에서 "두 분이 돌아온 뒤 이윤영은 사인암의 바위 위에 두 분의 이름을 새겨, 환히 물에 비치니, 지나는 사람이 이를 사모하였다."고 적고 있다. 신광하申光河(1729~?)의 『진택집震澤集』 권11에 실려 있는 「사군기행四郡紀行」 중 사인암 조에도 관련 기록이 있다.

석문이 있는데 석문에는 이름을 새긴 것이 많았다. 양편에 팔분체와 전자체가 있는데, 모두 이윤영의 글씨다. 또한 원령 이인상의 글씨도 있다. 위쪽에 "붉은 절벽 푸른 뫼에 돌아갈 꿈 있나니, 흰 바위 맑은 물서 이 말을 들었노라.(丹厓碧嶂有歸夢, 白石淸川聞此言.)"라고 쓴 14자는 윤심형의 글씨로 도장의 표시가 있다. 석문을 통해 올라가면 층계 같은 것이 있고, 또한 사람이 쌓은 것이 있다. 한 칸 띠로 엮은 정자가 있는데 서벽정棲碧

亭이란 편액을 걸어 놓았다. 대개 이백의 시어에서 취해 온 말이다. 이것
도 이윤영이 세운 것이다.[3]

이로써 앞서 박제가의 시에 본 계단 위의 작은 정자 이름이 서벽정棲
碧亭임을 추가로 확인할 수 있게 되었다. 또한 이윤영이 큰 스승으로 존
경해 마지않았던 윤심형의 글씨도 친필의 유려한 행서체로 지금까지
또렷이 남아 있다. 다만 원문은 신광하의 기록과는 달리 '단애벽장丹厓
碧嶂'이 '청산녹수靑山綠水'로 되어 있고, '청천淸川'이 '청천淸泉'으로 적
혀 있다. 새겨진 인문印文을 판독해 보니 '윤심형인尹心衡印' 네 글자가
또렷하였다(도판 84).

제가들의 기행문 속 사인암 관련 기록

역대 제가들의 기행문 속에도 사인암에 관한 기록이 적지 않다. 이 글
에서 모두 소개할 수는 없고, 대표적인 몇 작품만을 선별해 읽어 본다.
먼저 이윤영이 지은 「사인암기舍人巖記」 전문을 우리말로 옮긴다.

사인암은 높이가 40장인데, 동쪽을 향해 섰다. 시냇물이 그 앞으로 흘러
간다. 사인암 밑의 바위는 또 마루나 섬돌, 또는 편안한 침상이나 물건 두
는 안석처럼 펑퍼짐하여, 높고 낮고 평평하고 기운 것이 제각기 마땅함

---

3 신광하, 「사군기행」: "有石門, 門扇多題名. 左右有八分篆字, 皆胤之之筆. 亦有李麟祥元
靈之筆. 上有'丹厓碧嶂有歸夢, 白石淸川聞此言'十四字, 尹心衡之筆, 有圖識. 由石門,
躋而上, 有若層階, 亦有人築者, 有一間茅亭, 扁以棲碧, 取靑蓮語也. 亦胤之之所搆."

을 얻었다. 80~90명이 앉아 술자리와 붓 벼루를 마음대로 앞에 펼쳐 놓고, 시냇물을 굽어보며 장난치면서 양치질도 하고 씻을 수도 있다.

사인암을 따라 북쪽에서 남쪽으로 가면 50여 보쯤 되는 곳에 사인암의 북쪽 밑동이 물에 잠겨 있다. 물이 깊어서 배를 띄울 만하다. 사인암 아래서 노니는 사람들은 반드시 하류의 얕은 곳을 취해 건너온다. 시내를 버리고 밭두둑 사이로 가서 서당의 담장 밖을 지나 사선대俟仙臺 솔숲을 나서면 절벽 아래 또 얕은 곳과 만나 시내를 건넌다. 마침내 시내를 끼고 북쪽으로 가면 얼마 후 사인암 아래로 이르게 된다.

사인암에 이르기 10여 보 전에 사인암의 남쪽 머리가 끝나는 곳이 보인다. 마치 병풍이나 부채를 꺾어 접은 듯하여, 반듯하면서 곧고, 굽고도 깊어, 바라보면 몹시 기이하였다. 사인암이 끝나면 다시 바위가 있다. 갈라서서 있는 것이 마치 문과 같다. 문을 따라서 들어가면 마치 집 안으로 들어가는 것 같다. 양편에 담장처럼 깎아질러 서 있고, 위쪽은 소나무가 무슨 장막인 양 덮고 있다. 사인암의 서쪽은 쪼개져서 위쪽은 떨어지고 아래쪽은 붙어 있으니, 마치 도끼나 톱을 써서 새겨 갈라놓은 것 같아 제가끔 자태가 다르다.

봉취암鳳嘴巖에 이르러 또 남쪽으로 방향을 튼다. 남쪽으로 틀면 바위는 마침내 절벽을 이루는데 형세가 둥글다. 그 가운데 수백 이랑의 논이 있다. 폭포가 또 가운데서 쏟아져서 그 논에 물을 대니, 길이가 15장가량 된다. 폭포에서 남쪽으로 10여 보를 가면 또 석실이 있다. 두 사람이 책을 잡고 앉아 있을 만하다. 절벽이 끝나는 곳에 작은 묏부리가 있다. 돌아서 서쪽으로 가면, 사선대가 다시 이곳과 서로 가깝다. 시내 양편의 바위는 희기가 눈 같아, 앉아 있으면 일어설 줄 모른다. 가지런하게 깎아 대臺를 만들고, 펼쳐서 물을 받는다. 물이 그 속으로 들어오면 마치 큰 구유통이 흘러넘치는 것만 같다. 대臺 위에는 펑퍼짐한 돌로 바닥을 삼았다. 물의 흐름은 맑고도 얕다. 그 형세가 감돌아 나가 구름 비단의 무늬를 만든다. 대 아래쪽은 물이 깊고 돌이 커서, 둥근 물거울이 환하다. 양편의 솔숲 그늘에는 사람이 앉아 낚시를 하는데 종종 아낄 만한 광경이다. 그러나 감돌아 나가는 기이한 경관은 이 몇 곳에만 있지는 않다.

사인암 동쪽 면의 바위는 마치 쌓지 않고 단을 올린 것 같고, 갈지 않고 만든 비석 같다. 모나고 평평하고 높으면서도 똑발라서 단칼에 곧장 끊어 갈라 터지거나 튀어나오고 움푹 팬 흔적이 없다. 비록 솜씨 좋은 장인이 승묵繩墨과 자척을 잡게 하더라도 이보다 더하지는 못할 것이다. 사인암의 면세는 붉지만 검지는 않고, 푸르면서도 시커멓지는 않다. 청화하고 고아하여 오채가 무늬처럼 뒤섞여 있어, 채색하거나 덧칠한 흔적이 없다. 비록 화공으로 하여금 색채를 베풀게 하더라도 그 모습을 본뜰 수는 없다.

사인암의 반짝이는 빛은 멀리서 바라보면 사랑스럽고, 다가가서 보면 공경할 만하다. 단정하고 엄숙하며 화기롭고 깨끗하여, 엄숙하면서도 뻣뻣하지 않으니, 하루 종일 마주하고 있어도 싫증 나는 줄을 모른다. 또 감히 태만하고 건방진 생각을 먹을 수가 없다. 사인암의 기상으로 말할 것 같으면 평이한 곳에서 지극한 기이함이 생겨 나오고, 우아하고 소박한 가운데 순수한 아름다움이 있다. 깊은 산 깎아지른 골짜기 가운데 있는 것도 아니면서 티끌 하나 이르지 않는다. 마치 화표주華表柱처럼 우뚝하게 서 있어, 백학이 장차 적성赤城으로 돌아오려 하매 자옥한 노을 기운이 표지를 세워 주는 것만 같다. 임종林宗이 이를 본다면 마땅히 "곧으면서도 세속과 끊어지지 않았다."고 말할 것이고, 요부堯夫가 이를 본다면 마땅히 공중누각이라고 말할 것이다. 그러나 나같이 부족한 사람도 감히, "먹줄 곧게 수평 잡아, 옥빛에다 쇳소리라.(繩直準平, 玉色金聲.)"란 여덟 글자를 취하여 받들어 석장石丈을 위한 찬사로 바칠 뿐이다.[4]

사인암을 누구보다 사랑했던 그답게 사인암의 주변 경관을 세부적으로 섬세하게 잘 묘사하였다. 남유용南有容(1698~1773)은『뇌연집雷淵集』권14에 실린「동유소기東遊小記」에서 "사인암은 물이 얕고 맑으며, 돌이 적고 깨끗하여 절로 사람을 머물게 만드는 뜻이 있다.(舍人巖水淺而湛, 石少而潔, 自有留人意.)"고 하였다.

신광하는 앞에서 본 글에서 "사인암은 예전 사인 우탁이 살던 곳이다. …… 선대仙臺의 아래에는 맑은 못이 달빛을 받아 텅 비고 환했다. 우러러 암벽을 보니 푸르스름한 것이 마치 뜻 높은 선비가 두 손을 맞잡

---

4 이윤영,「사인암기」: "舍人巖高四十丈, 東向立, 溪水流其前, 巖下之石, 又盤阤如堂如陛, 如安牀如置几, 高下平仄, 各得其宜. 可以坐八九十人, 尊俎筆硯, 隨意在前, 俯弄溪水, 可漱可濯. 循巖自北而南, 爲五十餘步, 巖之北根浸于水, 水深可航, 人之遊巖下者, 必取下流淺處涉之. 捨溪行田畝中, 過書堂牆外, 出俟仙臺松林, 壁下又得淺處, 涉溪. 遂挾溪北行, 良久乃至巖下, 未至巖十餘步, 見巖之南頭盡處, 如屛扇折摺, 方而直, 曲而奧, 望之甚奇. 巖盡而復有巖, 拆立如門. 從門而入, 如入室中. 左右削立如牆壁, 上覆松如帷幕. 巖西拆昂低離合, 如用斧鋸刻畫, 各異其態. 至鳳嘴巖, 而又南轉, 南轉之, 巖遂成壁勢彎. 其中有水田數百畝, 瀑水又當中瀉下, 以灌其田, 長可十五丈. 瀑泉之南十餘步, 又有石室, 二人可把書而坐. 壁止而有小岡, 環而西竦仙之臺, 復與此相近矣. 溪兩傍石白如雪, 坐而忘起. 整斲成臺, 展開受水. 水入其中, 如大槽盈溢. 臺上亘石爲底, 水流淸淺, 其勢回旋, 作雲錦之文. 臺下水深石濶, 圓鑑通明. 東西松林蔭, 人坐釣, 種種可愛. 然其環奇之觀, 不在此數處. 而在四十丈東面之石夫, 如增而不築, 如磨而不磨, 方平峻正, 一刀直斷, 無缺剝凹凸之痕. 雖使巧匠執繩尺無以過之者. 舍人巖之面勢也, 丹而不焦, 蒼而不黔. 淸華古雅, 五彩錯文, 無渲染點綴之迹. 雖使畫工施粉墨, 無以倣其貌者. 舍人巖之輝光也, 望之而可愛, 卽之而可敬. 端莊和潔, 肅而不厲, 終日對之, 而不知其厭. 又不敢生怠傲之意者. 舍人巖之氣像也, 平易處生至奇, 雅素中有純美. 不在深山絶壑之中, 而一塵不到, 如華表特立, 白鳥將返赤城, 鬱鬱霞氣建標. 林宗見之, 當曰: 貞不絶俗. 堯夫見之, 當曰: 空中樓閣. 然曰余小子敢取繩直準平玉色金聲八字, 奉爲石丈之贊辭耳."

고서 읍을 하며 장중하게 홀로 서 있는 듯하여 범할 수 없는 모습이 있었다. 또한 우탁 선생의 높은 풍모를 떠올릴 만하였다.(嚴故禹舍人址也. …… 臺下澄潭受月虛明, 望見巖壁蒼然, 若高人拱揖, 凝重獨立, 有不可犯之容, 亦可想舍人之高風也.)"라고 적었다. 사인암은 고려 말 우탁禹倬(1263~1342) 선생이 사인舍人 벼슬에 있을 때 이곳에 머물렀다 하여 이 이름을 얻었다. 신광하는 이 일을 환기시킨 후, 고인高人이 읍을 하는 듯하여 범접할 수 없는 기상이 느껴진다고 했다.

정약용丁若鏞(1762~1836)도 「단양산수기丹陽山水記」에서 "동구에서 보니 깎아 세운 듯한 석벽이 있는데, 평평하기가 자로 잰 듯하였다. 아래는 맑은 못이 깨끗하고 고결하여 마치 고야산의 선인과 같았다.(洞口見, 有石壁削立, 其平中準, 下爲澄潭, 粹然高潔, 若姑射之仙人.)"고 적었다. 이어 그는 사인암에 얽힌 흥미로운 고사를 소개하였다.

　　예전 승지 오대익이 이곳 꼭대기에서 나무로 깎은 학을 타고 백우선을 들고서 노끈을 소나무에 매고서 하인 두 사람을 시켜 천천히 놓아 아래로 맑은 못 위에 이르게 하고는 이를 일러 '신선이 학 타고 노는 놀이'라고 하였으니 또한 기이하다.[5]

한진호韓鎭㞑(1792~1844)의 장편 기행문『입협기入峽記』에는 「사인암별기舍人巖別記」란 글이 실려 있다. 여기에는 위 오대익의 기학騎鶴 고사 외에 또 다른 흥미로운 고사가 소개되어 있다.

---

5 정약용, 「단양산수기」: "昔吳承旨大益, 于此頂乘木鶴執白羽扇, 以繩繫松, 令二僕徐放之, 下至澄潭之上, 號之曰仙人騎鶴之游. 其亦奇矣."

85. 김홍도, 〈사인암도〉

세상에서 일컫기를 단양의 빼어난 경치로는 오암五巖이 있다고 한다. 삼
선암과 운암, 그리고 사인암을 두고 하는 말이다. 이제 사인암을 보니 참
으로 하나의 웅장한 경관이었다. 일찍이 들으니, 예전에 그림을 잘 그렸
던 김홍도를 연풍현감으로 삼아, 그로 하여금 가서 사군의 산수를 그려
돌아오게 하였다. 김홍도가 사인암에 이르러 그림을 그리려 하였으나 그
뜻에 차지 않았다. 10여 일을 머물면서 골똘히 바라보고 생각을 수고로
이 하였으나, 마침내 참된 형상을 얻지 못한 채 돌아갔다.[6]

이는 김홍도가 52세 되던 병진년(1796)의 일이다. 하지만 김홍도의
병진년화첩에는 〈사인암도〉가 엄연히 남아 있다(도판 85).
그가 그림을 완성한 시점이 언제인지는 분명치 않지만, 사인암에 압
도되었던 김홍도의 사인암 그림과 실제 사인암의 풍경을 비교해 보면
그의 고심처가 어디에 있었는지 짐작할 수 있을 것도 같다.

이상 박제가의 사인암시와 답사를 통해 본 각종 제각題刻, 그리고 여
기에 얽힌 이윤영과 이인상의 이야기, 여러 문인들이 남긴 사인암 관련
기록을 거칠게 간추려 보았다. 바위 하나에도 문화가 흐르고, 선인들의
숨결이 뛰노는 것을 새삼 느낄 수 있었다. 또한 문헌의 고증 없이 풍문
으로 전해지는 과정에서 왜곡된 정보들이 도처에 넘쳐 나서 우리 문화
유산에 대한 바른 이해에 큰 장애가 되고 있음도 확인하였다.

---

6 한진호, 「사인암별기」: "世稱丹陽之勝有五巖. 謂三仙巖及雲巖與舍人巖也. 今見舍人
巖, 眞一瑰觀. 曾聞, 先朝以善畵人金弘道, 爲延豐縣監, 使之往畵四郡山水而歸. 弘道至
舍人巖, 欲繪未得其意, 留至十餘日, 熟玩勞思, 竟未得眞形而歸."

옛 기록 속 '한반도 형상' 담론의 변천사
한반도 호랑이 지도론

초등학교 시절에 나는 우리나라의 지도 모양이 토끼 꼴로 생겼다고 배우며 자랐다. 한반도의 윤곽 안에 토끼 모양을 채워 넣던 기억이 난다. 오늘날은 토끼 이야기는 쏙 들어가고 호랑이 모습의 한반도 지도를 그린다. 한반도 지도 형상에 관한 논의는 일제 강점기부터 지금까지 민족의식과 정체성 문제에 맞물린 일종의 담론을 형성해 왔다. 최근까지도 한반도 형상과 관련된 논의와 그림 표현 작업은 지속되고 있다. 이 글에서 한반도 형상과 관련한 담론의 흐름과 경과를 여러 도판과 함께 살펴본다.

옛 기록 속의 한반도 형상 논의

한반도의 형상에 관한 논의는 언제부터 시작되었을까? 기록상 한반도의 형상과 관련된 가장 분명하고 오랜 기술은 과문의 탓이 아니라면, 이중환李重煥(1690~1756)의 『택리지擇里誌』 중 「산수총론山水總論」에 있다.

> 대저 옛사람은 우리나라는 노인의 형상인데 해좌사향亥坐巳向으로 서쪽을 향해 국면이 열려 중국을 향해 읍을 하고 있는 형상이라, 예로부터 중국과 가깝게 지냈다고들 말한다.[1]

이 기록에 따르면, 한반도 지형을 중국을 향해 고개 숙여 읍하고 있는 노인의 형상으로 보았다. 어째서 우리나라가 허리 굽힌 노인의 형상으로 보였을까? 실제 우리나라 고지도 중 현존하는 가장 오래된 세계 지도인, 1402년에 제작된 〈혼일강리역대국도지도混一疆理歷代國都之圖〉를 보면, 함경도 지역을 배제한 한반도 모양은 두 손을 앞쪽으로 모으고 중국을 향해 읍하고 있는 형상이 완연하다(도판 86). 조선 초기 당시 함경도 지역이 우리 강역에 포함되지 않은 사정을 헤아릴 때, 『택리지』의 언급은 설득력 있다. 중국과 조선이 오랜 세월 가깝게 지내 온 것을 한반도의 형상과 관련지었다.

또 한 가지는 도선道詵 대사와 관련된 설화에서 나온다. 신라 말 도선(827~898)이 우리나라 땅 모양을 살펴보니 마치 대륙에 비스듬히 정박해 있는 배의 형국이었다. 게다가 우리나라의 지세가 서쪽은 낮고 동쪽은 태백산맥이 솟아 자칫 일본으로 떠내려갈 판이었다. 깜짝 놀란 도선은 배가 중심을 잡을 수 있도록 전남 화순군 도암면 대초리에 천 개

---

1 이중환, 「산수총론」, 『택리지』: "大抵古人, 謂我國爲老人形, 而坐亥向巳, 向西開面, 有拱揖中國之狀, 故自昔親昵於中國."

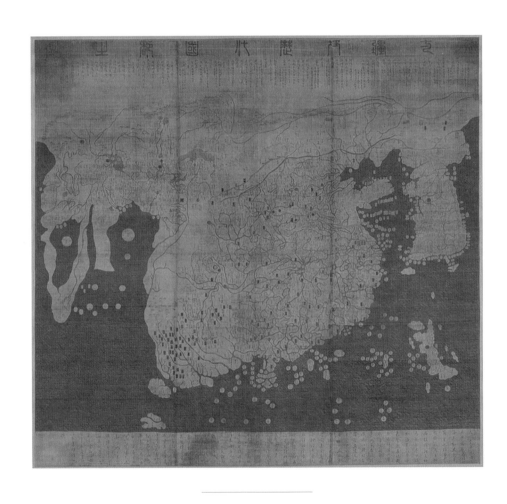

86. 작자 미상, 〈혼일강리역대국도지도〉, 1455~1466,
비단에 채색, 164×171.8cm. 일본 류코쿠대학 도서관 소장.
현존하는 가장 오래된 한국 지도로, 1402년 권근權近, 김사형金士衡,
이무李茂, 이회李薈가 만든 것을 모사한 것이다. 원본은 유실되었다.

의 불탑과 천 개의 석불을 세워 배를 운전한다는 뜻으로 운주사運舟寺
란 절을 세웠다는 것이다.[2] 화순 운주사의 천불천탑 창건 설화다. 대개
비보사찰裨補寺刹 설화의 일종으로, 한반도를 배 모양으로 비정한 것이
흥미롭다.

이 밖에 우리나라 땅 모양을 인체에 비유하는 생각도 있었다. 한강(임
진강)을 대수帶水라 하여 허리띠로 보고, 태백산맥을 등뼈로 보아 척추
산맥으로 부르는 따위가 그것이다. 또 근세의 신흥 종교인 각세도覺世
道에서는 한반도를 정력이 충만한 남근男根으로 보아, 세계를 향해 힘
과 기상을 과시할 날이 반드시 온다고 비유하기도 했다.

한반도의 형상과 관련된 논의가 본격화되는 것은 한일 강제 병합을
전후한 시기이다. 일제는 침략을 본격화하기 위해 조선반도에 관한 각
종 정보를 수집했다. 이때 일본 동경제국대학의 고토 분지로小藤文次郎
가 1900년부터 1902년 사이에 14개월간 두 차례에 걸쳐 전국을 답사하
며 조선의 지형을 연구하였다. 그 결과 그는 「조선산악론」을 비롯한 세
편의 논문과 지명 사전인 『로마자 색인 조선지명 자휘字彙』를 펴냈고,
1903년에는 지도인 〈조선전도朝鮮全圖〉를 남겼다. 그간 지리 교과서에
실려 왔던 지형도와 산맥 개념 및 명칭은 실제로 고토 분지로의 이론을
그대로 따랐다. 백두대간白頭大幹의 전통 개념이 일반에게 알려진 것은
20년 안쪽의 일이다.

고토 분지로는 1903년에 한반도의 지질 구조도를 발표하면서 한반
도의 형상이 토끼 모양이라고 하였다(도판 87). 이후 일제에 의하여 한반
도가 토끼 모양이라는 주장이 널리 퍼져, 사람들의 기억 속에 자리를 잡

---

2 이형석, 「반쪽짜리 우리나라 지도」, 『민족지성』 통권 63호, 1991. 5, 227쪽.

87. 『소년』 창간호에 실린 고토 분지로의 토끼 그림

왔다. 그 뒤로 야즈 쇼에이矢津昌永가 고토 분지로의 이론에 근거하여
『한국지리』를 펴내고, 이어서 1908년의 지리 교과서에는 고토 분지로
의 산맥 개념이 전래의 산줄기 인식을 대신하여 채택되기에 이른다.

최남선의 한반도 호랑이 지도

1908년 11월, 육당 최남선(1890~1957)은 18세의 나이로 『소년』지를
창간한다. 그 창간호에 등장하는 삽도가 바로 한반도 호랑이 지도다(도
판 88). 창간호의 '봉길이 지리 공부鳳吉伊地理工夫'란 꼭지 중에 「대한大
韓의 외위형체外圍形體」란 글이 있다.

일본지리학가 소등小藤 박사는 우
리나라를 토끼에 비하여 그렸으니,
그 말에 이르기를 대한반도는 그 형
상이 마치 네 발을 모으고 일어서 있
는 토끼가 중국 대륙을 향하여 뛰어
가려 하는 형상 같다 하였다. 그림을
보면 알려니와 북관北關으로 귀를
삼고, 서관西關으로 앞발을 삼고, 경
기만京畿灣의 들어간 부분으로 배를
삼고, 삼남으로 아랫도리를 삼고,
관동으로 등을 삼고, 동대한만東大
韓灣이 턱 아래가 되고, 서대한만西
大韓灣이 뒷덜미가 되었으니, 이 또

88. 최남선의 호랑이 지도

한 방불하다고 아니 못 할 것이로되 이보다 낫게 비유한 것을 하나 말하
오리다.

이것은 최남선의 안출按出인데 우리 대한반도로서 맹호가 발을 들고 허
위떡거리면서 동아 대륙을 향하여 나는 듯 뛰는 듯 생기 있게 할퀴며 달
려드는 모양을 보였으니, 앞서 소등 박사의 토끼 비유는 바깥 둘레 선을
많이 고쳐 그렸으나, 최 씨는 보통의 지도에 있는 대로 아무쪼록 튀어나온
곳은 튀어나온 대로, 들어간 곳은 들어간 대로 그대로 온전하게 그렸으되
복잡하게 외형을 억지로 만들지도 않고, 그 포유한 의미로 말하더라도 우
리 진취적 팽창적 소년 한반도의 무한한 발전과 아울러 생왕生旺한 원기
의 무량한 것을 남김없이 넣어 그렸으니 또한 우리 같은 소년이 보건대
얼마만큼 마음에 단단한 생각을 둘 만한지라 가히 쓸 만하다 하겠소.

최남선은 16세 나던 1906년 3월에 일본으로 건너가 와세다 대학 고사부高師部 지리역사과에 입학하여 공부한 일이 있어 지리와 역사에 대한 관심이 남달랐다. 최남선은 고토 분지로가 주장한 한반도 토끼 형국설에 반발하여 한반도 호랑이 지도를 그렸다. 인용문은 호랑이 지도가 최남선의 창안으로, "발을 들고 대륙을 향해 할퀴며 달려드는 생기 있는 범의 모양"이 진취적이고 팽창적인 한반도의 무한한 발전과 왕성한 원기를 상징한다고 주장했다.

1910년 4월 『소년』 제4권의 부록으로 실린 「대한지리총요大韓地理總要」에서 최남선은 한반도의 지세를 다시 이렇게 묘사했다.

> 무한한 포부를 가지고 절륜한 용기로써 아시아 대륙으로조차 세계에 웅비하려 하는 맹호라 함은 앞에서 이미 말했거니와. 함경북도는 그 머리와 오른쪽 앞발이요, 함경남도와 평안남북도는 가슴과 왼쪽 앞발이요, 황해도는 허리 부분이요, 강원도는 경상북도와 잇달아 등줄기가 되니, 태백주맥太白主脈은 바로 척추요, 충청 전라 등 남도는 배이고, 경상남도는 볼기요, 전라남도는 뒷발이요, 경기도는 전체의 전방을 중국 가까운 곳에 처하여 한성漢城이란 폐를 간직하였으니, 강원 함경의 경계선과 경기 황해의 경계선을 분계선으로 하여 그 이남을 남한이라 하고 그 이북을 북한이라 하느니라.

'최남선의 한반도 호랑이 지도'는 발표 후 엄청난 호응을 받았다. 『소년』 제2호에는 "앞서 나온 「대한의 외위형체」에 관한 논설은 크게 강호의 찬미를 얻어 어떻게 좋은지 모르겠소." 하는 언급이 나오고, 이어 『황성신보』에 수록된 다음과 같은 글을 전재하였다.

20세기 신천지에 우리 대한지도의 전체가 돌연히 새로운 광채를 드러내니, 웅장하도다 동양반도의 대한지도여! 천지간 동물 중에 가장 용감무쌍하고 강맹무적한 범의 형체로다. 대저 세계 각국에 도서서적의 종류가 각각 자기 나라의 역사를 발휘하며 자국의 인물을 찬양하며, 자국의 산천을 우러르며, 자국의 물산을 보중寶重하여, 국성國性을 배양하고 국수國粹를 부식扶植한즉, 도서서적의 종류가 국민 교육상에 관계됨이 어찌 얕다 하겠는가. 이런 까닭에 일본인이 자기 나라의 지세를 평하여 비룡상천飛龍上天의 형세라 하였으니, 이 한 구절의 말이 족히 국민의 지기志氣를 배양하고 국가의 지위를 존중케 하는 재료가 될 것이다.

뿐만 아니라 최남선이 주축이 된 조선광문회에서는 1913년 고토 분지로의 산맥론에 대응하여 『산경표山經表』를 펴냈다. 이는 전통적인 백두대간白頭大幹 개념에 입각하여 대간과 정맥正脈으로 산악의 개념을 설명한 책이다.

최남선의 호랑이 지도는 이후 폭넓은 호응을 받아, 각종 잡지의 표지에 한반도를 상징하는 호랑이가 속속 등장한다. 1913년 1월 『붉은져고리』 창간호와 같은 해 4월 『신문계新文界』 창간호 표지, 이어 1914년 10월에 간행된 『청춘靑春』지의 창간호 표지가 그렇다. 이 밖에도 1925년 『새벗』 창간호와 1926년 『별건곤別乾坤』 창간호 표지화에도 한반도를 상징하는 호랑이가 잇달아 그려졌다(도판 89~93).

한반도 호랑이 지도는 과연 최남선의 창안인가? 이와 관련해서 살펴볼 것이 포항시 호미곶면 대보리 호미등虎尾嶝이란 지명이다. 호미등은 장기곶長鬐串이 본래 이름인데, 이곳이 한반도를 호랑이의 형상으로 볼 때 꼬리에 해당한다 하여 호미등이라 불렀다는 것이다. 여기에는 흥미

89~93. 위 왼쪽부터 『붉은져고리』(1913년 1월 1일), 『신문계』(1913년 4월 5일), 『청춘』(1914년 10월 1일), 『새벗』(1925년 11월 1일), 『별건곤』(1926년 11월 1일)

로운 이야기가 있다.

1901년 일본 수산실업전문대학교 실습반 학생 30여 명이 다카오마루鷹雄丸를 타고 조선으로 건너왔다. 이들은 동해 연안의 고기 떼와 물 깊이를 조사하다가, 물밑에 숨은 암초에 걸려 배가 침몰하는 바람에 전원 몰사했다. 이 일이 있은 후 일본 정부는 이 사건이 조선의 해안 시설 미비로 발생한 사고라며 손해 배상을 요구했다. 이에 우리 예산으로 일본에게 시설 공사를 맡겨 1903년 12월에 대보리 등대를 완성했다. 이것은 인천 월미도 등대에 이어 우리나라에서 두 번째로 건립된 등대였다. 당시 설계는 프랑스인이 맡았다.

등대 건립 계획이 발표되자 인근의 주민들이 크게 동요했다. 호랑이 꼬리에 불을 붙이면 호랑이가 뜨거워 꼬리를 흔들 터인데, 그리되면 인근이 불바다가 될 것이라는 이유에서였다. 주민 반대에도 불구하고 등대는 건립되었다. 그 후 일본인 등대지기가 칼에 찔려 살해되고 등대가 파손되는 사건이 일어났다. 일제는 이것이 조선인의 소행이라 여겨 조사했다. 하지만 사건 조사 결과 일인日人 등대지기가 일본에 있을 때 나쁜 짓을 저지르고 조선으로 도망 왔는데, 복수하러 온 일인의 손에 죽은 것임이 밝혀졌다.

최남선이 1908년에 한반도 호랑이 지도를 처음 선보였고, 대보리 등대 건립은 그보다 몇 해 전의 일이니, 한반도를 호랑이 모양으로 비정하는 인식은 최남선 이전부터 있었다고 볼 수 있다. 등대 건립 당시 호랑이 꼬리에 불을 붙이면 인근이 불바다가 될 것이라 하여 건립을 반대했다는 이야기가 특히 그렇다. 앞뒤 사실 관계의 면밀한 확인이 필요하다.

도판 94는 현재 대보리 호미곶 국립등대박물관에 소장된 호랑이 한반도 지도다. 〈근역강산맹호기상도槿域江山猛虎氣像圖〉란 제목이 붙은

94. 성기열, 〈근역강산맹호기상도〉, 1988, 종이에 채색, 187×108cm. 호미곶 국립등대박물관 소장(왼쪽)

95. 김태희, 〈근역강산맹호기상도〉, 20세기 초, 종이에 채색, 80.5×46.5cm. 고려대학교 박물관 소장(오른쪽)

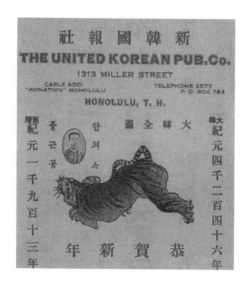

96. 1913년 『신한국보』가 만든 달력 표지에 실린 호랑이 지도

이 그림에서 특이한 점은 최남선의 그림과 달리 꼬리를 감아올려 꼬리 끝을 등대의 위치에 자리하게 한 점이다. 이는 앞서 불바다 사건과 관련지어 흥미롭다. 또 최남선의 호랑이 지도와는 발의 위치가 조금 다르다. 고려대학교 박물관에 소장되어 있는 김태희 작 〈근역강산맹호기상도〉(도판 95)와 비교해 보면 도판 94가 꼬리에 특별한 의미를 부여하고 있음을 알 수 있다.

한편 1913년 하와이에서 발행하던 『신한국보新韓國報』가 독립 정신을 고취하기 위해서 만든 달력의 표지에는 안중근 의사의 사진과 함께 〈대한전도大韓全圖〉라는 이름으로 호랑이 지도가 그려져 있다(도판 96). 이것은 기존에 알려진 호랑이의 지도와는 방향이 반대로 되어 있고, 여수·목포 쪽에 호랑이의 머리를 두어 몸을 뒤틀고 막 도약하려는 맹호의 기상을 드러내었다.

『동아일보』 응모와 남궁억의 한반도 지도

1921년 12월에 『동아일보』는 "조선지도의 윤곽 안에 세 가지 이내의 물형을 채우라."는 사고社告를 내고, 엽서에 한반도 모양을 그려 응모하면 연말에 시상하겠노라 하였다. 전국에서 무려 7천 장의 엽서가 답지하였다.

1922년 1월 27일과 28일 자 3면에 당선작이 발표되었다. 1등 작은 없이 2등 2인, 3등 2인을 각각 선정 발표하였다. 1월 27일 자에 실린 3등은 이방호李方鎬와 오상일吳尙一이 수상하였다. 이방호의 그림은 무궁화 한 그루와 팔도에 무궁화꽃이 피어난 형상을 그렸고(도판 97), 오상일은 당시 국가적으로 장려되던 양잠 운동과 관련하여 누에가 갉아먹은 뽕잎으로 한반도의 형상을 그렸다(도판 98).

또 1월 28일 자에 발표된 2등은 김중현金重鉉과 지정순池淨順이 수상했다. 김중현은 〈평화의 무사舞士〉로 허리에 호리병을 차고 너울너울 춤추는 무동舞童을 그렸고(도판 99), 지정순은 〈사자의 한자웅〉으로 머리를 일본 쪽을 향해 사자가 몸을 뒤튼 형상을 그렸다(도판 100).

동아일보사의 이 현상 공모가 일으킨 반향 또한 최남선의 호랑이 그림에 못지않았다. 이때는 이미 일제의 식민 통치가 본궤도에 오른 때여서 호랑이 지도는 그려질 수가 없었다.

이와 관련해 한서 남궁억 선생의 무궁화 지도와 호랑이 지도가 주목을 끈다. 남궁억은 배화학당의 교사로 있으면서 여학생들에게 한반도

97~100. 위 왼쪽부터 이방호의 〈근槿〉, 오상일의 〈잠蠶〉, 김중현의 〈평화의 무사〉, 지정순의 〈사자의 한자웅〉

13도를 무궁화로 자수하여 내실에 장식하게 하였는데, 이는 모든 가정에서 민족혼을 되살리려는 정성에서 나온 것이었다. 그는 무궁화를 예찬하는 전단을 전국적으로 배포하는 한편, 무궁화 묘목을 다량으로 육묘하여 뽕나무 묘목으로 위장하여 전국에 무료 보급하였다. 결국 이 사건으로 그는 일제에 끌려가 고문 끝에 1938년 4월 5일 감옥에서 세상을 떴다.

현재 일제 시기 한반도 형상 안에 무궁화를 수놓은 자수가 전해진다 (도판 101). 그 모양을 보면 바로 동아일보사 현상 공모에서 3등을 했던 도판 97과 구도가 꼭 같다. 남궁억이 『동아일보』 현상 공모에 오른 그림을 보고, 민족 얼을 상징하는 무궁화 지도에 감격하여 여학생들에게 이를 수놓게 했던 것이다.

남궁억은 또 〈조선지리가〉를 작사하여 우리나라 지도를 맹호로 나타내어 노래로 부르게 했다. 1절의 가사는 "북편에 백두산과 두만강으로 / 남편에 제주도 한라산까지 / 동편에 강원도 울릉도로 / 서편에 황해도 장산곶까지 / 우리 우리 조선에 아름다움을 / 맹호로 표시하니 13도로다"라고 하였다. 남궁억은 〈조선지리가〉의 내용을 담아 호랑이 지도를 그리게 했다. 그런데 그의 호랑이 지도는 앞서 본 최남선의 호랑이 지도와는 방향이 정반대였다. 1913년 『신한국보』의 호랑이 지도와도 달랐다. 입을 벌린 호랑이 머리가 부산이 되고, 앞발은 여수와 목포였다. 진남포와 백두산이 뒷발이 되어 금방이라도 용을 쓰면서 뒷발에 힘을 주어 달릴 듯이 꼬리를 편 것이 청진과 나진이었다. 그리고 동해안의 함흥과 원산, 강원도가 등골이 되었다.

남궁억은 크리스마스 축하 모임에서 〈조선지리가〉를 부르며 강대 뒷벽에 붙여 둔 흰 종이에 붓을 들고 차례로 돌아가며 맹호를 그려 일본을

101. 수놓은 무궁화 삼천리강산(1924)

102. 필자가 재구성한
남궁억의 호랑이 지도(2004)

건너다 노려보게 하는 그림 노래를 부르게 했다. 이것이 유행하자 일본의 비위를 거슬러서 마침내 그림도 노래도 금지되고 말았다.

남궁억의 호랑이 지도는 한반도를 넘보는 일본을 향해 당장에라도 물어 뜯을 듯 포효하며 으르렁거리는 형상인데, 이를 내가 재구성해 보았다. 대략 도판 102와 같았을 것으로 생각된다. 이 그림에서는 최남선의 그림에서 호랑이 꼬리에 해당하던 부분이 호랑이의 귀가 된다.

최근의 여러 한반도 형상 지도

호랑이 지도는 근래에 와서도 심심찮게 그려지고 있다. 주로 대기업의 이미지 광고나 그 밖의 카툰 등에서 그렸는데, 내가 그간 갈무리해둔 몇 가지를 소개한다. 도판 103은 1994년 삼보컴퓨터에서 기업 이미지 광고로 사용한 그림이다. 남궁억의 호랑이 지도처럼 호랑이가 머리를 아래쪽으로 둔 모습이다. 제목을 '이 땅이 어디라고……'로 달았다. 세계화의 구호가 한창이던 시절, 우리 기술로 우리 것을 지킨다는 이미지 광고를 호랑이 지도로 재구성한 것이다. 광고 제작자는 아마도 남궁억의 호랑이 지도를 참고했던 듯하다.

103. 1994년 삼보컴퓨터 광고에 등장한 호랑이 지도(왼쪽)
104. 1996년 삼성물산 광고에 등장한 호랑이 지도(오른쪽)

또 앞서 본 도판 94, 95와 같은 구도로 1996년 삼성물산에서 '강한 기업이 강한 국가를 만듭니다'란 제목 아래 그린 호랑이 지도가 하나 더 있다(도판 104). 안정된 구도나 실감 나는 형상 면에서 가장 우수하다.

개인적인 느낌으로는 최남선이 그린 호랑이 지도는 동아 대륙을 향해 생기 있게 할퀴며 달려드는 모양이기보다는 오히려 대륙에 매달려 떨어지지 않으려 발버둥 치는 느낌이 없지 않다. 이에 반해, 도판 102나 도판 103처럼 방향이 반대로 된 호랑이 그림은 막 만주벌을 헤치고 나와 태평양을 향해 도약하려는 맹호출림猛虎出林의 호쾌한 기상이 느껴진다. 남궁억의 그림이 우리를 집어삼키려는 일본을 위협하는 의미였

105. 만주벌까지 그린 호랑이 지도

다면, 오늘에 그 의미는 태평양 시대에 세계로 도약하는 한국의 이미지로 더 적절하리라는 판단이다.

이상 한반도 지도 형상과 관련된 이런저런 논의와 그림들을 한자리에 모아 살펴보았다. 꽤 여러 개의 도판을 소개하였는데, 자세히 보면 도판들 간에 상호 연관성이 깊다. 최근에는 애초에 우리 영토가 한반도에 국한되지 않고 만주벌에까지 뻗어 있었음을 고려한 색다른 호랑이 지도도 등장했다(도판 105).

최남선의 호랑이 지도는 고토 분지로의 토끼 형상론에 반발하여 나왔다. 이후 동아일보사의 현상 공모와 누에가 뽕잎 먹는 그림이 교과서에 오른 일, 또 이를 분개하여 남궁억이 무궁화 지도를 수놓게 하고, 〈조선지리가〉를 지어 일본을 향해 포효하는 호랑이 지도를 그리게 한 일로 이어졌다. 이는 모두 일제 강점기에 일인들의 민족 말살 정책과, 이에 맞선 민족의식의 고취와 긴밀한 관련이 있다. 이후로도 호랑이 지도의 형상만 해도 다양하게 변화를 거듭해 왔다.

지도의 외곽 속은 텅 빈 공간일 뿐이다. 그 속을 어떤 형상으로 채울 것인지는 시대에 따라 달라지게 마련이다. 그 텅 빈 공간 속에 우리는 다시 무엇을 채워 넣을 것인가? 여러 한반도 지도 형상을 앞에 놓고 이 질문 앞에 선다.

나비의 날갯짓이 일으킨 파장
남계우의 그림, 석주명의 학문, 정인보의 시가 만나는 자리

이 글은 위당 정인보鄭寅普(1893~1950) 선생과 나비학자 석주명石宙明 (1908~1950)의 교유와, 위당이 석주명을 위해 써 준 두 편의 장편 한시를 소개하는 데 목적을 둔다. 1949년 3월에 위당은 석주명의 『세계박물학연표』에 얹은 서문에서, "내가 석교수를 만난 지도 어느덧 십오륙 년이나 된다."고 썼다.[1] 그러니까 두 사람은 1933년을 전후한 시점에 처음 만났다. 당시 석주명은 25세의 젊은이였고, 정인보는 41세의 중년이었다. 석주명이 23세에 송도고보 박물교사로 취임하고 얼마 안 된 시점이요, 이제 막 나비 연구를 시작하던 즈음이었다. 두 사람이 처음 만나게 된 구체적 계기는 알 수 없다.

이후 위당은 석주명이 세계적인 나비학자로 성장하는 모습을 지근거리

---

1 정인보, 「서」, 『한국본위세계박물학연표』, 신양사, 1992 수록.

에서 지켜보았고, 그의 학문이 나비에 머물지 않고 지리학과 언어학으로 확장되어, 제주방언 연구까지 이르는 과정을 경이의 눈길로 지켜보았다. 위당은 석주명이 조선 나비 연구로 세계적 명성을 지닌 학자의 반열에 올라서고, 나아가 국학을 견인하는 선도에 선 것을 자랑스러워했다.

석주명은 이따금씩 위당을 찾아가서 대화를 나눴고, 『담원문록薝園文錄』에는 위당이 석주명을 위해 써 준 7언 50구의 장편 한시가 실려 있다. 또 석주명의 따님 석윤희 선생이 그간 미국에서 보관해 온 10곡 병풍에 쓴 위당 친필「일호호접도행一濠胡蝶圖行」(도판 109)은 석주명이 소장한 일호一濠 남계우南啓宇(1811~1890)의 호접도 10곡 병풍을 보고 그 감상을 담은 장시다. 이 시 또한 석주명의 요청을 받고 지었다. 이 작품은 『담원문록』에도 누락되어 있으나, 현 소장자인 위당 선생의 아드님 정양모 선생의 후의로 사진 자료를 제공받아 전체 작품을 이 글에서 처음 소개하게 되었다.[2]

석주명은 『조광』1941년 3월 호에 발표한「남나비전」을 비롯해 남계우의 호접도에 관한 글을 여러 지면을 통해 잇달아 소개하여 나비 화가 남계우의 존재를 세상에 알렸다.[3] 석주명이 남계우의 그림 속에서 남방

---

2 「일호호접도행」에 대해서는 안대회 교수가 10년쯤 전 문헌과해석 모임에서 이 작품의 존재를 알리는 간략한 소개를 한 적이 있다. 금번 논문 작성 시에 당시의 발표문과 사진을 제공받았다. 사진은 해상도가 흐려, 수소문 끝에 정양모 선생께서 원본을 소장하고 있음을 확인하여 사진 자료를 제공받아 전체 원문을 확인했다. 이 자리를 빌려 두 분께 감사의 뜻을 표한다.
3 석주명,「一濠南啓宇ノ蝶圖ニ就テ」, 『朝鮮』1939년 1월 호, 80~87쪽.
　석주명,「朝鮮産蝶類研究史」, 『朝光』1940년 2월 호, 286~289쪽.
　석주명,「一濠南啓宇ノ蝶圖ニ就テ」(第2報), 『朝鮮博物學會雜誌』제7권 제28호, 朝鮮博物學會, 1940. 8. 20, 15~19쪽.
　석주명,「南나비傳」, 『朝光』1941년 3월 호, 257~259쪽.

공작나비를 발견해 연구에 활용한 예화는 유명하다. 따라서 이 글은 남계우와 석주명, 그리고 이 두 사람의 그림과 학문을 기록한 정인보의 시 두 수를 통해 나비의 인연으로 이어진 만남을 추적, 정리코자 한다.

석주명의 남계우론

남계우는 나비 그림으로 당대에 이름이 높아, 별명조차 남나비였다. 나비 연구에 미쳐서 논문 한 편을 쓰자고 16만 7,847개체의 배추흰나비 표본을 대나무 자로 재서 개체 변이를 연구했던 석주명이 그의 그림을 보고 그에게 빠져든 것은 당연한 일이다.

석주명은 30세 때인 1938년 영국의 왕립아시아학회로부터 『조선산 나비 총목록』의 집필을 의뢰받고, 동경제국대학 도서관에서 원고 집필을 시작했다. 그는 이 작업의 과정에서 고전자료에 나타난 조선산 나비 관련 기록을 조사하다가 남계우의 나비 그림과 처음 만났다. 이 책은 1940년 『A Synonymic List of Butterflies of Korea』란 제목으로 뉴욕에서 호화판으로 간행되어 전 세계 나비학자들을 놀라게 했다.

이후 석주명은 남계우에 관한 일련의 글을 발표하여 그의 존재를 세상에 알렸다. 처음 1939년 1월 『조선』에 「일호 남계우의 나비 그림에 대하여一濠南啓宇ノ蝶圖ニ就テ」를 발표한 뒤, 이듬해인 1940년 8월 『조선박물학회잡지』에 후속편으로 「일호 남계우의 나비 그림에 대하여」를 다시 발표해 남계우의 호접도에 대한 학술적 검토를 진행했다.

두 번째 글에는 석주명이 1939년에 동대문 밖으로 당시 68세이던 남계우의 후손 남정의南廷懿를 찾아가 족보를 확인하여 그의 정확한 생몰

연월일과 그 밖의 생애 사실을 확인한 사정을 적었다. 또 남정의의 처형
이었던 한학자 정병조鄭丙朝의 주선으로 김경승金景承이란 이가 1939
년 12월에 그린 남계우의 연필 초상화가 수록되어 있다.

또한 이 두 편의 글 속에는 자신이 직접 검토한 남계우의 각종 호접
도와 화폭에 그려진 나비의 종류와 개체 수를 꼼꼼히 정리한 내용이 포
함되어 있다. 이 가운데 석주명 자신이 소장했던 4척×1척 2촌 5푼 크
기의 중국산 옥판선지에 그린 10폭의 병풍이 뒤 절에서 살펴볼 위당이
「일호호접도행」에서 묘사한 원본 작품일 것으로 판단한다.[4]

이 외에도 석주명은 1940년 2월 호 『조광』에 「조선산접류연구사」란
글을 발표해 자신이 남계우의 호접도와 만나게 된 과정을 설명했다. 글
속에는 조선산 접류 연구에 있어 흥미를 끄는 두 건의 자료를 제시했고,
그중 하나가 바로 남계우의 나비 그림에 관한 것이었다.

> 일생을 통해서 나비를 애호했으며 또 나비를 그린 것입니다. 그가 얼마
> 나 나비를 좋아했느냐 하는 것은 그가 16세 때 서울 남송현南松峴 당시
> 당가지골이라고 하는 현재의 조선은행 뒤 자택에서 날아간 나비를 따라
> 10리나 의관을 단정히 입지 않고 뛰어가서 마침내 동대문 밖에서 그 나
> 비를 잡고야 돌아왔다는 에피소드만 들어도 알 수가 있겠습니다. ……
> 일호는 나비를 잡아서는 흔히 책갈피에 차례로 넣어 두었다는데, 춘하추
> 동 사절 어느 때나 기분이 날 때마다 책에서 나비를 꺼내서 그림을 그렸
> 답니다. 일호가 그린 그림은 대부분이 실물 크기로 원색대로 그려져 있

---

4 석주명, 「一濠南啓宇ノ蝶圖ニ就テ」(第2報), 『朝鮮博物學會雜誌』 제7권 제28호, 朝鮮博
物學會, 1940. 8. 20, 15쪽.

으니, 씨의 그림은 요사이 우리가 흔히 보는 도보圖譜와 같습니다. 그가 그림을 그릴 때는 나비를 창에 대고 그 위에 용지를 비추고 연필이 없던 때라 연필 대신 버들가지로 숯을 만들어 먼저 나비의 윤곽을 뜨고 그 위에 중국 물감으로 원색대로 칠했답니다.

일호의 접도蝶圖를 우리가 보면 그린 나비가 어떤 종류이며, 수놈인지 암놈인지, 또 어느 계절의 나비인지까지도 다 알 수 있으리만큼 그렇게 세밀하게 그렸습니다. 그의 걸작이 30대에 많았다면, 그의 걸작은 지금으로부터 근 백 년 전의 것으로 볼 수가 있으며, 따라서 전 세계 사학계斯學界에 소개해서 손색이 없을 것이외다.[5]

석주명은 남계우의 화접도를 처음 보고, 그림 속에 묘사된 나비 그림이 거의 도보圖譜 수준의 정밀성을 갖춘, 학술적으로 가치 높은 과학적 그림임에 크게 놀랐다. 품명과 암수 구분은 물론 봄가을의 개체 차이마저 변별할 수 있을 정도였다. 석주명은 같은 글에서 남계우의 나비 그림이 일본서 국보 취급을 받는 『프라이어의 접도蝶圖』에 견주어도 수준이 더 높다고 극찬했고, 그럼에도 그의 그림이 세계에 알려지지 않은 것은 나비학자가 조선에 없었고, 그의 그림이 외국 곤충학자의 눈에 띌 기회를 갖지 못해서였을 뿐이라고까지 말했다. 그리고 이 말대로 그는 일본어로 두 편의 논문을 발표해서 국제 나비학계에 남계우의 존재를 알렸다.

석주명은 처음 남계우의 그림을 보았을 때 흥분을 느낄 정도로 고양

---

5 석주명, 「朝鮮産蝶類研究史」, 『조광』 1940년 2월 호, 286~289쪽 참조. 표기법은 필자가 현대어로 고쳤다.

106~107. 남계우, 〈꽃과 나비〉(2점), 각 127.9×28.8cm. 국립중앙박물관 소장

되었고, 이런 그림을 조선 사람이 그렸다는 사실에 상상 이상의 기쁨이 샘솟았다고 고백했다. 석주명은 나비학자답게 남계우의 호접도를 자세히 관찰하여, 대부분 서울과 경기도 인근의 나비를 그렸음을 확인하였고, 그림 속에 표현된 나비의 종류가 무려 37종에 달한다는 사실까지 정리해 두었다. 또한 이 가운데 몇 종류의 나비는 경기도에서는 도저히 볼 수 없는 것이어서, 과거 이 지역의 생태가 지금과 달랐음을 알게도 해 주니 참으로 경의를 표하지 않을 수 없다고 썼다.[6]

그는 이후 지속적으로 남계우의 행적을 추적하고, 그에 관한 자료를 더욱 수집하여 「남나비전」을 썼다.[7] 글의 부제가 '세계적 곤충생태화가'다. 남나비는 나비 그림만을 그린 남계우를 부르는 당시인의 애칭이었다.

여하튼 옛날 사람이 이런 학술상 가치를 가진, 즉 생물학상 문헌으로 취급할 수 있는 그림을 그렸다는 데 대해서 필자는 만강의 경의를 표한다. 미국에는 백여 년 전에 남긴 훌륭한 조도鳥圖가 있어서 요새 대단히 떠들고 있는데, 일호의 접도는 이 미국의 조도에도 대할 수 있는 것으로 생각한다. 접도에 있어서는 일호의 것이 시간적으로나 우수한 점으로 보아 아마 세계의 관冠이 될 것 같다. 전기前記 등왕滕王의 협접도蛺蝶圖란 것은 천수백 년 전의 것이지만 현재로는 전설적 존재에 불과하고 지금 국보로 지정되어 있는 원산응거圓山應擧(1733~1795)의 곤충도보昆蟲圖譜도 일호의 것과는 비교가 되지 못한다. 응거의 그림은 연대가 오랬을 뿐이지 그림으로는 종류의 식별을 겨우 할 수 있는 정도의 것이고 학적으

6 석주명, 「朝鮮産蝶類硏究史」, 『조광』 1940년 2월 호, 286~289쪽 참조.
7 석주명의 「남나비전」은 『조광』 1941년 3월 호, 257~259쪽에 수록되어 있다.

로 참고될 것도 그려져 있지 않다.[8]

　이러한 과정을 통해 까맣게 잊혔던 일호 남계우의 생애와 그의 호접도가 지닌 가치가 생생하게 드러났을 뿐 아니라, 해외 학계에까지 알려지게 되었다.

　석주명은 남계우의 그림을 학술적 연구 대상으로 삼아, 흥미로운 연구를 보여 주었다. 그는 앞선 두 편의 논문에서 옛 그림도 나비학자의 관점에서 보면 훌륭한 연구의 자료가 됨을 실증해 보였다. 이 같은 연구는 그 이후로 달리 유례를 찾기 어렵다. 또한 "남계우가 남긴 백 년 전 그림을 통해서 살피면, 남방공작나비나 붉은점모시나비 같은 종류도 있었던 것으로 짐작된다. 붉은점모시나비는 아직도 서울서 가까운 용문산에만 가면 잡을 수 있지만, 남방공작나비는 경상남도 구포에서 잡은 표본이 내게 단 한 마리 있을 뿐이다."[9]라고 하여, 남계우의 그림을 백 년 전 조선의 나비 생장의 생태 환경 변화를 설명하는 요긴한 자료로 원용하기도 했다. 그저 화폭에 담긴 나비 그림이 학술 연구에 요긴하게 활용된 희귀한 사례에 해당한다.

정인보의 석주명론

　이제 위당 정인보가 남긴 두 수의 한시를 차례로 읽어 보겠다. 첫 번

8 석주명, 「남나비전」, 『조광』 1941년 3월 호, 259쪽 참조.
9 이병철, 『위대한 학문과 짧은 생애』(아카데미서적, 1989) 116쪽에 실린 나비 채집 회고담 중 인용.

째 살펴볼 작품은『위당문록爲堂文錄』권2에 수록되었다. 제목은「석주 명 군이 박물학을 공부하다가 나비 종류를 정밀하게 전공하여 성대하게 명가가 되었다. 그 연구의 마음이 적막하고 뜻을 씀에 나뉘지 않음을 공경한다. 매번 만나 얘기하면 문득 시간 가는 줄 몰랐다. 지난번 내게 글씨를 청하므로 이 시를 지어서 써 준다石君宙明治博物, 因專精蝶類, 蔚爲名家. 敬其究心寂寞, 用志不分. 每晤輒移晷. 頃求余墨跡, 乃賦此詩, 書贈」로 다소 길다.[10] 7언 50구로 358자에 달하는 장편이다. 기승전결로 나눠 살펴본다.

1	3월이라 봄바람에 나비가 날아오니	東風三月蛺蝶飛
2	크고 작은 놈들이 나올수록 기이하다.	大者小者出愈奇
3	그저 보면 모두 다 나비로만 볼 것이니	一例汎汎看粉翼
4	그 누가 할 일 없어 세세히 연구하랴.	孰居無事細硏推
5	나의 젊은 친구는 재주 있고 부지런해	有才且勤吾少友
6	유독 나비 향하여 마음을 온통 쏟네.	獨向此物殫心思
7	깊은 산 골짝에서 발이 온통 부르트고	深山絶壑足重繭
8	뜨락과 담장 머리 눈은 항상 내달리지.	庭曲墻頭眼常馳
9	형태 빛깔 잘게 나눠 털끝까지 들어가니	分刌形色入毫末
10	암수와 노유老幼 구분 하나도 틀림없네.	牝牡老幼無參差
11	또한 남북 나누어서 땅으로 구분하고	亦有南北土以別
12	또한 앞뒤 분간하여 계절로 가른다네.	亦有後先候爲期

10 정인보,『담원정인보전집』제5책(연세대학교 출판부, 1983) 228쪽에 친필 초고가 실려 있고, 정양완 역,『담원문록』(전3책, 태학사, 2006) 중 상권 455쪽에 역문이 수록되어 있 다. 본고의 번역은 필자가 새롭게 했다.

제1구에서 제12구까지가 도입부다. 시를 지을 때가 음력 3월이었던 듯하다. 그저 보면 평범한 나비일 뿐이니 바쁜 세상에 누가 이런 미물에까지 관심을 쏟겠는가? 위당은 석주명을 '오소우吾少友', 즉 나의 젊은 벗이라고 불렀다. 아무도 눈여겨보지 않는 나비를 재주 있고 또 부지런한 벗이 온 마음을 쏟아서 연구한다. 나비를 채집하러 깊은 산속과 계곡을 발이 부르트게 쏘다니고, 집에 있을 때도 뜨락과 담장 머리로 날아가는 나비조차 놓치는 법이 없다.

이렇게 채집한 나비는 형태로 나누고 빛깔로 구분해서 크기를 재고 특징을 기록한다. 암수를 가르고, 성체成體와 유체幼體를 살피며, 산지와 계절로 갈라 착착 분류한다.

13 개성開城에서 가르치매 산과 못이 가까워서	授徒崧陽近山澤
14 제자들 나비 잡아 스승을 즐겁게 하니	弟子捕蝶以娛師
15 선생은 웃으면서 "너희 정말 수고했다.	先生顧笑汝良苦
16 팔도에 내 이제 안 가본 곳 드물다네.	八域吾今未見稀
17 백두산 위 천지 물은 빛깔이 다섯 가지	不咸山上池五色
18 한라산 흰 구름에 사슴 떼가 돌아온다.	漢挐白雲鹿群回
19 숲 지나다 기이한 나비를 잠깐 보니	瞥見異蝶林間度
20 기이한 풍경이야 내게 무슨 상관이랴."	奇景於我何有哉
21 수업 끝난 교실에는 나비가 바다 같아	課罷一室蝶如海
22 피곤해도 이것 보면 기분이 좋아지지.	倦極對此卽心開
23 오래도록 눈이 아닌 정신으로 살펴보니	久久神行不以目
24 질서 절로 정연하여 작위함 필요 없네.	秩然自整不待爲
25 등왕의 〈만접도〉도 보잘 것 하나 없고	滕王萬蝶自粗笨

26 유희『물명고』이만영『재물보』어이 족히 뒤적이랴. 柳攷李譜豈足披

    제13구에서 제26구까지는 개성 송도고보에서 학생들의 도움을 받아 나비를 채집하고, 자신 또한 백두산에서 한라산까지 전국을 다니면서 나비 채집에 몰두하는 정황을 묘사했다. 백두산 천지와 한라산 백록담의 풍광이 비록 좋다 해도, 숲을 지날 때 기이한 나비와 만나게 되면 그 순간 어떤 아름다운 풍경도 눈에 들어오지 않고 오로지 나비에만 정신이 팔렸다고 썼다. 이 대목은 석주명의 시점에서 그의 말을 인용하는 방식으로 기술했다.

    석주명은 수업이 끝나고 나서도 밤늦게까지 60만 마리 나비 표본이 꽉 들어찬 연구실에서 연구를 계속했다. 피곤에 지친 상태에서도 나비만 보면 힘이 났다. 이렇게 오랜 시간을 나비와 함께 살다 보니, 이제는 눈으로 보지 않고도 절로 알게 되어, 나비의 보이지 않는 질서가 절로 정돈되는 경지에 이르렀다. 영국왕립아시아학회의 의뢰를 받고, 그 세계적인 대저서를 불과 2년 만에 간행해 낸 것만 보더라도 평소의 온축이 어떠했는지 짐작하고 남음이 있다.

    그의 작업에 견줘 볼 때 전설로만 남은 등왕의 호접도는 누추하기 짝이 없고, 유희의『물명고』와 이만영의『재물보』에도 나온 적 없는 각종 나비의 이름과 내용들이 석주명에 의해 일목요연하게 정리된 놀라운 성과를 높여 기렸다.

27 오늘날 동서양에 학문 날로 번성하여 方今東西學日殖

28 밭을 갈아 반 두둑도 남겨 두려 않는다네. 菑畬不肯遺半畦

29 그대의 정박精博함 기대 함께 얘기 나누자니 倚君精博與之相吐欵

30 세상이 낯빛 고쳐 나비 알 날 있겠구려.	有時貟興改色一蝶知
31 사나이는 남 따라 헤엄침을 부끄럽게 여기니	男兒羞隨湛湛衆游泳
32 결연히 한층 떨쳐 수면을 낮춰야 하리.	決起一層要使水面卑
33 여전히 그 뜻 장해 나아감 멈추잖아	猶然志壯進未已
34 옛 책을 또 토론하며 의심을 따져 보네.	又討古籍辨然疑
35 나 같은 늙은이를 또한 자주 찾아 주니	廢人如我亦屢訪
36 병석에서 그댈 위해 두 눈썹을 펴곤 했지.	病枕爲君軒雙眉
37 학문에는 대소 없고 진실 얻음 기약할 뿐	學無小大期得實
38 깨달으면 우주라도 서로 오고 가리로다.	透處宇宙相往來
39 이것이 사람 일과 상관없다 말들 하나	盡道此不關人事
40 상관이 있든 말든 어이 족히 나무라랴.	有無關人何足訾

　제27구에서 제40구까지가 다시 한 단락이다. 갈수록 전문화되어 가는 현대 학문의 추세로 운을 뗀 뒤, 위당 자신과 석주명의 대화 장면 및 그에게 거는 기대와 당부를 적은 대목이다. 이제 학문의 영역은 나날이 세분화되고 있다. 생물학이 곤충학으로, 곤충학은 다시 나비학으로 갈라지고, 여기서도 다시 분야가 세분되어 이전에는 미처 생각지도 못한 영역에 이르기까지 닿지 않은 분야가 없다.

　그대의 공부는 정밀하고도 박식하다. 그대에게서 나비 이야기를 시간 가는 줄 모르고 듣고 있노라면, 머잖아 세상이 그간 하찮게만 보던 나비를 향한 시선을 고쳐서 이것이 왜 중요한지를 알게 될 것이다. 그렇기에 나는 그대가 남들을 붙좇지 아니하고, 당당하게 자신만의 영역을 개척해 나가는 모습을 자랑스럽게 지켜보고 있다. 현재의 성취에 만족하지 말고 한층 더 발전하여 더 높은 경지를 개척해 나가길 바란다.

이어 위당은 석주명이 병석에 누워 바깥출입도 하지 않는 자신을 여러 번 찾아와서 기쁘게 해 준 일과, 학문에는 크기는 없고 깊이가 있을 뿐이며, 그것은 실득實得의 유무로 기준을 삼을 뿐이라는 말로 석주명을 권면했다. 혹자는 하찮은 나비 같은 것을 연구해 봤자 세상에 무슨 보탬이 되느냐며 얘기하지만, 학문은 그 자체로 합목적적이니, 당장 눈앞의 이익만을 가지고 판단하는 그들의 근시안적 안목이야 탓할 가치조차 없다고 했다.

41	세상이 이 땅에 사람과 물건 전했건만	世嬗玆土人與物
42	내 것부터 살피기도 이미 늦어 버렸구나.	自吾家事治已遲
43	하물며 삼라만상 모두 섞여 있고 보니	況復森羅皆交錯
44	예로부터 한 물건도 빠뜨릴까 부끄럽네.	從古一物恥或遺
45	영욕과 득실이야 하잘 것이 없나니	榮辱得喪總錄錄
46	즐길 줄을 알아야만 하늘이 재주 내림 안다네.	能樂方知天與才
47	온갖 빛깔 나비들이 늦도록 수도 없어	金朱黃黑晚無數
48	꽃길에 지팡이 짚자 날은 정오 때였었지.	花徑扶杖日午時
49	마구 날며 섞여 다퉈 네 멋대로 뒤섞여도	滾飛雜鬪從汝亂
50	그대 손에 들어가면 어지럽지 않게 되리.	早入君手不紊絲

제41구에서 제50구까지가 마무리에 해당한다. 이 땅 이 터전을 물려받아 살았지만, 정작 우리는 우리 자신의 것을 돌아보지 못하고 바깥 것에만 고개를 기웃댔다. 이제부터라도 우리의 삼라만상을 하나도 빠짐없이 살피고 연구하고 정리하는 작업이 시급하다. 이 과정에서 영욕과 득실 같은 것은 다 하잘것없는 일일 뿐이다. 오직 즐길 줄 아는 사람만이

이 일을 해낼 수가 있다. '능락能樂', 즉 능히 즐길 수 있으려면 애정이 있어야 하고, 깊이 들여다봐야 하며, 무엇보다 정심한 공부가 필요하다.

자! 우리 눈앞에 온갖 빛깔의 화려한 나비들이 수없이 날고 있다. 꽃길로 산책을 나서면 온통 나비 천지다. 저 어지럽게 많은 갈래를 둔 제가끔의 나비들이, 일단 그대의 손길을 거치기만 하면 일목요연하게 정리될 것을 확신한다. 위당은 이 같은 취지로 시를 마무리 지었다.

이 시를 지은 시기는 분명치가 않다. 석주명이 아직 송도중학교 교사로 재직하던 시절에 써 준 것은 분명하다. 석주명은 송도중학교 교사직을 1942년 3월에 사임했다. 위당은 1940년 가을께 일제의 폭압에 맞서 학교를 사직하고 솔가하여 경기도 양주군 노해면 창동으로 은거했다.[11] 이 시는 이 창동 시절에 석주명을 위해 써 준 것으로 본다.

석주명은 송도에 교사로 재직하던 20대 중반부터 위당과 교분이 있었고, 이후 그가 세계적인 나비학자로 명성이 드높던 30대 초반에도 서울 걸음을 할 때마다 위당을 찾아가 나비에 얽힌 대화를 계속 이어 갔다. 나비와 관련된 한문 고전 자료의 발굴과 번역상의 도움을 청하기 위해서였을 것으로 보인다.

위당은 석주명이 1949년 3월에 펴낸 『한국본위 세계박물학연표』에도 서문을 써 주었다. 이 글 또한 위당 전집에는 누락되었다. 그 서문의 한 대목이다.

학우 석주명 교수는 한국 나비 연구의 석학으로 그 존재가 이미 세계적인 지 오래다. 그동안 이 연구에 관한 저술이 남모르는 가운데 우리 민족

---

11 김삼웅, 『위당 정인보 평전』, 채륜, 2016 참조.

의 지위를 올리었다. 그 두뇌와 안목과 솜씨가 실로 아니 들어가는 데가 없을 만큼 정밀하여서 혹 언어학에, 혹 지리학에 무릇 자기 연구하는 바와 맥락이 서로 통하는 곳이면 그 부지런을 쓰지 아니한 데가 없다. 최근에 내어놓은 제주방언연구도 그 하나다. 무릇 우리나라 안에 있는 것이면 무엇이고 우리와 관계가 있다. 관계가 있는 바에는 그것을 잘 알아야한다. 세계는 우리의 늘임이다. 우리의 가까운 것을 잘 알아서 유취로 군분彙分하고 구명究明으로 이용으로 쉬지 아니하고 나아가 여기에 이루어지면 일국일물의 발견이 세계의 수준을 올리게 되는 것이다. 그러므로한 집 앞에 노는 풀밭이 있는 것이 그 한 집의 가난뿐이 아니라 그 나라에또 세계에까지 끼치는 손실이 되는 것이다. 이를 알면 누구나 석교수의부지런을 고마워하리라.[12]

이 글에서는 나비학뿐 아니라 제주의 방언과 지리학 방면까지 확장된 그의 학문을 높였고, 국학의 연구가 결국은 세계 학문의 수준과 단계를 올리는 일임을 고무해서 말했다. 세계가 우리의 '늘임'이라고 한 대목이 그것이다. 늘임은 확장의 뜻으로 썼다. 우리 것을 깊이 연구해서그것을 확장하면 그것이 바로 세계가 된다는 뜻이다.

위 한 수의 한시 속에 석주명에게 거는 위당의 기대와 그의 학문적 성취에 대한 칭찬, 앞날을 위한 격려까지가 모두 응축되어 녹아 있다.

---

12 정인보, 「서」, 『한국본위세계박물학연표』, 신양사, 1992 수록.

정인보의 남계우론

이제 검토할 시는 위당의 「일호호접도행—濠蝴蝶圖行」이란 장편이다 (도판 109). 위당은 석주명이 소장하고 있던 일호 남계우의 호접도 10곡 병풍을 직접 보고 나서 이 시를 지어 석주명에게 선물했다. 이 작품은 『담원문록』에도 빠져 세상에 알려지지 않았는데, 석주명의 따님인 석윤 희 교수가 미국에서 내내 소장하고 있다가 10여 년 전에 공개하여 세상 에 알려졌다. 하지만 작품의 전문이 번역되어 학술적으로 정리된 적이 없다.

7언 134구, 947자에 달하는 대장편이다. 이 시는 위당 친필로 역시 10폭 병풍에 한 면 4행, 한 행 24자의 행서체로 썼다. 작품은 10폭의 병 풍을 한 폭 한 폭 떼어 내어 세밀하게 묘사하고, 끝에 가서 남계우와 그 의 호접도가 갖는 의미, 그리고 이를 한눈에 알아보고 소중하게 갈무리 한 석주명에 대한 칭송으로 마무리했다.

작품 끝의 서명 부분에 적은 짤막한 발문은 이렇다.

> 일호 남계우의 호접도 시이다. 내 벗 석주명 군을 위해 짓고 또 쓴다. 이 때 내가 병으로 힘들게 지낸 지가 이미 네 해다 보니 시도 글씨도 모두 형 편없어 부끄럽다. 담원.
>
> —濠蝴蝶圖行, 爲余友石君作并書. 時余病困已四年, 詩字俱拙愧 愧. 舊園.

시의 창작이 석주명의 요청에 따른 것임을 분명히 했다. 창작 시기는 명시적으로 나오지 않지만, 병으로 칩거한 지 4년이 되었다고 한 것으로 보아, 창동 칩거 이후 4년이 지난 1944년경이었을 것으로 본다. 이 병풍은 석주명 자신이 소장하고 있던 것이다.

석주명은 1939년 1월 『조선』에 「일호 남계우의 나비 그림에 대하여 一濠南啓宇ノ蝶圖ニ就テ」, 1940년 8월에는 『조선박물학회잡지』에 「일호 남계우의 나비 그림에 대하여」를 연속 발표했다. 이 두 편의 글은 남계우의 생애를 간략히 소개한 후 자신이 검토한 남계우의 회화 자료를 분석하여 그의 극사실적 호접도에서 찾아낸 나비의 종류와 개체 특성을 설명하였다. 두 편의 논문은 모두 일본어로 발표했다. 특정 화가의 화폭을 학술 연구의 대상으로 삼은 것은 세계 나비 연구사에서 달리 유례를 찾기 힘든 일이다.

특별히 『조선』에 발표한 글에서 석주명은 자신이 소장한 남계우의 호접도 10곡 대형 병풍을 소개했다. 그는 이 그림이 남계우가 전성시대인 30대에 그린 역작이라 하고, 각 화폭별로 화면 속에 보이는 나비의 종류와 자웅, 계절적 특징까지를 소개하고, 일람표까지 만들어서 도표화했다. 그 결과 석주명은 이 10폭의 화폭에서 모두 25종 82개체의 나비를 확인할 수 있었다. 석주명이 소장했던 이 10곡 호접도 병풍은 현재 실물의 소재를 알 수 없다.

남계우가 그린 10폭의 호접도 병풍은 현재 개인 소장의 〈군접도십곡병羣蝶圖十曲屏〉 하나가 남아 있다(도판108). 그림의 구성과 세부 묘사가 시의 그것과 자못 방불하나, 세부를 비교해 보면 석주명이 소장했던 바로 그 10폭 병풍은 아니다. 거의 비슷한 풍과 구도로 만들어진 다른 작품이다.[13] 다만 이 작품은 시의 배경이 된 원작 병풍의 분위기를 충분히

13 이 그림은 김영애, 「남계우의 회화관과 호접도」(고려대 미술사전공 석사논문, 2009. 6)의

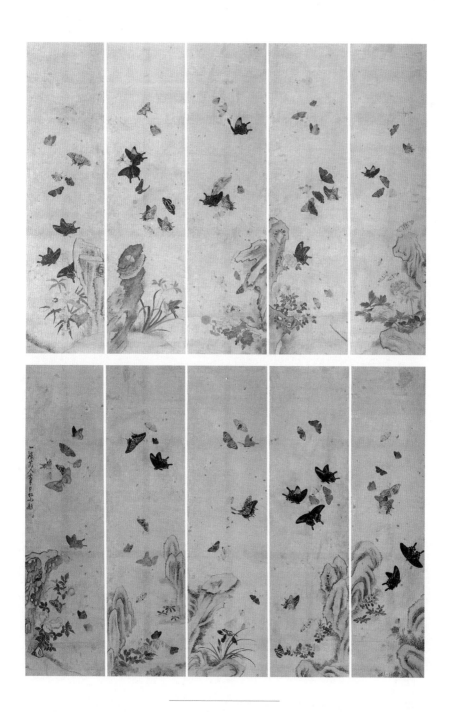

108. 남계우, 〈군접병〉(10폭). 『부산시민소장 조선시대회화명품전』 도록, 공창화랑·진화랑, 1990

짐작게 해 준다.

위당은 당시 조선총독부에서 간행하던 잡지 『조선』에 실린 석주명의 이 글을 보았을 것이다. 이를 바탕으로 실물 그림을 청해 보고, 그의 작업에 긍지를 느껴 이 작품을 지었던 것으로 보인다. 전체 시를 화폭별로 따라가며 읽기로 한다.

1 대저 어찌 열 폭의 호접도 저 병풍은	夫何十幅蝴蝶圖
2 신묘함이 그대로 그림이 아닌 듯해.	神妙直欲無丹碧
3 제1폭은 몇 마리 나비 높이 떠 희롱하고	一幅數蝶團戲高
4 그 아래로 등져 나는 나비 날개 또 보이네.	其下又見背飛翼
5 해묵어 괴상한 돌 월계화 덤불 중에	古怪之石月桂叢
6 연미초鳶尾艸 웃자라서 이끼 낀 돌 쓰다듬네.	鳶尾艸長撫苔石
7 꽃대는 하늘하늘 꽃은 힘이 없건만	花莖裊裊花無力
8 호랑나비 날갯짓을 열었다간 다시 닫네.	鳳子鼓翅闔且闢
9 한 떨기 월계화엔 아침 이슬 무거우니	一朶月桂朝露重
10 암호랑나비 향기 맡음 마치 가림 있는 듯.	雌鳳嗅葉若有擇
11 어디서 온 잠자리는 깁 날개가 환한데	何來蜻蜓紗翼明
12 얼룩진 흰 무늬에 검은 줄을 둘렀구나.	頡頏紋白與條黑
13 붉은 점 날개에 박힌 흰 나비 대오 이뤄	赤點點翅白爲伍
14 느릿느릿 암나비 곁 향해 날아가려는 듯.	徐飛意向雌鳳側
15 또 작은 나비가 마주 보며 날아가니	又有小翅飛相對

부록 도판 71번에 실려 있다. 확인한 결과 이 작품은 1990년 공창화랑과 진화랑에서 펴낸 『부산시민소장 조선시대회화명품전』 도록 86번 도판에 수록된 것이다. 작품의 크기나 소장자는 알 수 없다.

16	고개 위에 떨어지는 그늘 빛과 흡사하다.	略似高嶺落陰色
17	돌 모서리 검은 놈은 푸른 이끼 앉았는데	石嘴黑者爬苔綠
18	날개 들려 배 보이고 오른 날개 기우뚱해.	擧翅露腹右翅仄
19	월계화 꽃 피어나서 가지 반쯤 누웠는데	月桂下發枝半臥
20	꽃향기 바람결에 이끼 이슬 방울진다.	花香風動苔露滴

처음 제1구에서 제20구까지는 제1폭에 대한 묘사다. 화폭의 화면 구성을 구석구석 빠짐없이 묘사했다. 10폭의 호접도 병풍이 너무도 신묘해서 그림 같지가 않다는 말로 처음 서두를 열었다.

제1폭은 화면 하단에 괴석이 있고, 괴석의 아래위층 사이에 월계화 덤불이 피어 있다. 또 이끼 낀 바위에는 연미초鳶尾草가 돋았다. 연미초는 흔히 패란佩蘭 또는 침미봉針尾鳳으로도 불린다. 바위 위에 붙어사는 기생식물이다. 그 위로 봉자鳳子, 즉 호랑나비가 날갯짓을 한다. 월계화 꽃술은 이슬이 담뿍 젖어 암컷 호랑나비가 꽃술을 빠는 것을 낯가림하는 듯하다고 했다. 여기에 다시 흰 무늬에 검은 줄이 있는 잠자리가 날고, 붉은 점이 박힌 흰 나비가 대오를 이루어 너울댄다. 위당은 날개를 들어 배가 보이는 놈, 오른 날개만 기울어진 놈 등 화면 속 나비의 자세까지 묘사할 뿐 아니라, 꽃이 핀 상태까지 섬세하게 포착하였다. 앞선 논문에서는 제1폭 속에 9종 13개체의 나비가 그려져 있다고 했다. 여기에 잠자리 한 마리를 더해 모두 10종 14개체가 등장했다.

21	제2폭은 한여름철 하루해 길고 긴데	二幅盛夏日脚長
22	바위 결의 어여쁜 꽃 이름조차 모르겠네.	佳花拂石名未識
23	담홍빛 촉규화는 넓은 잎은 아닌 것이	淡紅如葵非掌葉

24 한 떨기는 기울고 세 떨기는 곧게 섰다.	一朶三朶欹且直
25 검은 호랑나비 한 쌍이 특별히 너울너울	烏鳳一雙特輕盈
26 꽃술 흰 꽃 위에 한 놈 날고 한 놈 앉네.	一飛一抱花蕊白
27 멀리 푸른 허공 나는 다섯 나비 어여쁜데	遠翔空碧五蝶艷
28 노랑나비 가운데 있고 호랑나비 북쪽일세.	黃蛺當中鳳子北
29 흰 무늬 날개 접은 나비 호랑나비에게 드니	紋白半翅入鳳子
30 서쪽 나비 거꾸로라 무늬가 선명하다.	西者翻倒斑的皪
31 남쪽 나비 날개 세워 날개 등이 보이고	南來翅立翅背見
32 노란 바탕 표범나비 한 송이 꽃 다름없네.	黃質豹文孤花卽
33 붉은점모시나비 비틀비틀 고인高人 같아	赤星偃蹇如高人
34 꽃과 바위 배회하니 그 뜻 가늠 못 하겠네.	相羊花石意不測
35 바위 붙은 세 마리는 모두 다 잗달아도	三蛾緣石俱瑣瑣
36 콩알만 한 풀꽃에도 너는 만족하는구나.	艸花如豆爾自得

다음은 제2폭이다. 화면의 시간 배경을 성하盛夏의 오후로 보았다. 바위 아래 피어난 꽃 덤불은 이름을 모르겠는데, 접시꽃 같은 담홍빛이지만 잎은 그다지 넓지 않다고 했다. 여기에 오봉烏鳳과 황협黃蛺, 황질표문黃質豹文, 적성赤星 등으로 표기된 다양한 품종의 나비들이 형형색색으로 등장한다. 오봉은 호랑나빗과의 제비나비 또는 산제비나비 종류인 듯하다. 황질표문은 노란 바탕에 표범 무늬란 뜻이니 은점표범나비거나 흰줄표범나비로 보인다. 적성은 붉은점모시나비가 아닐까 싶다. 바위의 콩알만 한 풀꽃에 붙은 작은 나비 세 마리는 부전나비 종류로 보인다. 논문에는 모두 8종 11개체의 나비가 그려져 있다고 확인했다.

한편 나비 이름의 표기로 보아, 위당이 이 한시를 지을 당시 나비마다 석주명에게 품명을 묻고 그것을 한자로 반영해 짓는 상호 교감 방식의 창작이었음을 알 수 있다. 한시로 창작할 경우, 중국과 일본까지 소통이 이루어진다는 점도 고려했을 것이다.

37	제3폭은 모란의 일천 꽃잎 붉었는데	三幅牡丹千葉紅
38	날 갠 오후 풍경 절벽이 환하도다.	老景天晴明厓壁
39	한두 마리 차례로 그 자태 호방하니	一蝶二蝶態遞豪
40	이따금 기이한 색 전에 못 본 것이로다.	往往異色非前覿
41	괴이한 건 한 무리 허공 나는 나비 떼가	但怪一群蕩空虛
42	지척에 있는 국색國色을 거들떠도 안 봄일세.	不視國色在咫尺

제3폭은 여섯 구로 간추렸다. 괴석 아래에 모란꽃이 붉게 그려져 있고, 채색이 대단히 화려했던 듯하다. 하지만 모란꽃 근처에는 나비가 한 마리도 붙지 않아 괴이하다고 적었다. 이것은 신라 때 선덕여왕 앞으로 당 태종이 모란꽃 그림과 씨앗을 보내왔을 때, 나비를 그리지 않은 것을 보고 이 꽃은 향기가 없을 것이라고 했다는 고사를 떠올리게 한다. 논문에서는 제3폭에 10종 14개체의 나비가 그려져 있다고 정리했다.

43	제4폭은 호랑나비 날개가 바람에 뒤집히자	四幅烏鳳翅翻風
44	잔단 자색 작은 나비 삼가 조심하려는 듯.	零丁小紫意矜飭
45	그를 좇아 뒤따르던 몇 마리 미친 나비	追隨差他數蝶狂
46	혹은 날개 펼치려다 오히려 아껴 두네.	或欲張翅張猶惜
47	꽃 곁에 붙은 바위 색깔이 모두 달라	傍花黏石色色殊
48	봄물에 고기 떼가 제멋대로 노니는 듯.	春水魚行驟緩亟

49 좋은 화가 세심함이 안 미친 곳이 없어	良工細心無不到
50 돌 모서리 흰 꽃송이 거의 줄기 끊어질 듯.	石稜一白幾失索

제4폭에 대한 묘사 부분이다. 중앙의 호랑나비가 바람에 날개가 뒤집히자, 그 곁의 작은 자주색 나비가 움츠려 조심스레 나는 모습을 그렸다. 바람을 그리지 않으면서 바람이 센 것을 잘 묘사했음을 두고, 화면 하단의 흰 꽃송이가 곧 떨어질 듯 달랑달랑하다고 썼다. 그림 속에 그려진 바위는 층층이 빛깔이 달랐던 듯하다. 석주명은 제4폭에서 10종 13개체의 나비를 읽어 냈다.

51 제5폭은 원추리가 패랭이 사이 피었는데	五幅萱花間石竹
52 깊은 정원 사람 없어 꽃길이 적막구나.	深園無人花徑寂
53 백후봉白嗅鳳의 주둥이는 더듬이가 깊지 않아	白嗅鳳嘴鬚不深
54 연홍빛 날개 뿌리 너 어디서 찾을쏜가.	蓮紅翅根爾何覓
55 붉은점모시나비 향기 취해 거꾸로 날아드니	赤星倒飛太醉香
56 올려 보매 온갖 나비 다 움직이고 빛깔 모두 선명해라.	仰視無翅不蕩漾無色不的歷
57 혹 그 꽃이 아직 남아 잎에 살짝 붙어 있자	或遺其花淡着葉
58 긴 더듬이 호랑나비 기분 좋게 꽃을 빠네.	從他文鳳長鬚滿意抱花食

제5폭은 원추리꽃과 패랭이꽃이 등장하고, 백후봉白嗅鳳과 붉은점모시나비, 호랑나비 등이 나오고, 그 위쪽의 여러 종류의 나비들도 모두 선명한 빛깔에 생동하는 날갯짓을 하고 있다고 했다. 호랑나비는 더듬이를 꽃술에 박고서 꿀을 빨고 있는 모습이다. 모두 12종 13개체의 나

비가 등장한다.

59 제6폭은 점점 나비 멀리서 사람 유혹하니	六幅點點迥媚人
60 황금 눈에 가선 치마 쌍으로 또렷하다.	金眼鑲裙雙的的
61 호랑나비 작은 나비 뒤편을 따라가고	鳳子行隨小蝶後
62 그 앞에 있는 나비 간격이 넓지 않네.	又有前蝶無多隔
63 홍백으로 속을 대고 남백藍白의 옷 입으니	紅白爲裡藍白衣
64 월계화 꽃기운이 두 날개에 떠도누나.	月桂花氣汎雙腋
65 어여뻐라 수구화가 멋지게 솟았는데	可憐繡毬眞磊磊
66 나비 하나 더듬이로 빨자 꽃이 떨어지려는 듯.	一蝶鼓鬚花欲墜
67 저 못나고 눈만 큰 왕잠자리 한 마리는	迂闊巨眼蜻蜓王
68 두 매미와 포개져서 절반이 가렸구나.	點綴二蟬一半匿

제6폭은 제59구에서 제68구까지 10구에 걸쳐 설명했다. '금안양군金眼鑲裙'은 황금 눈이 박히고 아래쪽에 가선을 두른 치마라 한 것으로 보아 제비나비를 말한 듯하다. 제비나비 두 마리가 날아가고, 호랑나비 한 마리가 그 위쪽에서 작은 나비들의 군무를 뒤쫓아 가는 형상을 그렸다. 작은 나비는 간격 없이 촘촘하게 묘사되었다.

꽃은 월계화와 수구화를 그렸다. 여기에 눈 큰 왕잠자리 한 마리가 매미 두 마리와 함께 그려졌는데 둘은 서로 겹쳐져서 절반이 보이지 않는다고 했다. 나비는 8종 10개체, 여기에 잠자리와 매미까지 포함하면 11종 14개체가 등장한다고 석주명은 설명했다.

69 제7폭의 나비는 모두 열세 마리인데	七幅之蝶十又三

70	꽃 사이에 층을 나눠 가까이 혹 멀리 있네.	花間層層近或逖
71	큰 놈은 몹시 크고 작은 놈은 어여쁘니	大者特豪小者妍
72	짙은 초록 둘 사이에 검은 호랑나비 털썩 크다.	暗綠雙間烏鳳碩
73	뒤집혀짐 바람 형세 급해서가 아니니	翻倒不是風勢急
74	안은 바위 어이해 푸른 날개 아끼리오.	抱石豈憐如翠翩
75	동산 꽃이 깊은 향기 내뿜어서 그런 건지	秖爲園花噴幽馥
76	한 기운 어느새 뱃속 가득 갖추었네.	一氣容與俱滿臆

다음은 제7폭이다. 나비가 모두 13마리 등장하는데, 바위의 틈새로 꽃이 층을 지어 피었고, 그 층을 따라 나비가 멀고 가까이서 난다. 덩치가 큰 놈과 작은 놈이 나는데, 짙은 초록색 날개를 한 두 마리 사이에 큰 호랑나비 한 마리가 끼어 있다. 나비의 날갯짓이 제가끔인 것으로 보아 바람이 센가 보다 하겠지만, 사실은 온 동산의 꽃향기가 농욱해서 뱃속에 그 꽃기운이 가득 차 그런 것이라고 보았다. 석주명은 11종 12개체만을 읽었는데, 위당의 시에서는 13개체로 보아 차이가 난다.

77	제8폭은 바위 꽃이 기분 좋게 만드는데	八幅巖花使人喜
78	분홍과 붉은 꽃이 저마다 어여쁘다.	粉紅丹砂各傾國
79	다섯 마리 허공 놀며 앉으려 들지 않고	五蝶弄虛不肯下
80	여덟 마리 꽃을 아껴 뒤엉켜 다투누나.	八蝶戀花競迫窄
81	제비나비 붉은점모시나비 원래 절로 솜씨 좋아	烏鳳丹點原自工
82	한 떨기 꽃 너 본다면 날개로 덮으리라.	一朵聽汝翅以冪
83	작은 날개 무늬 빛깔 파르르 물결 같아	小翅絢采漾如波
84	기이한 나비 문득 보매 정 가눌 길 없도다.	驟看異蝶情不克

85 아롱진 그 변화는 모두 하늘 솜씨거니 　　　　渲暈變化多天巧

86 아아! 팔뚝 아래 진귀한 것 쌓여 있네. 　　　　吁嗟腕底衆妙積

　　다시 제8폭을 보자. 먼저 다른 화폭에 비해 꽃이 눈길을 끌었던 모양
이다. 분홍과 단사는 꽃의 빛깔인데 이것만으로는 꽃 이름을 알기 어렵
다. 위쪽 허공에 다섯 마리가 날면서 내려오지 않고 있고, 꽃 근처에는
여덟 마리의 나비가 꽃에 바싹 다가섰다. 오봉烏鳳과 단점丹點은 제비
나비와 붉은점모시나비를 가리키는 듯하나 분명치 않다. 그 밖에 작은
나비들이 화려한 빛깔로 화면을 수놓아서 정을 가늘 수 없다고 썼다. 석
주명은 제8폭에 9종 11개체가 있다고 했는데, 전체로는 11종 14개체라
했으니, 두 사람 사이에 약간의 착오가 있다. 아마 나방 종류를 나비로
볼지 말지로 엇갈린 듯하다.

87 제9폭은 큰 나비가 아래쪽에 많이 있고 　　　　九幅大蝶多在下

88 위로 나는 한 큰 나비 가지런히 곱게 난다. 　　　　上飛一大整不迫

89 누런 바탕 점을 뿌려 금빛 문득 가득하고 　　　　黃裡灑點金暫渝

90 초록빛에 검은 테두리 솜털조차 딸 수 있네. 　　　　有綠墨沿毛堪摘

91 뾰족뾰족 무늬 바위 가요哥窯의 문양인데 　　　　齒齒綺石哥窯文

92 붉은 꽃 돈 흩은 듯 새긴 획보다 낫다. 　　　　絳花散錢勝刻畫

　　이제 제9폭이다. 큰 나비가 아래쪽에 포진해 있고, 상단에는 큰 나비
한 마리가 거리를 두고서 시원스레 날고 있다. 제89구에서 '황리쇄점黃
裡灑點'은 은점표범나비인가 싶고, '유록흑연有綠墨沿'은 초록 바탕에 검
은 테두리가 있다는 의미이니 호랑나빗과의 나비를 말한 듯하다. 제91

구의 가요哥窯는 송나라 때 용천현龍泉縣의 장章씨 형제가 경영하던 가마 이름인데, 균열로 금 간 무늬가 많은 것이 특징이다. 화면 속의 바위에 균열문이 있는 것을 두고 말한 것이다. 석주명은 제9폭에서 나비 7종 12개체를 읽어 냈다.

93	제10폭은 가을볕에 붉은 국화 감상하니	十幅秋光品菊紅
94	애기풀 붉고 구름 흰데 인끈을 드리운 듯.	薳紅雲白垂綬縺
95	흔들리는 맑은 별은 모두 다 곱고 예뻐	搖搖澄暉皆艷麗
96	등지고 마주하는 그 뜻이 끝이 없네.	相背相存意不極
97	어떤 놈은 공작새 꼬리 끝의 눈동자를 매달았고	或肩孔雀尾端睛
98	어떤 놈은 은돈殷敦의 도철 조각 등에 새겼네.	或背殷敦饕餮刻
99	흰 빛깔 힘줄 펴고 등은 살짝 검은 것과	或白布筋略背黑
100	가늘게 경계 지어 검은 점이 찍힌 것도.	或細作界間點墨
101	나비와 꽃 그렸지만 향기는 못 그리니	畵蝶畵花不畵香
102	붓이 닿지 못하는 곳 향기가 쌓였다네.	筆所未到香襞積

이제 마지막 제10폭의 화면을 살필 차례다. 붉은 국화가 피어 있고 바위에는 애기풀이 인끈처럼 아래로 드리웠다. 여기에 나비들이 비상하는데, 제97구의 '공작미단정孔雀尾端睛'은 공작 꼬리 끝에 있는 눈알이 있는 나비이니, 이것이 석주명이 참으로 희한한 경우라고 한 남방공작나비의 개체를 그린 것임을 알 수 있다. 또 '은돈도철각殷敦饕餮刻'이 나온다. 은돈殷敦은 은나라 때 청동기의 이름이고, 도철은 거기에 새겨진 괴수를 말한다. 호랑나비 계통의 화려한 무늬를 설명한 것이다. 여기에 더해 흰 바탕에 등이 살짝 검은 나비와 가늘게 계선界線이 있는데 검

은 점이 찍힌 나비는 어떤 종류인지 특정하지 못하겠다. 석주명은 제10
폭에서 8종 8개체를 찾아냈다.

이상 10폭에 대한 소개가 모두 끝났다. 이제 제103구부터 제134구까
지는 남계우의 나비 그림에 대한 총평과 의의, 그리고 석주명에 대한 덕
담 등 다시 세 단락으로 나눠서 읽을 수 있다. 차례로 보겠다.

103	이 그림은 그 누가 그린 것인가	此圖誰所作
104	남계우는 재주 품고 늙도록 곤궁하다.	南氏啓宇負才老窮厄
105	일호一濠라고 호를 짓고 벼슬길엔 뜻이 없어	自號一濠不稱官
106	자하시紫霞詩를 손수 적어 보옥처럼 떠받드네.	手錄霞詩視拱璧
107	타고난 기호가 나비 그림 좋아해서	天生嗜好好畵蝶
108	천 가지 만 종류를 낡은 책에 끼워 뒀네.	千種萬彙夾塵冊
109	관찰하고 만져 보며 털끝까지 살펴보아	目察手追參毫芒
110	동산 속 나비 자태 손 위에서 얻었구나.	園中態從手中獲
111	빛깔 섞는 솜씨는 늙어 더욱 신묘하여	和色工到老逾神
112	참된 뜻 뭇 화공이 피하게끔 하였다네.	眞意眞令衆師辟
113	전하기를 평복 입고 나는 나비 쫓아가서	傳言燕服逐飛蝶
114	십 리나 떨어진 성안 집서 잡았다지.	十里路距城中宅
115	재경梓慶이 편종 깎자¹⁴ 귀신 솜씨 다 놀랐고	梓慶削鐻驚鬼神
116	매미 잡는 장인丈人¹⁵조차 쉬운 일이 없었다네.	丈人承蜩無物易

14 『장자莊子』「달생達生」에 "명공名工 자경이 나무를 깎아서 악기[鐻]를 만들자, 보는 자
가 귀신의 솜씨와 같다고 놀랐다." 하였다.
15 공자가 초나라로 가는 길에 숲속을 지나다가 어떤 꼽추가 매미를 잡는 것을 보았는데,
마치 매미를 줍듯이 하고 있었다. 이에 공자가 무슨 도道가 있느냐고 물으니, 꼽추가 답

117 세상 사람 독보적인 그 조예를 알까마는　　　　流俗寧知獨造妙

118 명품이라 추천하여 방 꾸미길 구한다네.　　　　猶推名蹟求塡闠

　먼저 남계우가 높은 재주를 품었으면서도 늙도록 곤궁한 삶을 살았다 하고, 자하 신위의 시를 아껴 직접 친필로 그의 시집을 옮겨 적어 보배로 간직한 이야기를 썼다. 남계우가 친필로 쓴 자하 시집은 석주명이 쓴 자신의 논문에서도 언급이 보인다. 이 시집은 신위의 시 18권을 남계우가 손수 베껴 쓴 책으로, 당시 충남 예산에 사는 남계우의 자산 집안에 보존되어 있는 자료였다.[16] 석주명이 알려 준 정보다. 위당이 이 작품을 지을 때 석주명이 남계우와 관련된 정보를 제공해 주고, 그림 속 각종 나비 이름도 따로 일러 주는 과정이 있었음을 보여 준다.

　남계우는 낡은 책에 온갖 종류의 나비를 끼워 보관했고, 그가 물감을 섞어 온갖 영롱한 빛깔을 만들어 낸 솜씨는 전문 화공들조차 혀를 내두를 정도였다. 이어 그가 평상복 차림으로 동대문까지 쫓아가서 기어이 나비를 잡아 왔던 유명한 에피소드를 역시 석주명의 전언에 따라 기술했다. 그의 귀신같은 그림 솜씨가 점차 호가 나자, 사람들이 그의 그림을 명품으로 여겨 너나없이 구해 방 안의 장식품으로 삼고자 했다.

119 박학樸學 근원 열리자 예단에도 결실 거둬　　　　樸學開源藝搖實

하기를, "나의 몸가짐은 마치 베어 낸 나뭇둥걸 같고 나의 팔놀림은 마치 나뭇가지 같다." 하자, 공자가 제자들을 돌아보면서 이르기를, "의지意志가 헛갈리지 않고 통일되면 귀신에 가깝게 되는 법이라고 했는데, 그것은 저 꼽추 노인을 두고 하는 말이다." 하였다. 『莊子 達生』.

16　석주명, 「一濠南啓宇ノ蝶圖ニ就テ」, 『朝鮮』 1939년 1월 호, 82쪽.

120	헛된 꾸밈 좋아한다 싫다 배척당하기도.	虛飾自喜或厭斥
121	이용휴와 이양연은 시로 역사 감당했고	惠寰臨淵詩堪史
122	다산옹의 총서는 백성 고통 슬퍼했네.	茶山叢書哀民惻
123	이 그림을 내가 보고 옷깃을 여미나니	我見此畵爲斂衽
124	학풍이 일관되어 이 규칙을 본받았지.	學風流貫此其則
125	남나비와 변고양이 사물 형상 잘 그리니	南蝶卞猫窮物狀
126	감히 그림 가지고서 영역을 말한다네.	敢以丹靑道厥域
127	남계우의 나비는 더더욱 훌륭해서	南公之蝶此尤善
128	세월 가도 색채가 변치 않음 기이하다.	又奇歷久彩不蝕

다시 제119구에서 제128구에 이르는 10구는 남계우의 호접도가 갖는 의의와 위상을 밝힌 대목이다. 박학樸學은 박실樸實한 학문이니 다름 아닌 실학實學의 다른 표현이다. 실학의 학풍이 열리면서 예단에서 실질을 숭상하는 기풍이 일어났다. 이전 시기 학문과 예술이 중국풍을 본뜨고, 지나친 과장과 허세를 일삼았던 것에서 벗어났다.

위당은 이 같은 실학풍의 대표로, 시단에서 이용휴李用休(1708~1782)와 이양연李亮淵(1771~1853)을 꼽았고, 학계에서는 다산 정약용丁若鏞(1762~1836)의 『열수총서洌水叢書』를 들었다. 이용휴와 이양연은 현실의 풍정을 절묘하게 포착해 낸 시풍으로 당대에 이름이 높았던 시인이다. 다산의 『열수총서』는 1936년 위당 자신이 주선해서 『여유당전서』로 펴냈기에, 두 시인의 시풍과 다산의 애민정신에 얹어 남계우의 실사 호접도가 다른 한 축을 떠받들 만하다고 높인 것이다.

남나비와 변고양이는 나비 그림을 잘 그린 남계우와 고양이 그림에 특장이 있었던 변상벽의 별명이다. 이 중에서도 남계우의 나비 그림은 이미 석주명이 훌륭하게 증명했듯이 세계에 내놓아도 손색없는 과학적 관찰이 돋보이는 자랑스런 문화유산임에랴.

129	백 년 만에 다행히도 석군의 감탄 만나	百年幸逢石君歎
130	비단 둘러 찌를 달아 다시 닦아 꾸몄다네.	緣錦軸牙重拂拭
131	세상 향해 걸어 두고 무리에게 보여 주니	掛向人間演與衆
132	저승에서 옛적 혼백 다시 살아 나온 듯해.	九原欲回舊魂魄
133	공은 그림만 아니라 포부 또한 갖췄으니	公非但畫自有抱
134	그대 아님 그 누가 한번 갈라 알아보리.	微君誰歟一剖劈

끝은 석주명에 대한 칭찬으로 마무리했다. 그동안 이토록 훌륭한 작품이 묻힌 채 세상에 안 알려졌는데, 석주명이 이를 보고 놀라, 표구를 해서 병풍으로 꾸며 놓았다. 그리고 이것으로 논문을 써서 해외에까지 그 명성이 알려지게 되었다. 그래서 잊혔던 남계우의 그림과 그의 예술혼이 다시 살아나게 되었다. 어디 그뿐인가? 그대가 남계우의 인간과 포부까지 세상에 알려 주었으니, 석주명이 아니고야 어찌 우리가 남계우를 알 도리가 있었겠는가?

이렇게 해서 위당은 남계우의 〈호접도십곡병〉의 10폭 그림을 총 7언 134구에 달하는 장편시로 재현해 냈다. 현재 소재를 알 수 없는 실물 그림과의 정확한 비교 작업이 마저 이루어지면, 우리 학술 및 예술사의 한 흐뭇한 광경이 연출될 것으로 기대한다.

이상 국학자 위당 정인보 선생이 자신을 따르던 나비학자 석주명을 위해 써 준 한시 한 수와, 석주명이 소장했던 나비 화가 남계우의 10폭

夫何十幅蛺蝶圖神妙直欲無丹碧一幅數蝶團欲高卉下又
見背飛翼古怪之石月桂叢莖瓦卅長梅苔石花莖之花莖
力風子鼓翅圓且闊一枭月桂鉶露香雌鳳嘆葉若有攫似來
情挺紗翼嘲頡頑従白與條黑赤點：翅白為仔徐飛意向雌

鳳側又有小翅飛相對略似高嶺落陰色石嘴黑者佩若綹擧
翅霧腹右翅瓜月桂下蔭枝半臥花香風釰苔露滴二幅藏夏
日脚長佳花掛石名未識淡紅如蓁作孝葉一架三枭敷且直
鳥鳳一雙特種盤一般一拖右蕊白遠翔空碧子蝶豔黃峽當

제2폭   제1폭

109. 정인보, 「일호접도행」(10폭). 정양모 소장(377~381쪽)

中風子北終白步翅入風子西者翻倒斑的餘南東翅立翅背

見黃質豹文孤花卯赤星偃蹇亦高人相羊花后意不測三峨

緣石俱積々卅花如豆尒角得三幅牡丹千葉紅毫景天晴眼

歷々一蝶二蝶態連変往々與色不前覩但怪一犀蕩空虛而

視園色大殿天四幅鳥鳳翅翻鳳雰丁小紫意矜倚迤邐差池

數蝶狂戒以張翅張猶惜儚花熱石色々躁春水魚紛驟優亟

良工細心無不到后後一白幾失眞子幅萱花間后竹深園無

人花徑寂白喚鳳觜頹示深違紅翅根爾何覓赤星倒飛太醉

제4폭　　　　제3폭

二蝶一半匡七幅之蝶十又三花間層：近或逺大者持意小
者姸暗徐雙間烏鳳顧翻創不笔風勢意指石萱懷乃翠翩抱
為園花瞳幽馥一氣容與俱備膽八幅巖花佩人喜粉紅丹砂
不傾國飞蝶妾屍不肯下八蝶戀花競迫窄烏鳳丹點原自工

香作視無翅而蕩漾無色不的慮或遠其花淡著葉後他心風
長鬚滿意指花今大幅點：迴媚人金眼鑲裌雙的：鳳子行
陷小蝶後又若前蝶無多隔紅白者裡蘆白衣月桂花氣況雙
晾可憐繡蛾真舉之一蝶鼓翅花於攄迄潤巨眼情誕五點緻

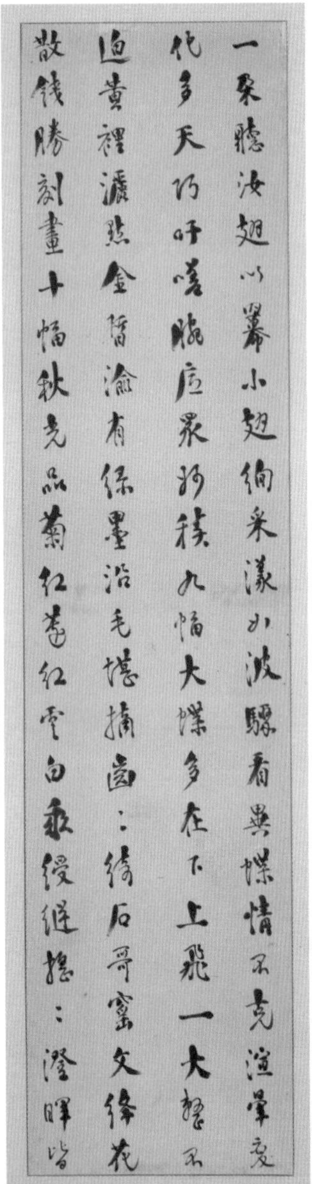
제7폭

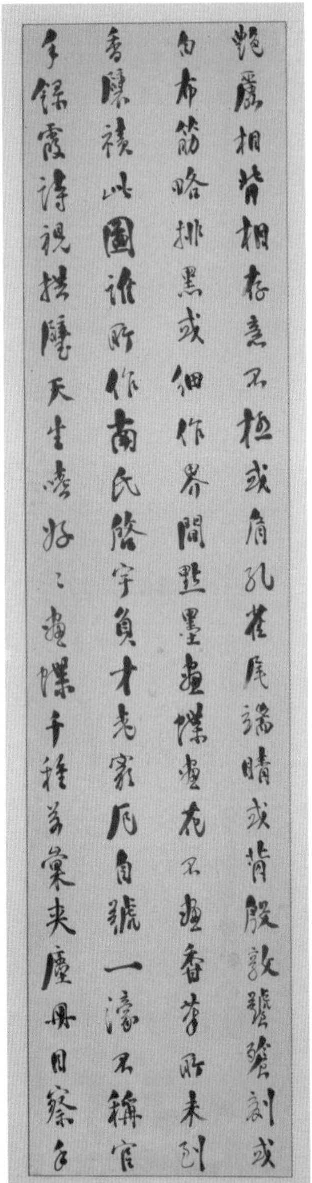
제8폭

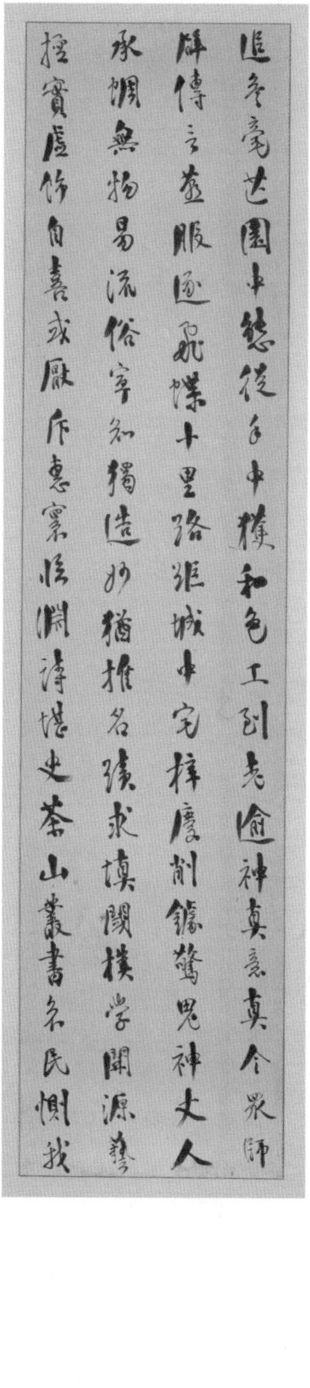
제9폭

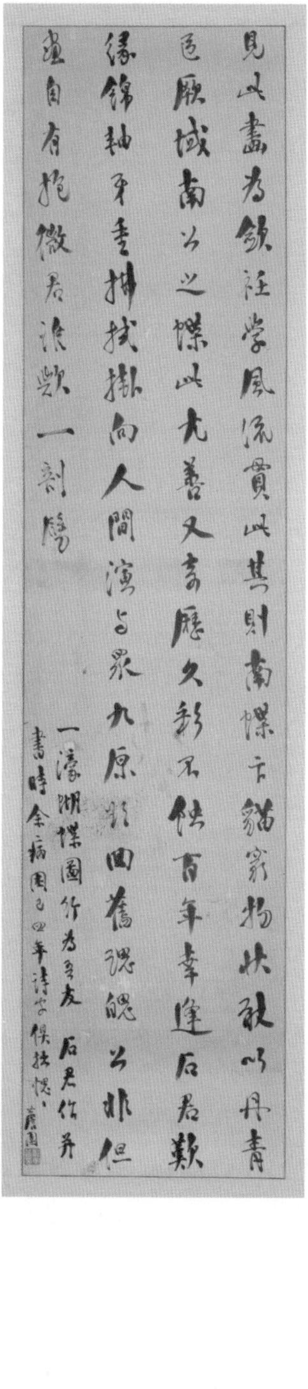
제10폭

병풍을 위해 써 준 장편 한시 한 수를 소개했다. 석주명의 남계우론, 위당의 석주명론, 위당의 남계우론으로 갈래를 두어 정리했다.

남계우는 나비 그림으로 알려진 화가였을 뿐인데, 그의 그림 속에 담긴 과학적이고 사실적인 묘사에 주목하여 그것의 학술적, 예술적 가치를 처음으로 자리매김한 것은 나비학자 석주명이었다. 그는 남계우의 그림을 꼼꼼히 분석하여 그림 속에 등장하는 나비의 개체 분류 작업까지 진행해 학술지에 논문으로 발표했고, 「남나비전」을 지어 그의 생애를 정리하기까지 했다.

석주명의 이 같은 활약에 감동하여 위당 정인보는 2수의 한시를 써 주었고, 그것은 각각 석주명론과 남계우론이라 할 만한 내용을 담고 있다. 이 그림의 실물이 확인된다면, 한 폭의 그림에 대해 세계적인 나비학자 석주명이 전문학술지에 논문으로 발표하고, 국학자 정인보가 이를 세밀하게 묘사한 장편의 한시를 남긴 아주 희귀한 작품이 될 것이다.

나비에 대한 이해가 부족하여 두 편의 한시를 번역하고 분석 소개하는 데 그쳤다. 나비 연구자들과 회화사 연구자들의 후속 작업이 이어지기를 기대한다.

식물명의 착종과 오해

접시꽃과 해바라기의 혼동

접시꽃과 해바라기의 명칭 혼동

자전에서 '규葵'를 찾으면 '해바라기'로 나온다. '규경葵傾'은 해바라기가 해를 향해 기울어지듯이 임금의 덕을 경앙景仰한다는 뜻이라고 풀이하고 있다. 대부분 한시문의 번역에서 거의 예외 없이 규화葵花는 해바라기로 번역되어 있는 것을 본다. 필자 역시 이전의 번역에서 규화를 별생각 없이 해바라기로 옮겼다. 결론부터 말하자면 이것은 잘못이다. 규화는 해바라기가 아니라 접시꽃이다. 좀 더 구체적으로 '향일규向日葵'로 명토를 박은 경우에도 거의 예외 없이 해바라기 아닌 접시꽃을 지칭한다. 그런데 왜 실제 번역에서는 약속이라도 한 듯이 해바라기로 옮기고 있을까? 어느 시기부터 접시꽃과 해바라기를 두고 혼동이 생겨난 셈인데, 이 글은 이 혼동을 바로잡고 그 원인을 살피는 데 목적이 있다.

해바라기는 남아메리카 대륙 원산의 외래종 식물이다. 특별히 남미의 페루는 해바라기가 나라꽃이다. 1510년에야 스페인으로 수입되어, 그곳 식물원에서 관상작물로 재배되기 시작했다. 해바라기가 중국에 수입된 연대는 분명치 않지만, 1621년 왕상진王象晉이 펴낸『군방보群芳譜』에 촉규蜀葵와 금규錦葵를 서술한 뒤 부록으로 '서번규西番葵'를 수록한 것이 최초의 기록이다. 또 같은 책 국화 항목 뒤에는 '장국丈菊'이 실렸는데, 일명 '서번국西番菊' 또는 '영양화迎陽花'라고 한다고 하여, 역시 해바라기를 수록하였다. 또 1688년에 간행된 진호자陳淏子의『화경花鏡』에는 해바라기를 '향일규向日葵' 또는 '서번규西番葵'라 한다고 적었다.[1]

이로 보아 중국에 해바라기가 도입된 것은 유럽보다 한 세기 뒤진 17세기의 일이었던 것으로 보인다. 막상 해바라기가 조선에 전래된 것은 개항기 외래 문물의 수입과 함께였고, 그 경로가 중국을 통해서인지, 아니면 일본을 통해서인지도 분명치 않다. 어쨌든 해바라기는 19세기 후반 이후에야 우리나라에 들어온 외래종 식물이다.[2] 따라서 우리나라에서 해바라기에 관한 문헌 기록은 찾아보기 어렵다. 해바라기라는 명칭이 처음 보이는 것은 과문의 탓이 아니라면 이덕무李德懋(1741~1793)의『앙엽기盎葉記』일 것이다. 이덕무는 황규黃葵 또는 향일규向日葵의 속명이 '해ㅅ블아기'라 하고, 이 꽃이 해를 따라 빙빙 돈다고 적었다. 하지만 전후

---

1 중국에서 접시꽃과 해바라기가 어떻게 혼동되었는지에 관한 논의는 가조장賈祖璋의 『화여문학花與文學』(상해고적출판사, 2001), 101~108쪽에 수록된「규화향일규葵和向日葵」에 자세하다. 본고의 작성에 실마리를 제공해 주었다.
2 이병근,「해바라기(向日花)의 어휘사」,『어휘사』(태학사, 2004), 81~102쪽에서 해바라기와 관련된 어휘사를 꼼꼼히 검토한 바 있다.

문맥을 꼼꼼히 살펴보면 그가 말한 황규는 황촉규, 또는 추규로 부르는 접시꽃의 다른 종류다. 이 밖에 『물보物譜』와 1855년에 필사된 『사류박해事類博解』 등에 '향일련向日蓮'이란 이름 아래 '해ㅂ락이' 또는 '해바락이'로 표기된 것을 볼 수 있다. 여기에 적힌 해바라기가 지금 말하는 해바라기를 지칭한 것인지 분명치가 않다. 한자 명칭 또한 '황규黃葵', '향일규向日葵', '향일련向日蓮', '향일화向日花' 등 혼란스런 상태였다.

각종 기록 속의 접시꽃

해바라기가 조선에 들어온 것이 19세기 후반이었다면, 적어도 19세기 이전 옛 문헌에 보이는 규화葵花와 관련된 일체의 기록은 접시꽃으로 보아 마땅하다. 접시꽃은 잎이 해를 향해 돌기 때문에 예로부터 '경양傾陽' 또는 '향일向日'의 일컬음이 있었다.

규葵는 원래 식용 채소인 아욱이다. 규화葵花 또는 촉규화蜀葵花로 부르는 접시꽃은 지역마다 어승어, 둑두화 등 다른 이름으로 불렸다.[3] 아욱과 접시꽃은 잎이 태양을 따라 돌기 때문에 늘 임금을 향한 변치 않는 충성을 상징하는 꽃으로 알려져 왔다.

『시경』「빈풍·칠월」이란 작품에, "7월에는 아욱과 콩을 삶아 먹는다.(七月烹葵及菽.)"고 한 기록이 보이고, 『회남자淮南子』에도 이미 "성

---

3 문일평, 『화하만필』(삼성문화문고 19, 1974), 71쪽에 '촉규화'에 관한 내용이 있다. 이와는 별도로 118쪽 「향일규(해바라기)」 항목에서, 고려 인종이 꿈에 황규黃葵 씨앗 세 되를 얻은 꿈 이야기를 해바라기 꿈으로 기술하고 있는데, 이것은 해바라기가 아니라 촉규화의 일종인 황촉규黃蜀葵임에 틀림없다.

인의 도에 대한 태도는 규葵의 해에 대한 태도와 같다.(聖人之于道, 猶葵 之于日也.)"고 하여 이 식물의 향일성에 대한 언급이 있다. 접시꽃이 늘 해를 향하듯이 성인의 마음은 한결같이 도만을 향한다는 뜻이다. 『좌 전』 성공成公 17년에도 공자의 말로 "포장자鮑莊子의 지혜는 규만도 못 하다. 규는 그래도 능히 자기 발을 지킬 수 있다.(鮑莊子之智不如葵, 葵猶 能衛其足.)"고 한 내용이 보인다. 아욱이나 접시꽃의 잎사귀가 태양빛을 따라 돌며 햇빛을 차단하여 줄기의 밑동을 보호해 주는 것을 두고 이렇 게 말했다.

뒤에 위나라 조식曹植이 「구통친친표求通親親表」에서 "규곽葵藿, 즉 아욱과 콩잎이 잎을 기울임 같은 것은, 태양이 비록 이를 위해 빛을 돌 리지 않아도 이를 향하니, 정성이다.(若葵藿之傾葉, 太陽雖不爲之回光, 然向 之者, 誠也.)"라는 언급을 남겨, 처음으로 아욱 또는 접시꽃의 잎이 해를 향해 기우는 것을 임금을 향한 신하의 한결같은 정성에 견주었다. 다시 두보杜甫가 「자경부봉선현영회오백자自京赴奉先縣咏懷五百字」란 시에서 이 말을 받아, "아욱과 콩잎은 태양 향해 기우니, 사물 성질 진실로 뺏기 어렵네.(葵藿傾太陽, 物性固難奪.)"라고 노래했다. 이후 수많은 시인들이 접시꽃이 지닌 태양을 향해 기우는 경양傾陽 또는 향일向日의 속성에 주 목하여, 임금을 향한 신하의 변치 않는 충성에 견주어 노래해 왔다.

규화의 향일성向日性을 논한 사람들은 잎이 해를 향하는지 꽃이 해를 향하는지에 대해 혼란을 느꼈던 듯하다. 앞서 보았듯 아욱과 접시꽃류 의 꽃은 모두 잎이 해를 따라 방향을 바꾼다. 그래서 이를 두고 향일규向 日葵의 일컬음이 있었던 것인데, 후에 유럽에서 해바라기가 원예종으로 들어오면서 영어 명칭 sunflower나 우리말 명칭 해바라기에서도 보듯, 이 꽃이 해를 향해 고개를 돌린다고 하여, 여기에 '향일규'의 명칭이 덧

씌워지면서 두 식물 사이의 개념 혼란이 자리 잡게 된 것이다.

조선시대에 촉규화에 대해 본격적인 글을 남긴 사람은 이덕무와 이옥李鈺(1760~1813)이다. 이덕무는 『앙엽기』 권5의 「규葵」 항목에서 규葵의 여러 용례를 설명하고, 촉규蜀葵와 융규戎葵, 오규吳葵와 호규胡葵 등을 설명한 후, 황규黃葵에 대해 이렇게 설명하였다.

> 대개 해를 향하는 것은 황규인데 일명 황촉규黃蜀葵라 하고, 또 추규秋葵라고도 한다. 『설문說文』에는 "황규가 항상 해를 향해 잎을 기울여 그 뿌리에 비치지 못하게 한다."고 했다. 왕정王禎의 『농서農書』에는 "규는 양초陽草이다."라 하였고, 주에는 "하늘에 10개의 해가 있는데 규葵가 시작과 끝을 함께한다. 그래서 규는 계癸 자를 따른다."고 했다. 이 주장대로라면 규란 글자는 오로지 향일규를 위해 만든 글자이다. 하지만 조식曹植은 "규곽葵藿이 잎을 기울임 같은 것은, 태양이 비록 이를 위해 빛을 돌리지 않아도 이를 향하니, 정성이다."라고 하였다. 『설문』에도 잎을 기울인다는 글이 있다. 하지만 꽃이 해를 향해 기운다고는 말하지 않았다. 어째서일까? 혹 다른 규가 잎을 기울임을 내가 미처 몰랐던 것일까?
> 내가 아이 적에 황규, 속명으로는 해바라기를 화분에 심었다. 줄기는 삼대 같고 잎은 패모 같았다. 줄기 끝에 노란 꽃이 피고 중심은 조밥 같았는데 그다지 곱지는 않았다. 해를 따라 동서로 움직이는데, 목이 굽은 것이 마치 담뱃대 같았다. 정오에는 하늘을 향했다. 내가 시험 삼아 동쪽으로 향할 때를 기다려 화분을 서쪽으로 향하게 하자, 얼마 못 가 시들어 죽고 말았다. 사물의 본성을 빼앗기 어려움이 이와 같다.[4]

4 이덕무, 『앙엽기』 중 「葵」: "蓋向日者黃葵, 一名黃蜀葵, 亦名秋葵. 說文黃葵常傾葉向

이 글은 필자가 찾아본 것 중에 유일하게 명시적으로 '해볼아기', 즉 해바라기로 표기된 글이다. 이덕무의 설명에 따르면 향일규는 황규 또는 황촉규나 추규로 불리는 꽃인데, 『설문』 등에서 잎이 해를 향해 기운다고 한 것에 의문을 제기했다. 그러고는 자신이 실제 황규를 화분에 심어 해의 방향을 따라가지 못하게 했더니 금세 죽고 말더라는 경험을 덧붙였다. 요컨대 자신이 본 황규는 잎이 아닌 꽃이 해를 따라 돌았음을 강조한 것이다.

해바라기는 화분에 심을 수 있는 것이 아니고 또 해를 향해 꽃이 돌지도 않는다. 그가 설명한 것은 황촉규 또는 추규로 불리는 접시꽃의 별종 식물이다. 다만 중심이 조밥 같았고, 목굽이가 담뱃대 같았다고 한 것은 언뜻 보아 해바라기를 가리키는 듯하나, 잎이 패모 같고, 꽃이 해를 향해 돈다고 한 것, 또 추규라고 명시한 것으로 보아, 오늘날 우리가 말하는 해바라기가 아닌 것이 분명하다.

황촉규에 대해서는 이옥 역시 「촉규화설蜀葵花說」에서 자세히 언급한 것이 있다.

> 촉규는 꽃이다. 잎이 아욱과는 조금 다르고, 박과 약간 비슷하다. 꽃은 아욱보다 큰데, 붉은색·흰색·담홍색이 있고, 또한 단엽과 천엽千葉이 있다. 황촉규 또한 꽃이다. 잎이 뾰족하고 좁은데 톱니가 있어 아욱이나

日, 不令照其根. 王禎農書, 葵陽艸也. 注天有十日, 葵與終始, 故葵從癸. 若此說, 則葵字專爲向日葵而設也. 然曹植曰: 若葵藿之傾葉, 太陽雖不爲之回光, 然終向之者誠也. 說文又有傾葉之文, 而不言花之傾日, 何也? 或他葵傾葉, 而余未之覺歟? 余兒時種黃葵, 俗名해볼아기于盆, 莖如麻, 葉如茴, 莖端開黃花, 心如粟飯, 不甚鮮艶. 隨日東西, 而項曲如烟盃. 正午則昂. 余試俟其向東, 移盆向西, 食頃萎死. 物性之難奪如此."

촉규와 다르다. 꽃도 다른데 색이 옅은 황색이고 생긴 것은 국화 비슷하나 더 크다. 그 크기는 모란보다 크다. 줄기가 높은데, 대개 사람보다 한 자 남짓 높다. 꼭대기에서 꽃이 피는데, 한 줄기에 한 송이씩 핀다. 목이 빼어나 고깔 모양이다. 능히 시간에 따라 기우는데, 아침에는 동쪽으로 기울고, 저녁에는 서쪽으로 기운다. 정오에는 바로 선다. 대개 꽃이 해를 사모하여 편벽되이 따르는 것이다. 그래서 옛사람이 "규가 해를 향해 기운다."고 한 것은 바로 황촉규를 말한다.[5]

황촉규에 대한 설명에서 꽃잎이 옅은 황색을 띠었다거나 국화와 비슷한데 크기는 더 크고, 잎이 뾰족하니 좁고 톱니가 있다는 설명으로 보아, 짙은 황색에 넓적한 잎을 지닌 해바라기와는 분명 다른 꽃임을 금세 알 수 있다.

촉규화와 황촉규는 잎 모양만으로 금세 구분된다. 유희柳僖(1773~1837)는 『물명고物名考』에서 추규秋葵, 즉 황촉규를 "촉규화의 별종이다. 잎은 뾰족하고 톱니가 있어 용의 발톱 같다.(蜀葵別種, 葉尖多缺如龍爪.)"[6]고 했고, 중국의 『화경花經』에는 "잎은 닭발 같은데 그 빛이 누르다. 가을에 핀다. 꼭지는 붉고 속은 희다. 꽃은 노랗고 잎은 초록빛이다.(葉如鷄足, 其色黃, 開於秋. 檀蒂白心, 黃花綠葉.)"[7]라고 했다. 즉 촉규화는 잎사귀가 아욱처럼 평퍼짐한 데 반해, 황촉규는 용의 발톱이나 닭발

---

5 이옥, 「촉규화설」: "蜀葵花也, 葉小異於葵, 微似匏. 花大於葵, 有紅, 有白, 有淡紅. 亦有單葉, 有千葉. 黃蜀葵亦花也. 葉尖而狹有缺, 異於葵蜀葵. 花亦異, 色微黃, 形如菊而大, 其大過牧丹. 莖高, 率高人尺餘. 而花於頂, 一莖一花, 頸秀而笠. 能隨時而傾, 朝則傾東, 夕則傾西, 日中則正. 蓋花之慕日而偏隨者也. 故古人謂葵爲傾陽, 政黃蜀葵之謂也."
6 유희의 『언문지』 「무정류無情類」 중 '초초' 항목에 보인다.
7 중국 진원룡陳元龍의 『격치경원格致鏡原』 권72, 「규화葵花」 조에 나온다.

110. 작자 미상, 〈추규도秋葵圖〉, 중국 송나라(위)

111. 남계우, 〈추규와 나비〉, 조선 후기, 서울대박물관 소장(아래)

112. 심주, 〈접시꽃〉, 중국 명나라

처럼 날카로운 잎이 예닐곱 갈래로 갈라져 있다. 꽃은 흰빛을 띤 엷은 황색이다. 황촉규는 가을에 피므로 흔히 추규로 더 많이 불렸다.

좀 더 분명히 살피기 위해 그림을 보기로 하자. 도판 110은 송나라 때 이름을 알 수 없는 화가가 부채 면에 그린 추규, 즉 황촉규 그림이다. 엷은 황색을 띤 다섯 잎의 꽃떨기가 참으로 우아한 자태를 뽐내고 있다. 도판 111은 조선 후기 나비 그림으로 유명한 남계우南啓宇(1811~1888)가 그린 〈추규와 나비〉란 작품이다. 앞서 황촉규에 대한 설명에서 용의 발톱이니 닭발이니 하며 잎 모양을 설명한 이유를 그림을 보면 분명히 알 수 있다. 황촉규는 결코 해바라기와 혼동할 수 있는 식물이 아니다.

촉규화나 황촉규를 그린 옛 그림은 적지 않게 남아 있다. 도판 112는 명나라 때 화가 심주沈周가 그린 〈촉규도〉다. 괴석 사이로 네 촉의 접시꽃을 그렸다. 넓적한 잎 모양으로 보아 황촉규가 아닌 촉규화다. 꽃 모양이 무궁화와 흡사하다. 이에 반해 해바라기를 그린 옛 그림은 중국이나 우리나라나 단 한 점도 남아 있지 않다. 해바라기의 도입이 생각보다 꽤 늦었음을 분명히 알 수 있는 대목이다.

옛 시문 속의 접시꽃

이제 실제 시문 속에 그려진 촉규화의 모습을 살펴볼 차례다. 시기적으로 가장 앞선 작품은 신라 말 최치원의 「촉규화」이다.

적막한 거친 밭 가장자리에	寂寞荒田側
많은 꽃 여린 가지 짓누르누나.	繁花壓柔枝
장맛비 그치자 향기 가볍고	香輕梅雨歇
보리 바람 기우숙 그림자 지네.	影帶麥風欹
지체 높은 분네야 뉘 쳐다보랴	車馬誰見賞
벌 나비만 한갓되이 기웃거린다.	蜂蝶徒相窺
난 곳이 천한 것만 부끄러울 뿐	自慙生地賤
사람들 내버림은 한하지 않네.	堪恨人棄遺

시는 마치 고려 때 정습명의 「석죽화石竹花」를 연상시킨다. 황량한 들판, 보리누름의 때에 핀 꽃. 한 줄기에 주렁주렁 꽃을 매달고 올라와 여린 가지를 짓누른다고 했다. 지체 높은 사람은 거들떠보지도 않고, 나비와 벌만 이따금씩 와서 기웃거릴 뿐이다. 태어난 곳이 천한 것이 부끄

러울 뿐 사람들이 내버림은 감수하겠다고도 했다. 여기에는 경양傾陽이나 향일向日의 충성을 다짐하는 의미는 전혀 드러나지 않는다.

고려시대 것으로는 이규보李奎報(1168~1241)의 「화우인황촉규和友人黃蜀葵」와 이색李穡(1328~1396)의 「촉규가蜀葵歌」가 있으나, 이들 작품도 꽃의 아름다움을 노래하고 있을 뿐 특별히 충성의 의미를 강조한 내용이 보이지 않는다. 초창기 접시꽃은 이렇듯 출신이 천해 타고난 자질을 제대로 인정받지 못하는 의미거나, 어여쁜 자태로만 노래되었다.

접시꽃에 향일向日의 의미가 강조되는 것은 조선시대로 들어오면서부터다. 흔히 향일규向日葵는 해바라기의 명칭으로 알려져 있지만, 안평대군의 거처를 노래한 「비해당사십팔영匪懈堂四十八詠」 중에 「향일규화向日葵花」가 들어 있다. 의미는 '태양을 향하는 접시꽃'이란 뜻이다. 이 제목으로는 김수온金守溫·최항崔恒·신숙주申叔舟·성삼문成三問·유호인兪好仁·채수蔡壽·김일손金馹孫·박상朴祥 등이 시를 남기고 있는바, 모두 접시꽃의 태양을 향한 변함없는 정성을 노래하였다. 이 가운데 성삼문(1418~1456)의 「향일규화」를 읽어 보자.

발 지키니 지혜가 없음 아니요   衛足非無智
고개 숙임 마치도 충성 있는 듯.   傾心似有忠
네 능히 힘쓰지 않음을 보고   見爾能不勵
나는 외려 임금 은혜 마음에 품네.   而余抱降衷

제1구의 '위족衛足'은 『좌전』에서 포장자를 접시꽃에 견준 말에서 끌어왔고, 제2구의 '경심傾心'도 조식曹植의 말에서 따왔다. 접시꽃이 자신을 지킬 줄 아는 지혜가 없는 것도 아니요, 늘 임금께 고개 숙이는 충성도 갖추었지만, 더 노력하여 힘쓰지 않음을 보고, 나는 더 충성을 다 짐한다는 뜻이다.

신숙주(1417~1475)의 「향일규화」는 이렇다.

접시꽃 흰 해 향해 고개 숙여 기울이니   葵萼欹傾白日臨
난간 기대 마주 보며 가만히 읊조리네.   凭欄相對更沈吟
경성傾城의 고운 빛이 세상에 없으랴만   人間豈乏傾城色
평생에 귀히 할 바 한 조각 마음일세.   所貴平生一段心

사람의 이목을 놀래키는 아름다운 꽃이야 수두룩하지만, 난간에 기대 바라보며 읊조리는 뜻은 늘 밝은 해를 향해 고개 숙이는 그 마음 때문이라고 했다.

또 김수온(1409~1481)은 같은 제목의 시에서 이렇게 노래했다.

규와 곽은 이름이 비록 달라도   葵藿名雖異
태양 향해 기우는 성질은 같다.   傾陽性則同
물성에 속된 운치 어울림 없고   物無諧俗韻
의리에 님 섬기는 충성이 있네.   義有事君忠
어리석어 참된 성품 멀리하고서   蠢蠢遠眞性
어둡게도 임금 은혜 알지 못하네.   昏昏昧降衷
하늘이 부여해 준 그 깊은 뜻이   天工賦與意
이 꽃 속에 또렷이 드러나 있네.   的端此花中

제1, 2구는 앞서 본 두보의 시구 '규곽경태양葵藿傾太陽'에서 끌어왔다. 속운俗韻을 띠지 않고, '사군事君'하는 단충丹忠만 지녀 있으니, 이 꽃을 보면서 인간의 바른길을 보겠노라는 의미를 담았다. 이 밖에 최항 崔恒(1409~1474)도 「향일규화」에서 "한 조각 붉은 정성 구은九垠을 비춘다.(一片丹誠照九垠.)"고 하고, "고개 숙여 천안天顏 향해 다시금 웃으니.(傾心更向天顏笑.)"라 하여, 접시꽃의 '단성경심丹誠傾心'에 주목하였다.

다음은 황정욱黃廷彧(1532~1607)의 「차옥당소도운次玉堂小桃韻」이란 작품이다.

무수한 대궐 꽃이 흰 담장에 기대었고	無數宮花倚粉墻
나비 벌은 노닐면서 남은 향기 따른다.	遊蜂戱蝶趁餘香
늙은이 봄바람도 못 본 듯하건만	老翁未及春風看
접시꽃 마음 지녀 태양만을 우러르네.	空有葵心向太陽

깊은 봄날, 나른한 오후 대궐에서 근무 중에 밖을 내다보다 회칠한 흰 담장 가에 울긋불긋 화려하게 핀 꽃들을 보았다. 봄바람이 부는 것을 느끼지도 못했는데, 어느새 꽃들이 저리 피었나 싶어 계절의 변화함에 문득 놀랐던 것이다. 하지만 시인은 화려한 봄날의 꽃도 좋지만, 자신은 언제나 태양만 우러르는 접시꽃의 마음을 지녀 다만 임금에게 충성할 뿐이라고 다짐했다. 제4구의 '규심葵心'을 앞선 연구에서는 모두 해바라기 마음으로 번역하였는데, 접시꽃의 마음이라야 옳다.

다시 김안국金安國(1478~1543)의 「우중방엄효중영규雨中訪嚴孝中詠葵」를 보자.

솔가지 울타리 밑 조그만 접시꽃	松枝籬下小葵花

해님 향해 기울재도 비가 오니 어쩌나.	意切傾陽奈雨何
내 너를 사랑하여 와서 비를 맞노니	我自愛君來冒雨
햇볕 아래 잔뜩 핀 모란꽃은 모른다네.	不知姚魏日邊多

　빗속에 친구인 엄효중의 집을 찾아갔다가 지은 시다. 소나무 가지 늘어진 울타리 아래 조그만 접시꽃이 비를 맞고 피어 있다. 접시꽃은 해님을 향해 고개를 숙이고 싶은데, 비가 저렇게 내리니 해님을 볼 수가 없다. 볕 좋은 날 화려함을 뽐내는 요위姚魏, 즉 모란꽃보다, 안타까운 접시꽃을 아껴, 빗속에 이렇게 찾아와 꽃을 본다고 했다.

　말은 접시꽃 얘기를 하고 있지만, 실제로는 자기 친구 엄효중에 대한 이야기다. 그는 나라를 위해 큰일을 할 만한 역량을 지녔건만 그늘에 가려 아무도 거들떠보지 않는다. 게다가 비마저 저리 오니, 태양 향한 붉은 정성을 알아줄 사람이 없어 안타깝다는 이야기다.

　이번에는 조선 후기 박제가朴齊家(1750~1805)의 「규화葵花」다.

이른 꽃 더딘 해 함께 못 함 괴롭더니	朝花遲日苦難齊
간신히 꽃 피우자 해는 서산 뉘엿해라.	纔到花開日欲西
내일 아침 첫 해가 떠오르길 기다려도	也待明朝初日出
시든 꽃 하마 져서 잎만 고개 떨구리.	殘花已落葉空低

　진 꽃잎을 말한 것으로 보아 역시 해바라기가 아니라 접시꽃임이 분명하다. 접시꽃은 언제나 태양을 향한 성심을 지녔지만, 꽃이 활짝 피었을 때는 해가 아직 뜨지 않았고, 해가 높이 솟으면 정작 간밤 꽃은 시들고 새 꽃은 미처 피지 않았다. 붉은 마음을 지니고는 있다 해도, 그 마음

을 전해 볼 길이 없는 것이다. 그래서 남은 잎은 풀이 죽어 환한 태양 앞에 고개를 푹 숙이고 있다고 했다.

이렇게 조선시대 이후 접시꽃을 노래한 한시에는 으레 태양을 향해 기우는 변함없는 정성이 함께 언급된다. 흥미로운 것은 근 백 수 가깝게 남아 있는 한시 중에 해바라기를 노래한 것은 하나도 없다는 것이다. 반면에 대부분의 번역에서 규화는 어김없이 해바라기로 번역되고 있는 점도 흥미롭다.

옛 그림 속의 접시꽃

앞서 본 것처럼 접시꽃은 옛 그림 속에 비교적 자주 등장한다. 그림 속의 접시꽃은 어떤 의미를 담고 있을까? 접시꽃의 상징적 의미와 관련하여 이옥의 「촉규화설」은 흥미로운 시사를 준다.

우리나라에서는 급제한 사람마다 꽃 두 가지를 내려 준다. 줄기와 잎은 푸르고, 꽃은 붉은색과 노란색이 섞여 있다. 모란이나 연꽃, 매화와 국화 등 여러 꽃의 모습과는 다르다. 종이에 물을 들여 잘랐는데, 꽃 중에 비슷한 것이 없으나, 그 제도를 취한 것은 대개 촉규화이다. 아! 꽃이여, 꽃이여! 촉규화에서 무엇을 취하겠는가? …… 오늘날 새로 급제한 자에게 머리에 꽂는 장식을 내려 줄 때 반드시 이 촉규화를 가지고 하니, 내가 진실로 취할 만한 것이 없음을 알겠다. 어떤 이가 "옛말에 규가 능히 발을 지킨다고 했으니, 혹 스스로를 보존하는 지혜에 보탬이 될 만하지 않겠는가?"라 하므로, "이는 규葵, 즉 아욱의 지혜이지, 촉규, 곧 접시꽃을 두고 말한 것이 아니라네."라고 말해 주었다. 내가 잠시 마당에 심어 놓고 번화함을 믿고서 영구하기를 꿈꾸는 자를 위해 경계로 삼는다.[8]

　과거에 급제한 사람에게 내리는 어사화御賜花는 종이로 물들여 만든 조화인데, 그 모양이 접시꽃을 따왔다고 했다. 지금까지는 무궁화로 알려져 있었다. 그 의미야 당연히 해를 향해 기우는 이 꽃의 속성을 빌려 나라와 임금을 위해 충성을 다하라는 권계勸戒의 의미였을 터이다. 하지만 이옥은 『좌전』의 '규능위족葵能衛足'의 설에서 따와 험한 벼슬길에서 능히 스스로를 보존하라는 것이 아니겠느냐는 혹자의 주장을 반론하면서, 이 꽃의 의미가 번화함이 영구하기를 바라는 데 있다고 풀이하였다. 전체적 논조로 보아 그는 촉규화에 대해 별로 좋은 인상을 지니고 있지 않다.

　촉규화는 줄기를 타고 밑동에서부터 꼭대기까지 타고 올라가면서 한 송이씩 꽃을 피우므로, 한꺼번에 피었다가 한꺼번에 지고 마는 다른 꽃들과 달리 화기花期가 오래간다. 그러므로 사람들이 마당에다 이 꽃을 심는 것은 접시꽃처럼 가문의 영화가 오래 계속되기를 바라는 의미가 담겨 있었던 것이다.

　도판 113은 청나라 때 화가 이선李鱓의 〈추규도秋葵圖〉이다. 맨드라미 위로 추규 한 줄기가 솟아올랐는데, 화제로 적힌 시는 다음과 같다.

8　이옥, 「촉규화설」: "國朝賜及第人人花二朵, 莖葉靑, 花紅黃相間, 異於牧丹·蓮·梅·菊諸花狀, 染紙而剪, 於花無所類. 其取制者, 蓋蜀葵花也. 噫! 花乎花乎! 奚取於蜀葵花耶? …… 今也, 賜新進者, 賁首之餙, 而必以是蜀葵花, 則吾固知其無可取也. 或曰: '古語曰: 「葵能衛足」或可資自保之智歟?' 曰: '是又葵之智, 非蜀葵之謂也.' 余姑植之庭, 爲恃繁華圖永久者, 戒焉."

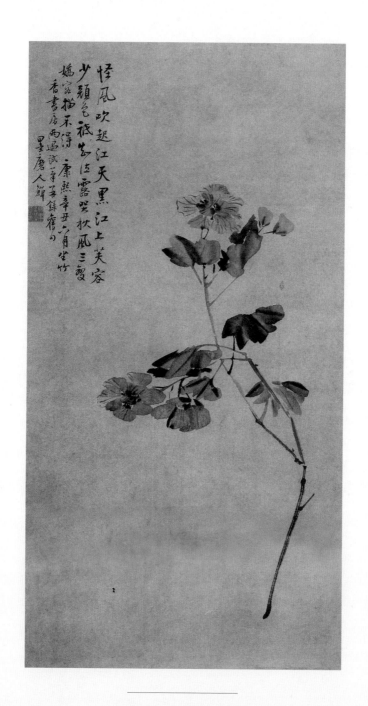

怪風吹起江天黑江上芙蓉
少顔色祇出江
嬌
露哭秋風三夏
客描來浮·康熙辛丑六月坐竹
香書屋而過試筆苧錄舊句
墨磨人解

113. 이선, 〈추규도秋葵圖〉, 중국 청나라

장문궁 들어오곤 엷게 화장하였지만   自入長門着淡粧
가을 옷엔 아직도 옛집 황색 물들었네.   秋衣猶染舊宮黃
박절한 임금 은혜 끝까지 믿지 않고   到頭不信君恩薄
온 마음 기울여서 태양만을 향하누나.   猶是傾心向太陽

추규화의 엷은 황색을 '담장淡粧'으로 표현했다. 아래서부터 차례로 타고 올라가는 꽃이 맨 꼭대기에 이르도록 임금의 은정이 자신을 저버린 사실을 믿으려 들지 않고, 그래도 오로지 한마음으로 중심을 기울여 태양만을 향하고 있다고 했다. 그림을 자세히 보면 잎새가 일제히 태양을 향해 있음을 볼 수 있다. 하지만 꽃은 방향이 일정치 않다.

대개 임금의 총애를 잃은 궁녀의 신세에 추규화를 견주고, 그럼에도 변치 않는 붉은 마음을 찬양한 것인데, 일편단심의 충정이란 주제를 확인하기 어렵지 않다.

도판 114는 신사임당의 화훼초충도 병풍 제7폭의 그림이다. 화면 가운데 주황빛을 띤 꽃은 잎새의 모양이나 꽃잎의 빛깔로 보아 한눈에 추규임을 알 수 있다. 추규, 즉 황촉규 옆에 핀 파란 꽃은 도라지꽃이다. 밑동에서부터 꽃을 피워 차례로 위로 올라가는 접시꽃과는 반대로 가지의 맨 꼭대기에 한 송이씩 꽃을 피운다. 도라지꽃은 한자로는 길경화桔梗花다. 중국음으로는 전혀 다르지만, 우리나라에서는 이 꽃의 음에서 길경吉慶, 즉 길하고 경사로운 일이 많이 생겨날 것을 기대했음 직도 하다. 화면에는 나비 두 마리가 꽃을 향해 날고, 빨간 고추잠자리도 날아든다. 계절은 가을이다. 화면 아래에는 참개구리 한 마리와 메뚜기 한 마리를 그렸다.

밑동에서부터 차례로 꽃을 피워 꼭대기까지 이르는 접시꽃은 변화가

114. 신사임당, 〈화훼초충도 병풍〉 제7폭, 조선, 국립중앙박물관 소장

영구하기를 축원하는 뜻 외에도, 이 꽃이 급제자에게 내린 어사화御賜花였음을 생각한다면, 벼슬길에서 승승장구하여 높은 지위까지 이르기를 기원하는 뜻임을 알 수 있다. 한편 꼭대기에 꽃을 피우는 도라지꽃은 한 분야에 으뜸이 되라는 의미로 읽힌다. 개구리와 메뚜기는 늘 그렇듯이 다산多産과 풍요의 상징이다. 나비와 잠자리는 변태變蛻하므로, 변화와 발전을 나타낸다. 이 그림을 한 문장으로 읽으면 이렇다.

> 과거에 급제해서 밑에서부터 차근차근 승진해 올라가(접시꽃), 한 분야에 으뜸이 되고(도라지꽃), 끝임없이 변화 발전해서 큰 뜻을 펼치고(나비와 잠자리), 자손 많이 낳아(메뚜기와 개구리) 복 받고 살기를 축원한다.

이렇듯 옛 그림 속의 접시꽃은 두 가지 의미로 읽힌다. 첫째는 태양을 향하는 변치 않는 마음으로 임금을 향한 변함없는 충성심을 나타낸다. 둘째는 밑에서부터 꽃을 피워 꼭대기까지 올라가는 속성에 주목하여 벼슬길에서 차례로 승진하여 가장 높은 지위에까지 오르라는 축원을 담는다. 신사임당의 그림은 두 번째 의미를 분명하게 보여 준다.

이상 규화 또는 촉규화가 향일규向日葵로 알려진 해바라기와 어떻게 혼동되었는지를 여러 문헌과 시문에 근거하여 살펴보았다. 옛 문헌, 특별히 한시 속에 기록된 규화葵花·황규黃葵·향일규向日葵 등은 거의 예외 없이 해바라기 아닌 접시꽃을 지칭하고 있다. 실제로 해바라기가 우리나라에 전래된 것은 19세기 이후의 일로 보이고, 이후로도 해바라기 그림이나, 해바라기를 노래한 시문은 거의 보이지 않는다. 그러다가 어느 순간 향일규란 이름을 해바라기가 차지하게 되면서, 두 식물은 오늘날 번역자들에게 완전히 혼동되어 접시꽃의 명칭을 해바라기가 차지해 버리는 현상이 일어나게 되었던 것이다.

이렇게 해바라기와 접시꽃이 오늘날에 와서 완전히 혼동된 것은 일종의 상식의 허점이라 할 수 있겠다. 새 중에 두견이와 소쩍새가 과학적 근거도 없이 완전히 혼동되고 있는 것과 비슷한 경우다. 두 식물 모두 잎이든 꽃이든 태양을 따라 돈다는 생각이 문헌 기록과 착종을 일으켜 빚어진 일이다. 우선은 각종 옥편과 사전에 표시된 의미를 고치는 작업이 선행되어야겠고, 이들 식물의 과학적 속성에 대한 식물학적 정리가 좀 더 분명하게 이루어져야 하겠다. 해바라기가 우리나라에 들어온 시점에 대한 정리도 이루어지기를 바란다.

사실과 진실의 거리 ─「상찬계시말相贊契始末」을 통해 본 양제해 모변 사건의 진실

국립제주박물관,『심재 김석익, 구한말 한 지식인의 일생』, 2004.

권기중,「19세기 제주 향리층의 호구 변동」,『대동문화연구』제57집, 성균관대 대동문화연구소, 2007, 31〜54쪽.

權仁赫,「19세기 초 梁濟海의 謀變 實狀과 그 性格」,『탐라문화』제7호, 제주대 탐라문화연구소, 1988, 127〜151쪽.

金錫翼,『탐라기년』, 영주서관, 1918.

金泰能,「梁濟海亂과 濟州民의 自主企圖」,『제주도』34, 1968, 151〜156쪽.

망원한국사연구실,『1862년 농민항쟁』, 동녘, 1988.

성균관대 대동문화연구원 편,『다산학단 문헌집성』전 9책, 2008.

안대회,「다산 제자 이강회의 이용후생학」,『한국실학연구』제10호, 한국실학학회, 2005, 289〜321쪽.

양진석,「18, 19세기 제주의 수취제도와 특징」,『탐라문화』제24호, 제주대 탐라문화연구소, 2004, 101〜130쪽.

이강회 저, 김정섭 외 역,『유암총서』, 신안문화원, 2005.

이강회 저, 김형만 외 역,『운곡잡저』권1, 신안문화원, 2004.

이성임,「19세기 제주 대정현 읍치 거주민의 혼인양상」,『대동문화연구』제57집, 성균관대 대동문화연구소, 2007, 7〜29쪽.

이영권,『제주역사기행』, 한겨레신문사, 2007.

임형택,「다산학단에서 해양으로 學知의 열림 ─ 이강회의 경우」,『대동문화연구』제56집, 성균관대 대동문화연구소, 2006.

조성산,「이강회의 경세사상 ─ 다산학 계승의 한 국면」,『대동문화연구』제57집,

성균관대 대동문화연구소, 2007, 139∼169쪽.

_____, 「이강회의『탐라직방설』과 제주도 연구」, 『다산학단의 학문적 성격과 성
　　　과』(제10회 다산학학술회의 발표논문집), 2008, 29∼49쪽.

흑산도로 가는 뱃길과 풍물 — 정학유의 흑산도 기행문「부해기浮海記」와 기행시

김영원, 「연세대본 여유당집에 대한 서지적 검토」, 『남명학연구』제36집, 경상대
　　　학교 남명학연구소, 2012, 281∼300쪽.

김영호, 「여유당전서의 텍스트 검토」, 『정다산연구의 현황』, 민음사, 1985, 23∼
　　　41쪽.

신안문화원 편, 『김이수 전기』, 크레펀, 2003.

윤석호, 「유배기 정약용과 정약전의 왕복 편지」, 『다산과 현대』, 강진다산학술연
　　　구원, 2018, 241∼260쪽.

이준곤, 「흑산도 전승설화로 본 면암 최익현과 손암 정약전의 유배생활」, 『목포
　　　해양대학교 논문집』제11집, 목포해양대학교, 167∼220쪽.

이학규, 『낙하생집』(천진암 성지 소장).

정민, 『다산의 재발견』, 휴머니스트, 2011.

정석조, 『상해 자산어보』, 신안군, 1998.

정약용, 『여유당집』(연세대 도서관 소장본, 필사본).

정학유, 『운포유고』(김영호 소장, 『유고』전10책 중 제7, 8, 9책).

조성을, 『여유당집의 문헌학적 연구』, 혜안, 2004.

_____, 『연보로 본 다산 정약용』, 지식산업사, 2016.

최성환, 「유배인 김약행의 유대흑기를 통해 본 조선후기 대흑산도」, 『한국민족문
　　　화』제36집, 한국민족문화학회, 2010, 139∼177쪽.

허경진, 「새로 발견된 손암 정약전의 시문집에 대하여」, 『남명학연구』제36집,
　　　경상대학교 남명학연구소, 2012, 263∼280쪽.

_____, 『손암 정약전 시문집』, 민속원, 2015.

나비의 날갯짓이 일으킨 파장 – 남계우의 그림, 석주명의 학문, 정인보의 시가 만나는 자리

김삼웅, 『위당 정인보 평전』, 채륜, 2016.

김영애, 「남계우(1811~1890)의 회화관과 호접도」, 고려대 석사학위논문, 2009. 6.

석주명, 『나비채집 이십년의 회고록』, 신양사, 1992.

_____, 「南나비傳」, 『朝光』 1941년 3월 호, 257~259쪽.

_____, 「一濠南啓宇ノ蝶圖ニ就テ」, 『朝鮮』 1939년 1월 호, 80~87쪽.

_____, 「一濠南啓宇ノ蝶圖ニ就テ」(第2報), 『朝鮮博物學會雜誌』 제7권 제28
　　　　호, 朝鮮博物學會, 1940. 8. 20, 15~19쪽.

_____, 「朝鮮産蝶類硏究史」, 『朝光』 1940년 2월 호, 286~289쪽.

_____, 『한국본위 세계박물학연표』, 신양사, 1992.

윤용택 외, 『학문 융복합의 선구자 석주명』, 제주대학교 탐라문화연구소, 2012.

이병철, 『위대한 학문과 짧은 생애』, 아카데미서적, 1989.

정인보, 『담원정인보전집』(전6책), 연세대학교 출판부, 1983.

정인보 지음, 정양완 옮김, 『담원문록』(전3책), 태학사, 2006.

수록문 출처

이 책에 실린 글의 원출전은 다음과 같다. 다만 제목을 수정하고 본문 내용도 수
정 보완하였으므로, 글의 학술적 인용은 이 책에 따라 주기를 바란다.

책가도 병풍 속에서 만난 다산 − 리움미술관 소장 〈표피장막책가도豹皮帳幕冊架圖〉 속의 다산 친필 시첩

「리움미술관 소장 표피장막책가도 속의 다산 친필시첩」, 『문헌과 해석』 77호,
2016년 겨울, 171~184쪽.

다산과 대둔사 선사들의 교유 − 『삼사탑명三師塔銘』과 『두륜청사頭輪淸辭』를 통해

「다산과 대둔사 승려의 교유 − 삼사탑명과 두륜청사」, 『삼사탑명, 두륜청사』, 수
원화성박물관 도록 해제.

새 자료로 만나는 사제 간의 정리情理 − 『치원소고巵園小藁』 및 『치원진장巵園珍藏』에 대하여

「『치원소고』 및 『치원진장』에 대하여」, 『문헌과 해석』 58호, 2012년 봄, 173~
194쪽.

사실과 진실의 거리 − 「상찬계시말相贊契始末」을 통해 본 양제해 모변 사건의 진실

「상찬계 시말을 통해 본 양제해 모변 사건의 진실」, 『한국실학연구』 제15집, 한국
실학학회, 2008. 6. 30, 263~302쪽.

흑산도로 가는 뱃길과 풍물 − 정학유의 흑산도 기행문 「부해기浮海記」와 기행시

「새자료 정학유의 흑산도 기행문 「부해기」와 기행시」, 『한국한문학연구』 제79집,

한국한문학회, 2020. 12. 30, 223~297쪽.

사도세자와 그의 스승들 – 사도세자 친필『집복헌필첩集福軒筆帖』과 춘방관들의 편지

「『집복헌필첩』과 사도세자 춘방관들의 편지」,『문헌과 해석』59호, 2012년 여름, 167~185쪽.

불운한 실학자의 비원悲願 – 실학자 이덕리와『상두지桑土志』의 국방 기획

「비운의 실학자 이덕리와『상두지』의 국방기획」,『상두지』해제, 휴머니스트, 2020, 13~35쪽.

이덕무와 성대중, 글로 오간 마음 – 필사본『영처집嬰處集』에 실린 성대중의 친필 서문

「『영처집』에 실린 성대중의 친필 서문」,『문헌과 해석』12호, 2000년 가을, 340 ~347쪽.

가짜 그림의 기구한 유전流轉 – 박제가〈연평초령의모도延平髫齡依母圖〉의 위작僞作 변증

「박제가〈연평초령의모도〉의 위작 변증」,『문헌과 해석』66호, 2014년 봄, 148~ 169쪽.

오늘 밤 아롱진 달 초가집을 뚫겠네 – 제자 정빈경에게 써 준 자하 신위의 시에 얽힌 사연

「정빈경에게 준 자하의 글씨」,『문헌과 해석』57호, 2011년 겨울, 219~230쪽.

한 장의 그림에서 시작된 추적 – 19세기 말 중국 양주에서 활동한 조선인 서예가 조옥파 미스터리

「19세기 말 중국 양주에서 활동한 조선인 서예가 조옥파 미스테리」,『문헌과 해석』79호, 2017년 여름, 11~34쪽.

조선 후기, 소설에 대한 열광과 헌신 – 고전소설 필사기筆寫記의 행간

「조선 후기, 소설에 대한 열광과 헌신 – 고전소설 필사기筆寫記의 행간」, 한국문
학번역원 스페인 말라가 현지 특강 원고, 2016. 11. 30.

바위 하나에도 문화가 숨 쉰다 – 사인암을 사랑했던 사람들

「사인암과 이인상 이윤영의 제각」, 『문헌과 해석』 30호, 2005년 봄, 10~31쪽.

옛 기록 속 '한반도 형상' 담론의 변천사 – 한반도 호랑이 지도론

「한반도 호랑이 지도론」, 『문헌과 해석』 27호, 2004년 여름, 114~134쪽.

나비의 날갯짓이 일으킨 파장 – 남계우의 그림, 석주명의 학문, 정인보의 시가 만나는 자리

「정인보와 석주명, 그리고 남계우」, 『문헌과 해석』 86호, 2020년 12월, 191~230쪽.

식물명의 착종과 오해 – 접시꽃과 해바라기의 혼동

「접시꽃과 해바라기의 착종과 오해」, 『문헌과 해석』 29호, 2004년 겨울, 168~187쪽.